HEYNE <

AF204095

Jen Frederick

A PLACE to STAY

Aus dem Englischen von
Melike Karamustafa

WILHELM HEYNE VERLAG
MÜNCHEN

Die Originalausgabe SEOULMATES erschien erstmals 2022 bei
Berkley, an Imprint of Penguin Random House LLC, New York.

Penguin Random House Verlagsgruppe FSC® N001967

Deutsche Erstausgabe 04/2023
Copyright © 2021 by Pear Tree LLC
Copyright © 2023 der deutschsprachigen Ausgabe
by Wilhelm Heyne Verlag, München,
in der Penguin Random House Verlagsgruppe GmbH,
Neumarkter Str. 28, 81673 München
Redaktion: Lisa Scheiber
Umschlaggestaltung: bürosüd, www.buerosued.de
Satz: Uhl + Massopust, Aalen
Druck und Bindung: GGP Media GmbH, Pößneck
Printed in Germany
ISBN: 978-3-453-42439-5

www.heyne.de

Für Lily,
Herz meines Herzens,
mögest du immer den Blumenpfad gehen

KAPITEL EINS

»Mittag!«, verkündet *Bujang-nim* – mein Chef – und klatscht dabei in die Hände. »Wenn Sie zu viel arbeiten, sind Sie heute Nachmittag nicht produktiv. Na los, na los.« Mit einer Geste fordert er uns auf, uns zu bewegen.

Bujang-nim ist nicht sein Name. Der lautet Park Hyunwoo, aber jeder nennt ihn nur *Bujang-nim*. Die Bezeichnung weist auf seine Führungsrolle hin. Bei Koreanern stehen Schicht, Rang und Alter über allem.

Wir drei – die einzigen Frauen in *Bujang-nims* internationalem Marketing-Team – starren ihn einen langen Moment schweigend an. Als ich in seiner Abteilung anfing, war ich erleichtert, dass bereits zwei Frauen dort arbeiteten; augenblicklich malte ich mir aus, was für großartige Freundinnen Chaeyoung, Soyou und ich werden würden. Eierstock-Solidarität oder so was Ähnliches. Ich sollte unrecht behalten. Chaeyoung ist abweisend und Soyou offen feindselig.

In diesem Moment wirft mir Soyou einen Blick zu, als hätte ich persönlich das Konzept einer Mittagspause entworfen, nur um sie zu ärgern, während Chaeyoung an einer der drei dünnen Ketten herumspielt, die sie um den Hals trägt; die diamantbesetzten, ineinandergreifenden Cs fangen das Licht der hellen Leuchtstoffröhren über unseren Köpfen ein.

Die Männer aus unserem Team sind schon vor einer Stunde zum Mittagessen gegangen, und es wird noch mindestens eine Stunde dauern, bis sie wiederkommen. Chaeyoung und Soyou gehen normalerweise nicht essen. Ich bin mir nicht sicher, ob es daran liegt, dass sie eine Diät machen, oder ob sie einfach zu viel zu tun haben. Jeder hier scheint ständig irgendeine Diät zu machen, wahrscheinlich weil sich so ziemlich jede soziale Aktivität ums Essen dreht.

Als ich vor sechs Wochen in dieser Abteilung anfing, entschied ich mich, auch ohne Mittagspause durchzuarbeiten. Ich wollte allen beweisen, dass ich kein nutzloses Beiwerk bin, keine, der man nur einen Job gibt, weil ihre Mutter CEO des Unternehmens ist. Ich meine ... ja, meine Mutter ist die CEO, aber ich weiß, wie man arbeitet. Zu Hause in Iowa hat sich nie jemand über mein Arbeitspensum oder meine Einstellung beschwert. Hier in Korea, bei der IF Group, im siebten Stock – ist es anders. Und niemand ist sich meiner Position als Tochter der CEO bewusster als die ehrgeizige Soyou.

Als das Schweigen langsam von seltsam zu unangenehm übergeht, setzt Soyou ein höfliches Lächeln auf und erhebt sich. Nach einer angedeuteten Verbeugung in *Bujang-nims* Richtung holt sie ihre Handtasche aus der untersten Schublade ihres Schreibtischs, verpasst Chaeyoungs Stuhl einen verstohlenen Tritt und wendet sich ab, um zu den Aufzügen zu gehen. Mit mir mittagessen zu gehen, steht auf der Liste mit Dingen, die sie gerne tut, sicherlich ganz unten, aber sie ist schlau und ausgebufft genug, was bedeutet, dass sie eine Lunch-Pause einlegt, wenn ihr Boss ihr sagt, dass sie eine Lunch-Pause einlegen soll. Selbst wenn das bedeutet, sie muss mit dem Teufel essen.

»Na los, Chaeyoung-ie«, ruft sie und fügt nach einer kurzen Pause hinzu, »und Choi Hara-nim.«

Ich glaube nicht, dass ich bei Soyou auf einer Ebene mit dem Teufel rangiere, aber wer weiß?

Ruhig nehme ich meine Handtasche und folge den beiden zu den Fahrstühlen. Ich hätte ablehnen können. Ich kann hier alles tun, was ich will. *Bujang-nim* würde mir die Schuhe polieren, wenn ich ihn darum bitten würde, was exakt der Grund dafür ist, warum mich Soyou hasst, und darum kann ich nicht wütend sein. Ich darf verletzt sein und frustriert und verärgert, aber nicht wütend. Ich verdiene weder diesen Job noch den Respekt, den *Bujang-nim* mir entgegenbringt, oder die Energydrinks, die der örtliche Arschkriecher – Yoo Minkyu – alle paar Tage neben meinem Bildschirm platziert.

Ich sollte ablehnen, weil ein Mittagessen zu dritt gar nicht anders als mindestens so schrecklich werden kann wie das von drei Frauen, die sich treffen, nachdem sie rausgefunden haben, dass sie alle denselben Mann daten. Wahrscheinlich unterscheiden sich die beiden Situationen tatsächlich nicht wesentlich voneinander. Wir lechzen alle nach der Anerkennung von Choi Wansu, und die anderen beiden nehmen es mir übel, dass ich dadurch, dass sie nun mal meine Mutter ist, im Vorteil bin.

Wenn ich die Dämonin bin, dann ist Choi Wansu mein Gegenstück. Für die meisten Frauen in diesem Unternehmen ist sie eine Erlöserin. Die IF Group ist eine Anomalie unter koreanischen Firmen. Hier werden nicht nur Absolventinnen und Absolventen der drei größten Universitäten, die als SKY bekannt sind – Seoul, Korea University, Yonsei –, eingestellt. Manche Leute haben sogar überhaupt keinen College-Abschluss. Alles, wofür sich die IF Group interessiert, sind Ergebnisse. Bist du in der Lage, den Job zu machen, für den du eingestellt wurdest? Wenn ja, hier ist dein Firmenausweis und dein Schreibtisch. Fang an zu arbeiten.

In diesem auf Anstrengung und Leistung basierenden Unternehmensumfeld falle ich auf hässliche Weise auf, weil ich meinen Job nur wegen meiner Verbindungen bekommen habe, ganz ohne angemessene Qualifikationen, Ausbildung oder Erfahrung.

Im Aufzug beginnt Soyou eine Unterhaltung über ein Thema, das ich nur zur Hälfte verstehe, weil sie Koreanisch spricht und das sehr schnell. Chaeyoung schiebt die doppelten Cs bis zu ihrem Mund hinauf und hört aufmerksam zu.

Ich schnappe ein paar Worte über Trinken, einen Mann und einen Bastard auf. Die kleinere Frau nickt beipflichtend. Die beiden sind gute Freundinnen, deren Stärken und Schwächen sich überschneiden. Chaeyoung tut sich in ihrem Job manchmal schwer. Sie ist klug und geistreich, aber häufig vergesslich. Soyou hält sie auf Spur, indem sie ihr Haftnotizen auf dem Schreibtisch hinterlässt oder ihr Handy mitnimmt, wenn Chaeyoung es in den Waschräumen oder auf dem Konferenztisch liegen lassen hat.

Chaeyoung revanchiert sich, indem sie Lunch und Snacks besorgt, die Taxirechnung bezahlt und ihr kleine Geschenke wie Designer-Schmuckstücke mitbringt, und das auf eine so unbekümmerte Weise, als wollte sie vermeiden, dass sich ihre Freundin dadurch klein fühlt. Soyou könnte sich nicht einmal eine von Chaeyoungs Ketten leisten.

Ihre vertraute Nähe ist das, was mich anzieht, aber sie sind abweisend, halten so viel Distanz wie möglich zu mir. Soyou nutzt häufig ihre Größe, um die kleinere Chaeyoung abzuschirmen, als wäre es etwas Unanständiges, wenn ich sie nur ansehe. Selbst in diesem Moment steht Soyou zwischen uns, während die beiden ihre Wochenendpläne diskutieren. Dann senkt sie die Stimme und ich höre, wie sie mich erwähnt – oder zumindest Choi Wansus Tochter. Ich bin ihre einzige.

Wann hören die endlich damit auf, Choi Wansus Tochter zu hofieren?

Keine Ahnung.

Sie war auf keiner besonders guten Uni. Nicht in Harvard, Stanford oder Yale.

Sie ist eine nakhasan.

Chaeyoung zuckt mit den Schultern, als ob dieses eine Wort – das für jemanden steht, der das Produkt von Vetternwirtschaft ist – alles erklärt.

Ich verkneife mir ein Seufzen und lehne mich mit dem Rücken gegen die Aufzugwand. Sie hat recht. Es erklärt tatsächlich alles. Ich starre auf die Rückseite von Soyous abgetragenen schwarzen Pumps, an denen die abgeschabten Stellen mit schwarzem Marker übermalt wurden, und trete in meinen Acht-Zentimeter-Designer-Heels, die mir Choi Wansu gekauft hat, unruhig auf der Stelle. Würde ich ihre billigen Abklatsch-Schuhe tragen, wäre ich auch sauer.

Die Türen öffnen sich, und Soyou marschiert mit langen

Schritten Richtung Ausgang, wodurch Chaeyoung quasi in Laufschritt verfallen muss, um mitzuhalten. Statt stehen zu bleiben und ein Taxi ranzuwinken, steuert Soyou den kleinen Supermarkt auf der anderen Straßenseite an. Die beiden werden sich einen abgepackten Salat und irgendwas zu trinken kaufen. Soyou mag am liebsten Iced Americano, Chaeyoung Chilsung Cider mit Limetten-Zitronen-Geschmack. Während sie den trockenen Salat auf einer Bank im nahe gelegenen Yongsan Park essen, zusammen mit all den Hausfrauen mit Kindern, Erzieherinnen und Nannys, werden sie sich so schnell auf Koreanisch unterhalten, dass ich kaum etwas verstehe.

Mein Magen knurrt. Ich habe weder Lust auf Kopfsalat noch darauf, wie eine Geächtete neben zwei Kolleginnen zu sitzen, welche mich die nächste halbe Stunde mit Nichtachtung strafen werden, so wie sie es schon die vergangenen sechs Wochen getan haben.

Ich ziehe mein Handy aus der Tasche und schicke eine Nachricht in den Gruppen-Chat.

ICH: Ich hole mir zum Lunch was beim Food Truck mit den frittierten Schweinefleischbällchen. Falls ihr Hunger habt, sehen wir uns dort.

»Ich hole mir was beim Food Truck«, rufe ich den anderen beiden nach. Chaeyoung bleibt stehen, und für den Bruchteil einer Sekunde denke ich, dass sie mir antworten wird. »Dort gibt es gleich nebenan auch einen CU. Die verkaufen den Salat, den ihr so gerne mögt«, füge ich hinzu, weil ich dumm bin und gemocht werden will.

Chaeyoung dreht sich halb zu mir um, aber Soyou packt sie am Arm. Die Ampel springt auf Grün, und sie überqueren die Straße, ohne mich noch eines Blickes zu würdigen.

Mir wird vor Verlegenheit heiß. Auf einmal bin ich wieder in der zweiten Klasse, wo ich mir die Schulhofsticheleien irgendeines bescheuerten Jungen anhören muss, der mich fragt, warum mein Gesicht flach ist und ob ich mit meinen zusammengekniffenen Augen überhaupt was sehen kann. Ich drücke die rote Seidenkordel der Kette, die ich so gut wie nie ablege, und sage mir, dass ich nicht mehr das Kind von damals bin und mich das nicht verletzt.

Das Handy vibriert in meiner Hand. Eine Nachricht von Bomi.

BOMI: Wir treffen uns dort. Jules bringe ich auch mit.

Na also, ich habe doch Freundinnen.

Ich lese die Nachricht noch einmal und runzele die Stirn. Was macht meine frühere Mitbewohnerin Jules in Yongsan-gu, hier im Zentrum von Seoul? Sie wohnt oder arbeitet nicht in der Nähe. Jules ist als Flugbegleiterin bei einem Privatflugservice angestellt und führt ein ziemlich exotisches Leben; alle paar Tage fliegt sie nach Hongkong, Singapur oder Tokio. Sie behauptet, das sei superlangweilig und die meisten Stunden verbringe sie an der Luft, während sie sich Mordfantasien über ihre Kunden zusammenspinne, von denen die meisten reiche alte Männer sind – *chaebols*, wie man sie in Südkorea nennt.

Warum kann ich nicht solche wie du haben, hat sie einmal gejammert. *Die* chaebols, *die ich bedienen muss, sind immer total alt und faltig. Und du läufst im Flughafen dem einzigen jungen anständigen* chaebol *im ganzen Land in die Arme.* Anschließend hat sie mir mit mürrischem Gesichtsausdruck ein Bier in die Hand gedrückt. Inzwischen sind wir sehr gute Freundinnen und werden jetzt zusammen mittagessen.

Ich lasse das Handy in meine Tasche fallen und mache mich auf den Weg zum Food Truck. Zehn Minuten später entdecke ich Jules und Bomi, die eng an einer Ecke zusammenstehen. Als ich näher komme, blicken sie auf.

»Du siehst aus, als würden sie dich bei der IF Group zusammenschlagen«, bemerkt Jules.

Sie trägt eine ausgestellte Jeans mit hoher Taille und ein Langarmshirt, das knapp über dem Bund der Hose endet. Die blonden Haare hat sie zu zwei Zöpfen geflochten, die ihr über die Schultern hängen. Große Gold-Kreolen komplettieren den Look. Ein bisschen mehr Make-up und vielleicht ein paar bunte Haarsträhnen und man könnte sie mit einem K-Pop-Star verwechseln. Bomi, in einem dunkelblauen Hosenanzug mit einem weißen T-Shirt darunter, mustert mich besorgt, wobei sie die Brauen unter dem geraden Pony zusammenzieht.

Ich kräusle die Nase. »Vielleicht.«

Jules tritt näher und legt mir eine Hand an die Stirn. »Bist du krank? Was soll das für eine Antwort sein, ›vielleicht‹? Du solltest irgendwas Gemeines sagen. So funktioniert unsere Freundschaft.«

»Ich bin zu müde, um mich mit dir zu streiten.«

»O nein, es ist tatsächlich ernst. Besorg Soju, Bomi!«

Bomi schüttelt den Kopf, weil sie klug ist und deswegen

nicht ihren Job aufs Spiel setzen wird. Und ich werde auf keinen Fall mit einer Fahne ins Büro zurückkehren.

»Ich kann jetzt keinen Soju trinken. Es ist erst Mittag.« Als der Geruch nach Frittiertem zu uns rüberweht, knurrt mein Magen wieder.

»Wo wir gerade drüber sprechen, keinen Spaß zu haben: Dieser Food Truck wird dich umbringen«, warnt Jules, folgt mir aber trotzdem.

Ich hebe die Hand, um Yang Ilhwa, die Besitzerin, zu begrüßen – eine ältere Frau unbestimmten Alters. Unbestimmt, weil koreanische Frauen anders altern als Frauen in westlichen Ländern. In der Stadt haben die wenigsten Fünfzigjährigen und selbst die Sechzigjährigen kaum Falten, aber diese Frau schon. Ihre Wangen hängen, und um ihren Mund und die Augen haben sich feine Linien in die Haut gegraben, andererseits habe ich sie schon riesige Kanister mit Frittierfett durch die Gegend schleppen sehen und ihr einmal sogar geholfen, einen Eimer mit Schweineschnitzeln hochzuheben, der mindestens fünfundzwanzig Kilo gewogen haben muss.

»Ah, *jungyohan on-nim!*«, ruft sie, als sie mich sieht.

»Genau, Ihre sehr wichtige Kundin.« Mit einem Grinsen senke ich das Kinn.

Jungyohan on-nim nennt sie mich, seit ich vor ein paar Wochen *yachae twigim* – die koreanische Version von Gemüse-Tempura – bestellt habe. Abends hat sie meist einen großen Berg davon übrig, und aus einer spontanen Laune heraus habe ich eine Portion bestellt. Das Gemüse ist nicht wirklich gut. Das Beste, was man bei ihr bekommt, sind frittierte Schweinefleischbällchen mit Mozzarellafüllung.

Gleich danach kommt der Käse-Mais-Becher mit Parmesan und *gochujang*, einer süß-scharfen Soße. Aber sie ist stolz auf ihr frittiertes Gemüse, also bestelle ich es jedes Mal, wenn ich hier esse. Wie es aussieht, habe ich eine Vorliebe für Getrocknetes und Frittiertes entwickelt.

»Das Übliche – kommt sofort«, verkündet sie. »Hier.« Sie schiebt drei Becher mit Bananenmilch über die Theke und wendet sich ab, um unser Essen zuzubereiten.

»Ich bin jedes Mal überrascht, wie gut sie Englisch spricht«, murmelt Bomi, während sie die Becher unter uns verteilt.

»Sie hat damals GIs bedient«, erläutere ich.

Yongsan-gu ist ein Viertel im Herzen Seouls am Ufer des Han-Flusses. Früher war hier eine US-Militärgarnison stationiert, bevor Südkorea das Gebiet für sich zurückforderte, und vor ein paar Jahren sind die amerikanischen Soldaten in einen Stützpunkt vierzig Meilen südlich von Seoul umgezogen. Das Viertel hat eine erstklassige Lage, es ist also nicht schwer nachzuvollziehen, warum die Koreaner es zurückhaben wollten.

»Das erklärt einiges.« Jules wirft ihren leeren Becher in den Mülleimer, der neben dem Vorderrad des Trucks steht. Einer der wenigen – öffentliche Abfallbehälter sind in Seoul rar.

In diesem Moment taucht Yang Ilhwa mit drei kleinen Papierschiffchen auf. In einem Nest aus Salatblättern liegen drei perfekt runde, gold-gebackene Schweinefleischbällchen neben frittierten Süßkartoffelsticks und Paprikastreifen. Mein Behälter enthält Perillablätter und frittierte Paprikaschoten zusammen mit einer kleinen Zahnstocherflagge.

»Danke!«, rufen wir wie Schulmädchen im Chor, bevor wir uns mit unserem Essen einen Platz auf dem Bürgersteig gegenüber dem Truck suchen.

»Warum hast du eine Flagge bekommen?«, beschwert sich Jules. »Ich will auch eine Flagge in meinem Essen.«

»Weil ich dreimal die Woche herkomme. Wahrscheinlich bin ich diejenige, die ihr Geschäft am Laufen hält.« Ich beiße in ein Schweinefleischbällchen und lasse mir die knusprige Hülle mit dem weichen Käse und dem würzigen Fleisch auf der Zunge zergehen. Der Geschmack ist perfekt. Wie Volksfestessen in Iowa an einem heißen Tag im August.

»Das Zeug hier ist wirklich nicht besonders gut«, sagt Jules, während sie ihre Portion runterschlingt, als hätte sie seit Tagen nichts gegessen.

»Ich kenne den Truck durch Ahn Sangki. Er isst gerne hier«, erinnere ich sie.

»Nur weil Ahn Sangki berühmt ist, heißt das nicht, dass er einen guten Geschmack hat«, feuert Jules zurück.

»Mir schmeckt's. Es erinnert mich an Iowa«, sagt Bomi.

»Du bist voreingenommen«, bemerkt Jules. »Wenn Hara uns irgendwo hinschleppen würde, wo es Dreck zu essen gibt, würdest du behaupten, dass es der beste ist, den du je probiert hast.«

»Ich hab noch nie Dreck gegessen, es wäre also nicht gelogen.« Bomis Wangen verfärben sich trotzdem vor Verlegenheit, weil Jules den Nagel auf den Kopf getroffen hat.

Bomi hat sechs Monate lang vorgegeben, meine Freundin zu sein, während sie in Wahrheit von meiner leiblichen Mutter Choi Wansu engagiert worden war, um mich auszuspionieren. Seit die Wahrheit rausgekommen ist, hat sich Bomi mir mit Haut und Haar verschrieben. Ich könnte einen Hund überfahren, und Bomi würde entweder behaupten, dass sie am Steuer saß oder sämtliche Beweise vernichten. In ihren Augen kann ich nichts falsch machen. Ich kann nicht gerade behaupten, dass mir das besser gefällt als die Sache mit dem Ausspionieren, aber zumindest ist sie mir gegenüber nun ehrlich. Jemand anders hätte ihr vielleicht nicht verziehen, aber ich bin einsam. Mein Freund wurde aus angeblich beruflichen Gründen nach Hongkong und anschließend nach Singapur versetzt, aber in Wahrheit deswegen, weil er mein Stiefbruder ist und meine Mutter die Vorstellung von uns beiden als Paar so abstoßend findet, als wären wir blutsverwandte Geschwister. Außerdem wäre es schlecht fürs Geschäft, und auf dieser Welt scheint für Choi Wansu nichts wichtiger zu sein als die IF Group. Das ist der Grund, aus dem ich zurzeit im International Marketing Department arbeite, obwohl ich kaum Koreanisch spreche und nicht mal Erfahrung im Marketingbereich habe. Aber es hieß, entweder ich nehme den Job an oder ich gefährde das gesamte Unternehmen.

Ich habe mich für den Job entschieden.

»Liegt es an der Sprache?«, fragt Bomi. »Ich dachte, in deiner Abteilung wird nur Englisch gesprochen.«

Bomi arbeitet auch bei IF und dort eng mit meiner Mutter zusammen. Wenn ich mich bei Bomi über die Arbeitsbedingungen beschwere, erzählt sie es Choi Wansu, worauf dann jemand – oder mehrere Jemands – abgemahnt oder gefeuert werden. Das möchte ich nicht. Ich habe den Job bei der IF Group angenommen, um Arbeitsplätze zu retten, nicht umgekehrt.

Bomi versteht mein Schweigen als Zustimmung und klopft mir auf die Schulter. »Die Erde ist rund. Wenn du fleißig weitermachst, erreichst du irgendwann dein Ziel. Lauf weiter, Hara.«

Ich spitze die Lippen. »Und was, wenn ich mich lieber hinlegen will?«

»Das hier ist kein Land, in dem sich die Leute hinlegen, sondern eins, in dem die Leute rennen«, sagt Jules.

Ein Bild von Chaeyoung, wie sie Soyou hinterherjoggt, schießt mir durch den Kopf. Ich schiebe mir ein weiteres Schweinefleischbällchen in den Mund. Vielleicht liebe ich diesen Food Truck tatsächlich so, weil er mich an Iowa erinnert – wo sich die Leute ständig hinlegen.

KAPITEL ZWEI

Die Tatsache, dass ich meinem Ärger bei frittiertem Schweinefleisch und geschmolzenem Käse etwas Luft machen konnte, hebt meine Laune ein wenig. Doch als ich mich zur Arbeit zurückschleppe, spüre ich, wie sich meine Muskeln sofort wieder verkrampfen. Die vierzehn Stockwerke der Zentrale der IF Group werfen einen dunklen Schatten auf den asphaltierten Bürgersteig. Bei den hohen Temperaturen, die jetzt, Ende August, herrschen, sollte mir eigentlich warm sein, dennoch ertappe ich mich dabei, wie ich mir fröstelnd die Arme reibe, während ich auf Soyou und Chaeyoung warte. Wir müssen zusammen reingehen, um die Illusion aufrechtzuerhalten, dass wir zu dritt mittagessen waren.

Ich lege den Kopf in den Nacken und sehe bis zur obersten Etage hinauf. Steht Wansu gerade dort oben in ihrem Büro aus weißem Marmor und starrt auf mich herunter? Fragt sich, ob ich auch nur ein winziges bisschen ihres Talents geerbt habe? Die Ironie an der ganzen Sache ist, dass weder Yujun noch ich biologisch mit den Müttern verbunden sind, die uns großgezogen haben und ihnen dennoch so ähnlich sind. Yujun ist genauso bewundernswert wie Wansu. Er spricht Koreanisch, Englisch, Japanisch und ein paar Brocken Mandarin. Er hat einen Ivy-League-Abschluss.

Er macht Geschäfte mit Unternehmen in Singapur, Hongkong, Tokio und L.A. Ich war vor meinem Job bei IF Lektorin bei einem Heim- und Gartenmagazin. Meine Talente bestehen im Backen eines recht ordentlichen Apfelkuchens, mir ist bewusst, dass es einen Unterschied zwischen ein- und mehrjährigen Pflanzen gibt, und ich kenne den Stil- und Gebrauchsleitfaden für amerikanisches Englisch – das *Associated Press Stylebook* – in- und auswendig. Talente, die sich hier in Seoul bisher als recht wenig nützlich erwiesen haben.

Bevor Wansu Yujun ins Exil geschickt hat, hat er mich ein paarmal in der Stadt ausgeführt. Er zieht Menschen magisch an, und das nicht nur, weil er absolut umwerfend aussieht, sondern weil es sich anfühlt, als würde man in Sonnenschein getaucht, wenn man neben ihm steht. Es wird einem ganz warm, und man fühlt sich willkommen. Egal, wo wir hingegangen sind – ob in einen Club oder ein Einkaufszentrum oder ein kleines Café im Hinterhof –, immer sind wir jemandem begegnet, der ihn nicht nur einfach kennt, sondern sich mit ihm unterhalten, mit ihm Zeit verbringen, in seinem Lächeln baden möchte.

»Seoul ist vielleicht groß«, hat er einmal zu mir gesagt, »aber eigentlich ist es sehr klein.«

Ich bin der lebende Beweis. Aus einer Laune heraus bin ich nach Seoul gereist, um nach meinem leiblichen Vater zu suchen. Und kam zu spät. Er war zwei Tage, bevor ich in der Stadt ankam, gestorben, sodass meine erste Unternehmung in Seoul aus dem Besuch seiner Beerdigung bestand. Ich habe ihn nicht gekannt. Nachdem er meine Kontaktinformationen von einer Agentur für DNA-Abgleiche adoptierter Kinder erhalten hatte, haben wir uns ein paar

E-Mails geschrieben. Ich habe seinen Tod nicht betrauert, aber es gibt Zeiten – vor allem wenn Yujun und ich nach unserem abendlichen Telefonat auflegen –, in denen ich nicht schlafen kann, weil mir zu viele Gedanken im Kopf herumschwirren. Was, wenn mich Wansu nicht zur Adoption freigegeben hätte? Was, wenn Lee Jonghyung Wansu geheiratet hätte? Was, wenn ich nie in die USA umgezogen wäre? Was, wenn ich in Korea aufgewachsen wäre?

Wenn ich nicht vorsichtig bin, verliere ich mich leicht in Was-wäre-Wenns. Ich bin keine Schwarzmalerin im eigentlichen Sinne. Ich würde es eher so ausdrücken, dass ich das Ende deutlicher vor mir sehe als die Menschen um mich herum. Jules und ich sind uns in der Hinsicht sehr ähnlich. Wir spüren das nahende Desaster, den schlimmsten Ausgang, bevor er tatsächlich eintritt. Ansonsten ähnele ich charakterlich viel mehr Bomi. Ich bin still, introvertiert, bedächtig. Mit einem Mal wird mir bewusst, dass Yujun und ich eine ähnliche Dynamik wie Bomi und Jules haben. Könnten die beiden ... Ich runzele die Stirn. Diese beiden Teile passen nicht zusammen. Jules hat Liebeskummer, und Bomi hat sich nie über ihre Vorlieben geäußert. Andererseits habe ich sie auch nie danach gefragt. Ich bin mir nicht sicher. Was, wenn ... Ich rufe mich innerlich zurück. Es geht mich nichts an, und außerdem wird es langsam Zeit, an den Schreibtisch zurückzukehren.

Meine Kolleginnen schlendern an mir vorbei, und ich folge ihnen.

Als wir vor den Aufzügen in der Lobby warten, fragt Chaeyoung: »Hast du ... *dwaeji gogi* gegessen?«

Ich brauche eine Sekunde, um zu kapieren, dass sie mit

mir spricht, und weitere fünf, um das Wort ins Englische zu übersetzen. »Schwein? Ja.«

»Vor ein paar Wochen hab ich DJ Song bei einem Food Truck in Yongsan gesehen. Er hat auch Schwein gegessen ...« Diesmal benutzt sie das englische Wort, und mir wird klar, dass ihr Zögern eben nicht daran lag, dass sie eigentlich gar nicht mit mir reden will, sondern daran, dass ihr der englische Begriff nicht eingefallen ist. »Ihr seid befreundet, oder?«

In ihrem Tonfall schwingt Neugier mit, gepaart mit einer Freundlichkeit, die sie mir gegenüber noch nie an den Tag gelegt hat. Ob das an Ahn Sangki, alias DJ Song, alias Yujuns bester Freund, alias mein Food-Truck-Verbündeter liegt? Würde Chaeyoung diesen prominenten Freund von mir gerne kennenlernen? Falls dem so ist, schäme ich mich nicht, diesen Umstand für mich auszunutzen. Er ist die einzige Person, die von meinen Schwierigkeiten im Job weiß und in jeder Hinsicht einverstanden wäre, wenn ich seinen Ruhm nutze, um mich mit meinen Kolleginnen gut zu stellen.

»Ja, wir sind befreundet.« Ich versuche, nicht zu enthusiastisch zu klingen. »Er liebt Food Trucks. Es macht viel mehr Spaß, bei einem von ihnen zu essen, und die Auswahl ist riesig. Du solltest mal mitkommen.« Ich wedele mit meinem Handy. »Wenn du möchtest, schreibe ich ihm gleich. Wir könnten uns heute Abend verabreden, falls er noch nichts vorhat.«

»Heute Abend?« Sie reißt erstaunt die Augen auf.

Meine Finger zittern vor Aufregung, während ich tippe: Food Truck. Um 7!!

Seine Antwort folgt innerhalb von Sekunden.

SANGKI: 8?

ICH: Perfekt.

Ich drehe das Display so, dass Chaeyoung den Chat lesen kann. »Heute Abend um acht.«

»Im Ernst?«

»Wir haben heute Abend schon was vor, Chaeyoung-ah«, mischt sich Soyou ein. Keine Klimaanlage könnte kälter rüberkommen als sie.

Eine dünne Linie erscheint auf Chaeyoungs ansonsten porzellanglatter Stirn. »Was denn?«

Soyou wechselt ins Koreanische, und ich schnappe ein paar Worte wie »Restaurant« und »Sushi« auf. Immerhin versucht sie, den Schein auch in einer anderen Sprache zu wahren.

»Aber DJ Song ...«, protestiert Chaeyoung halbherzig, während sie unter Soyous missbilligendem Blick bereits den Mut verliert und schließlich aufgibt. »Ich kann nicht. Wir haben schon was vor.«

Obwohl sie mir eine Abfuhr gegeben hat, kehre ich mit einem Hauch Hoffnung an meinen Schreibtisch zurück. Vielleicht kann ich sie ein andermal mit Ahn Sangki ködern. Heute Abend überlege ich mir mit ihm zusammen einen Plan dafür.

»War das Mittagessen gut?«, erkundigt sich *Bujang-nim*, als wir reinkommen.

»Natürlich«, erwidere ich fröhlich.

Chaeyoung antwortet mit einem leisen »Ja«, während

24

sich Soyou schweigend setzt. Sie ärgert sich über Chaeyoungs und meine winzige Annäherung, aber das ist mir egal. Ich hatte leckeres frittiertes Fleisch zum Mittag, und meine Laune hat sich mit dem kleinen Riss, der sich in Chaeyoungs Abwehr gezeigt hat, deutlich gebessert. Irgendwann werde ich die beiden schon mürbe kriegen. Ich sprühe zwar nicht vor Charisma wie Yujun, aber ich bin bekannt dafür, mindestens alle sechs Monate einen guten Witz zu erzählen. Ich übernehme gerne die Rechnung beim Essen. Ich bin eine hervorragende Zuhörerin. Lauter Eigenschaften einer guten Freundin, wenn die beiden mir nur eine Chance geben würden. Verdammt, wir müssen nicht mal Freundinnen werden; es reicht mir schon, wenn wir als Kolleginnen miteinander glücklich werden.

Ich bestätige Sangki noch einmal, dass wir uns heute Abend sehen, und widme mich anschließend den Übersetzungen in meinem Posteingang. Es sind nicht viele.

In den ersten Wochen sollte ich alle englischen Texte auf der Website gegenlesen. Ich habe hier und da Fehler korrigiert, bevor sie mich auf eine Tour durch das gesamte Gebäude geschickt haben, um zu prüfen, ob die Beschilderungen auf Englisch Sinn ergeben. Die meisten waren in Ordnung, bis auf ein Brandschutzschild, auf dem man darauf hingewiesen wurde, sich vor dem Verlassen des Gebäudes anzuzünden. Ich schickte ein Foto von dem Schild an Yujun, der mir erklärte, dass dort auf Koreanisch stand, man solle nach Feuerherden Ausschau halten, bevor man das Gebäude verlasse. Wir mussten beide laut lachen. Es war eine Woche, in der ich das Gefühl hatte, meinen Gehaltsscheck verdient zu haben.

Seitdem leidet mein Posteingang an chronischer Unterforderung. Ich schreibe *Bujang-nim* jeden Tag eine E-Mail, in der ich ihn um mehr Aufgaben bitte, auf die er allerdings nur sehr selten antwortet. Und wenn er es doch tut, dann in der Regel mit einer Bitte um eine Besorgung, oder er schickt mich mit irgendwelchen Unterlagen durch die Gegend. Manchmal fordert er mich sogar auf, in meiner freien Zeit Koreanisch zu lernen. Letzteres fühlt sich fast schon wie ein Angriff an, auch wenn ich mir ziemlich sicher bin, dass er es nicht so meint. Meine Sprachkenntnisse – beziehungsweise besser gesagt das Fehlen derselben – sind mein wunder Punkt.

Bomi hat gesagt, ich soll nicht aufgeben, weitermachen, dann würde ich irgendwann schon den Dreh mit dem Koreanisch rausbekommen. Was sie mir allerdings nicht verraten hat, ist, wie lange die Reise dauern wird. An manchen Tagen habe ich das Gefühl, echte Fortschritte zu machen; aber an den meisten würde ich sogar an einer Unterhaltung mit einem Kleinkind verzweifeln. Ich verstehe einiges, wenn ich zuhöre, die Sprache zu lesen, fällt mir jedoch schwer, und ich bekomme beim besten Willen keinen vernünftigen Satz heraus. Eine Sprache zu lernen ist furchtbar.

Ohne Arbeit zieht sich der Nachmittag wie Kaugummi. Um mich herum klackern Tastaturen, klingeln Telefone, werden Gespräche über kreatives Potenzial und Kampagnen-Floskeln geführt, während ich auf meine leere Inbox starre. Der Minutenzeiger kriecht langsamer über das Ziffernblatt als eine Schnecke. In diesem Tempo habe ich mich bis zum Ende des Tages vermutlich in ein Fossil verwandelt.

Ich schicke *Bujang-nim* eine weitere E-Mail, diesmal auf Koreanisch, und erkundige mich nach einem neuen Projekt für mich. Als ich wieder keine Antwort erhalte, öffne ich den Spamordner, um zu schauen, ob ich die *hangul*-Buchstaben entziffern kann. Kann ich nicht, was meine Laune weiter in den Keller rutschen lässt. Das Hoch aus frittiertem Essen, auf dem ich nach dem Mittagessen gesurft bin, liegt mir auf einmal schwer im Magen. Meine Lider sind schwer, und ich bekomme Kopfschmerzen. Ich kneife mich in die Daumenspitze, um mich wach zu halten.

Ein Telefon klingelt. Und klingelt. Und klingelt wieder. Es verstummt, bevor es kurz darauf von Neuem beginnt. Ich höre jemanden von nebenan irgendwas mit dem Wort Telefon rufen.

Als mich etwas am Hinterkopf trifft, fahre ich herum. »Was soll …«

Soyou, die ein Headset mit Mikro aufgesetzt hat, schnippt mit den Fingern und zeigt auf *Bujang-nims* Schreibtisch. Es ist sein Telefon, das klingelt. Chaeyoung befindet sich ebenfalls im Gespräch. Will Soyou mir etwa sagen, dass ich rangehen soll?

Zögerlich stehe ich auf, doch noch bevor ich den Hintern ganz von der Sitzfläche gelöst habe, reißt sich Soyou das Headset vom Kopf und stürmt zu *Bujang-nims* Schreibtisch rüber. Wütend nimmt sie den Hörer hoch und bellt eine koreanische Grußformel. Während die Person am anderen Ende der Leitung redet, klemmt sich Soyou den Hörer zwischen Wange und Schulter, um etwas zu notieren.

Als *Bujang-nim* plötzlich wie aus dem Nichts auftaucht, springe ich auf, um Soyou in Schutz zu nehmen. »Ihr Telefon hat nicht aufgehört zu klingeln; der Anrufbeantworter ist nicht angesprungen. Ich glaube, das Geräusch hat die Leute aus dem Bereich nebenan gestört. »Soyou wollte nicht Ihre Privatsphäre verletzen, sondern nur sichergehen, dass Sie keinen wichtigen Anruf verpassen.«

»Das musst du nicht erklären. Ich hab' lediglich meinen Job gemacht«, zischt Soyou. Sie reicht *Bujang-nim* die Haftnotiz und lässt sich wieder auf ihren Platz fallen.

Alle starren mich an – die Mienen spiegeln unterschiedliche Variationen von Missbilligung. Selbst Yoo Minkyu, der mit den Energydrinks, die oft von nicht besonders subtilen Notizen begleitet werden, dass er gerne einmal meine Mutter kennenlernen würde, macht keine Ausnahme.

Bujang-nim runzelt die Stirn. »Wenn mein Telefon klingelt und ich nicht da bin, sollte immer jemand drangehen, der gerade Zeit hat. Auch Sie, Choi Hara-nim.«

So einen scharfen Ton habe ich noch nie von ihm zu hören bekommen, ich weiß also, dass ich ernsthaft Mist gebaut habe.

Meine Wangen werden heiß. Ich stehe auf und verbeuge mich. »Es tut mir leid«, sage ich auf Koreanisch. Das ist einer der wenigen Sätze, die ich perfekt aussprechen kann, weil ich bereits viel Übung darin hatte; er sollte als Warnung auf meinem Firmenausweis stehen.

Die Reaktion auf meine Entschuldigung ist genau das Gegenteil von dem, was ich damit erreichen wollte. *Bujang-nims* Augen weiten sich, als ob er einen großen Fehler begangen hätte. »Nein, alles in Ordnung, Choi Hara-nim.« Er drückt mich zurück auf meinen Platz. »Sie leisten sehr gute Arbeit. Ich habe eine Aufgabe für Sie. Warten Sie, ich schicke gleich eine E-Mail.« Er eilt zu seinem Schreibtisch und tippt hektisch eine Nachricht, während ich die Blicke der anderen ignoriere. Ich muss sie nicht ansehen, um zu wissen, dass ihre Mienen verschiedene Abstufungen von Abneigung spiegeln. An ihrer Stelle würde ich genauso empfinden. Ich würde mich hassen.

Eine neue E-Mail erscheint in meinem Posteingang. Erleichterung und Frustration kämpfen in meinem Inneren um die Vorherrschaft, während ich den Anhang öffne. Der Frust gewinnt den Kampf, als ich die ersten Sätze eines Dokuments lese, das ich bereits vor zwei Wochen redigiert habe.

Ich sehe zu *Bujang-nim*, um rauszufinden, ob er es absichtlich noch mal geschickt hat, aber er setzt ein Grinsen auf und hebt beide Daumen.

Ich zwinge mich zu einem Lächeln, bevor ich mich wieder meinem Bildschirm zuwende.

Lange Zeit sehe ich nichts. Meine Augen brennen. Ich presse die Knöchel in meine Augenwinkel, bevor ich etwas davon murmele, kurz auf die Toilette zu müssen.

Niemand reagiert, weil alle viel zu beschäftigt mit ihrer richtigen Arbeit sind und es niemanden interessiert, was die *nakhasan* macht.

Ich betrete eine der Toilettenkabinen, schließe die Tür hinter mir ab und lehne die Stirn gegen die gekachelte Wand. Ich muss einen Weg finden, meine Arbeitssituation zu verbessern, andernfalls überlebe ich das hier nicht. Ich erlaube mir, für einen Moment die Augen zu schließen, als die kühlen Fliesen den Schmerz in meinem Kopf langsam zurückgehen lassen.

Das Rauschen einer Klospülung lässt mich aufschrecken. Ich muss kurz eingenickt sein.

Ein Wasserhahn wird aufgedreht, dann höre ich Soyous Stimme. Und dieser kleine, dumme masochistische Teil von mir öffnet die Audio-Übersetzungs-App auf meinem Handy.

Ich hasse das. Wirklich, ich hasse es. Das hier sollte ein feministisches Arbeitsumfeld sein, und trotzdem haben wir einen hannam – *Manager – und mehr Kollegen als Kolleginnen,* beschwert sich Soyou.

Immerhin haben wir hier keine molkas, antwortet Chaeyoung gedämpft.

Und dafür soll ich dankbar sein?

Ich war auf der Website von dem College, auf dem sie in den USA war. Das ist nicht besonders angesehen.

Sie ist Sajang-nims *Tochter. Eine* nakhasan. Sajang-nim *ist nicht anders als jeder* chaebol. *Sie sitzt auf dem Chefinnensessel, weil sie mit dem CEO geschlafen hat. Und jetzt hat sie ihre verstoßene Tochter hier eingeschleust, damit die irgendwann übernehmen kann.*

Du meinst, sie zieht sie Choi Yujun vor?

Ist Reis weiß? Er ist schließlich nicht Sajang-nims *richtiger Sohn. Warum sind unsere Leben so beschissen?*

Warum wohl? Ist das Wasser im Hahn heute kalt?

Der Wasserhahn wird abgedreht. Die Tür schlägt zu. Meine Kopfschmerzen sind zurück.

Ich möchte nach Hause, und zwar nicht in das Marmor-Mausoleum, das Wansus Haus auf dem Hügel darstellt, sondern nach Hause, nach Des Moines. In das kleine, einstöckige Backsteinhaus mit den Zierapfelbäumen im

Garten, die im späten Frühling weiße Blüten regnen lassen. Wo die weißen Wände meines Zimmers den ziemlich kläglichen Versuchen meiner Mutter Ellen und mir zum Opfer gefallen sind, Dekorationsideen zu kopieren, die wir in irgendwelchen Heim-Deko-Sendungen im Fernsehen gesehen haben. In die Küche mit den Arbeitsplatten aus Granitimitat und dem silbernen Kühlschrank, an dem noch immer das Tulpen-Fingerfarbenbild hängt, das ich als Fünfjährige bei einem Kunstworkshop gemacht habe. *Da ist dein Handabdruck drauf. Wie könnte ich es jemals wegwerfen?* Wo sie und ich einen Sommer lang Dutzende Apfelkuchen gebacken haben, um das perfekte Rezept zu finden. Schmalz in der Pie-Kruste und Braeburn-Äpfel sind das Geheimnis, haben wir schließlich rausgefunden. Wo ich Freundinnen und Freunde habe, für die ich keine *nakhasan* bin.

Aber dann fällt mir ein, wie selbst die Leute auf der Beerdigung meines Vaters seine Kinder in sein richtiges – das Kind, das er mit seiner zweiten Frau bekommen hat – und sein nicht richtiges – mich, seine adoptierte Tochter, die er verlassen hat, weil ihm das Vatersein zu lästig war – unterschieden haben.

Bescheuerte Menschen gibt es auf beiden Seiten des Ozeans, und nur weil Wansu keine Kinderbilder von mir am Kühlschrank hängen hat, bedeutet das nicht, dass sie sich nicht für mich interessiert. Ich weiß, dass sie das tut. Im Moment befinden wir uns in einer schrecklich seltsamen Phase, in der wir beide Angst haben, die andere vor den Kopf zu stoßen, also schleichen wir umeinander herum, ohne wirklich etwas zu sagen. Eigentlich so wie mit meinen anderen Kolleginnen und Kollegen bei IF. Niemand sagt mir ins Gesicht, was er oder sie wirklich denkt, um nicht gefeuert zu werden, aber mir ist bewusst, dass sie einen durchaus berechtigten Groll gegen mich hegen.

Ich habe keine Ahnung, wie die Lösung aussehen könnte. Alles, was ich weiß, ist, dass ich mich trotz zweier Mütter, eines Bruders und einiger neuer Freundinnen einsamer denn je fühle.

Ich berühre erneut die rote Kordel um meinen Hals. Ich vermisse Yujun unglaublich.

KAPITEL DREI

»Meine hinreißende Hara.« Sangki steht mit weit ausgebreiteten Armen vor mir, und ich breche beinahe in Tränen aus, als ich mich gegen seine schmale Gestalt sinken lasse. »Hey, was ist los? Weinst du?« Er tätschelt mir etwas unbeholfen den Rücken.

»Nein«, murmele ich an seiner Brust, bevor ich mich von ihm löse und über den feuchten Fleck reibe, den ich auf seinem teuren cremefarbenen Baumwollhemd hinterlassen habe. Ich bin mir sicher, der kommt vom Regen und nicht von meinen Tränen – auch wenn der Abendhimmel wolkenlos ist. Seoul ist eine große Stadt, irgendwo regnet es bestimmt. »Bevor ich nach Seoul gekommen bin, habe ich nie geweint.« Und jetzt braucht es nur einen traurigen Song, und ich greife nach Yujuns Hermès-Krawatte, die er mir mal gegeben hat, um meine Tränen zu trocknen.

»Allergie. Diese ganzen Kirschblüten überall in der Stadt sind das Problem.« Er nimmt das Taschentuch, das sein Manager Lee Taehyun ihm entgegenstreckt, und reicht es mir. Mr. Lee ist Sangkis ständiger Begleiter. Sangki geht nirgendwo ohne den Mann hin, der in seinem schwarzen Anzug und mit den verspiegelten Sonnenbrillengläsern eher an einen Bodyguard erinnert. Als ich Sangki noch nicht so lange kannte, fand ich es seltsam, ständig eine dritte Person dabeizuhaben, die sich weigert, etwas zu essen oder zu trinken, und sich so gut wie nie setzt, doch mit der Zeit beginne ich zu begreifen, wie unentbehrlich Lee für Sangki ist.

Zum einen hat Sangki mehrere äußerst engagierte Stalkerinnen – oder *sasaengs* –, die ihm überallhin folgen. Vom Studio zu Fernseh- und Radiosendern und nach Hause. Und sie folgen ihm nicht nur, sie machen Fotos. Manchmal verstecken sie sich hinter Gebäuden oder Bäumen, und einmal haben wir sogar beobachtet, wie sich jemand an einem klaren Abend hinter einem Regenschirm zu verbergen versucht hat. An anderen Tagen halten sie ihm ihre Tausend-Dollar-Linsen schamlos ins Gesicht.

Er besteht trotzdem darauf auszugehen, weil er sich von ein paar schwarzen Schafen nicht zu Hause einsperren lassen will. »Ohne Fans wäre ich heute nicht da, wo ich bin«, hat er mir einmal erklärt.

Wansu ermutigt mich darin, etwas mit Sangki zu unternehmen, indem sie mir Umschläge mit Won hinlegt, auf denen in ordentlicher Handschrift »Für Essen« steht. Nach den Summen zu urteilen, geht sie davon aus, dass wir in edle Restaurants in Cheongdam oder Apgujeong gehen, die zu den teuersten Gegenden in Gangnam gehören. Aber Sangki und ich stopfen uns lieber an so vielen billigen Imbissständen wie möglich voll.

Ein anderer Grund für Lees konstante Anwesenheit ist Sangkis unglaublich schlechtes Gedächtnis. Die meiste Zeit hat er weder eine Ahnung, welcher Tag gerade ist, noch wo er in einer Stunde sein muss. Oft vergisst er sogar sein Portemonnaie. Hätte er keinen Manager, würde er mit Sicherheit irgendwo in Busan wilde Erdbeeren pflücken und bei irgendwelchen Dorfbewohnern leben, die ihn mit Kuchen in ihr Haus gelockt haben.

»Es ist August. Die Kirschblüte ist im April.« Ich putze mir die Nase und schiebe das benutzte Taschentuch in die Tasche. Im Gegensatz zu Yang Ilhwas Food Truck besitzt dieser hier keinen Mülleimer.

»Details«, schnaubt er, während er bereits die Speisekarte studiert, die neben dem Stand auf eine Tafel gekritzelt steht. »Was möchtest du? Reiskuchen? Scharfe Reiskuchen-Suppe? Mais-Käse-Bällchen?«

»Mais-Käse-Bällchen. Bei Yang Ilhwa-nim gibt es Käse-Mais-Becher. Ich will wissen, ob es hier besser schmeckt.« Ich konzentriere mich darauf, mir die koreanischen Worte im Kopf zurechtzulegen, um meine Bestellung aufzugeben, ohne allzu bescheuert zu klingen.

Tteokbokki. Gukmul tteokbokki ...

»Yang Ilhwa?«

»Die Besitzerin von dem Food Truck mit den frittierten Schweinefleischbällchen in Yongsan. Gleich gegenüber von IF. Wir waren vor einem Monat da, kurz nachdem ich bei IF angefangen habe. Weißt du noch?«

Sangki tippt sich nachdenklich ans Kinn. »Sind das die mit dem richtig schlechten *yachae twigim*?«

»So schlecht ist es wirklich nicht. Ich esse oft dort. Fast jeden Tag.«

»Bitte, Hara«, stöhnt er missbilligend. »Ich zeige dir jede Woche einen neuen tollen Imbiss, und du gehst trotzdem noch zu diesem Food Truck? Da bekommst du einen schlechten Eindruck von Seoul, der dich so unglücklich machen wird, dass ich nur Beschwerden von Yujun zu hören bekomme, wenn er wieder da ist.«

»Das Essen da erinnert mich an zu Hau... an Iowa«, korrigiere ich mich schnell, aber es ist bereits zu spät. Ein mitleidiger Ausdruck huscht über seine Miene.

»Wollen wir bestellen?«, fragt er, ohne auf meinen Beinahe-Versprecher einzugehen.

Eine Sache, die Sangki und Yujun gemeinsam haben: Sie sind beide gute Zuhörer. Sie bohren nie nach, wenn sie merken, dass man noch nicht bereit ist, bestimmte Dinge mit jemandem zu teilen, und das ist etwas, das ich sehr zu schätzen weiß. Vorerst ist Seoul mein Zuhause, nicht Iowa. Und solange ich über Iowa fantasiere, werde ich nie über das Stadium hinwegkommen, Seoul als etwas Vorübergehendes zu betrachten.

Es dauert nicht lange, bis wir unser Essen bekommen. Sangki nimmt die zwei Bier und den Mais, und ich folge ihm mit den zwei Portionen Reiskuchensuppe an den Tisch, den Lee für uns frei gehalten hat.

Als Sangki sein Handy auf den Tisch legt, um die Stäbchen in die Hand zu nehmen, fällt mir ein neuer Anhänger auf, der an der Hülle baumelt. Ich berühre die vertraute blaue Schildkröte mit einem Finger. Er hat einen Schlüsselanhänger mit derselben Figur. Einmal hat er sogar Crocs getragen, an denen Buttons der blauen Schildkröte gesteckt haben.

»Du stehst auf Schiggy?«

»Nicht wirklich«, erwidert er zwischen zwei Bissen.

»Aber du hast so viel Zeug von diesem Pokémon. Ich hab'

dich schon mit T-Shirts und Hüten gesehen, auf denen es drauf war. Und Schuhe mit Schildkröten hast du auch.«

»Ich habe mal in irgendeiner Sendung nebenbei bemerkt, dass ich Schiggy ganz süß finde, und das ist das Ergebnis. Ich kriege das Zeug von meinen Fans geschenkt. Wahrscheinlich besitze ich mehr Schiggy-Merchandise, als es im Nintendo-Headquarter in Kioto gibt.« Er wischt sich den Mund mit einer Serviette ab. »Man muss echt wahnsinnig vorsichtig sein. Ich habe mal gesagt, dass ich keine Minzschokolade mag. Seitdem bin ich als der berühmte Typ verschrien, der total anti ist. In jedem Artikel auf Naver über Minz-Schokolade steht, dass ich Teil der *banmichodan* wäre. Weißt du, wer noch in dem Team ist? Meine Nemesis Dave Kim. Ich will bei nichts auf einer Seite mit Dave Kim stehen.«

Dave Kim ist beinahe so bekannt für seine Homophobie wie für seine Singerei.

»Die einzige Lösung ist, Dave Kim aus unserer Anti-Minz-schokoladen-Armee zu werfen.« Ich greife nach der Wasserflasche, um den letzten Löffel Reiskuchensuppe runterzuspülen. Keine Frage, die Suppe ist scharf. Sehr scharf.

»Ach, dann hasst du Minzschokolade auch so?«

»Ich würde jetzt nicht sagen, dass ich sie hasse. Aber ich würde mich jederzeit als Anti auf deine Seite stellen, damit du dort nicht alleine mit Dave Kim bist.«

»Das nenne ich die richtige Einstellung!« Sangki reckt eine Faust in die Luft. »Und was hasst du? Ich würde mich gerne für den Gefallen revanchieren.«

»Soy... Meinen Job.« Ich verziehe das Gesicht. Beinahe hätte ich ihren Namen gesagt. Dabei hasse ich sie doch nicht wirklich, oder? Die ganze Zeit habe ich mich für unfassbar reflektiert gehalten, und das Erste, was mir beim Wort Hass durch den Kopf schießt, ist Soyou? Ich stehe im Moment wirklich ein bisschen neben mir.

»Der Job also. Dachte ich mir schon. Na los, erzähl *oppa*, was los ist.«

Ich schüttele den Kopf. Auf keinen Fall möchte ich meine kleinlichen negativen Gefühle laut aussprechen. Außerdem würde ihnen das nur noch mehr Macht verleihen. Stattdessen wechsele ich das Thema. »Yujun sagt immer, dass ich nur ihn *oppa* nennen darf.«

Sangki verdreht die Augen. »Was so ziemlich gegen alle Regeln des Koreanischen verstößt. *Oppa* verwendest du für jede männliche Person, die dir nahesteht. Wir sind Freunde, also solltest du mich *oppa* nennen wie meine jüngere Cousine.«

Er sieht mich abwartend an.

Ich starre zurück.

Schließlich stößt er ein enttäuschtes Seufzen aus und widmet sich wieder seiner Suppe. »Wie du willst.«

Sangki ist es wichtig, dass ich ihn so nenne, weil ich damit bestätigen würde, dass wir enge Freunde sind. Dass ich mich auf ihn verlassen kann wie auf einen großen Bruder. Aber für Yujun ist es ein Wort, das man in romantischen Beziehungen verwendet.

»Falls du dich dann besser fühlst: Ich habe dich heute als Köder bei meinen Kolleginnen eingesetzt.«

»In welcher Hinsicht?«

Ich erzähle ihm, dass Chaeyoung in Versuchung war, sich zum Abendessen mit mir zu verabreden, nachdem sie erfahren hat, dass Sangki und ich befreundet sind. »Ich hab' mir gedacht, dass du nichts dagegen hast.«

»Natürlich nicht. Was kann ich noch tun? Tickets für eine Show? Es steht demnächst eine an.«

»Stimmt, du trittst beim Banpo Music Fest auf. Ich habe schon Karten gekauft.« Zwei, um genau zu sein. Falls Yujun bis dahin zurück ist.

»Ich könnte euch Backstage-Pässe für die End of Summer Splash Party im Banyan Tree dieses Wochenende geben. Da trete ich auch auf. Das Event ist ausverkauft, weil die Social-Media-Influencer so drauf abfahren, aber ich hab' noch ein paar Pässe übrig.«

»Klingt nach einer Party, bei der ich einen Badeanzug tragen müsste. Keine Ahnung, ob ich auf die Art mit meinen Kolleginnen bonden möchte.«

»Ach komm, das wird lustig.« Er stößt mich mit der Schulter an. »Von Yujuns Freunden sind auch einige da, und falls dir das unangenehm ist, kannst du dich immer noch an Taehyun-ie halten.«

»Yujun hat außer dir und mir noch andere Freunde? Das ist völlig inakzeptabel«, scherze ich. »Falls ich ganz verzweifelt sein sollte, rufe ich dich an.«

»Deal.«

Nachdem wir unsere Abmachung mit einem Schütteln der verschränkten kleinen Finger besiegelt haben, essen wir auf. Die frittierten Maisbällchen schmecken wie mit Käse gefüllte Kroketten und sind sehr viel besser als der Käse-Mais-Becher beim Food Truck gegenüber von IF, aber ich rede mir ein, dass es nur daran liegt, dass sie frittiert sind. Alles schmeckt besser, wenn es frittiert wurde.

Nachdem Sangki und ich unsere Schälchen geleert haben wie zwei Raubtiere, die seit einer Woche nichts mehr zu fressen hatten, mache ich ein Foto vom Food Truck und schicke es an Yujun.

> ICH: Der war richtig gut. Wenn du zurück bist, sollten wir hier mal zusammen hingehen.

Da Yujun nicht sofort antwortet, stecke ich das Handy ein und schüttele den Kopf, worauf Sangki eine Schnute zieht und ebenfalls eine Nachricht an Yujun schickt.

Manchmal frage ich mich, ob Sangki und ich unsere Sehnsucht nach Yujun dadurch, dass wir ständig zusammenhängen, nur noch verschlimmern. Sangki meinte, dass es seine Aufgabe sei, als Yujuns bester Freund Zeit mit mir zu verbringen, aber nachdem wir sechs Wochen miteinander verbracht haben, bin ich zu dem Schluss gekommen, dass der Mann an sich unser verbindendes Glied ist. Wenn wir zusammen sind, fühlt es sich fast so an, als könnten wir Yujun heraufbeschwören. Fast.

Sobald ich anfange, über ihn nachzudenken, spüre ich diesen Schmerz in der Brust. Der rote Faden des Schicksals, von dem er sagt, dass er uns schon vor unserer Geburt verbunden hat, hat sich so eng um mein Herz gewunden, dass der Schmerz zu einem körperlichen wird. Es ist besser, ich konzentriere mich auf andere Dinge.

Ich kaufe noch zwei Bier und kehre damit an unseren Tisch zurück.

»Ich weiß, dass *nakhasan* Vetternwirtschaft bedeutet, aber was heißt *hannam*? Es gibt doch das Viertel Hannam. Steht das Wort für reiche Leute?«

Sangki zieht die Augenbrauen zusammen, als er sein Bier

entgegennimmt. »Hat dich jemand so genannt? *Hannam*, meine ich.«

»Nein. Chaeyoung hat die anderen Mitarbeiter im Büro als *hannams* bezeichnet.«

»Sie meint damit die Männer. *Hannam* ist die verkürzte Form von *hannam choong* – männlicher Parasit. Es ist eine Beleidigung, die im Grunde ›Frauenfeind‹ bedeutet.«

»Das merke ich mir für die Zukunft. Und was heißt *molka*?«

Sein leicht irritierter Gesichtsausdruck weicht einem alarmierten. »Woher kennt du das Wort?«

»Wieso, ist es ein Schimpfwort?«

»Nein. Es bedeutet, dass man geheime Videoaufnahmen von jemandem macht, normalerweise im privaten Umfeld einer Person. Falls so was bei euch passiert, dann solltest du auf jeden Fall deiner Mom davon erzählen.«

»Um genau zu sein, meinten Chaeyoung und Soyou, dass das Fehlen von *molkas* das einzig Gute an diesem Büro sei, das ansonsten zwischen Vetternwirtschaft und Frauenfeindlichkeit rangiere.«

Sangki verzieht das Gesicht. »*Aigoo*. Das ist nicht gut. Klingt eher so, als würde ich sagen, dass mir die *sasaengs* wenigstens Geschenke mitbringen.«

Ich öffne mein Bier und sehe zu der kleinen Fan-Gruppe hinüber, die etwa zwanzig Meter entfernt steht. Auf einmal wütend richte ich meine Handykamera in ihre Richtung. Eine der drei wendet sich ab, die anderen beiden starren weiter in unsere Richtung.

Sangki verpasst mir einen sanften Stoß, damit ich sie in Ruhe lasse. »Wie kommst du denn mit Yujuns Mutter klar?«

Eine weitere interessante Eigenart der koreanischen Sprache: Im Gespräch bezeichnet man Leute nicht mit Namen, sondern mit dem Beziehungsstatus, den man zu der jeweiligen Person hat. In diesem Fall also »Yujuns Mutter« und nicht »Choi Wansu«. Man würde mir gegenüber meinen Chef auch nicht Park Hyunwoo nennen, sondern ihn als *Bujang-nim* bezeichnen, weil dieses Wort den Status der Person in meinem Leben feststellt. Für Sangki und alle anderen Leute, die die Chois kennen, ist Wansu Yujuns Mutter.

Und das ist mein Problem. Darum sitze ich hier mit Sangki und nicht mit Yujun und Sangki. Darum ist Yujun seit sechs Wochen im Ausland. Darum ist die Stimmung zu Hause so unglaublich unangenehm. Choi Wansu ist meine Mutter, die Mutter meines Freundes und meine Vorgesetzte. In den sechs Wochen, die wir inzwischen miteinander allein sind, haben wir in Sachen Mutter-Tochter-Beziehung keine wirklichen Fortschritte erzielt.

Über Ellen weiß ich, dass sie morgens gut aus dem Bett kommt, häufig weint, laut lacht und schnell verzeiht. Wansu dagegen ist ein Mysterium. Sie kennt mich nur aus den Berichten, die ihr meine Adoptivmutter über die Jahre geschickt hat. Und ich kenne sie nur von den wenigen Bemerkungen, die Yujun über sie hat fallen lassen.

Ich lasse das Handy in meinen Schoß sinken. »Okay.«

Sangki schenkt mir ein ermutigendes Lächeln. »Choi Yujuns Mutter ist nicht gerade für ihre warmherzige Art bekannt.«

»Ehrlich gesagt geht es gar nicht so sehr darum. Ständig schenkt sie mir irgendwas. Ich habe ein ganzes Zimmer voller Handtaschen von Louis Vuitton, Dior, Chanel. Von den Sachen, die sie mir in den letzten sechs Wochen gekauft hat, ließe sich wahrscheinlich problemlos eine kleine Schule bauen. Unsere Beziehung kann unmöglich aus Lederartikeln und teuren Klamotten bestehen.«

»Könnte sie schon.«

»Wie meinst du das?«

»Manche Beziehungen funktionieren genau so: Eltern, die ihren Kindern Sachen kaufen, um sie glücklich oder gefügig zu machen oder sie ruhigzustellen.«

»Okay, dann lass mich das noch mal anders ausdrücken. Ich möchte keine Beziehung, die so funktioniert. Mir ist klar, dass wir nicht wie Ellen und Hara sein können, aber auf Sponsorin und Hara habe ich keine Lust.«

»Okay ... Was hast du denn früher mit Ellen unternommen?«

»Wir haben uns zusammen Heim-Deko-Sendungen angesehen. Wie man Sachen renoviert und dekoriert. Einmal haben wir Wildblumen gepflückt, obwohl das verboten ist, um daraus etwas zu basteln, das wir bei einem professionellen Inneneinrichter gesehen haben.«

»Schwer, sich Choi Yujuns Mutter bei so was vorzustellen.« Ich überlege einen Moment. »Was ist mit Stricken? Mom und ich haben mal zusammen einen Kurs gemacht.« Doch kaum dass ich den Satz ausgesprochen habe, wird mir klar, dass auch das nicht das Richtige wäre.

Sangki und ich sehen uns an und beginnen gleichzeitig den Kopf zu schütteln. Choi Wansu ist keine Frau, die strickt.

»Manchmal haben wir zusammen gebacken oder gekocht.«

»Yujuns Mutter kocht nicht.«

Nein, natürlich nicht. Immerhin hat sie eine Köchin und eine Haushälterin.

»Warum machst du nicht einfach mal was für sie?«

»Ein Wildblumen-Bild?«

»Nein, ich meine, ihr esst doch fast jeden Abend zusammen. Du könntest was für sie kochen.«

»Ja ... Ich denke nur ... Es ist nicht so, dass ich eine exzellente Köchin bin.«

»Egal, was du machst, sie wird es gut finden. Ich habe mal Eier für meine Mutter gekocht, und sie hat behauptet, es wären die besten, die sie je gegessen hat. Sie hat mindestens fünf Minuten lang nicht mehr aufgehört, mich in den Himmel zu loben. Sie ist sogar so weit gegangen zu behaupten, ich hätte goldene Hände – was man über jemanden sagt, der in einer bestimmten Sache besonderes Talent hat.«

»Das müssen grandiose Eier gewesen sein.«

Er schüttelt kichernd den Kopf, wobei die kleinen Goldkreolen in seinen Ohren leicht hin und her schwingen. »Ihr übertriebener Enthusiasmus hat mich irgendwann misstrauisch gemacht. Nachdem sie sich ins Wohnzimmer gesetzt hatte, um zu lesen, bin ich in die Küche gegangen und hab' im Mülleimer nachgesehen. Da lagen die Eier drin.«

»Dann hast du sie selbst gar nicht probiert?«

»Nope. Ich hab meinem eigenen Können nicht vertraut.«

»Was du mir also damit sagen willst, ist, dass Wansu mich anlügen wird, damit ich mich besser fühle.« Ich zupfe am Ärmel meines Pullis.

»Nein, was ich damit sagen will, ist, dass es die Mühe ist, die sich jemand gibt, die zählt. Mom war begeistert, dass ich für sie gekocht habe, und Wansu wird genauso glücklich darüber sein, wenn du es für sie tust. Am Ende loben sie dich dafür, dass du dir die Mühe gemacht hast, nicht für das Ergebnis.«

»Ich bin durchaus in der Lage, Eier zu kochen, Sangki.«

»Na also.« Er klopft mir auf den Rücken. »Dann bist du der Konkurrenz auf jeden Fall schon einen Schritt voraus.«

KAPITEL VIER

»Was hältst du davon, wenn ich mal für deine Mom das Abendessen koche?«

Es ist beinahe Mitternacht, und Yujun hat bereits dreimal gegähnt, seit er ans Telefon gegangen ist, aber er weigert sich aufzulegen. Wir telefonieren jeden Abend per Videocall, egal, wie spät es ist. An der Verbindungsstelle zwischen meinem Zeige- und Mittelfinger, wo das Ladekabel über die Haut reibt, bildet sich langsam eine Hornhaut. Ich werde morgen totmüde sein – was vermutlich keine Rolle spielt, da mein Posteingang genauso leer wie immer sein wird.

»Unserer Mutter?«

Ich ziehe die Nase kraus, weil ich es hasse, daran erinnert zu werden, dass wir dieselbe Mutter haben.

»Nicht unserer Mutter«, korrigiert er sich. »*Eomeo-nim.*« Er verwendet die formelle Bezeichnung für »Mutter«, als ob das irgendeinen Unterschied machen würde. »Ich glaube, darüber würde sie sich freuen. Was willst du denn kochen? Und warum hast du noch nie für mich gekocht?«

»Erstens weil du seit sechs Wochen unterwegs bist, und zweitens durfte man in Jules' Wohnung nicht kochen. Das Einzige, was sie erlaubt hat, war, auf der hinteren Terrasse zu grillen.«

Als ich nach Seoul gekommen bin, habe ich zur Untermiete in einem Haus im Norden der Stadt gewohnt, das etwas oberhalb der Straße liegt – es hat sich jedes Mal angefühlt, als müsste ich einen Berg besteigen, um hinzukommen. Die Hauptmieterinnen waren zwei Lehrerinnen und Jules, meine Flugbegleiter-Freundin. Wir haben fast jeden Abend Essen bestellt; zu den wenigen Gerichten, die sich die Mädels selbst gekocht haben, gehörten *ramyeon*, Suppe mit *mandu* – Dumplings – und *tteokbokki*, Reiskuchen in Penne-Form in scharfer Soße.

»Dann hattet ihr gar keine Schmutzküche?«

»Eine was?« Ich habe den Ausdruck noch nie gehört.

»Eine zweite Küche. Manche sind komplett gekachelt, sodass man sie mit einem Schlauch sauber spritzen kann. Schmutzküche, weil da das richtige Kochen stattfindet – mit Fleisch und Fisch. Kimchi wird auch dort gemacht. Hat dir noch nie jemand euer ganzes Haus gezeigt?« Er hebt fragend eine sorgfältig gezupfte Augenbraue.

»Doch, Wansu. Aber ich kann mich an keine zweite Küche erinnern. Und irgendwie habe ich den Eindruck, dass ich die nicht wieder vergessen hätte.« Ich lehne das Handy gegen das Kissen neben mir. Wenn ich ihm mit geschlossenen Augen zuhöre, kann ich mir vorstellen, dass er hier ist, in meinem Bett, nur eine Armlänge entfernt.

»Sie ist ziemlich versteckt. Mrs. Ji ist die einzige Person im Haus, die sie benutzt.« Er seufzt und richtet den Blick an die Decke. »Ich vermisse ihr Essen.« Die Laken rascheln, als er sich auf die Seite dreht.

Bei dem Geräusch zieht sich mein Unterleib zusammen. Ich habe nur einmal mit Yujun geschlafen, und meine schönen Erinnerungen an diese Nacht vermischen sich mit schmerzlichen. An dem Tag hab' ich herausgefunden, dass seine geliebte Stiefmutter meine leibliche Mutter ist, die mich abgegeben hatte, als ich gerade ein paar Tage alt gewesen war.

Ich bin vor ihr weggelaufen, vor dem, was ich erfahren hatte, vor dem Schmerz, und in den Han-Fluss gefallen, bevor ich mich zu Jules Haus zurückgeschleppt habe. Yujun hat dort auf mich gewartet, und ich verdrängte das, was ich wusste – dass er untrennbar mit Wansu verbunden war –, und nahm mir das, was ich in dem Moment bekommen konnte. Ich brauchte den Trost, und er spendete ihn mir mit seinen Händen, seinem Mund und seinem Körper. Ich möchte eine Wiederholung, bei der ich nicht versuche, irgendwelche anderen Gefühle als reine Lust zu lindern.

»Kocht sie immer westliches Essen?« Wansu und ich essen regelmäßig zusammen. Jeden Morgen schütten wir einen furchtbaren Grünkohl-Smoothie in uns rein – Wansus traditionelles Frühstück –, und während unseres ersten unangenehmen Zusammentreffens am Esstisch, dem viele weitere folgen würden, fragte sie mich, was ich essen wolle. Um keine unnötigen Umstände zu machen, antwortete ich, dass ich das Gleiche nehmen würde wie sie.

Sie musterte mich mit einem zweifelnden Blick, bevor sie mir Cornflakes anbot. Bomi hat mir später erzählt, dass eine der Haushaltshilfen bis nach Itaewon fahren musste, um sie in einem auf internationale Lebensmittel spezialisierten Supermarkt, in dem vor allem Expats und Diplomaten einkaufen, zu besorgen. Am nächsten Tag erklärte ich entschieden meine Begeisterung für Wansus grünen Saft.

Ich dachte, dass es sich dabei um eine koreanische Spezialität handelt, aber in Wahrheit ist es ein Smoothie mit Grünkohl, Weizengras, Ananas, Mango, Erdbeeren und einem Löffel Proteinen sowie allen essenziellen Vitaminen, die eine Frau so braucht – was mir Wansu mit großer Freude verkündete. Und aus diesem Grund stürze ich seit sechs Wochen jeden Morgen diese eklige Mischung runter.

Ich fühle mich seitdem nicht gesünder, was allerdings auch daran liegen kann, dass ich gleichzeitig Unmengen frittiertes Hühnchen, *hotteok* – einen flachen Teigfladen mit geschmolzenem Zucker gefüllt –, Würstchen im Schlafrock, die manchmal mit kandierten Apfelstücken bestreut sind, und Fischfrikadellen esse. Ach ja, und natürlich meine geliebten frittierten Schweinefleischbällchen.

An den Abenden, an denen ich nicht mit Sangki einen neuen Food Truck ausprobiere oder mit Jules und Bomi ausgehe, sitze ich mit Wansu am Esstisch aus Walnussholz beim Abendessen, das die Köchin Schrägstrich Haushälterin Mrs. Ji gekocht hat. Das Essen schmeckt wahnsinnig gut, ist aber immer westliche Küche: Nudeln, Zitronenhühnchen mit gerösteten Kartoffeln, Jakobsmuscheln mit Spargel, cremige Pilzsuppe mit selbst gemachten Croutons. Langsam frage ich mich, ob Wansu überhaupt Essstäbchen im Haus hat.

»Eigentlich nicht, nein. Sie kocht einen großartigen Retticheintopf mit Sojabohnenpaste. Den liebe ich im Winter. Und ihre Schwein-Kartoffel-*jeons* sind auch sehr lecker. *Jeon* ist ein koreanischer Pfannkuchen«, beginnt er zu erklären, was allerdings nicht nötig ist. Ich kenne die herzhaften Teigfladen.

»Ich liebe *jeons*. Letzte Woche waren Sangki und ich bei einem Food Truck auf dem Gwangjang Markt. Die haben mindestens zehn verschiedene Variationen im Angebot; die mit Frühlingszwiebeln haben mir am besten geschmeckt.« Sie waren dicker als die *jeons*, die es normalerweise in Restaurants und den Food Halls im Untergeschoss der Kaufhäuser zu kaufen gibt.

»Und wie war der scharfe Eintopf heute Abend?«

»Sehr gut. Was hattest du zum Abendessen?«

Er gähnt und dreht den Kopf zur Seite, um seine Müdigkeit nicht zu zeigen. »Das Team hat Singapurnudeln bestellt. Die sind sehr gut, aber ich hab' das chinesische Essen langsam satt. Ich möchte nach Hause und mit dir Koreanisch essen.«

»Das will ich auch.« Ich will ihn bei mir haben.

Ein zärtliches Lächeln erscheint auf seinen Lippen. »Vermisst du mich, Hara?«

»Ja.«

»Du sagst es aber nicht oft.«

»Weil ich dann leidend und verzweifelt klinge.«

»So wie ich, wenn ich dir jeden Abend sage, wie sehr ich dich vermisse?«

»Nein, bei dir klingt es cool.«

»Ich leide aber, und verzweifelt bin ich auch.« Er hält kurz inne, dann fährt er mit gesenkter Stimme fort: »Es ist fünfundvierzig Tage her, seit ich dich ganz für mich allein hatte.«

Ein Dutzend, nein, Hunderte Bilder rasen durch meinen Kopf. Yujun im Anzug am Flughafen. Yujun, der vor dem Airbnb in Jeans und einem schlichten weißen Hemd auf mich wartet. Yujun in Baumwollhose und einem sonnig gelben Shirt, das er an den Armen hochgekrempelt hat. Yujun in nichts als Haut und Schweiß und mit angespannten Bizepsen, als er sich langsam auf und in mich sinken lässt. Ich schließe die Augen, als ob ich die Bilder in meinem Kopf dadurch loswerden könnte, dabei wird es nur schlimmer. Im Dunkeln, mit dem Geräusch seines Atems neben meinem Ohr, ist es, als würde er neben mir liegen, mich streicheln, küssen, lieben. Das Gefühl ist überwältigend, und ich möchte nicht, dass er es mir ansieht. Das wäre zu peinlich.

»Ich glaube, ich muss langsam auflegen«, krächze ich mit heiserer Stimme. »Hab' morgen einen vollen Tag. Viel Arbeit«, stottere ich.

Sein Lächeln bekommt etwas leicht Selbstzufriedenes, aber er nickt nur. »Ich vermisse dich, *aegiya*.«

Ich vermisse dich auch, Baby.

Ich schlafe nicht gut. Und wer könnte das schon nach so einem Satz?

Wie von mir selbst prophezeit, bin ich am nächsten Tag kaum zu etwas zu gebrauchen, andererseits spielt das keine Rolle. Ich habe keine neuen Aufgaben. *Bujang-nim* ist ständig in irgendwelchen Meetings, also sitze ich am Schreibtisch und versuche, völlig übermüdet Koreanisch zu lernen. Um fünf beschließe ich zu gehen, und auch wenn es das offizielle Arbeitsende des Tages ist, spüre ich einen schuldbewussten Stich, als ich einen Blick auf meine Kolleginnen und Kollegen werfe, die nach wie vor an ihren jeweiligen Projekten sitzen.

Ich habe mein eigenes Projekt: Choi Wansu näherzukommen.

Es ist gerade mal ein paar Wochen her, dass ich sie das erste Mal gesehen habe. Ich bin in ihr Büro gestürmt und habe von ihr verlangt zu wissen, ob sie meine leibliche Mutter ist. Was sie ohne Zögern zugegeben hat. Eine Beichte, gefolgt von der armseligen Geste, mich zu fragen, wie viel Geld ich wolle. Das hat wehgetan. Sehr wehgetan. Was außerdem wehgetan hat, war herauszufinden, dass der Mann, in den ich mich verliebt habe, das Kind ist, dessen Mutter sie lieber sein wollte als meine. Ein Schmerz, der noch vergrößert wurde, als ich erfuhr, dass meine Adoptivmutter Ellen seit meinem zwölften Geburtstag mit ihr in Kontakt gestanden hatte. Dreizehn Jahre Verrat und Lügen sind eine ganze Menge, um in sechs Wochen darüber hinwegzukommen.

Ich hätte an meinem Groll und meinem Trauma festhalten können, aber ich tat es nicht, weil ich nicht die Zeit dazu hatte. Die Presse erfuhr von meiner Existenz, und das Familienunternehmen von Wansu und Yujun, eine Multimillionen-Dollar-Firma, die Hunderte von Menschen beschäftigt, war plötzlich in Gefahr. Als Yujuns Vater vor Jahren nach einem Herzinfarkt ins Koma fiel, übernahm Wansu die Geschäftsleitung und begann damit, Dinge zu verändern. Sie setzte sich für weibliche Anliegen ein, nahm Auszeichnungen für die Unterstützung von Frauenförderung entgegen. Sie spendete Geld an Adoptionsorganisationen und saß in deren Vorstand, ohne dass jemand davon wusste, dass sie vor fünfundzwanzig Jahren selbst ihr Kind abgegeben hatte.

Ich hätte Seoul verlassen, nach Iowa zurückkehren und damit zulassen können, dass sie, Yujun und die IF Group zugrunde gehen.

Ich blieb. Ich blieb, allerdings nicht allein aus altruistischen Gründen. Ja, ich wollte Wansu besser kennenlernen, und ich wusste, dass ich in den USA keine ruhige Minute haben würde in dem Bewusstsein, so viele Menschen arbeitslos gemacht zu haben, aber ich blieb auch wegen Yujun. Und Sangki und Jules und Bomi und sogar wegen Wansu.

Ich bin auf der Suche nach Zugehörigkeit hergekommen und habe Menschen gefunden, die mir wichtig sind. Wansu ist eine von ihnen. So sehr ich sie dafür hasse, sosehr es mich verletzt, was sie getan hat, ich kann nicht leugnen, dass ich an ihrer Stelle vielleicht eine ähnliche Entscheidung getroffen hätte. Als sie herausfand, dass sie schwanger war, war sie nur eine von mindestens fünf Frauen, mit denen mein leiblicher Vater zu dieser Zeit geschlafen hatte. Ihre Eltern waren streng, und ihr Vater ... Wansu hat es nicht laut ausgesprochen, aber ich hatte den Eindruck, dass er ihr etwas angetan hätte, wenn er die Wahrheit erfahren hätte. Und sie hat es versucht. Sie hat versucht, sich um mich zu kümmern, aber sie hat es nicht geschafft. Ohne Ausbildung und, abgesehen von einem angeborenen Sprachtalent, ohne Fähigkeiten, an irgendeinen Job zu kommen, ließ sie mich vor einer Polizeiwache zurück und wartete zweiundvierzig Minuten, bis ein Polizist für eine Rauchpause herauskam und mich fand.

Ich kann mich in schlechten Erinnerungen suhlen oder meine Füße heben und vorwärtsgehen. Ich entscheide mich für Letzteres, aber der Weg, der vor mir liegt, ist dornig. Wir schleichen immer noch umeinander herum und wählen unsere Worte mit Bedacht. Sie spricht in Form von Geschenken mit mir, ich in Form von Dienstleistung mit ihr. Ich beeile mich, das Essen auf den Tisch zu stellen. Ich springe auf, um die Teller abzuräumen. Ich gehe jeden Tag zur Arbeit, obwohl ich mich morgens schon davor fürchte, die Augen aufzumachen.

Koreaner legen großen Wert auf Geschenke. Mittlerweile habe ich begriffen, dass eine der größten gesellschaftlichen Sünden, die man begehen kann, ist, ohne Geschenk bei jemandem zu Hause aufzukreuzen. Aber Wansu übertreibt es. In dem großen Haus im Norden von Seoul, das sie ihr Zuhause nennt, wurden mir ein Schlafzimmer mit angrenzendem Wohnbereich und ein Ankleideraum zugeteilt, der von fast leeren Schränken und einem Boden voller Designertaschen gesäumt ist. Fast täglich kommt sie mit etwas Neuem nach Hause. »Das habe ich auf dem Weg zu einem Meeting gesehen« oder »Meine Assistentin hat mir erklärt, das hier ist angesagt« oder »Eine Schauspielerin hat es auf einem Werbeplakat getragen« lauten die Entschuldigungen, die ihre Geschenke begleiten. Ihr Wert und die überwältigende Menge machen mich nervös, dabei habe ich gerade mal einen winzigen Bruchteil davon ausgepackt. Ich wünsche mir, dass wir eine persönliche Beziehung aufbauen und keine, die von irgendwelchen Luxusgegenständen geprägt ist.

Andererseits, was habe ich angeboten, damit sie mich besser kennenlernt? Nicht viel. Für sie zu kochen ist das Mindeste, was ich tun kann.

Sangki hat zwar den Vorschlag gemacht, allerdings ohne eine Idee, was genau ich kochen könnte. Yujun hat gestern Abend ein paar Lieblingsgerichte aufgezählt, was bedeutet, dass es sie häufiger bei ihm und Wansu zu Hause gegeben haben muss. Warum sonst hätte er sie erwähnen sollen? Ich beschließe, den Rettich-Sojapasten-Eintopf und Schweine-fleisch-Kartoffel-*jeon* zu machen.

Mithilfe einer Übersetzungs-App kopiere ich die Zutaten in eine Liste auf meinem Handy und gehe damit in einen Supermarkt in der Nähe des Büros. Das Gemüse ausfindig zu machen, ist kein Problem. Koreanischer Rettich ist leicht zu erkennen, genauso wie Frühlings- und Gemüsezwiebeln. Kartoffeln sehen überall auf der Welt gleich aus. Der getrocknete Seetang und die Anchovis für den Dashi-Fond stellen eine gewisse Herausforderung dar, aber ich finde einen entsprechenden Fond in der Kühlabteilung. Was mich verwirrt, ist der Gang mit den Sojapasten. Die schiere Auswahl an Variationen ist absolut einschüchternd. Es gibt mindestens fünfzehn verschiedene Marken, von denen jede unterschiedliche Varianten im Angebot hat. Was natürlich kein Problem darstellen würde, wenn ich Koreanisch könnte, denn, wenn ich ehrlich bin, sieht der Gang mit den Suppen zu Hause, wo sich rot-weiß gestreifte Dosen mit Dutzenden verschiedener Tomatensuppenvariationen aneinanderreihen, nicht viel anders aus.

Nachdem ich sechs verschiedene Pasten in der Hand gehalten habe, entscheide ich mich schließlich für eine rote Packung mit einem goldenen Siegel drauf. Das Gold muss bedeuten, dass die Paste erstklassig ist. Wahrscheinlich gab's einen Preis für die beste Sojabohnenpaste des Landes.

Und auf dem Label steht vermutlich, dass neunundneunzig von hundert Koreanern diese Paste empfehlen. Ich lasse sie in meinen Korb fallen und suche die Fleischabteilung, um Schweinemett für die *jeons* zu besorgen. Als ich alle Zutaten beisammenhabe, gehe ich zur Kasse. Ich bin froh, dass die Kassiererin nichts sagt.

Soweit möglich, versuche ich es zu vermeiden, mit Menschen zu reden, die ich nicht kenne. Meine eingeschränkten Sprachkenntnisse sind mir peinlich; und selbst wenn ich es schaffe, das erste »Hallo« und das »Wie geht es Ihnen?« hinter mich zu bringen, scheitere ich spätestens an dem, was folgen sollte. Es macht keinen Unterschied für mich, ob man mich fragt, wie das Wetter ist, oder ob ich gerne das Hundekacka auf dem Gehweg essen würde – für mich klingt alles gleich. Wenn ich ein Taxi nehme, zeige ich dem Fahrer einen Screenshot der Adresse auf meinem Handy. Diverse Versuche, mein Ziel mündlich zu formulieren, haben in der Regel mit einem »Ich verstehe Sie leider nicht« geendet.

Mrs. Ji ist überrascht, als wir uns zu Hause über den Weg laufen. »Sie sind heute früh zurück.«

»Ja.« Ich hebe die beiden Supermarkttüten an. »Ich koche heute Abend; Sie können also früher gehen.«

Eine ihrer Brauen schießt in die Höhe, während sie die andere nach unten zieht. »Sie möchten kochen?«

Angesichts ihres alarmierten Tonfalls bemühe ich mich um Beschwichtigung. »Ja. Sojapastensuppe und *jeon*.« Als Mrs. Ji nicht reagiert, versuche ich, mich an die koreanischen Bezeichnungen zu erinnern. »*Mu doenjang guk. Jeon. Dwaeji gogi jeon.*«

»Machen Sie?«

»Ja, mache ich.«

»Ich Köchin.« Sie greift nach den Tüten, doch ich ziehe sie schnell zurück.

»Nein. Ich möchte heute Abend für Wansu kochen. Yujun hat gesagt, es gibt noch eine Küche? Soll ich die benutzen? Zeigen Sie mir, wo sie ist?«

Sie schüttelt heftig den Kopf. »Nein. Nein. Ich koche alles.«

Langsam habe ich Angst, dass wir kurz davorstehen, uns in ein Wrestling-Match um die Einkaufstaschen zu stürzen. »Nur dieses eine Mal. Ich möchte es gerne für Wansu tun. Versprochen, ich werde sie nicht vergiften.«

KAPITEL FÜNF

»Heute Abend hätte ich beinahe Wansu umgebracht.« Meine Stimme klingt gedämpft, weil ich mein Gesicht im Kissen vergraben habe. Ich schäme mich zu sehr, um in die Kamera zu sehen.

»*Eomeo-nim*«, korrigiert er mich.

»Heute Abend hätte ich beinahe *Eomeo-nim* umgebracht.«

»Ich glaube nicht, dass das möglich ist. Bist du Auto gefahren?«

»Ich weiß es sehr zu schätzen, dass du glaubst, es waren schwere Maschinen involviert und nicht nur meine vermeintlichen Kochkünste.«

»Ahhhh.« Anscheinend ist ihm gerade wieder eingefallen, worüber wir beim letzten Telefonat gesprochen haben. »Willst du mir erzählen, was passiert ist?«

»Wusstest du, dass *gochujang* und Sojabohnenpaste in ähnlichen Verpackungen verkauft werden?«

»Oh.«

»Genau.«

»Hast du vorher probiert?«

»Ja, aber ich dachte, es soll so scharf sein. Was weiß ich denn schon? Bei uns zu Hause gab es Spaghetti mit Tomatensoße, keinen Sojabohneneintopf.« Ich drehe mich auf die Seite und verziehe das Gesicht. »Ich hab' so viel Chili-Paste in die Suppe getan, dass ich das Gefühl hatte, meine Ohren speien Feuer. Wansu ... *Eomeo-nim*«, korrigiere ich mich schnell, als Yujun den Mund öffnet, um mich zu erinnern, dass ich schon wieder die falsche Bezeichnung gewählt habe, »hat nach einem Bissen angefangen zu husten. Ich bin aufgesprungen, um ihr auf den Rücken zu klopfen, weil ich dachte, sie hätte sich an einem Stück Rettich oder so verschluckt. Dabei hat sie in Wirklichkeit wegen der Schärfe keine Luft mehr bekommen. Sie musste mir fünfmal auf den Arm hauen, bis ich gemerkt habe, dass ich ihr mit meiner Aktion nicht das Leben rette, sondern sie im Gegenteil noch vom Luftholen abhalte. Definitiv einer der peinlicheren Momente meines Lebens.«

Yujun räuspert sich, dreht den Kopf von einer Seite auf die andere, als würde er den Nacken dehnen, reibt sich mit einer Hand über die Augen, presst die Lippen zusammen.

»Lass es raus«, seufze ich.

Er prustet los wie ein Wasserfall – während ich mit den Fingern auf die Matratze trommele und darauf warte, dass sein Lachanfall ein Ende nimmt. Als er sich wieder einkriegt, ist er den Tränen nahe. Er reibt mit dem Knöchel des Zeigefingers an seinen Augen entlang und entschuldigt sich. »*Mianhae.*«

Und mein Herz schmilzt auf der Stelle dahin. Yujun achtet sehr darauf, in meiner Gegenwart Englisch zu sprechen. Selbst wenn wir in Seoul koreanischen Bekannten von ihm begegnet sind, hat er sie auf Englisch begrüßt; ein sanfter Hinweis an seine Freunde, ebenfalls in meiner Sprache zu sprechen. Gutes Englisch zu sprechen, steht in Korea für eine gute Bildung, hat er mir erklärt. Die meisten seiner Bekannten beherrschen es fließend genug, um sich zu unterhalten. Doch wenn er selbst müde oder unkonzentriert ist, wechselt er häufig in seine Muttersprache. Ich liebe es, ihn Koreanisch sprechen zu hören. Es ist eine wunderschöne, bildreiche Sprache. Ich meine, mal im Ernst, wie kann man eine Sprache, in der das Wort für Fisch *mul gogi* ist, nicht lieben? Die wörtliche Übersetzung lautet »Fleisch des Wassers«.

»Es sei dir verziehen. Das Gute an der ganzen Sache ist wahrscheinlich, dass die Zubereitung der Suppe nicht besonders kompliziert war, und wenn ich nicht die Sojabohnenpaste mit der *gochujang* verwechselt hätte, wäre sie vermutlich superlecker gewesen.« Der Geschmack war in Ordnung gewesen, bevor ich das Gewürz hinzugegeben hatte, und der Rettich nicht zu weich gekocht.

»Wenn ich wieder zu Hause bin, musst du die Suppe mal für mich kochen.«

»Mache ich.«

Zu Hause. Die beiden Wörter hängen zwischen uns in der Luft. Sie sollten für uns verboten sein. Jedes Mal, wenn wir sie verwenden, werden wir daran erinnert, was wir nicht haben. Dass uns ein ganzer Ozean trennt.

»Ich sollte langsam schlafen gehen«, sage ich.

»Ich auch. Gute Nacht, Hara.«

»Gute Nacht.«

Nachdem wir aufgelegt haben, starre ich an die Zimmerdecke und frage mich, warum er mich diesmal nicht *aegiya* genannt hat. Vielleicht ist Wansu die Einzige, die das Ende klar vor sich sieht und versucht, eine Katastrophe zu verhindern. Ich lege einen Arm über meine Augen und versuche, die negativen Gedanken aus meinem Kopf zu verbannen. Yujun und ich waren beide müde. Das ist alles. Interpretier nicht mehr hinein, ermahne ich mich selbst.

Ich nehme mein Handy und scrolle durch die Fotos von uns, die wir am Fluss gemacht haben. Unsere Augen sind geschlossen, aber wir lächeln. Er hat mir gesagt, dass ich ein schönes Augenlächeln habe. Ich fahre in Gedanken die nach unten gebogene Kurve seines Lids nach, dann meine. *Es wird alles gut werden,* höre ich ihn sagen. Ich umklammere die rote Kordel und schlafe ein.

Während wir unseren Frühstückssmoothie trinken, entschuldige ich mich ein weiteres Mal bei Wansu. »Es tut mir leid wegen gestern Abend.«

»Das muss es nicht. Ich sollte scharfes Essen gewohnt sein, aber je älter ich werde, desto mehr schmecken mir eher mild gewürzte Gerichte. Es ist also vielmehr mein Fehler als deiner.«

»Ist das der Grund, warum wir eher westlich essen? Ich mag nämlich Koreanisch, und mit Stäbchen kann ich auch umgehen. Ich brauche wirklich keine Gabel.«

Wansu stellt ihr Glas auf dem Untersetzer neben dem wunderschönen Porzellanteller ab, auf dessen Rand blaue Putten Fangen spielen. Der Teller ist leer. Er dient lediglich zur Dekoration. »Schmeckt dir das Essen nicht, Hara? Du hättest schon viel früher etwas sagen sollen. Mrs. Ji kann alles zubereiten, was dir schmeckt.« Sie macht eine Geste, um die Köchin zu rufen, aber ich lege ihr eine Hand auf den Arm.

»Nein. Bitte nicht.« Ich spüre, wie ich vor Verlegenheit knallrot werde. »Alles, was sie bisher gekocht hat, war wahnsinnig lecker. Und sowieso viel leckerer als das, was ich zustande gebracht habe. Ich habe das lediglich für den Fall erwähnt, dass es nur wegen mir westliches Essen gibt. Denn wie gesagt, ich mag koreanische Gerichte, und ich kann mit Stäbchen essen. Mom ... ich meine, Ellen, hat mir schon als Kleinkind welche in die Hand gedrückt, damit ich lerne, damit umzugehen. Ich hatte welche mit Tierköpfen an den Enden, die man leichter zusammenhalten kann.« Dann halte ich den Mund, weil ich merke, dass ich ohne Punkt und Komma geredet habe.

Wansu lässt den Arm sinken. »Ellen hat sich sehr gut um dich gekümmert.«

»Ja. Sie liebt mich.« Innerlich stöhne ich auf, weil es so geklungen hat, als ob Wansu mich nicht lieben würde.

Sie spannt den Mund an, nur ein winziges bisschen, aber ich bemerke es dennoch. »Du bist mir ebenfalls wichtig.«

»Ich weiß.«

Ich hätte die Situation nicht schlechter handhaben können. Zwei Mütter zu haben, ist, wie ständig auf einem Minenfeld herumzulaufen. Ich habe keine Ahnung, was ich mir dabei gedacht habe, als ich in das Flugzeug gestiegen bin, um hierherzukommen. Doch, eigentlich habe ich die schon. Ich bin vor dem Schmerz davongerannt, der durch meinen Adoptivvater, seine Heirat mit seiner neuen Frau, sein *richtiges* Kind und seinen Tod verursacht wurde. Mich auf die Suche nach meinem leiblichen Vater zu machen, hat in jenem Moment Sinn ergeben, aber ich habe mich dabei ganz auf das Finden konzentriert, ohne an die Folgen zu denken. Es ist ironisch, weil ich diese Adoptions-Wiedervereinigungsshows immer gehasst habe, da sie sich nur um diesen einen Moment des Wiedersehens drehen und nicht um die harte Arbeit, die es bedeutet, den Sturm an Gefühlen zu sortieren, der mit der Begegnung mit jener Person einhergeht, die einen verlassen hat.

Sie greift in ihre Aktentasche, die neben ihr auf dem Stuhl steht, und zieht eine dunkelblaue Mappe daraus hervor. Es sieht nach Geschäftsunterlagen aus. Eine Sache, die ich an Wansu sehr zu schätzen weiß, ist, dass sie nicht zulässt, dass Gefühle das Geschäft beeinflussen.

Interessiert richte ich mich auf. Bekomme ich mein eigenes Projekt?

Sie schiebt das Portfolio über den Tisch zu mir. »Hier. Das habe ich für dich zusammengestellt. Ich habe dir weder beigebracht, wie man mit Stäbchen isst, noch deine Hausaufgaben kontrolliert. Ich war bei keinem Softball-Spiel oder Arzttermin dabei. Es ist uns nicht möglich, die Zeit zurückzudrehen und diese Dinge ungeschehen zu machen, aber ich kann für deine Zukunft vorsorgen.«

Neugierig schlage ich die Mappe auf, aber statt eines Businessplans befindet sich ein Hochglanzfoto darin, mit einer Büroklammer an ein Blatt Papier geheftet, das wie ein Lebenslauf aussieht. Auf dem Foto lehnt ein junger Mann in blauem Anzug und rot gestreifter Krawatte an einer Granitwand. Er trägt das schwarze Haar aus der Stirn gekämmt und hat große Augen, die aussehen, als wären sie das Produkt einer Schönheits-OP, und einen hohen Nasenrücken. Er ist auf konventionelle Art attraktiv, so wie es Social-Media-Influencer sind – schön anzusehen, aber ohne einen Hauch des Charismas, das Yujun besitzt.

Kim Seonpyung ist siebenundzwanzig; »internationales Alter« steht in Klammern dahinter. Er hat an der Korea University studiert und war bei seinem Abschluss einer der besten Absolventen. Er stammt aus dem Andong-Clan, aus einer Provinz in Nord Gyoengsang. Ich habe keine Ahnung, wo das ist oder was es bedeutet, aber in einer weiteren hilfreichen Klammer wird erläutert, dass der Andong-Clan bis in die Joseon-Dynastie zurückreicht und drei Adelige in seiner Linie auftauchen. Ich ziehe die Nase kraus. Ist das ... Bomis Handschrift? Wie nett von ihr, mich vorzuwarnen. Sie sollte eigentlich auf meiner Seite stehen.

Kim Seonpyung – für seine Freunde Soon-ie, wie Bomi wenig hilfreich angemerkt hat – ist Anwalt und arbeitet bei der angesehensten Kanzlei in Seoul, Kim & Kang, im Vertragswesen. Er spielt Cello und Gitarre, und seine Blutgruppe ist AB, was einen super Match mit meiner – B – abgibt. Woher kennt Bomi meine Blutgruppe? Ist das eines der pikanten Details, die Ellen in einem der monatlichen Berichte hinter meinem Rücken an Wansu weitergegeben hat?

Ich schließe die Mappe und sehe Wansu mit einem letzten – vermutlich vergebenen – Hoffnungsschimmer an. »Stellst du jemand Neues für die Marketingabteilung ein? Ich hab nämlich keine Ahnung, ob ein Vertragsanwalt gut zu uns passen würde.«

»Nein. Kim Seonpyung ist ein guter Fang. Ein *emchina*. Ein junger Mann, den sich jede Mutter als Schwiegersohn wünschen würde. Du könntest dich dieses Wochenende mit ihm treffen. Morgen soll das Wetter sehr schön werden. Ich meine, in den Nachrichten hätten sie gesagt, um die zwanzig Grad und sehr niedrige Feinstaubwerte.«

Frustriert grabe ich meine Zähne in die Unterlippe. Mir ist bewusst, dass sie nicht will, dass Yujun und ich zusammen sind, aber mich stattdessen mit jemandem verkuppeln zu wollen, der mir vollkommen fremd ist, scheint mir dann doch ein bisschen zu viel des Guten.

»Nichts für ungut, aber wenn er dir so gut gefällt, dann solltest vielleicht du ihn ...« Ich halte inne, bevor mir etwas sehr Dummes über die Lippen kommen kann. Ihr Ehemann liegt irgendwo auf einer der oberen Etagen in diesem Haus in seinem Krankenbett, angeschlossen an verschiedene Maschinen und Monitore, die ihn am Leben halten. Ich hole tief Luft und versuche es von Neuem. »Ich habe kein Interesse. Ich weiß, dass du mit Yujuns und meiner Beziehung nicht einverstanden bist, aber sie existiert. Ich werde mit keinem anderen ausgehen.«

Wansus Miene verhärtet sich. »Ihr könnt nicht zusammen sein. Je eher ihr die Realität akzeptiert, desto schneller werdet ihr beide wieder glücklich sein.«

Vielleicht hätte ich sie gestern Abend vergiften sollen. Irgendwo habe ich mal gelesen, dass Nahtoderfahrungen Menschen weicher machen. »Wenn du dir den Schwiegersohn der Nation wünscht: Ahn Sangki sitzt direkt vor deiner Nase«, provoziere ich sie.

Wansu hebt die Brauen. »Ahn Sangki würde dich niemals heiraten.«

Ich versteife mich. Kann es sein, dass ich sie unterschätzt habe?

»Und zwar nicht weil du nicht gut genug für ihn wärst, sondern weil allgemein bekannt ist, dass Ahn Sangki Männer vorzieht.«

Sie weiß es. Mir klappt der Kiefer herunter. Sangki hat sich mir gegenüber nie offiziell geoutet, aber das muss er auch nicht. Es ist nicht schwer zu erkennen, wo seine Vorlieben liegen, denn er sieht Yujun auf dieselbe Art an wie ich.

»Woher weißt du das? Und weiß Yujun es auch?«

»Jeder weiß es, Hara, inklusive Yujun. Wie sollte er nicht? Die beiden sind sich so nah wie Brüder.«

Ist ihm dann auch klar, dass Sangki in ihn verliebt ist?

»Ahn Sangki ist ein sehr netter junger Mann, aber er wird niemals jemandes Schwiegersohn sein. Und ich würde dir auch nicht empfehlen, irgendeinen anderen Celebrity zu daten. Sie sind weder dafür bekannt, besonders treu zu sein, noch dafür, langlebige Beziehungen einzugehen. Falls du, nachdem du Kim Seonpyung kennengelernt hast, feststellen solltest, dass er nicht gut zu dir passt, gibt es andere. Tatsächlich kann ich dir eine ganze Reihe von Kandidaten anbieten. Schreib mir, was du gerne zu Abend essen würdest. Ich schicke dir dann eine Liste mit Restaurants, die für ein erstes Date geeignet sind.« Sie steht auf, nimmt die Aktentasche vom Stuhl und verlässt das Esszimmer Richtung Haustür.

Ich schiebe den halb getrunkenen Smoothie von mir und greife nach meinem Handy, um Bomi zu texten. Sie schuldet mir definitiv ein paar Antworten.

ICH: Verräterin!

BOMI: Sie hat dir also die Dating-Profile gegeben.

ICH: Es gibt mehrere?

BOMI: Insgesamt zehn. Ich wollte es dir sagen,
aber ich wusste, dass du wütend werden würdest

ICH: Ja, ich bin wütend! Du hättest mich
zumindest vorwarnen können.

BOMI: Wollte ich auch, als wir zusammen beim
Food Truck waren, aber da warst du sowieso
schon so 😞 ... Sorry.

Sie schickt mir ein Apfel-Emoji.

Ich knalle mein Handy auf den Tisch und drohe ihm mit der Faust. Eine Entschuldigung reicht nicht.

Mir kommt ein grauenhafter Gedanke. Wenn Wansu mich mit Dating-Profilen versorgt, dann ganz sicher auch Yujun. Ich wäre nie auf die Idee gekommen, dass Yujun mich betrügen könnte. Er ruft mich jeden Abend an. Ich habe gesehen, wie er während unserer Videocalls eingeschlafen ist. Tagsüber ist er ständig in irgendwelchen Meetings. Zumindest glaube ich das. Zweifel schlängeln sich wie schwarzer Rauch in meinen Kopf.

Ich nehme erneut mein Telefon in die Hand. Meine Finger zittern leicht, als ich tippe: Gehst du auf Blind Dates?

Ich halte den Atem an, während ich auf eine Antwort warte, aber es kommt keine. Es ist noch früh am Tag. Ist er in einem Termin? *Oder im Bett einer anderen?*

Wie gut, dass ich in meinem Job nichts zu tun habe, andernfalls hätte ich heute nichts geschafft. Ich kann mich auf nichts konzentrieren, starre alle paar Sekunden auf mein Handy. Irgendwann im Laufe des Vormittags schalte ich es aus und rede mir ein, er wird sich melden, wenn ich am wenigsten damit rechne. Meine Selbstbeherrschung bröckelt bereits nach zehn Minuten.

Kurz vor der Mittagspause kommt endlich eine Antwort.

YUJUN: Nein?

Nein? Mit einem Fragezeichen? Was für eine Antwort soll das bitte sein?

Ich springe auf, murmele eine Entschuldigung, dass ich kurz in den Waschräumen bin – was vollkommen sinnfrei ist, da sich ohnehin niemand für mich interessiert –, und haste Richtung Treppenhaus. Als ich die Tür aufreiße, stelle ich fest, dass es bereits von einer Kollegin besetzt ist, die telefoniert. Sie starrt mich an und macht eine wegscheuchende Bewegung mit der Hand.

In den Toilettenräumen ist der Empfang nicht besonders gut, aber es ist der einzige Ort, wo ich zumindest einen Moment meine Privatsphäre habe. Ich knalle die Tür der Kabine zu und tippe Yujuns Nummer an.

Es klingelt und klingelt, dann bekomme ich eine Textnachricht.

YUJUN: Im Termin, sorry, ruf dich später zurück.
♥ dich

Mit dem Handy in der Hand drücke ich meine Daumen gegen die Schläfen. Ich bin kein melodramatischer Mensch. Ich weine nicht. Nicht besonders häufig. Ich verliere nicht die Beherrschung. Ich habe keine Trotzanfälle. Aber in diesem Moment möchte ich mein Smartphone auf den Boden werfen und darauf herumtrampeln, bis das Display splittert, nach draußen rennen und schreien, bis alle Anspannung rausgebrüllt ist.

Ich schreibe eine Nachricht – Falls ihr heute Abend was vorhabt, sagt ab – und möchte die Worte keine Sekunde später zurücknehmen, aber es ist bereits zu spät. Es ploppen Antworten im Gruppenchat auf.

JULES: ???

BOMI: Alles in Ordnung? Bist du bei der Arbeit?
Ich komme.

SANGKI: Hab' alles abgesagt.

Das Mitgefühl der anderen gepaart mit der Unsicherheit, die ich in diesem Moment empfinde, macht alles noch schlimmer.

ICH: Alles bestens, vergesst, was ich geschrieben hab'.

JULES: Quatsch. Wir treffen uns später im Casa Corona. Da gibt es private Sitzecken. Du oder Ahn Sangki bezahlen. Mit meinem Stewardessgehalt kann ich mir den Club nicht leisten.

BOMI: Ich auch nicht.

Aus der Nummer komme ich nicht wieder raus.

ICH: ich zahle.

Um genau zu sein, zahlt Wansu.

BOMI: Geht es um die Dates?

JULES: Was für Dates? Warum hast du mir nichts davon erzählt? Choi Yujuns Mutter datet jemanden?

BOMI: Natürlich nicht!!! Choi Yujuns Vater lebt noch.

JULES: Sorry! Ich war nur verwirrt, weil du was von Dates geschrieben hast. Wer dated?

BOMI: Hara.

SANGKI: Du datest? Weiß Choi Yujun das?

Ich knalle meinen Kopf gegen die Wand der Klokabine. Was habe ich da bloß für ein Chaos veranstaltet?

ICH: Niemand datet irgendjemanden.

ICH: Hoffe ich.

Eine Flut an Fragezeichen folgt, aber ich möchte nicht, dass irgendwann später alle nachlesen können, was ich Beschämendes geschrieben habe. Textnachrichten sollten nach einer bestimmten Zeit automatisch gelöscht werden.

Ich wechsle in den Chat mit Yujun, der in meinen Kontakten noch immer mit dem Namen »Yujun aus Seoul« gespeichert ist.

> YUJUN: Ich vermisse dich.

> YUJUN: Schau dir mal diesen süßen Hund an.

> YUJUN: Ich bin letztens an einem kleinen Fluss langgegangen und da waren diese zwei Enten unter der Brücke. Ich hab' versucht, ein Foto zu machen, aber das Männchen – die bunte Ente – muss gedacht haben, dass Gefahr droht, oder es hat ihm einfach nicht gepasst, dass ein anderes Männchen sein Mädchen anstarrt. Er hat mit den Flügeln geschlagen, und dann sind sie weggeschwommen. Ich habe an dich gedacht. Ich habe an uns gedacht.

Er hat ein Foto von der roten Seidenkordel mit dem Entenanhänger aus Jade, den er um den Hals trägt, angehängt. Ich drücke die dazu passende Seidenkordel gegen mein Schlüsselbein. Nachrichten sollten für die Ewigkeit sein, beschließe ich, niemals gelöscht werden, für alle Zeiten erhalten bleiben.

> ICH: Komm zu mir nach Hause. Bitte.

KAPITEL SECHS

Casa Corona ist eine Rooftop-Bar mit Restaurant in Itaewon, einem Viertel, das an Yongsan angrenzt. Früher, als das US-Militär noch überall in Seoul präsent war, waren die Straßen von Itaewon von amerikanischen GIs bevölkert. Bomi hat mir mal erzählt, dass dies damals ein Ort war, an dem sich kein anständiger Koreaner aufhielt. Es gab ein zwielichtiges Nachtleben und eine noch zwielichtigere Szene, zu der Prostitution, Drogen und Schmuggelware gehörten. In den letzten zwanzig Jahren wurde das gesamte Viertel gentrifiziert. Die amerikanischen Soldaten und billigen Shops, welche die Straßen gesäumt hatten, sind verschwunden. Ihren Platz haben teure Restaurants, Nachtclubs und Boutiquen eingenommen. Ein Stück weiter westlich liegt das sehr exklusive UN Village in Hannam-dong, einer Gegend, in der ausschließlich die Reichen und Mächtigen residieren. Sangki besitzt ein Apartment dort, genau wie viele andere Celebritys.

Auf der Dachterrasse des Casa Corona gibt es keinen Platz, an dem man wirklich ungestört ist, aber Jules hat uns eine der überdachten Sitzecken gesichert, ein Stück zurückversetzt von der verglasten Balustrade, welche die Rooftop-Bar zu drei Seiten einschließt.

Bomi und ich schlängeln uns zwischen den Rattantischen und -stühlen zu Jules durch.

»Kommt Ahn Sangki-nim?«, fragt sie, als wir neben sie auf das Sitzpolster rutschen. Auf dem Tisch steht bereits ein Kühler mit Eiswürfeln, zwischen denen eine Auswahl an verschiedenen Bieren, eine Flasche Tequila und vier Shot-Gläser stecken. »Ich bin extra ein bisschen früher hergekommen, damit wir eine von diesen Sitzecken bekommen, bei denen man die Vorhänge schließen kann.« Sie deutet auf die langen cremefarbenen Stoffbahnen, die an Holzstangen befestigt sind.

»Er kommt«, bestätige ich. »Ich schreib ihm kurz.«

Was sich als unnötig herausstellt, da er in diesem Moment aus dem Fahrstuhl steigt.

Ganz in Schwarz gekleidet, mit einer Sonnenbrille und einem Baseballcap auf den blondierten Haaren, umgibt Sangki eine besondere Aura. Blicke zucken in seine Richtung, gleichzeitig ist ein Raunen zu hören, als die Leute zu mutmaßen beginnen, um wen es sich handeln könnte. Er entdeckt uns sofort und überquert mit schnellen Schritten die Dachterrasse. Mr. Lee schließt die Vorhänge, noch bevor Jules sich von ihrem Platz erheben kann.

»Wie effizient«, sagt sie und reicht Sangki ein Bier.

»Ist nicht sein erstes Mal beim Rodeo.« Ich rutsche ein Stück beiseite, damit Sangki sich setzen kann.

»Ich habe keine Ahnung, was das bedeutet. Erklärung, bitte.« Er nimmt das Bier entgegen.

»Es bedeutet, dass du oder besser gesagt Mr. Lee Erfahrung mit solchen Situationen hast. Egal, hast du schon mal ein echtes Rodeo gesehen?«

Er runzelt die Stirn. »Ich glaube nicht?«

Bomi schüttelt den Kopf. »Gab es mal eins in Iowa?« Sie sieht enttäuscht aus, dass sie eine so uramerikanische Veranstaltung verpasst haben könnte.

»Nicht wirklich. Bei der State Fair gibt es Wettbewerbe von einzelnen Elementen aus dem Rodeo wie Kälber mit dem Lasso einfangen und Slalomreiten, aber das sind eher Pferdeshow-Events. Ein richtiges Rodeo – und ich sollte erwähnen, dass ich nie bei einem dabei war – ist ein ganzes Festival. Mit Clowns und Ochsen-Wrestling und Bullenreiten.«

Ich gehe weiter ins Detail, beschreibe, was ich selbst nur aus dem Fernsehen kenne. Bomi und Sangki sind fasziniert, Jules dagegen ist mehr daran interessiert, etwas zu essen zu bestellen.

»Wir sollten zu einem gehen«, beschließt Sangki. »Werden Rodeos in L.A. veranstaltet? Da gibt es doch den Rodeo Drive. Oder?«

Bei der Vorstellung von einem Rodeo mitten in Beverly Hills muss ich grinsen. »Die beiden werden unterschiedlich ausgesprochen. Der *Ro-day-oh* Drive ist eine teure Einkaufsstraße in Beverly Hills und *Row-dee-oh* die Show mit Pferden und Cowboys. Um ein richtiges Rodeo zu sehen, musst du nach Texas.«

»Dann lasst uns nach Texas fliegen. Wenn Yujun wieder da ist, planen wir das. Er würde ein Rodeo toll finden.«

»Würde er.« Er würde sich einen riesigen Hut kaufen, unglaublich gut damit aussehen und innerhalb von einer Stunde ein Dutzend neue Bekanntschaften schließen.

»Ich kann mir nicht leisten, nach Texas zu fliegen«, sagt Bomi schüchtern.

»Ich auch nicht. Und außerdem muss ich meine Familie besuchen, wenn ich in den Staaten bin, und die wohnt am anderen Ende der USA. Wir könnten nach Jeju fliegen, oder wir schmuggeln dich auf einen meiner Flüge nach Singapur«, schlägt Jules vor.

Bomi schenkt ihr ein dankbares Lächeln, und die beiden stoßen ihre Knie zusammen, ganz leicht, beinahe unmerklich. Ich hätte es gar nicht bemerkt, hätte ich nicht in diesem Moment hingesehen, aber jetzt habe ich das Gefühl, etwas beobachtet zu haben, das nicht für meine Augen bestimmt war. Und wodurch ich mich noch einsamer fühle, denn diese beiden haben einander gefunden, während meine Liebe vielleicht Blind Dates mit Singapurerinnen hat.

Sangki bemerkt meinen Blick und hebt fragend eine Augenbraue in Richtung der beiden.

Ich zucke nur mit den Schultern. Sie werden es mit uns teilen, wenn sie so weit sind.

»Also, was ist der Notfall, Hara?«, fragt Sangki.

»Können wir einfach so tun, als hätte ich heute keinen Zusammenbruch gehabt, und wir würden zusammen ausgehen, weil wir uns vermisst haben und Lust auf einen Drink und Nachos hatten?«

»Können wir, aber du trinkst nichts«, stellt er fest.

Ich schnappe mir die Tequila-Flasche und schenke vier Shots ein. »Es ist einfach ... alles.« Ich hebe das Glas, lege den Kopf in den Nacken und kippe den Drink runter. Der Alkohol gleitet sanft meine Kehle hinunter und schlägt dann zu, als er auf die U-Bahn-Fischfrikadelle in meinem Magen trifft – das Einzige, was ich heute zu mir genommen habe.

Ich gieße mir noch einen Shot ein und dann einen weiteren. Jules legt eine Hand auf mein Glas, bevor ich mir den vierten genehmigen kann.

»Definiere ›alles‹.«

Ich verstärke meinen Griff um den Flaschenhals. »Die Arbeit. Ich glaube nicht, dass ich jemals über den Status der Vetternwirtschaftsangestellten hinauskommen werde. Mein Koreanisch, mit dem ich so unglaublich langsam vorankomme. Wansus Verkupplungsaktion. Dass Yujun nicht hier ist. Dass ich nicht weiß, ob sie Yujun auch Dating-Profile geschickt hat. Die Tatsache, dass mich der Tequila nicht schnell genug betrunken macht.«

»Das ist ziemlich viel.« Jules nimmt mir die Flasche aus der Hand und schenkt mir ein.

Dankbar stürze ich den Drink runter. »Neulich hat *Bujang-nims* Telefon geklingelt, und außer mir waren alle beschäftigt. Ich bin davon ausgegangen, dass der Anrufbeantworter anspringt, dabei ...«

»Dabei hättest du drangehen sollen, und alle haben dich für arrogant gehalten, weil du dich weigerst, deinem Vorgesetzten einen Gefallen zu tun«, beendet Jules den Satz für mich.

»Genau. Woher weißt du das?«

»Weil in den USA jeder Angestellte auch privat über seinen Arbeitsanschluss telefoniert; in Korea wäre das ein Grund zur Kündigung, deswegen würde es nie jemand machen. Wenn hier im Büro das Telefon klingelt, dann geht es um den Job. Du musst drangehen.«

Ich ziehe eine Grimasse. »Eine Info, die letzte Woche hilfreich gewesen wäre.«

»Learning by doing«, witzelt Jules. »Aber jetzt noch mal von vorn: Du datest? Ich dachte, du bist mit Yujun zusammen.« Sie ballt eine Hand zur Faust und schlägt mit der anderen flach darauf.

Sangki beginnt verlegen zu husten, Bomi senkt den Blick.

Diesmal bedecke ich mit meiner Hand Jules'. »Tu das bitte nie wieder, sonst müssen wir dich aus unserer kleinen Runde ausschließen.«

»Das hier war meine Idee.«

»Ich weiß. Und deshalb wäre es auch sehr traurig mitanzusehen, wie du allein unten auf der Straße stehst, während wir uns hier oben betrinken, aber das hättest du dir selbst eingebrockt.«

»Sie hat recht.« Sangki öffnet eine weitere Bierflasche. »Das darfst du nicht noch mal machen. Ich bin traumatisiert.«

»Okay, also tun wir jetzt offensichtlich so, als hätten wir alle noch nie was von Sex gehört.« Jules presst verärgert die Lippen zusammen.

Ich lasse ihre Hände los und nehme mir ein Stück getrockneten Tintenfisch – etwas, das ich zu Hause nie probiert hätte, weil es schrecklich klingt –, aber die zähe Konsistenz und der salzige Geschmack passen perfekt zur Schärfe des Tequilas.

»Wansu ist nicht damit einverstanden, dass Yujun und ich zusammen ...«

»Niemand ist damit einverstanden, dass ihr zusammen seid«, wirft Jules ein.

»Sch!« Sangki legt sich einen Finger auf die Lippen. »Lass Hara erzählen.« Er richtet den Blick aus seinen hellbraunen

Augen auf mich. »Du bist das Unterhaltsamste, was uns seit Langem untergekommen ist.«

»Deine Meinung. Ich bin sehr unterhaltsam«, behauptet Jules.

Bomi nickt zustimmend.

Ich bin mir unsicher, ob ich mir Sorgen machen muss, weil Bomi sich in der Phase des Frischverliebtseins befindet, in der sie alles, was Jules an haarsträubenden Bemerkungen von sich gibt, entzückend und lustig findet, oder ob ich mich freuen soll, weil sich die beiden gefunden haben.

Ich entscheide mich für Letzteres, weil dabei wenigstens jemand glücklich ist. Dann schenke ich allen nach und stürze sowohl meinen als auch Jules' Shot runter.

Sangki schiebt die leeren Gläser beiseite.

»Ich unterstütze dich und Yujun«, sagt er.

Jules verdreht die Augen. »Ich auch.«

Wir sehen Bomi an, die augenblicklich rot anläuft.

»Kim Bomi?«, hakt Sangki nach.

»Ich unterstütze euch auch«, sagt sie und nimmt schnell ihren Drink in die Hand, um ihr Unbehagen unter dem Deckmantel von Höflichkeit zu verbergen, indem sie sich zur Seite dreht und ihr Gesicht abschirmt, um einen Schluck zu trinken.

Ihre zögerliche Reaktion ist Antwort genug. Selbst Jules kann es nicht auf sich beruhen lassen. »Wie kannst von allen Leuten gerade du die beiden nicht unterstützen?«

Der Subtext ist deutlich. Wie kann Bomi, die selbst eine Beziehung führt, die in der koreanischen Gesellschaft als nicht angemessen betrachtet wird, sich ein Urteil über eine andere Verbindung erlauben, die in Korea genauso wenig anerkannt wird?

Bomi dreht das leere Glas zwischen den Händen. »In Korea bedeutet Familie alles. Obwohl es legal ist, dass Menschen desselben Clans heiraten, hat das keinen Einfluss auf das Denken und die Herzen der Menschen. Einige werden nicht mehr mit dir sprechen, sobald sie herausgefunden haben, dass du denselben Clannamen hast wie sie. Selbst wenn es keine Gesetze gibt, die Hara und Yujun voneinander trennen, die Traditionen werden es trotzdem tun. Wenn es an der Zeit ist, während Chuseok eine *jesa*-Zeremonie abzuhalten und die Vorfahren zu ehren, wird Yujun eingeladen werden, aber Hara nicht. Genau wie bei der nächsten Hochzeit seines Cousins oder der Taufe einer Nichte. Vielleicht gibt es einige Menschen, denen es gelingt, so zu leben, denen es nichts ausmacht, aber Hara ist nach Seoul gekommen, um ihre Familie zu finden.« Bomi stellt ihr Glas ab und sieht mich mit eindringlichem Blick an. »Choi Wansu hat Yujun nicht weggeschickt oder Dating-Profile für dich erstellt, weil sie denkt, dass du nicht gut genug für Yujun bist oder andersrum. Sie hat es getan, weil sie dich liebt und dich nicht leiden sehen will.«

»Willst du damit sagen, dass meine Wahl also darin besteht, entweder Yujun zu verlassen oder für immer eine Außenseiterin der Choi-Familie oder vielleicht sogar der Gesellschaft an sich zu sein?«

»Nein«, sagen Jules und Sangki gleichzeitig, aber ich sehe weiter Bomi an, die traurig nickt.

»Das ist schwer zu beantworten, genauso wie *Sajang-nim* riskiert, dass du sie wegen der Maßnahmen, die sie ergreift, nicht mehr lieben wirst, aber es ist besser, dich jetzt gleich in eine andere Richtung zu steuern, bevor dein Boot auf den Eisberg trifft. Du siehst vielleicht nur einen kleinen Teil der Gefahr und blendest sie aus, aber unter alldem liegt ein unbeweglicher Berg begraben.«

»Denkst du tatsächlich so?«, verlangt Jules zu wissen.

Bomi zögert kurz, bevor sie knapp nickt.

Ein verletzter Laut kommt über Jules' Lippen. Sie greift nach ihrer Tasche und steht auf. »Ich hab genug für heute Abend. Der nächste Drink wäre mein Verhängnis.« Als sie, ohne sich noch einmal umzudrehen, zum Fahrstuhl stürmt, wissen wir alle, dass es nicht wirklich wegen des Alkohols ist.

Ich wende mich Bomi zu. »Ich dachte, du hasst Chuseok? Du hast mir erzählt, dass du jedes Mal mindestens zwanzig Gerichte kochen musst, während die Männer aus der Familie die Ahnen-Riten durchführen, und nachdem sie gegessen haben, musst du alles aufräumen und sauber machen.«

»Ja, ich hasse Chuseok, aber ich bin eine Frau. Yujun ist der älteste Sohn eines ältesten Sohns. Seit ich denken kann, ist Choi Wansu diejenige, die für die ganze Familie das koreanische Thanksgiving ausrichtet. Und Choi Yujun hat es immer geliebt, oder?« Sie sieht Sangki an, der auf einmal sehr intensiv das Label auf der Tequila-Flasche studiert.

»Sangki?«, hake ich ein.

Er will nicht antworten, aber Bomi und ich warten.

»Ja, er mag das Fest, er genießt es. Immerhin ist er total extrovertiert! Er liebt Menschen. Er liebt seine Familie. Er hat einen Haufen Cousins und Cousinen, die ihn geradezu verehren und denen er zu Chuseok kleine Geschenke macht; aber niemand aus der Choi-Familie wird Choi Wansus Einladung ablehnen, weil Yujun-ie jemanden datet, den sie für nicht angemessen halten.« Er drückt meine Schulter. »Es wird alles gut werden. Mach dir keine Gedanken.«

Natürlich mache ich mir die trotzdem.

Später am Abend rufe ich Ellen über FaceTime an.

»Ich vermisse dich, Mom.« Ich bekomme Heimweh, als ihr Gesicht auf dem Display erscheint. Das Leben in Iowa war einfacher. Eine Mutter. Kein Stiefbruder. Ein Vater, der sich nicht für mich interessiert hat. Freundinnen und Freunde, die sich in die Haare gerieten und hin und wieder unabsichtlich eine rassistische Bemerkung gemacht haben. Okay, vielleicht war es dort auch nicht so großartig.

»Mein Schatz, ich vermisse dich auch.« Sie winkt in die Kamera und lächelt. »Wie läuft's mit dem Koreanischlernen?«

»Nicht gut.«

»Ich hab' mal irgendwo gelesen, dass das Gehirn ab dem zehnten Lebensjahr die Fähigkeit verliert, Sprachen zu lernen. Irgendetwas von wegen, dass es neu verdrahtet werden muss.«

»Gibt es eine Maschine, an die man es anschließen kann?«

»Ich bin mir sicher, dass es viel besser läuft, als du denkst. Du bist immer viel zu hart zu dir selbst.«

Ich bin es leid, über mich zu reden. »Was hast du heute vor?«

»Ich will auf den Markt, Blumen kaufen und Zutaten für Pico de gallo. Heute Nachmittag kommt Louise vorbei. Sie hilft mir beim Unkrautjäten; danach wollten wir Stoffstücke fürs Patchworken ausschneiden.«

»Seit wann machst du Patchwork?«

»Ich lerne es gerade! Louise macht so schöne Decken, damit hat sie sogar mal eine Schleife bei einer State Fair gewonnen. Ich möchte eine für Wansu nähen. Meinst du, sie würde eine haben wollen? Welche Farben mag sie gerne?«

Ich schließe die Augen und versuche, mir eine bunte Patchworkdecke in dieser zeitgenössischen Ausgabe eines Schreins vorzustellen. »Schwarz und weiß?«

»So ein Quatsch, das ist doch langweilig. Schick mir doch ein paar Fotos vom Haus und ihrer Kleidung. Was sie am häufigsten trägt, ist ihre Lieblingsfarbe.«

»Schwarz und Weiß. Und manchmal Rot.« Ich gähne.

»Wie spät ist es gerade bei euch? Ich kann mir das nie merken. Warte, ich schaue kurz auf mein Handy. Ich hab' Seoul zu meiner Weltzeituhr hinzugefügt.« Sie tippt auf dem Smartphone herum.

»Es ist elf.«

»Elf!« Ihr Gesicht erscheint wieder auf dem Display. »Geh ins Bett, Hara. Du siehst müde aus. Nicht, dass du morgen bei der Arbeit ganz kaputt bist.«

»Es ist Freitag.« Und ich warte darauf, dass sich Yujun meldet.

»Du solltest trotzdem zu einer vernünftigen Zeit ins Bett gehen und am Wochenende nicht zu lange schlafen. Ich hab' dich lieb, mein Schatz. Gute Nacht!«

Ich berühre den roten Button und lege das Handy neben mir aufs Kissen, um auf Yujuns Anruf zu warten.

Das Smartphone gibt keinen Ton von sich.

Um die Zeit totzuschlagen, versuche ich, in dem Buch zu lesen, aus dem ich Yujuns Vater vorgelesen habe, aber ich kann mich nicht darauf konzentrieren. Stattdessen scrolle ich durch YouTube und sehe mir Videos von Street-Food-Verkäufern an, die Waffeln mit Schokoüberzug und Brote in Bärchenform mit Sahnefüllung herstellen.

Ich schlafe hungrig ein, das Handy in der einen, die Jade-Ente in der anderen Hand.

KAPITEL SIEBEN

Als ich am nächsten Morgen aufwache, rieche ich gebratenen Speck, und auf einmal bin ich zurück in Iowa, wo Ellen in der Küche steht und Frühstück macht. Ich schließe die Augen wieder und versuche, mich zurück in diese Trost spendende Komfortzone zu träumen, aber das von den gegenüberliegenden Marmorwänden reflektierende Sonnenlicht katapultiert mich zurück in die Realität.

Mein Zimmer in Iowa hat weiß verputzte Gipswände mit zwei kleinen Wildblumendrucken, die meine Mom und ich zusammen gemacht haben, als ich im letzten Highschool-Jahr war. Mom hat sich diese Heimdekorsendung angesehen, bei der zwei Designer darum wetteifern, ob die Hausbesitzer bleiben oder umziehen. Es war Moms Lieblingssendung, und fast immer hat der Designer gewonnen, der das bestehende Haus renovierte, meist aus irgendeinem sentimentalen Grund. In der Folge mit dem Blumenprint hat einer der Designer Blütenblätter aus dem Hochzeitsstrauß der Frau auf eine riesige Leinwand gepresst und sie über den Kaminsims in ihrem alten Haus gehängt. Das Ergebnis war die abstrakte Darstellung eines Vogels, der aus einem Nest aus Blumen aufsteigt, das aussah, als würde es gerade explodieren. Die Braut ist in Tränen ausgebrochen, und der Bräutigam hat sich auf die Lippe gebissen und gute zehn Sekunden lang an die Decke gestarrt, was einem vielleicht nicht lange erscheint, im Fernsehen aber eine halbe Ewigkeit dauert. Ich war wirklich bewegt. Natürlich entschied sich das Paar dafür, sein renoviertes Haus zu behalten.

Nicht dass der romantische Moment in mir das Bedürfnis geweckt hätte, unbedingt zu heiraten, aber die Idee, mit Blumen abstrakte Kunst zu schaffen, hielt ich für genial. Und Mom war derselben Meinung. Das wesentliche Problem bestand darin, dass wir keinen Blumengarten haben, und Blumen im Supermarkt zu kaufen, hat einfach nicht den gleichen Charme.

Am nächsten Wochenende unternahmen wir eine Wanderung nach Brown's Wood, einem Naturschutzgebiet von etwa zwei Quadratkilometern Größe, um Wildblumen zu pflücken, die am Wegrand wuchsen. Das ist illegal, aber Mom verfügte nicht über die Geduld, ein Blumenbeet anzulegen, und ich selbst bin mit einem braunen und Pflanzen vertrocknenden Daumen auf die Welt gekommen. Während der College-Zeit habe ich einen Kaktus und drei Sukkulenten gekillt. Mom war nicht viel besser, und nachdem sie ein paar Jahre lang vergeblich versucht hat, einen Gummibaum am Leben zu erhalten, von dem der Verkäufer im Gartengeschäft behauptet hatte, er verzeihe selbst gröbste Fehler, entschied sie sich für künstliche Pflanzen.

Ich bin nicht stolz auf meine Unfähigkeit, aber wir waren uns einig, besser damit dran zu sein, eine Strafe für das Pflücken von Wildblumen aufgebrummt zu bekommen, falls wir erwischt werden sollten, als das wenige

Unkraut, das in unserem Garten gedieh, zum Herzstück unseres Kunstprojekts zu machen. Wir wurden nicht erwischt, aber das Ergebnis sah nicht mal annähernd so gut aus wie das des Designers im Fernsehen. Vermutlich lag es an karmischer Vergeltung oder der Tatsache, dass der Designer ein besonderes Auge für Design hatte, wohingegen meine Mutter Hausfrau ist und ich Lektorin bei einer Zeitschrift – oder das zumindest war. Einfacher ausgedrückt, es gab einen Grund, warum der Designer eine Fernsehsendung hatte, die Mom und ich uns vom Sofa in unserem kleinen Drei-Zimmer-Haus mit den blassgelben Wänden und dem rustikal-ländlichen Einrichtungsstil ansahen.

Zu diesem Zeitpunkt gab es nichts in meinem Leben, das eine Adaption für Fernsehen oder Kino gerechtfertigt hätte. Vor ein paar Monaten war ich Hara Wilson, eine fünfundzwanzigjährige adoptierte Koreanerin, die mit ihrer Mutter Ellen in Iowa lebte, entfremdet von ihrem Vater Pat, der sich mit einer Frau zusammengetan hatte, die nicht viel älter war als ich. Mit ihr zeugte er ein *richtiges* Kind und starb dann. Obwohl wir seit meinem zwölften Lebensjahr keine wirkliche Beziehung zueinander hatten, erlitt ich in der Folge aus irgendeinem Grund eine Identitätskrise, die dazu führte, dass ich auf der Suche nach meinem leiblichen Vater nach Seoul flog – wo ich zwei Tage nach Lee Jonghyungs Tod ankam.

Ein Mensch sollte innerhalb eines Kalenderjahres nicht an mehr als einer Beerdigung für einen Elternteil teilnehmen müssen. Das sollte ein universelles kosmisches Gesetz sein. Es ist nämlich zu viel, um es zu verarbeiten. Ich habe mal gelesen, dass die Auszahlung einer Lebensversicherung es den Menschen ermöglicht, nach dem Tod einer nahestehenden Person keine voreiligen Entscheidungen zu treffen. Der Begünstigte kann in seinem Leben eine Pause einlegen, anstatt hastig jeglichen Besitz des geliebten Menschen verkaufen zu müssen, um nicht finanziell in Bedrängnis zu geraten. Leider gibt es keine emotionale Versicherung, die es einem erlauben würde, das Herz in eine Art Tiefkühlzustand zu versetzen, damit der Kopf weiterhin rationale Entscheidungen frei von all dem Kummer und der Verwirrung, die der Tod mit sich bringt, treffen kann; und aus diesem Grund arbeite ich jetzt, ohne die Sprache zu beherrschen, bei einer koreanischen Firma und schlafe in einem riesigen Zimmer, das mit mehr Marmor ausgestattet ist als die meisten Hotellobbys.

Ich lebe nicht mehr in Iowa, und ich habe nicht mehr nur eine Mutter. Ich habe zwei Mütter. Choi Wansu sieht nicht aus, als wäre sie jemals auch nur in die Nähe eines Klebestifts gekommen, im Wald gewandert oder hätte gegen das Gesetz verstoßen. Ihr Zuhause ist modern und minimalistisch eingerichtet, mit Marmorböden und Marmorwänden und Marmorsockeln, auf denen perfekt gestutzte Bonsais thronen. Und mein Schlafzimmer ist nicht einfach ein Schlafzimmer, sondern eine kleine Suite mit mehreren Räumen.

Ich schleppe meinen müden Körper aus dem Bett und frage mich, ob Yujun am Telefon mit mir Schluss machen oder ob er extra nach Hause kommen wird, um es zu tun. Wansu wird sich freuen. Ihr Manöver hat funktioniert. Sie hat Yujun weggeschickt, und er hat jemand anderen gefunden. Wie soll ich sein Schweigen sonst interpretieren? Er habe keine weitere Textnachricht geschickt und gestern

Abend auch nicht angerufen. Das zwischen uns muss vorbei sein.

Ich würge die Tränen herunter, während ich mir die Zähne putze, als ich im Badezimmerspiegel etwas Rotes aufblitzen sehe. Ich greife in den Ausschnitt meines Schlafshirts und ziehe an der Seidenkordel, bis der Jade-Anhänger zum Vorschein kommt. Yujun hat ihn mir an dem Abend, bevor er weggeschickt wurde, geschenkt. Enten bleiben ein Leben lang zusammen, und Jade ist ein Symbol für Gesundheit und Glück – ein mystischer Stein, der böse Geister abwehrt. Das rote Band ist die physische Manifestation unserer Verbindung. Vorherbestimmt, würde er sagen. Er glaubt an diese Dinge. Er ist romantisch und liebenswert und charmant, und ich vermisse ihn wahnsinnig. Ich schließe die Hand um die Jade-Ente, bis sich der Schnabel schmerzhaft in meine Haut bohrt. Er hatte viel zu tun, und ist anschließend direkt schlafen gegangen. Das ist alles. Ich reagiere gerade total überzogen, und das, obwohl ich mir geschworen habe, nie so zu werden.

Als ich zur Wohnzimmertür schlurfe, wird der Speckgeruch noch intensiver. Plötzlich verspüre ich unglaubliches Heimweh und will mich schon umdrehen, um meiner Mutter – der aus Iowa – eine Nachricht zu schreiben, als ich mich an die Zeitverschiebung erinnere. Ellen schläft gerade. Sie hat mir gesagt, dass sie ihr Telefon mit ins Bett nimmt, damit sie sofort mitbekommt, wenn ich ihr texte, was bedeutet, dass ich ihr nie texte, wenn ich mir sicher bin, dass sie schläft.

Erst in diesem Moment kommt mir in den Sinn, wie merkwürdig es ist, dass es hier nach Essen geschweige denn nach Fleisch riecht, da mein Zimmer so weit von der Küche entfernt liegt. Brennt es etwa?

Ich reiße die Tür auf und stoße beinahe mit einem Tablett zusammen.

»Guten Morgen.« Ein strahlendes Lächeln, ein tiefes Grübchen und wunderschöne braune Augen begrüßen mich.

»Yujun«, keuche ich.

Das Lächeln vertieft sich, und meine Knie werden weich, aber wegen des blöden Frühstückstabletts zwischen uns kann ich mich nicht in seine Arme werfen. Also reiße ich es ihm aus der Hand und sprinte quasi damit zum Tisch im Sitzbereich meines Schlafzimmers. Und als ich mich umdrehe, die Hände frei, ist er da und schließt mich in die Arme.

Unsere Münder treffen sich. Meine Finger finden die Knöpfe seines Hemdes. Er zieht den Kragen meines Schlafshirts weit genug herunter, um mein Schlüsselbein und die rote Kordel freizulegen. Er drückt sie mit dem Daumen fest genug gegen meine Haut, dass ich spüren kann, wie die Seidenschnur für einen kurzen Augenblick eine kleine Mulde hinterlässt. Ich begrüße den federleichten Schmerz. Ich begrüße ihn. Er atmet in meinen Mund, ein Seufzer der Erleichterung oder Erwiderung. Ich empfinde genau das Gleiche dabei, ihn hier, im selben Raum mit mir, zu haben. Mein Kopf ist angefüllt mit Schwindel, Freude und Lust.

Er führt mich sanft rückwärts, bis meine Waden die Sofakante berühren, und ich mich nach hinten in die Kissen fallen lasse.

Sein Gewicht drückt mich nach unten. Ich muss nicht viel ausziehen, aber wir verbringen eine gute Minute damit, ihn aus Hemd, Shirt, Hose, Socken und Unterwäsche zu befreien, bis seine nackte Haut auf meiner liegt. Er gleitet ohne Mühe in mich hinein. Ich habe auf ihn gewartet, und mein Körper ist bereit für ihn. Ich streiche über die ganze Breite seiner Schulterblätter, seine Wirbelsäule hinab und zu seinem Hintern. Als er aufstöhnt, vibriert seine Brust wie bei einer Katze gegen meine empfindlichen Brüste. Es ist ein so schönes, erotisches Gefühl, dass ich es einfangen und in Flaschen abfüllen möchte, um es in den Zeiten herauszuholen, in denen wir nicht zusammen sein können, was viel zu oft der Fall ist.

Ich schließe die Augen und versuche, den Moment festzuhalten, versuche, mir das Gefühl seines Mundes an meinem Hals einzuprägen, die Bewegungen seiner Rückenmuskulatur, wenn er nach vorne stößt, das Gefühl, wie das dicke Ende seines Schafts an meinen Millionen Nervenenden entlangfährt, aber dann, viel zu schnell, überwältigt mich meine eigene Leidenschaft und das Denken gehört der Vergangenheit an.

Ich tauche auf, keuchend und verschwitzt. Emotionen ersticken mich, füllen meine Kehle, lassen mich zittern wie eine Süchtige, die aus einem gefährlichen Rausch erwacht. Früher habe ich nie geweint, jetzt finde ich mich allzu oft am Abgrund wieder. Irgendwann werden meine Wangen wegen der ganzen Tränen noch wund werden.

»Sch ...«, raunt Yujun aus Seoul an meiner Haut, dann setzt er sich auf, zieht mich mit sich und schließt mich in seine Arme. »Nicht bewegen«, mahnt er und greift zwischen unsere Körper, um die beiden Seidenkordeln unserer Ketten zu entwirren.

Enten bleiben ein Leben lang zusammen. Ich schließe

die Faust um die kleine Jadefigur und schlinge den anderen Arm um seinen Nacken, während ich mich frage, ob ich für immer hierbleiben kann, auf seinem Schoß.

Er angelt nach einer Sofadecke und hüllt uns darin ein. »Ich bin fix und fertig.«

Ich lasse mich gegen ihn sinken, verkrieche mich wie eine Katze, die in diesem Marmormausoleum die einzige warme Stelle gefunden hat. Genau hier möchte ich immer sein, in seiner Umarmung, während sein warmer Duft meine Lunge füllt und seine Brust an meinem Ohr vibriert. Ich bekomme nicht mal mit, was er sagt. Das Geräusch, das Gefühl, ist genug.

Und dann, plötzlich, schrecke ich entsetzt hoch. »Wo ist Wansu?«

Er zieht mich zurück an seine Brust. »Im Büro. Ich habe sie vom Flughafen aus angerufen, um ihr zu sagen, dass Singapur ein paar Fragen hat, die ich in einem Report zusammengefasst und auf ihren Schreibtisch gelegt habe. Ich wusste, dass sie sofort losfahren würde.« Er vergräbt die Nase an meinem Hals. »Vielleicht habe ich ihre Art ein klein wenig ausgenutzt.«

»Ihr seid beide Workaholics.«

»Vielleicht.« Er wandert mit der Zunge von meinem Hals zum Schlüsselbein weiter.

Ich umschließe seinen Hinterkopf mit einer Hand. »Wie viel Zeit haben wir?«

»Genug.«

Seine Zunge wandert immer tiefer. Ich wusste, dass er zurückkommen würde. Das hier ist zu Hause.

KAPITEL ACHT

»Iss das nicht. Das ist alles kalt.« Yujun versucht, mir das Tablett wegzunehmen, aber ich schirme es mit meinem Körper von ihm ab.

»Nein, du hast mir extra Frühstück gemacht.«

»Das ist genauso wie das eine Mal, als du den Eintopf für *Eomeo-nim* gekocht hast.« Er greift wieder nach dem Tablett, und diesmal rücke ich auf dem Sofa ein ganzes Stück von ihm ab.

»Ist es nicht. Es schmeckt sogar ziemlich gut.« Ja, die Eier sind viel zu weich, die Toastscheiben sind angebrannt, und der Speck ist nicht knusprig, aber ich werde mich nicht beschweren. Ich schaufele mir das Essen weiter in den Mund, wische das Eigelb mit Toast auf und schlinge den Speck in zwei Bissen hinunter.

Yujun gibt mit einem Seufzen auf und lehnt sich mit dem Handy in der Hand zurück, um durch die Nachrichten zu scrollen.

»Wusstest du, dass Iowa für seine Mastbetriebe bekannt ist?«, frage ich zwischen zwei Bissen.

»Das wusste ich nicht.« Er fährt mit einer Hand über meinen Rücken.

Ich habe keine Ahnung, was er da liest, da es eine koreanische Seite ist, aber wegen mir könnte es auch sein Horoskop sein. Er ist hier. Das ist alles, was zählt, alles andere ist egal. Er hat seine Hose und sein weißes Hemd wieder angezogen, wobei Letzteres so weit aufgeknöpft ist, dass ich den Schatten seiner Brust aufblitzen sehe. Was verdammt sexy ist. Schnell wende ich meine Aufmerksamkeit wieder dem Teller zu und erinnere mich daran, dass ich gerade zweimal Sex hatte. Ein weiteres Mal, und meine Vagina wird sich wegen übermäßigen Gebrauchs für immer verschließen.

»Ja. Es gibt wahnsinnig viele Schweinezucht- und Fleischverarbeitungsbetriebe, für die vor allem Einwanderer arbeiten, weil die Jobs so hart sind und niemand sie wirklich machen will.«

Er lässt sein Handy sinken. »Das ist hier genauso. Welche Ähnlichkeiten gibt es noch zwischen Korea und Iowa?«

»Das Klima. Wir haben ungefähr das gleiche Wetter – kalte Winter mit recht viel Schnee und heiße Sommer. Keine besonders starke Luftverschmutzung wie hier, aber der Geruch der Schlachtbetriebe kann schrecklich sein. In Des Moines sind aber vor allem Versicherungsfirmen ansässig. Es ist eine der Städte mit der höchsten Dichte an Versicherungen weltweit.«

»Das wusste ich auch nicht. Wir sollten mal zusammen hinfahren. Du, ich und *Eomma*.«

Ich stelle mir Wansu in Iowa vor, wie sie in ihren cremefarbenen Hosenanzügen und mit akkurat geschnittenem Bob dort herumspaziert. Wir könnten eine Stunde lang durch die kleine Innenstadt von Des Moines fahren, ohne einem einzigen anderen Asiaten zu begegnen. Würde sie sich auch nur für einen Moment fehl am Platz fühlen, oder ist ihr Selbstvertrauen so unerschütterlich, dass sie nichts davon einbüßen würde? Wahrscheinlich Letzteres. Es fällt mir schwer, mir vorzustellen, dass Wansu von irgendetwas erschüttert werden könnte. Diese Eigenschaft hat sie an Choi Yujun weitergegeben, während ich ein Nervenbündel mit jeder Menge Unsicherheiten bin.

»Ellen wäre begeistert, aber unser Haus ist ziemlich klein. Und weit und breit kein Marmor.«

»Ich bin mir sicher, dass es sehr schön ist. Und ich würde gerne sehen, wo du aufgewachsen bist, Hara. Wo du zur Schule gegangen bist. Wo du gearbeitet hast. Deine Freunde kennenlernen.« Er schließt eine Hand um meinen Hinterkopf. »Ich möchte alles wissen, was es über dich zu wissen gibt.«

Innerlich schmelze ich dahin, aber ich habe Angst, ihn das sehen zu lassen. Ich habe Angst um unsere Zukunft, und ich habe Angst, verletzt zu werden, also erlaube ich mir nicht mehr als ein angestrengtes Lächeln und ein Nicken. »Es ist vielleicht nicht das, was du erwartest, also freu dich nicht zu früh.«

Statt etwas zu erwidern, streicht er mir über die Haare, während er weiterliest. Er ist eine beruhigende Präsenz an diesem für mich unbekannten Ort. Ich möchte auf seinen Schoß kriechen und in sein Hemd, in sein Herz. Dort ist es sicher. Dort ist mein Zuhause.

Als ich meine Wange an seiner Handfläche reibe, fällt mein Blick auf seine teure Rolex. Hastig vergleiche ich die Uhrzeit mit der Uhr an der Wand, und tatsächlich sagen mir die schwarzen Pfeile, dass es nach acht ist.

»O nein, ich komme zu spät!« Obwohl es Samstag ist,

habe ich einen Termin. Ich springe auf, renne ins Schlafzimmer und anschließend ins Bad, um schnell meine Zähne zu putzen. Ich kann unmöglich den ganzen Tag den Geschmack von Ei im Mund haben.

Als sich Yujun auf dem Sofa streckt, bin ich für einen kurzen Moment von seiner nackten Haut und dem Spiel der Muskeln, das ich in der Öffnung seines Hemdes beobachten kann, abgelenkt. Doch dann gebe ich mir einen Ruck und gehe an ihm vorbei, um meinen begehbaren Kleiderschrank zu betreten. Wo ich über eine neue Tasche stolpere, die Wansu mir hingestellt haben muss.

Yujun ist mir gefolgt und lehnt am Türrahmen, halb abgewandt, um mir etwas Privatsphäre zu lassen. Was ich zu schätzen weiß. Ich fühle mich in meiner nackten Haut weniger wohl als er sich in seiner. Wenn ich so einen durchtrainierten Körper mit offensichtlichem Sixpack hätte, würde ich vielleicht auch nackt herumlaufen, ohne mir groß Gedanken zu machen.

Ich ziehe eine Stoffhose und ein übergroßes Hemd an. Oben, im Zimmer von Yujuns Vater, ist es wärmer. Ich schätze, dass die hohen Temperaturen Absicht sind, weil er seine eigene Körpertemperatur nicht regulieren kann. Ich benutze ein wenig Parfüm und fahre mir durch die Haare. Sie sehen ein wenig zerzaust aus, aber ich habe keine Zeit zu duschen und zu föhnen. Choi Yusuk wird meinen Anblick überleben.

»Was ist das für ein großer Termin, und soll ich mich auch anziehen?« Er mustert mein Outfit, vermutlich in dem Versuch, daraus abzuleiten, was ich vorhabe.

Ich fahre mir mit der Hand über den Hals und wünschte,

ich hätte es ihm früher gesagt. In all den vielen Textnachrichten und während der zahllosen Telefonate ist sein Vater nie Thema gewesen. Stattdessen scheint unser Austausch in der Rückschau ein einziger fortlaufender Bericht über meine Abenteuer im Food-Truck-Land und seine Beschwerden darüber gewesen zu sein, dass es in Singapur zu heiß sei. Durch seine Lage ein Grad nördlich des Äquators herrscht in Singapur endloser Sommer. Es war nie der richtige Zeitpunkt, um einfließen zu lassen, dass ich die Morgen mit seinem Vater verbringe, ein eklatantes Versäumnis, wie mir jetzt bewusst wird.

»Ich lese deinem Vater vor.«

Yujuns Augenbrauen heben sich. »Choi Yusuk?«

»Yep, genau dem.« Im Gegensatz zu mir hat er nur den einen. »Ich bin spät dran.« Rasch gehe ich an ihm vorbei.

Yujun folgt mir und stellt dabei Fragen. »Wann hast du damit angefangen, meinem Vater vorzulesen?«

»Vor ungefähr zwei Wochen. Wansu hat es vorgeschlagen.«

»*Eomma* macht das auch. Und sie schaut sich Fernsehserien mit ihm an. Die sind ihr Laster.«

»Warum betonen das ständig alle?« Im Büro spricht niemand über Fernsehserien. Es gibt nur viel lautes Gejammer darüber, dass Trot, eine Musikrichtung, die hier bei den über Vierzigjährigen sehr beliebt ist, ständig im Fernsehen zu hören ist. Trot und Idols – südkoreanische Popstars – und Fernsehserien. Niemand scheint sie zu mögen. Oder zumindest geben alle vor, sie nicht zu mögen. Trot ist für alte Leute, Idols sind für Teenager und TV-Serien für gelangweilte Hausfrauen. Bomi behauptet, dass es hier nur sehr wenige gelangweilte Hausfrauen gibt. Koreanische Haushalte leben heutzutage, wie auch in den meisten anderen Industrienationen, von zwei Einkommen, was vor allem die Frauen belastet, weil sie jetzt zwei Jobs haben – den Büro- und den Haushaltsjob.

»Diese romantischen und melodramatischen Serien werden als Unterhaltung für Frauen verkauft, deswegen tun Männer so, als hätten sie noch nie eine gesehen, und wenn der Großteil deiner Kollegen Männer sind und du dazugehören willst, dann erzählst du, dass du etwas mit Son Heungmin und Ryu Hyunjin gesehen hast, und gelegentlich kann man zugeben, dass man sich einen Krimi angeschaut hat oder was, das sich um *jopoks* dreht.«

Son ist Fußball- und Ryu Baseballspieler, aber *jopok* höre ich zum ersten Mal. »*Jopoks?*«

»Gangsterfilme.«

Ich speichere das Wort ab. »Du schaust dir Fernsehserien an. Du hast mir erzählt, dass du ein paar von ihnen gesehen hast.« Wir steigen die Treppe in den zweiten Stock hinauf und wenden uns nach rechts. Choi Yusuk bewohnt ein großes Zimmer direkt über meinem.

»Ich habe nicht behauptet, dass ich mich an die Klischees halte. Manche Serien sind großartig und manche schrecklich.« Er zuckt mit den Schultern. »*Eomma* mag die sehr schrecklichen, sehr melodramatischen, aber das bleibt zwischen dir und mir und meinem Vater.« Er stößt die Tür zum Zimmer seines Vaters auf.

Die Pflegerin, die Choi Yusuk tagsüber betreut, steht auf und verbeugt sich tief. Ich weiß, dass sie es nur für Yujun tut, ich bekomme von ihr normalerweise nicht mehr als ein Nicken.

»Danke, *ganhosa-nim*. Wir rufen Sie, wenn wir fertig sind«, sagt Yujun.

Park Sooyoung verbeugt sich erneut und verschwindet dann ohne ein weiteres Wort durch die Doppeltür in den Flur.

Choi Yusuk liegt in einem Kingsize-Bett mit einem Kopfteil, das so riesig und prunkvoll ist, dass es mühelos in jede Präsidentensuite gepasst hätte. Es ist aus Mahagoni, und die Schnitzereien in Form von einem Löwenkopf, Ästen und Tannenzapfen stammen von einem Kunsthandwerker aus Deutschland. Wansu hat mir erzählt, dass es ein Geschenk von einem berühmten deutschen Möbelhersteller an Choi Yusuks Vater für einen erwiesenen Gefallen war. Um was für einen Gefallen es sich gehandelt hat, weiß Wansu nicht – oder sie wollte es mir nicht sagen. Wenn Choi Yusuk stirbt, wird dieses massive Möbelstück Yujun gehören. Ich kann mir Yujun nicht gegen das dunkle Holz gelehnt vorstellen, seine Grübchen von hölzernen Tannenzapfen eingerahmt. Choi Yusuks Bett ist zwei Generationen alt, während Yujun von der exakt auf Knöchelhöhe gesäumten Stoffhose bis zu den gepflegten Augenbrauen durch und durch modern ist.

»Hast du ein Bett ohne Kopfteil?«, platze ich heraus und möchte daran glauben, dass ich ihn kenne.

Yujun legt den Kopf schief, er fragt sich eindeutig, woher diese Frage so plötzlich kommt. »Ja?«

Ich stoße gedanklich meine Siegesfaust in die Luft. »Dachte ich mir.«

Ein verschmitztes Grinsen breitet sich auf seinem Gesicht aus, wodurch sich sein linkes Grübchen vertieft. Ich möchte eine Fingerspitze hineinlegen, es küssen, für immer in seinem glücklichen Gesichtsausdruck baden.

»Du hast viel Zeit damit verbracht, dir mich in meinem Bett vorzustellen, oder?«

Ich könnte mich zieren, aber warum? »Hab' ich.«

Er fährt mit der Zunge über die untere Zahnreihe und hebt eine Augenbraue. »Ich habe gelbe Kissen.«

Warum klingt das erotisch?

Seine Hand schiebt sich um meine Taille, aber ich weiche aus. »Nicht im Zimmer deines Vaters«, flüstere ich in halb scherzhaftem, halb ernstem Ton.

Er stößt einen kleinen Seufzer aus, gesellt sich dann aber zu mir ans Bett und zieht sich einen Stuhl heran. Ich zucke zusammen, als die Beine über den Marmorboden schaben. Yujuns beiläufige Art, die er in seinem Zuhause an den Tag legt, zeugt davon, wie wohl er sich in Gegenwart dieses Reichtums fühlt. Ich muss mich erst noch daran gewöhnen.

»Was lesen wir?«, fragt er.

»Koreanische Märchen. Allerdings auf Englisch.«

Er setzt sich und wartet darauf, dass ich anfange.

Ich zögere. Es ist schön, Yujun zurückzuhaben, und ich möchte jede Minute mit ihm verbringen, aber vielleicht nicht gerade die nächste Stunde. Vorlesen ist so ähnlich wie etwas vorzuspielen, und ich weiß nicht, ob ich es vor ihm kann. Ich fühle mich ungefähr so wohl in meiner Haut, als würde ich nackt am Esstisch sitzen.

»Ich kann nicht vorlesen, wenn du zuhörst, Yujun. Das verunsichert mich.«

»Ernsthaft?« Er wirkt überrascht.

»Ja, ernsthaft. Meine Zunge fühlt sich schon ganz schwer an und meine Kehle wie zugeschnürt, also ...« Ich mache eine scheuchende Handbewegung. »Raus mit dir.«

»Wir haben uns sechs Wochen lang nicht gesehen, Hara. Ich möchte Zeit mit dir verbringen.«

»Das möchte ich auch, aber ich kann nicht.« Ich habe die Stimme zu einem Flüstern gesenkt, falls Choi Yusuk mich hören könnte. Ich glaube, dass er mich hören kann, nur deswegen lese ich ihm jeden Morgen vor, und nur deshalb verbringt Wansu jeden Abend Zeit hier bei ihm, aber ich bin mir nicht sicher, in welchem Umfang er tatsächlich begreift, was um ihn herum geschieht. Vielleicht versteht er ganz genau, was ich sage, und runzelt gerade in Gedanken die Stirn angesichts dessen, was diese kleine Diskussion zwischen mir und seinem Sohn bedeutet.

»Tu einfach so, als wäre ich nicht hier.« Yujun verschränkt die Arme vor der Brust und streckt langen Beine aus. Er sieht aus, als hätte er nicht vor, dieses Zimmer innerhalb der nächsten fünf Tage zu verlassen.

»Weil es ja so unglaublich leicht ist, einen über ein Meter achtzig großen Mann einfach auszublenden. Bitte, Yujun!«

Widerwillig und sehr langsam steht er auf, als wollte er mir möglichst viel Zeit geben, es mir anders zu überlegen. Als ich es nicht tue, gibt er endlich auf. »Ich warte draußen.«

»Entschuldige bitte, *Sae Appa*«, flüstere ich die Worte, die mir Wansu beigebracht hat, nachdem Yujun die Tür hinter sich geschlossen hat. *Sae Appa* bedeutet »Stiefvater«, hat sie gesagt, und dass sie wolle, dass ich ihn so nenne. Ich streiche die Laken glatt und ziehe die Decke bis unter sein Kinn hoch. Ich habe immer Angst, dass ihm kalt werden könnte.

Yujun hat mir einmal erzählt, dass er derjenige sei, der seinen Vater an dieses Bett gefesselt hat, nach einem Streit über die zukünftige Ausrichtung der IF Group. Choi Yusuk war kein Unterstützer der Veränderungen, die Yujun und Choi Wansu vornehmen wollten. Nach einem Streit deswegen hatte Choi Yusuk einen Schlaganfall. Sein Zustand verschlechterte sich danach zunehmend, bis er vor drei Jahren schließlich ins Koma fiel. Er sei ein Traditionalist, sagt Wansu, und ein traditioneller Koreaner habe eine bestimmte Denkweise.

Wäre er bei Bewusstsein, würde ich nicht in diesem Haus leben, und so bin ich auch nach zwei Wochen noch nervös, wenn ich an Choi Yusuks Bett sitze.

»Ist es okay, dass ich hier bin? Würdest du Yujun und mir deinen Segen geben? Würdest du mir einen Platz an deinem Esstisch anbieten? Würdest du etwas essen, das ich während Chuseok gekocht habe? Würdest du Yujun erlauben, mich zu lieben?«

KAPITEL NEUN

Sae Appa hat keine Antworten für mich. Bis auf das Geräusch seines Beatmungsgeräts, das Klick, Klick, Klick des Herzmonitors und das leise Summen der Heizung ist es still im Zimmer.

Ich reibe meine kalten Hände aneinander und schlage das Buch auf, aus dem ich zuletzt vorgelesen habe. Es handelt sich um eine Sammlung koreanischer Märchen, und wir sind darin bis zur Geschichte von »Sim Cheong« gekommen. »Sim Cheong« ist ein traditionelles koreanisches Volksmärchen, *pansori* genannt, eine gesungene Erzählung, die die Jahrhunderte überdauert hat. *Pansori* sind so stark von Mystik durchdrungen, dass es schwer ist zu sagen, wo der Mensch endet und der Drache beginnt. In diesem speziellen *pansori* geht es um kindliche Frömmigkeit.

»Sim Cheong« ist traurig. Emo-schwarzer-Eyeliner-langer-Pony-Traurig. Sim Bongsa, Sim der Blinde, verliert bei der Geburt seiner Tochter seine Frau und anschließend allmählich sein Augenlicht. Als seine Tochter dreizehn ist, bettelt Sim Bongsa auf der Straße und beweint seine Blindheit. Ein vorbeigehender Mönch hört die Beschwerden, die Sim Bongsa schon viele Male vorgebracht hat. Müde unterbreitet der Mönch ihm ein Angebot. Für einen stolzen Preis von dreihundert Reissäcken wird der Tempel zu Buddha beten, damit Sim Bongsa sein Augenlicht zurückgewinnt. Sim ist so arm, dass selbst eine Tüte Reis ein Luxus wäre, aber dummerweise stimmt er dem wahnsinnigen Schnäppchen trotzdem zu. Als seine Tochter Sim Cheong von dem Deal erfährt, weint sie, denn sie weiß, dass der Handel nicht eingehalten werden kann.

Am nächsten Tag erfährt sie, dass Seeleute auf der Suche nach einer Jungfrau angelandet sind, um sie dem König der Meere zu opfern, der die Schiffe mit Stürmen quält. Für dreihundert Säcke Reis willigt Sim Cheong ein, sich zu opfern. Sie wird ins Meer geworfen, und die Gebete der Mönche, sofern sie tatsächlich ausgesprochen wurden, bringen das Augenlicht des Vaters nicht zurück. Er bleibt blind und ist jetzt außerdem kinderlos.

Der König der Meere hat Mitleid mit Sim Cheong, und wegen ihrer Loyalität zu ihrem Vater belohnt er sie, indem er sie in einer Lotusblüte an die Meeresoberfläche bringt. Die Seeleute, die sie ins Meer geworfen haben, entdecken die riesige Blüte und holen die Blume an Bord, um sie dem König zu bringen. Im Palast entfalten sich die Blütenblätter und enthüllen Sim Cheong. Der König verspürt sofort unendliche Liebe – eher Lust nehme ich an – für sie und hält um ihre Hand an. Sim Cheong stimmt zu, verlangt aber, dass ein Hochzeitsbankett für alle Blinden abgehalten wird. Sim Cheong wartet, bis ihr Vater das Palastgelände erreicht und ruft dann nach ihm. In diesem Moment sind Sim Bongsas Augen geheilt, und er erblickt zum ersten Mal in seinem Leben seine Tochter.

Ich beende die Geschichte und trommele mit den Fingern auf das Taschenbuchcover. Einem Traditionalisten wie Choi Yusuk gefällt die Geschichte mit Sicherheit. Opfere alles für deine Eltern, einschließlich deines Lebens, und du wirst reich belohnt. Ich frage mich, ob Yujun die Geschichte kennt. Mit ziemlicher Sicherheit tut er das, weil sie so berühmt ist, aber er richtet sein Leben nicht danach aus. Ich sollte mir ein Beispiel daran nehmen.

Irgendwann wird Wansu nachgeben. Meine Kolleginnen werden einsehen, dass ich hart arbeiten kann und damit einen Job verdiene, und wenn die anderen Frauen auf die Toilette gehen, werden sie mich fragen, ob ich mitkommen möchte. Nach dem *hweshik* – dem Firmenessen –, das wir alle hassen, verzichten wir auf eine zweite Runde Drinks in einer anderen Bar, verfrachten die betrunkenen Männer in ein Taxi und flüchten in einen *noraebang*, wo wir die Lieblingslieder unserer Idols singen und so tun, als stünden wir auf einer Bühne, und so viel trinken, bis *wir* diejenigen sind, die in ein Taxi verfrachtet werden müssen. Es wird Spaß machen und uns einander näherbringen, und wir werden darüber lachen, dass zuerst alle dachten, ich sei diese Angestellte, die nur aufgrund ihrer Beziehungen an den Job gekommen ist, die in Wahrheit jedoch eine nette Person ist, über die sie sich als Kollegin freuen. Soyou wird keinen verkniffenen Gesichtsausdruck mehr bekommen, wenn ich sie *sunbae-nim* nenne. Verdammt, vielleicht wird sie mir sogar anbieten, sie einfach *sunbae* zu nennen und das Höflichkeits-*nim* wegzulassen.

Ich lese eine Passage im Buch zu Ende, stecke die gefaltete Haftnotiz, die ich als Lesezeichen verwende, zwischen die Seiten und verstaue die Märchensammlung in der

Nachttischschublade, ohne mir einzugestehen, wie traurig meine Fantasien sind. Stattdessen streiche ich noch einmal die Laken glatt.

Sae Appa, *dein Sohn ist so attraktiv und gutherzig. Du wärst unglaublich stolz auf ihn. Er ist aufgeschlossen, nett und toll in seinem Job. Du hast ihn richtig erzogen. Deine Vorfahren gratulieren dir dazu. Du solltest aufwachen und sehen, was er alles geschafft hat, und Wansu vermisst dich. Sie kommt jeden Abend hierher. Ich hoffe, dir gefallen die Fernsehserien.*

Ich klopfe auf die Bettkante, weil es sich falsch anfühlen würde, ihn zu berühren, selbst wenn es nur seine Hand wäre. Er hat mir dazu keine Erlaubnis erteilt. Und wieder einmal wundere ich mich über Wansu. Soviel ich weiß, hat sie nicht viele Freunde. In den sechs Wochen, die ich inzwischen bei ihr wohne, hat sie keinen einzigen Gast gehabt. Sie verbringt ihre Abende mit ihrem kranken Ehemann und schaut sich Fernsehserien an. Morgens kümmert sie sich um ihre Bonsai-Sammlung und liest.

Ellen schaut sich Spiel- und Reality-TV-Shows an, und wenn die Umstände andere wären und Yujun Ellens Sohn wäre, hätte sie an seinem zweiten Abend eine Willkommensfeier gegeben und alle im Umkreis von fünfzig Meilen eingeladen. Sie geht zu Töpferpartys, Martini-Nächten, Strickclubs. Sie hat mich zu Dutzenden dieser Veranstaltungen geschleppt, bei denen ich mich irgendwann in ein Zimmer geschlichen habe, um dort mehrere Gläser Wein zu trinken,und von denen ich immer mit einem dubiosen Kunstwerk nach Hause zurückgekehrt bin, das monatelang auf einem Regal verstaubte, bis ich es schließlich mit den Sweatshirts vom College, die ich aus irgendeinem Grund nicht wegtun kann, obwohl ich sie nie trage, in eine Kiste gepackt habe.

Seit meinem Einzug hat niemand außer Wansu und mir an dem großen Tisch aus Walnussholz mit den zwölf Sitzplätzen gesessen, und jeden Abend nach dem Essen zieht sich Wansu in dieses Zimmer zu diesem Mann zurück. Und dann ist da noch Yujun. Wir haben nie wirklich über seinen Vater gesprochen, was meine Schuld ist. Ich habe mich nur auf meine eigenen Probleme konzentriert, ohne mir Zeit für ihn zu nehmen. Ich muss mich bessern.

Yujun sitzt vor dem Zimmer seines Vaters auf einer kleinen Bank, die vorhin noch nicht da war. »Ich konnte nicht mehr stehen«, erklärt er.

»Hast du die ganze Zeit hier gewartet?«

»Das habe ich doch gesagt. Ich wollte mein Versprechen nicht noch einmal brechen.« Er steht auf, legt meine Hand in seine Armbeuge und führt mich zur Treppe.

Das letzte Mal, als er mir gesagt hat, dass er auf mich warten würde, war kurz nachdem ich herausgefunden hatte, dass Choi Wansu meine leibliche Mutter ist. Ich bin in ihr Büro gegangen, um sie mit dieser Tatsache zu konfrontieren, und dort auf Yujun getroffen. Er hat gesagt, er würde auf mich warten, während ich mit Wansu redete, aber nach dieser katastrophalen Unterhaltung war er weg. Man hatte ihn angerufen, dass er nach seinem Vater sehen müsse.

Meine Entschuldigung ist lange überfällig. »Es tut mir leid, dass ich es dir nicht gesagt habe, bevor ich angefangen habe, Zeit mit deinem Vater zu verbringen.«

Auf der ersten Stufe nach unten bleibt er stehen und

dreht sich zu mir um. Wir befinden uns fast auf Augenhöhe. »Warum solltest du dich dafür entschuldigen?«

»Weil es sich wie etwas anfühlt, das du hättest wissen sollen, und ich wollte es auch nicht bewusst verschweigen, aber es war mir irgendwie unangenehm, das Thema anzusprechen.« Weil dein Vater im Koma liegt und keine Zustimmung dazu geben kann, dass ich, der Eindringling, mich in seinem Zimmer aufhalte.

»Es ist in Ordnung. Wirklich, das sage ich nicht einfach nur.« Er zieht mich zu einem schnellen Kuss zu sich hinunter. »*Eomma* ist auf dem Weg nach Hause. Der muss bis heute Abend vorhalten.« Er wischt mit einem Finger über meine feuchten Lippen. Die Berührung ist flüchtig, aber ich spüre sie überall. »Komm und leiste mir Gesellschaft, während ich auspacke.«

Ich lasse das Thema fallen. Yujun glaubt, dass dies jetzt auch mein Zuhause ist. Ist es nicht. Seine Zimmer befinden sich auf der gegenüberliegenden Seite des Hauses, weit entfernt von meinen. Hier wirkt das Haus ganz anders – wärmer und einladender. Als Wansu mich herumgeführt hat, hat sie die Tür zu seiner Suite vielleicht für eine halbe Sekunde geöffnet. Mehr als einen flüchtigen Blick auf Holz und Teppich konnte ich nicht erhaschen, bevor ich zurück ins Wohnzimmer gedrängt wurde.

Die Böden sind aus Mahagoni und die Wände dunkelblau gestrichen. Auf einer Empore steht ein großes Kingsize-Bett ohne Kopfteil, darunter befinden sich ein breiter Flatscreen-Fernseher, eine schwarze Samtcouch und ein Schreibtisch. Um die Ecke ist eine kleine Essküche mit Spüle, Mikrowelle und Kochplatte eingebaut; daneben zwei weitere Türen, die in sein Bad und den begehbaren Kleiderschrank voller Turnschuhe, Mützen und genügend Jacken für jeden Tag des Monats führen. Auf einer Bank steht ein großer geöffneter Koffer.

»Welche Geschichte hast du vorgelesen?«, fragt er, als er mit dem Auspacken beginnt.

»Sim Cheong‹.«

»Sim Cheong‹?« Er prustet vor Lachen. »Du setzt also auf die traditionellen Geschichten. Lass mich kurz zusammenfassen: Sei selbstlos, stell deine Familie an erste Stelle, und du wirst belohnt. Kennst du schon die mit dem Kobold?«

»So wie in ›The Lonely and Great God‹?« Es gibt ein verträumtes K-Drama, das auf der Geschichte eines Koboldgottes beruht.

»Nein, die über die beiden Brüder. Ich werde nicht spoilern, wenn du noch nicht so weit gekommen bist.«

»Irgendwann werde ich sie bestimmt noch lesen. Ich habe das Buch in der Englischabteilung von Kyobo in Gwanghwamun gefunden.« Über seinem Schreibtisch hängt ein Regal, auf dem mehrere Trophäen stehen. Ich weiß nicht, wofür er sie bekommen hat, aber er hat viele davon. »Da hätte ich auch die koreanische Ausgabe bekommen, aber ich wollte deinen Vater nicht mit meiner schrecklichen Aussprache quälen. Ich habe ein paar Kinderbücher gekauft. Wenn ich mit den koreanischen Volksmärchen fertig bin, lese ich vielleicht eins von denen.«

»›Wo ist Halmoni?‹ habe ich meinen Cousins Dutzende Male vorgelesen. Das solltest du ausprobieren.« Seine Stimme wird leiser und lauter, während er in seinem Kleiderschrank hin und her geht.

»Mache ich.« Einige der Trophäen scheinen akademische zu sein, da Bücher oder Stifte in den Kristall und das Metall eingraviert sind.

»Nicht hingucken.« Eine große Hand bedeckt meine Augen. »Das ist ein *Eomeo-nim*-Regal.«

Ein Regal für seine Mutter? Das ergibt Sinn. Ich ziehe seine Hand nach unten, damit sie auf meiner Schulter ruht – ein beruhigendes Gewicht. »Es gefällt mir. Erzähl mir, wofür du die bekommen hast.«

Er beugt sich vor und stützt sein Kinn auf meinen Kopf. »Wir sind ein leistungsorientiertes Volk. Jede Sendung im Fernsehen ist ein Wettbewerb. Wenn zwei Männer eine Straße überqueren, dann beschleunigen sie beide instinktiv, um als Erster drüben zu sein, was man von außen betrachtet nie erkennen würde.«

»Dann ist einer von den Pokalen fürs Schnellgehen?«

»Er hat sie für vorbildliche Leistungen in Fußball, Mathematik, Sprachen und ein Leben als pflichtbewusster Bürger erhalten.« Wansus Stimme schneidet wie eine Peitsche durch die Luft und entzweit uns.

Yujun richtet sich ruckartig auf und weicht im selben Moment zurück, in dem ich mich aus seiner Umarmung befreie. Dabei bleibt mein Fuß an der Ecke von Yujuns Schreibtisch hängen, und ich drohe umzukippen wie der letzte Kegel beim Bowling, der schwankend darauf wartet, am Ende der Bahn umzufallen. Yujuns Hand schießt vor, packt meinen Arm und zieht mich zurück in eine aufrechte Position.

Wir sind beide atemlos, als wir uns zu Wansu umdrehen. Sie kommt auf uns zu, wobei ihre Miene wie immer ausdruckslos ist. Wie es aussieht, werden wir alle so tun, als hätte Yujun mich gerade nicht umarmt. In Wansus Kopf sind wir Geschwister. Womit ich mich nicht abfinden kann. Yujun ist der Mann, den ich am Flughafen kennengelernt habe, der mich auf den Gipfel des Namsan gebracht, mich am Fluss geküsst und meine Hand gehalten hat, als ich zerbrochen bin. Er ist nicht mein Bruder.

»Diese«, sie zeigt auf eine in Glas eingefasste Goldmedaille auf einem Sockel aus Walnussholz, »ist für den ersten Platz bei der koreanischen Mathematikolympiade; und dieser Preis«, eine Trophäe mit einer Schriftrolle und einem Tintenstift, »ist für sehr gute Sprachkompetenz im Englischen.«

Hinter dem Rücken seiner Mutter – meiner Mutter – zwinkert er mir zu. In Wansus Stimme schwingt viel Stolz mit, und Yujun sonnt sich in ihrem Lob. Anscheinend ist ihm der Vortrag über seine Highschool-Ruhmesleistungen in keiner Weise unangenehm. Wenn das hier Ellen und ich wären, würde ich in diesem Moment mit knallrotem Gesicht unter dem Schreibtisch hocken. Wansu hat Yujun dazu erzogen, mutig und selbstbewusst zu sein, unter Druck nicht zusammenzubrechen und sich nicht dafür zu entschuldigen, wer er ist und was er will. Ellen hat mich zum Durchhalten erzogen, aber auf leise, zurückhaltende Art. Gib nicht an; lass deine Taten für sich sprechen. Gib, damit im Gegenzug dir etwas gegeben wird. Lass andere an die Reihe kommen.

Wäre Ellen als Mutter anders gewesen, wenn ich als Junge zur Welt gekommen wäre? Ich glaube nicht, dass all das etwas damit zu tun hat, wie wir aufgewachsen sind.

Choi Yujun ist extrovertiert, und ich bin introvertiert, genau wie Wansu. Es ist vermutlich Teil meiner DNA.

»Ich denke, Hara hat genug gehört«, unterbricht Yujun die Rezitation seiner Brillanz durch seine Mutter.

»Dann lasst uns mittagessen.« Auf dem Weg zur Tür fällt ihr Blick auf die offen stehende Schranktür. »Packst du aus?«

»Ich dachte, ich bleibe eine Weile hier. Ich weiß, dass du mich vermisst hast.« Ich bin mir nicht sicher, ob er mit mir oder Wansu spricht. Er öffnet die Tür seines Schlafzimmers und bedeutet uns mit einer Geste, ihm vorauszugehen. »Wir sollten Mrs. Ji nicht warten lassen. Wenn das Essen kalt wird, ist sie garantiert todunglücklich.«

Wansu zögert, entscheidet sich aber nach einem kurzen inneren Kampf, nichts weiter dazu zu sagen. Und ich folge ihrem Beispiel. Mit fünfundzwanzig sollte ich daten dürfen, wen ich will, lieben können, wen ich will, leben, wie ich will. Ich möchte nicht Sim Cheong sein.

KAPITEL ZEHN

Das Mittagessen ist unangenehm, allerdings nicht aus den Gründen, von denen ich ausgegangen bin. Ich dachte, dass es komisch wird, unbeholfen, still, mit nichts als dem Geräusch unserer Gabeln, die gegen das Porzellan klirren, wie es normalerweise der Fall ist, wenn Wansu und ich zusammen essen, aber stattdessen können sie und Yujun nicht aufhören zu reden.

»Du hast gute Arbeit geleistet auf deinen Reisen. Yujun-ah hat alle Ziele erreicht. Er ist mit zwei unterschriebenen Verträgen und mehreren neuen Geschäftskontakten zurückgekommen. Das war alles sehr fruchtbar.« Wansu strahlt, und damit meine ich, dass sich ihre Mundwinkel um zwei Grad nach oben biegen. »Und Teammanager Park hat mir erzählt, dass du dich in deiner Position sehr gut machst, Hara. Deine Leistungen seien vorbildlich.«

Bujang-nim ist ein großer, fetter Lügner.

Ich lächle angespannt und gebe eine diplomatische Antwort. »Er ist ein guter Vorgesetzter.«

Er ist ein großartiger Vorgesetzter, weil er nichts erwartet, keine Miene verzieht, wenn ich einen Fehler mache, und immer ein Kompliment parat hat.

»Das nächste Mal musst du mitkommen, Hara«, sagt

Yujun. »Das Essen in Singapur ist fantastisch. Ich war auf dem Markt in der Keppel Road und hab *bak kut teh* gekauft. Erinnerst du dich an den Markt, *Eomma?* Wir waren mit Henry Lui da.«

»Ich erinnere mich. Es war sehr lecker.« Stirnrunzelnd mustert sie die Nudeln, die Erbsen und das Zitronenhühnchen auf ihrem Teller.

»Ich habe zwei Portionen gegessen und hätte noch eine genommen, wenn nicht die Krebse in Chili nach mir gerufen hätten.« Yujun hat seinen Teller leer gegessen und ist jetzt damit beschäftigt, ein Brötchen mit Butter zu bestreichen.

»Hast du viele gegessen?« Wansus Tonfall ist warm und liebevoll, während sie ihrem Sohn zuhört, der sämtliche Gerichte aufzählt, mit denen er sich im Laufe seiner Geschäftsreise den Bauch vollgeschlagen hat. Er klingt fast so, als hätte er mehr gegessen als gearbeitet, seinem schlanken Körper ist das allerdings nicht anzusehen.

»Zu viele. Als Nachtisch hatte ich Mango *tau huay.*«

»In der kalten Version?«

»Ja. Es war eine heiße Nacht.«

»Wie immer in Singapur«, murmelt Wansu.

Ihre Leichtigkeit im Umgang miteinander, ihre gemeinsamen Erinnerungen zeigen mir, dass sie eine Einheit sind, auf eine Weise, die ich mir so vorher nicht vorgestellt hatte. Ich bin froh, dass sie eine Verbindung haben, wie ich sie mit Ellen habe, aber ich werde nicht lügen. Es bleibt ein Hauch von Verbitterung, weil ich jede meiner Interaktionen mit Wansu überdenke und mich sogar bei einem Kompliment frage, ob ich es in die richtigen Worte verpackt habe.

Aber ich kann die Erbsen auf meinem Teller herumschieben oder hineinspringen.

Ich springe hinein. »Ich kenne keins der Gerichte, von denen du gerade erzählt hast, und jetzt möchte ich sie alle probieren.«

»*Bak kut teh* sind in Brühe gekochte Schweinerippchen«, erklärt Yujun. »Es gibt einige Lokale in Seoul, die singapurische Gerichte servieren, obwohl *bak kut teh* eher aus der Hongkong-Küche stammt.«

Ich habe noch nie davon gehört, aber Koreaner lieben Suppen. Fast keine Mahlzeit ist komplett ohne eine Schüssel Brühe, die oft ganz am Ende eines Essens vor dem Obst serviert wird. Sogar Wansus westliche Mahlzeiten beinhalten oft Suppen, und wenn es sich nur um eine klare Brühe handelt, in der ein paar Frühlingszwiebeln und Paprikastreifen schwimmen.

»Ist das so ähnlich wie *seolleongtang*?« Einer der Food Trucks hat Ochsenknochensuppe auf der Karte, die aus einem riesigen Eisenkessel geschöpft wird.

»Irgendwie schon, aber ein anderer Geschmack. *Seolleongtang* hat durch das Kochen der Knochen eine milchige Farbe, während die Brühe für *bak kut teh* wie ein Tee mit einem Gewürzpäckchen zubereitet wird. Jeder macht es anders.«

Das Huhn fängt an, nach Gummi zu schmecken. »Wie *banchan* und Limoncello.«

Ein Lächeln erscheint auf Yujuns Gesicht, so breit und strahlend, als würde sich die Sonne zwischen zwei Wolken hindurchschieben. »Genau wie Limoncello.«

»Was ist das?« Jetzt ist Wansu diejenige, die sich ausgeschlossen fühlt.

»Als ich Hara zum Essen ausgeführt habe, habe ich ihr erklärt, dass jedes Restaurant sein ganz individuelles *banchan* anbietet, so wie italienische Köche ihren ganz speziellen Limoncello.« Yujun würde niemals zulassen, dass sich jemand ausgeschlossen fühlt.

Die Erwähnung meiner Verabredung mit Yujun dämpft Wansus Begeisterung, und ihre Lippen werden wieder zu einer geraden Linie. Ich beiße die Zähne zusammen. Yujun tut so, als sei alles in Ordnung.

»Sollen wir heute Abend ins Banyan Tree gehen?«, schlägt er vor. »Sangki spielt ein kurzes Set. Wir könnten Bomi und deine Freundinnen aus dem Airbnb fragen, ob sie mitkommen möchten.«

»Ist das dieses Summer-Splash-Ding? Ich hatte ganz vergessen, dass das heute Abend ist, aber ja, das klingt nach Spaß. Und jetzt, wo du zurück bist, muss ich auch nicht mehr neben Mr. Lee sitzen.«

»Mr. Lee? Ach, du meinst Sangkis Manager. Ich glaube nicht, dass der jemals sitzt, oder?«

»Nur im Auto.«

Wir teilen ein kleines Lächeln, das zu lange anhält, was ich daran merke, dass Wansu sich räuspert. »Wie schön für Yujun, dass er dir ein paar seiner Freunde vorstellen kann. Vielleicht solltest du Lee Sikook auch einladen.«

Yujun geht sofort auf ihren Vorschlag ein. »Lee Sikook dated gerade Ryu Sooyeon.«

Wansu spießt ein Stück Melone auf. »Ach ja? Die beiden würden ein nettes Paar abgeben. Ryu ist Apothekerin, nicht wahr? Und Lee ist Biochemiker. Was ist mit ...«

»Ich glaube nicht, dass auf dieser Party irgendjemand sein

wird, den du magst, *Eomma*. Da wird eher die Influencer-Crowd unterwegs sein.«

»Verstehe.« Ihre Nasenflügel flattern leicht, als würde sie sich ekeln. Influencer sind offensichtlich keine Gesellschaft, die sie besonders zu schätzen weiß.

Doch Yujun lässt sich davon nicht aus der Ruhe bringen. »Wir werden Spaß haben.« Er zieht sein Handy hervor. »Ich schreibe Sangki, dass er unsere Namen auf die Liste setzen lassen soll. Wen sonst noch?«

»Bomi und Jules.«

»Kim Bomi?«, wirft Wansu mit schmalen Augen ein. »Meine Kim Bomi? Sie gehört nicht zu diesen Kreisen.«

»Es wird ihr gefallen, genau wie Hara. Ist schließlich nicht so, als wollte eine von beiden einen YouTube-Kanal starten, oder?« Er sieht mich an.

Ich schüttele heftig den Kopf. »Nein. Auf keinen Fall.« Obwohl ich viele Videos anschaue, kann ich mir nicht vorstellen, jemals selbst in einem aufzutauchen.

»Siehst du?« Er nickt seiner Mutter zu. »Niemand schließt sich der Influencer-Crowd an. Wir werden etwas trinken und essen und gute Musik hören.«

Und das war das.

»Du scheinst nicht gerade in Partylaune zu sein«, rufe ich Jules über die laute Musik hinweg zu. »Vielleicht war das eine blöde Idee. Wir hätten deine anderen Mitbewohnerinnen auch einladen sollen.«

Ich ziehe die lange, durchscheinende Strickjacke enger um meinen Körper und drücke meine mit Wedges bekleideten Füße gegen das Unterteil der schwarzen Rattanbank.

Die meisten Frauen hier tragen weniger als ich, aber extravagante Poolpartys liegen außerhalb meines Erfahrungsbereichs, der sich hauptsächlich aus Bars mit klebrigen Böden und Dutzenden von großen Bildschirmen, auf denen Sportereignisse übertragen werden, speist.

Seit unserer Ankunft wird Yujun von einer Gruppe Leute belagert, die ihn mit den Worten begrüßt haben, dass er mindestens zehn Jahren weggewesen sein müsse. Im Moment sitzt er auf der anderen Seite der langen Tafel und ist in eine ausführliche Diskussion über die Flucht internationaler Unternehmen aus Hongkong aufgrund der politischen Unruhen in Städte wie Shanghai und Seoul versunken. Es ist ein interessantes Thema, das auf Englisch begonnen wurde, aber inzwischen haben sie unbewusst ins Koreanische gewechselt.

»Die hatten schon was vor.« Jules wirkt mürrisch, allerdings nicht, weil sie sich in dem schwarzen Einteiler mit den großen runden Cut-outs an den Seiten unwohl fühlt.

»Haben du und Bomi Streit?« Bomi hat Yujuns Einladung höflich abgelehnt.

Jules sieht mich misstrauisch an. »Hat sie was zu dir gesagt?«

»Darüber, dass ihr zwei datet, oder darüber, dass ihr Streit habt?«

»Beides.«

»Nein.«

»Wie hast du es dann rausgefunden? Wir waren so vorsichtig.«

Ich fummle an dem kleinen Cocktailschirmchen in meiner Piña Colada herum. »Eure Knie haben sich berührt.«

»Hä?«

»Letztens, als wir etwas trinken waren, da haben sich eure Knie berührt.«

»Quatsch. Wie solltest du bitte darauf kommen, dass wir was miteinander haben, nur weil sich einmal unsere Knie berühren? Bomi muss es dir erzählt haben.«

»Hat sie aber nicht. Ich bin von selbst drauf gekommen. Genau wie Sangki. Ihr beiden habt einfach wie ein Paar ausgesehen.«

»Sangki-nim und du seht auch aus wie ein Paar«, fährt Jules mich an. »Und ihr seid trotzdem keins.«

Ich muss lachen. »Tun wir nicht.«

»Egal.« Sie seufzt, als würde ich es nur nicht zugeben wollen, dabei liegt bei Sangki und mir absolut null Spannung in der Luft. Wir sind Freunde, und niemand, der uns zusammen sieht, würde etwas anderes vermuten. So wie jedem, der Yujun und mich zusammen sieht, klar ist, dass wir uns nicht verhalten, als wären wir Geschwister. »Ich glaube, sie geht mir aus dem Weg, weil ich wütend aus der Bar abgehauen bin. Aber was sollte ich denn bitte machen? Ihr dabei zuhören, wie sie lang und breit ausführt, dass es ihr Leben zerstört, wenn sie mit mir zusammen ist?«

»Das hat sie nicht gesagt. Sie hat mich gewarnt, vorsichtig zu sein.«

»Sie hat uns beide gewarnt. Sie hat behauptet, dass eine Beziehung mit mir so unmöglich ist wie eine zwischen dir und Yujun – was nicht mal stimmt. Es gibt kein Gesetz, das euch beiden verbietet, ein Paar zu sein, während Bomi und ich unsere Jobs wegen anstößigen Verhaltens verlieren könnten, wenn rauskommen sollte, dass wir zusammen sind.«

Meine Augenbrauen schießen in die Höhe. »Wansu würde Bomi deswegen rauswerfen?«

»Theoretisch könnte sie es auf jeden Fall. Allerdings habe ich ehrlich gesagt keine Ahnung, was für eine Einstellung sie in der Hinsicht hat. Aber die meisten älteren Koreaner haben ein Problem damit. Die Jüngeren behaupten, sie nicht, aber viele haben Vorurteile, die sie nicht eingestehen wollen.«

Als Amerikanerin mit koreanischem Hintergrund kenne ich dieses Verhalten. Oft denken die Menschen, von denen man es am wenigsten erwartet, auf eine bestimmte Weise darüber, wie du aussiehst oder mit wem du zusammen bist.

»Das Problem ist, dass sich hier alles um die Familie dreht«, fährt Jules fort. »Zum Beispiel bei Chuseok. Im Mittelpunkt steht die Ehrung der Vorfahren, der Feiertag ist superwichtig. Die Frauen fangen eine Woche vorher mit den Vorbereitungen an. Es muss bestimmte Gerichte geben, und die müssen an bestimmten Stellen auf dem Tisch stehen. Es gibt Regeln dafür, wie häufig man sich verbeugen muss, und man trinkt einen speziellen Reiswein. Diese *charyes* werden zweimal im Jahr abgehalten. Einmal an Chuseok und einmal an Seollal, dem Mond-Neujahr. *Gijesa* wird am Jahrestag eines Verstorbenen gefeiert, und man begeht *sije*, eine Zeremonie, die saisonal stattfindet. Die Traditionen dieses Landes sind alle um die Familie und deren Fortbestand herum aufgebaut. Wenn ihre Familie erfährt, dass sie auf Frauen steht, könnten sie versuchen, ihr den Kontakt zu ihren Geschwistern zu verbieten. Ihr Bruder ist der älteste Sohn und damit verpflichtet, die Familientraditionen fortzuführen.«

»Versuchst du gerade, mich zu überzeugen oder dich selbst?«

Jules lässt den Kopf in die Hände sinken, wobei ihre blonden Zöpfe nach vorne fallen. Ich streiche sie schnell zurück, bevor die Spitzen im Salsa-Dip landen. »Ich weiß es nicht. Ḅomi kümmert sich um ihre Schwester und ihren Bruder, ihre Verwandten sollten sie also eigentlich nicht verurteilen. Aber ich glaube, selbst wenn der Großteil von ihnen unsere Beziehung tolerieren würde, würde es nicht funktionieren. Wir sind so verschieden. Bomi würde nie zu so einer Party hier mitkommen.«

»Warum nicht?«

»Weil das nicht ihre Leute sind. Die neue digitale Generation, von der die ältere nichts hält. Bomi ist in vielerlei Hinsicht eher altmodisch eingestellt. Sie zieht sich lieber konservativ an, weil sie keine Haut zeigen möchte. So was hier würde sie niemals tragen.« Jules deutet auf die Cut-outs an ihrem sexy Einteiler.

»Aber es scheint ihr auch nichts auszumachen, wie du dich anziehst oder verhältst oder wie du redest.«

Jules schiebt leicht die Unterlippe vor. »Ich weiß.«

Sie liebt Bomi wirklich.

»Worüber unterhaltet ihr euch so intensiv?« Yujun ist endlich wieder frei. Er lehnt sich zurück und legt einen Arm auf die Rückenlehne der Zweisitzerbank. Die Knöpfe seines locker sitzenden cremefarbenen Hemdes stehen oben offen, sodass die rote Seidenkordel mit der Jade-Ente eingebettet zwischen zwei harten, definierten Brustmuskeln zu sehen ist. Bei dem Anblick läuft mir das Wasser im Mund zusammen.

»Bikinis«, platze ich heraus.

»*Mukbangs*«, sagt Jules.

»Chuseok«, füge ich hinzu. Ich bin mir nicht sicher, ob Jules offen darüber sprechen möchte, was bei ihr gerade los ist.

Bei der Erwähnung des anstehenden Feiertags versteinern Yujuns Gesichtszüge für einen kurzen Moment, und mein Magen zieht sich zusammen, als ich an die Worte meiner Freundin denken muss. *Wenn es an der Zeit ist, während Chuseok eine* jesa-*Zeremonie abzuhalten und die Vorfahren zu ehren, wird Yujun eingeladen werden, aber Hara nicht. Genau wie bei der nächsten Hochzeit seines Cousins oder der Taufe einer Nichte.*

Choi Yujun ist ein extrovertierter Mensch, der es liebt, unter anderen Menschen zu sein. Der seine Familie liebt.

Vielleicht sollte ich mir mehr Sorgen wegen Chuseok machen als Jules.

»Was machst du an Chuseok, Jules-nim?«, erkundigt sich Yujun.

Er ist ihr gegenüber immer so formell. Andererseits ist er das mit jeder Person außer mit Sangki und mir.

»Meine Mitbewohnerinnen und ich gehen mit anderen Expats zum Thanksgiving-Büfett im Route 66.«

»Wenn du Lust auf etwas anderes hast, kannst du zu uns kommen. Du musst auch nicht kochen.«

»Ich werd's mir überlegen.« Jules steht auf. »Ich will jetzt in den Pool. Keine Chance, dass ich auf so eine Party gehe, ohne mich nass zu machen. Den neuen Bikini habe ich mir schließlich nicht umsonst gekauft.« Sie nimmt meine Hand und zieht mich ebenfalls hoch. »Na los, allein mach' ich das nicht.«

Wir tanzen im Wasser, trinken zu viele Piña Coladas und lachen laut – so laut, dass einige Mädels in unserer Nähe angesäuerte Blicke zu uns rüberwerfen, aber das ist mir egal. Erstens tragen sie High Heels im Pool – ganz im Ernst, wie können sie da sauer auf uns sein? –, und zweitens wird Jules von einem Merchandising-T-Shirt mit Autogramm, das Sangki mit Gummibändern zu einem festen Knäuel zusammengebunden hat und in den Pool wirft, im Gesicht getroffen, worauf sie von dem aufblasbaren Einhorn rutscht, auf dem sie geritten ist. Wie soll ich darüber bitte nicht lachen?

Nachdem Sangki sein Set gespielt hat, steigen wir aus dem Pool und wickeln uns in die bereitgelegten Handtücher ein. Trotz der Augusthitze ist es nachts kühl, besonders hier in der Nähe des Namsan.

Sangki setzt sich an unseren Tisch, und ein Fotograf des Clubs macht ein paar PR-Fotos. Sangki und Yujun lehnen die Köpfe aneinander und kneifen ihre Augen auf eine Weise zusammen, wie ich es zu Hause niemals gemacht hätte, aber bei ihnen und in dieser Umgebung sieht es hinreißend aus.

»Lasst uns Seilbahn fahren«, schlägt Sangki vor, nachdem der Fotograf abgezogen ist.

»Nein.« Ich umklammere meinen frischen Drink; er ist pink und schmeckt fruchtig. Als ein Eissplitter meinen Zahn berührt, zucke ich zusammen.

»Sie hat Angst, dass sie abstürzt«, erklärt Yujun. Er greift an mir vorbei nach einem Spieß mit glasierten Hühnchenstücken. Er hat die Ärmel hochgekrempelt. Nackte Brust, entblößte Unterarme, ein muskulöser Oberschenkel, der sich an meinen schmiegt, glänzendes schwarzes Haar, dessen Spitzen ihm bis über die Augen fallen. Es ist wunderbar. Wer auch immer Poolpartys erfunden hat, steht auf einer Stufe mit Einstein und seiner Relativitätstheorie. Absolute Genies.

»Gab es jemals einen Seilbahnabsturz am Namsan?«, wundert sich Sangki.

Yujun schüttelt den Kopf. »Nicht dass ich mich erinnern könnte.«

»Es gab mal einen kleinen Unfall am Einstieg, weil der Fahrer nicht rechtzeitig genug gebremst hat. Angeblich weil er auf sein Handy geguckt hat. Niemand wurde ernsthaft verletzt.« Sangki trinkt einen Schluck Bier.

»Und was ist, wenn der Fahrer damit beschäftigt ist, auf sein Handy zu schauen und dabei versehentlich beschleunigt, sodass sich die Kabine vom Kabel löst und runterfällt?«

Yujun unterdrückt ein Lachen, während Jules die Augen verdreht. »Dann hoffst du darauf, in deinem nächsten Leben mit etwas Besonderem für das Trauma entschädigt zu werden, das du in diesem erlitten hast.«

KAPITEL ELF

»Sollen wir nach Hause gehen, oder möchtest du mein Apartment sehen?«

Yujun hat die Heizung aufgedreht, obwohl es August ist. Poolpartys machen Spaß – aber wenn dein Hintern die meiste Zeit über in feuchtem Lycra steckt, nutzt sich das Konzept schnell ab. Ich ziehe das Handtuch, für das Yujun bezahlt hat, eng um meinen Körper und frage mich, ob das Zittern von meiner Aufregung kommt oder daher, dass ich so friere. »Apartment.«

»Ich schreibe nur schnell *Eomma*.«

Es ist fast Mitternacht. »Glaubst du, sie ist noch wach?«

»Ja, und selbst wenn sie schon im Bett sein sollte, möchte ich nicht, dass sie sich Sorgen macht, wenn sie merkt, dass wir nicht da sind.«

Selbst seine Umsichtigkeit ist unglaublich sexy. Ich bin wirklich hoffnungslos verloren. Hastig verschränke ich meine Hände unter dem Handtuch, um nicht über ihn herzufallen, während er fährt.

Auf den Straßen ist nicht viel los, sodass die Fahrt nach Yongsan, wo sich Yujuns Wohnung befindet, nicht lange dauert. Der Apartmentkomplex liegt nah genug an der IF Group, dass Yujun zu Fuß hingehen, aber nicht so nah, dass ich den Fluss sehen kann – zumindest nicht von der Straße aus.

Während wir mit dem Aufzug in den neunten Stock fahren, zieht er mich eng an sich. »Erwarte nicht zu viel. Es ist ziemlich klein.«

Es könnte eine Schuhschachtel sein, und es wäre mir egal. Wir sind zusammen. Das ist alles, was zählt. Außerdem ist Yujuns Vorstellung von Platz verzerrt, er ist immerhin in einer riesigen Villa aufgewachsen.

Aber als er die Tür zu seinem Apartment öffnet, stelle ich fest, dass es tatsächlich klein ist. Der Raum ist quadratisch und der Schlafbereich mit Rauchglaswänden abgetrennt, um die Illusion von mehr Platz zu erzeugen. Neben dem Schuhregal und dem Garderobenschrank, die in jeder koreanischen Wohnung zur Standardeinrichtung gehören, führt links eine Tür ins Badezimmer. Auf der rechten Seite stehen deckenhohe Kleiderschränke, auf deren anderer Seite sich eine Pantryküche mit einem Zwei-Flammen-Kochfeld, einem kleinen, aber schick aussehenden Ofen und einer Spüle befindet. Ich nehme an, dass sich hinter einer der Schranktüren ein Kühlschrank verbirgt. Etwa sechs Meter vom Bettende entfernt, gibt eine Reihe großer Fenster den Blick auf ein zwanzig Stockwerke hohes Bürogebäude frei.

Die Wände, an denen keine Schränke stehen, sind mit weizengrasfarbener Leinentapete bespannt. Die Schrankfronten sind braun-schwarz gebeizt, und auch der Fußboden ist aus dunklem Holz. Es erinnert mich ein wenig an seine Suite in Wansus Haus. Zwischen dem Bett und der Fensterfront steht ein langes schwarzes Ledersofa. Es gibt keine gelben Kissen, aber es sieht ganz anders aus als Wansus weiße Wohnlandschaft.

»Ich fühle mich getäuscht«, erkläre ich und trete vor eines der Fenster, um auf die Straßenlaternen hinunterzusehen.

»Inwiefern?« Yujun füllt einen Wasserkessel und stellt ihn auf eine der zwei Herdplatten.

»Du hast gesagt, es gäbe gelbe Kissen.«

Er deutet mit dem Kopf in Richtung des verglasten Raumteilers. »Auf dem Bett.«

Die Wohnung ist klein genug, dass ich nur ein paar Schritte brauche, um zu dem Schluss zu kommen, dass er keine Ahnung von Farben hat. »Das ist cremefarben.«

»Zitronengelb. So stand es auf der Verpackung. Hast du Hunger? Ich mache *ramyeon*.«

»O ja, gerne.«

»Scharfes Schweinefleisch oder scharfes Huhn?« Er hält zwei Plastikpäckchen hoch.

»Huhn.«

»Ei?«

»Jep.«

Er drückt auf eine Schranktür, worauf diese aufschwingt und einen kleinen Kühlschrank offenbart. »Käse?«

»Jep.« Bevor er abgereist ist, hat Yujun mich mit Käse-*ramyeon* bekannt gemacht, und sie waren überraschend lecker. »Kann ich helfen?«

»Nein. Es sind *ramyeon*, die kann sogar Wansu kochen.«

»Wieso sogar Wansu?«

»Sie ist eine Katastrophe in der Küche. Mein Vater hat sich immer lustig gemacht, dass sie so ziemlich alles kann – vier Sprachen sprechen und komplexe mathematische Gleichungen im Kopf lösen und so weiter –, aber in der Küche ist sie weniger hilfreich als ein Kleinkind.« Er holt ein paar Zutaten aus dem Kühlschrank und nimmt ein Messer von einem Magnetstreifen, der an der Seite des Schranks angebracht ist. »Mrs. Ji hat mir einige Grundlagen beigebracht, bevor ich aufs College gegangen bin, und beim Militär hab' ich mir auch ein paar Dinge angeeignet. Die koreanische Armee bringt einem bei, wie man eine Waffe abfeuert, eine Landmine findet und einen Eintopf kocht. Aber du könntest schon mal ein paar Sitzmatten rausholen. Die sind im hintersten Schrank im Eingang. Wir essen an dem Tisch.« Er deutet auf den Couchtisch aus Holz und Marmor vor dem Sofa.

Als ich mich an ihn schmiege, gibt er mir einen Kuss auf die Stirn, und ich werde vom Scheitel bis in die Zehen von einer Hitzewelle durchlaufen. Dies ist eine richtig häusliche Szene. Er kocht. Ich decke den Tisch. Das Bett mit den cremeweißen und nicht gelben Kissen steht ein paar Meter entfernt. Vorfreude blubbert in mir hoch.

»Essstäbchen und Untersetzer sind in der Schublade unter dem Tisch«, fügt er hinzu, als ich die Bodenkissen zum Fenster trage. Ich freue mich, ein Bild davon zu bekommen, wie Yujun seine Abende verbringt, wenn er von der Arbeit nach Hause kommt. Er wirft ein Kissen auf den Boden vor dem Sofa, kocht etwas Wasser für eine Schüssel *ramyeon* auf und dann ... Na ja, ich bin mir nicht sicher, was er danach macht, aber ich werde es noch herausfinden.

Augenblicke später gesellt er sich zu mir und stellt zwei Tabletts auf den Tisch – eines für jeden von uns. Es gibt kleine Teller mit Kimchi, Sojabohnen und Gurken in Sojasoße, eine Schale mit Deckel, deren Kanten mit Blumen bemalt sind, und die Schüssel *ramyeon*, mit Frühlingszwiebeln bestreut und einer Scheibe amerikanischen Käses darüber.

Ich nehme meine Stäbchen und stupse damit den Käse an. »Wir sind in Amerika total verrückt nach Käse. Ich frage mich, wie es sein kann, dass wir noch nicht auf diese Kombination gekommen sind.«

Yujuns Zwillingsgrübchen erscheinen auf seinen Wangen, bevor er anfängt zu essen. »Ich bin mir nicht sicher. Schmelzkäse ist mit den GIs während des Koreakrieges zu uns gekommen. Jemand hat ihn auf *ramyeon* gelegt, und der Rest ist Geschichte. Iss auf, bevor die Nudeln zu stark aufquellen.«

Ich sehe zu, wie Yujun den Käse durchsticht und anschließend seine mit Nudeln beladenen Essstäbchen an den Mund führt. Der geschmolzene gelbe Käse läuft wie dicke Regentropfen über die Nudeln. Er schließt die Augen und gibt ein leises Stöhnen von sich, das in Teilen meines Körpers widerhallt, die nach etwas anderem als Essen hungern.

Ich schlürfe meine eigenen Nudeln, bis in meiner Schüssel nur noch eine käsige Brühe mit kleinen Stücken Frühlingszwiebeln und vielleicht einem winzigen Stück Ei schwimmt.

Als ich mit dem Essen fertig bin, deutet Yujun auf die Skyline vor den Fenstern. »Weißt du, wofür Yongsan steht?«

»Nein.«

»Yongsan bedeutet ›Drachenberg‹. *Yong* heißt ›Drache‹; das Wort *san* für ›Berg‹ kennst du ja schon.«

»Richtig, wie Namsan oder Bukhansan.«

Sein linkes Grübchen erscheint. »Genau. Um das Jahr

90 n. Chr. wurde Korea in drei Königreiche geteilt. Das zentrale Königreich war Baekje. Während der Regierungszeit von König Giru wurden zwei Drachen gesichtet, die über den Han flogen, und so wurde diese Region Yongsan genannt, die im Rücken durch den Namsan abgeschirmt und nach vorne vom Han geschützt war. Oder man glaubt daran, dass die Berge an einen etwas krummen Drachen erinnern.«

Die verächtliche Miene, die er zu Erklärung Nummer zwei zieht, lässt darauf schließen, dass er sie als langweilig und traurig betrachtet und sie nur für Menschen geeignet ist, die kein Herz besitzen. Yujun ist der Mann, der mir eine Jade-Ente an einer roten Kordel geschenkt hat mit der Erklärung, dass sich Enten fürs Leben finden oder sterben. Er ist ein Romantiker. Ein Romantiker, der Käse auf seinen *ramyeon* mag.

»Der Drache ist unser mythischstes Wesen, weil er praktisch unzerstörbar ist. Sein Körper ist von einer schuppigen Rüstung bedeckt. Er hat Klauen und Hörner. Er kann fliegen, springen und klettern, und niemand kann seinem Zorn entkommen. Der Thron des Königs wird als *yongjwa* bezeichnet, als ›Stuhl des Drachen‹, und seine Kleidung war bekannt als *yongpo*, ›die Kleidung des Drachen‹. Jedes Zeichen des Drachen wird verehrt. Fast alle Namen der U-Bahn-Stationen hier beziehen sich auf einen Teil der koreanischen Geschichte. Seongsu bedeutet zum Beispiel ›Heiliges Wasser‹. In dieser Gegend gab es einen Bach, der so rein war, dass man sein Wasser direkt aus der Quelle trinken konnte, deswegen wurde sie zur Stadt mit dem heiligen Wasser.«

Ich schiebe meine Schale beiseite und lehne mich gegen das Sofa. »Und mehr weißt du nicht?«, ziehe ich ihn auf – worauf er sich in eine Erläuterung der Herkunft sämtlicher anderer U-Bahn-Haltestellen-Namen stürzt.

Banghak steht für Kranich und Nokcheon für ein Reh, das nach einer Naturkatastrophe in einem Bach gebadet hat. Dolgoji bedeutet Spieß aus Stein und steht für die schwarzen Felsen der Cheonjang-Bergkette. Und während er redet, erkunde ich ihn. Ich ertaste seinen festen Oberschenkel, die Wärme der Haut auf seinem Handrücken, die zarte Region entlang seines Schlüsselbeins, die durch den offenen Ausschnitt seines Hemdes freigelegt wird.

Bei Boramae, dem Falken, der die Luftwaffe repräsentiert, deren Akademie sich früher im heutigen Boramae-Park befunden hat, hält er inne.

»Hör nicht auf«, flüstere ich an seiner Ohrmuschel.

Er fährt fort, aber durch die Woge der Begierde, die meinen Kopf erfüllt und meinen Körper durchdringt, verstehe ich kein Wort mehr. Seine Hand schwebt über meiner Taille, als wäre er sich nicht sicher, ob ich aufhören werde, sobald er sich bewegt, aber das werde ich nicht. Ich lerne ihn kennen. Ich finde heraus, dass er erschaudert, wenn ich über die Krümmung seiner Ohrmuschel lecke, und dass sein Brustmuskel unter der Berührung meiner Handfläche zuckt. Ich finde heraus, dass seine Wimpern länger sind, als ich mich erinnere, und dass sein dichtes Haar durch einen leichten Undercut in Form gehalten wird, der einem nicht auffällt, es sei denn, man streicht die Strähnen, die darüberfallen, beiseite. Ich finde heraus, dass sein Geruch eine Mischung aus Sonnenschein und Wald und Trost und Bedürfnis ist, alles zusammen in einen berauschenden Duft verpackt. Ich finde heraus, dass seine Geduld ein Ende finden kann.

Er steht abrupt auf und zieht mich in seine Arme. Zwei Schritte, und ich liege auf dem Bett. Als er mit einer Hand einen Schalter in der Nähe des Nachttisches betätigt, schließen sich mit einem leisen Surren die Vorhänge.

»Schick«, murmele ich.

»Notwendig«, antwortet er.

Mir kommt der flüchtige Gedanke, wen er sonst in diesem Bett hatte, aber ich verdränge ihn aus meinem Kopf, weil es keine Rolle spielt, was in der Vergangenheit war. Jetzt bin ich hier. Ich schlinge meine Arme um seinen Nacken und ziehe ihn zu mir herunter. Seine Hand an meiner Taille, sein Mund an meinem Hals, sein schwerer Körper, der mich in die Matratze drückt – das sind die Dinge, die von Bedeutung sind.

Dieser Moment unterscheidet sich von den anderen. Wir hatten Sex in einem Airbnb, eine hektische Beinahe-Vereinigung auf einer Bürotoilette, eine verbotene Begegnung im Haus seiner Mutter – meiner Mutter –, aber hier gibt es keine zeitliche Begrenzung, keine Sorge vor Eindringlingen, keine schweren Gedanken. Hier gibt es nur ihn und mich, Haut an Haut, Mund an Mund.

Ich versinke tief in den Gefühlen, in ihm. Wenn ich mit Yujun allein bin, existieren die Außenwelt und ihre Zwänge, Regeln und Erwartungen nicht. Ich öffne meine Beine und ziehe ihn in meinen Körper, komme seinen drängenden Stößen entgegen. Er küsst mich, oder ich küsse ihn. Es ist schwer zu sagen. Keiner von uns hält lange durch, nicht bei dieser ersten Runde. Unser Hunger ist gleich groß, und unsere Not ist ungestillt. Es ist zu lange her, und so beginnen wir, kaum dass wir die Bergspitze verlassen haben, erneut den Aufstieg, unsere Glieder lösen sich nie voneinander, nichts trennt unsere Haut. Wir stöhnen und lachen und seufzen, Finger graben sich tief in Oberschenkel und Schultern. Sein Mund ist überall, wandert von meinem Kiefer über meine Brüste zu meinen Knien und der weichen Stelle an meinen inneren Oberschenkeln bis hin zu der noch weicheren Stelle zwischen meinen Beinen.

Seine Zunge tut raffinierte Dinge, bei denen sich meine Zehen wie von selbst krümmen, und ich vergelte es ihm tausendfach, indem ich seine Länge tief in meinen Mund nehme. Ich verliere all meine Hemmungen und reite ihn gnadenlos, bis er derjenige ist, der um Erlösung bettelt. Ich küsse seine Grübchen, die sich in den Augenblicken, in denen er am glücklichsten ist, tief genug in seine Wangen graben, um darin zu ertrinken.

Bedeckt von Schweiß und angefüllt von zarten Gefühlen fallen wir irgendwann auf die Matratze, und als ich ins Nimmerland hinüberdrifte, flüstert er in schläfrigem Koreanisch, dass er mich vermisst hat, dass er mich liebt, dass er zu Hause ist.

KAPITEL ZWÖLF

Am Montag nehme ich mit zwei Kaffeebechern den Aufzug bis in den vierzehnten Stock, anstatt im siebten auszusteigen. Eines meiner Privilegien als Wansus Tochter ist, dass es keinen Ort im Firmengebäude gibt, den ich nicht aufsuchen darf, einschließlich Bomis Schreibtisch in der Forschungs- und Entwicklungsabteilung. Es ist noch früh und deswegen kaum jemand hier außer meiner Freundin, die fleißig über ihre Arbeit gebeugt ist.

»Hara, ist alles in Ordnung?« Sie springt auf und eilt auf mich zu. »Soll ich Wansu anrufen? Fährst du nicht mit ihr zusammen zur Arbeit?«

»Nicht immer und heute auch nicht. Ich bin extra früher hergekommen.« Ich reiche ihr einen der Becher. »Du musst mich heute beim Lunch retten. *Bujang-nim* schlägt ständig vor, dass ich mit den anderen beiden Frauen aus meinem Büro essen gehen soll, aber ich glaube, sie haben schon was vor, also lass mich bitte nicht wie eine Loserin dastehen, die allein essen muss.«

»Ich esse normalerweise auch allein.«

»Sollte keine Beleidigung sein«, ziehe ich sie auf.

Bomi schenkt mir ein kleines Lächeln. »Kurz nach eins in der Lobby?«

»Alles klar. Wir gehen wieder zum Food Truck mit den Schweinefleischbällchen.« Ich winke zum Abschied und gehe den Flur hinunter Richtung Yujuns Büro.

»Hara!«, jammert Bomi hinter mir.

»Ich weiß, dass du sie liebst«, rufe ich ihr zu und verschwinde um die Ecke. Nachdem das erledigt ist, fahre ich in den siebten Stock hinunter und mache mich an die Arbeit.

Obwohl ich noch immer dasselbe Dokument prüfe, das ich bereits vor zwei Wochen geprüft habe, lässt die Vorfreude, Bomi zum Mittagessen zu sehen, den Morgen schnell vergehen. Das und die gelegentlichen Nachrichten von Yujun, mit denen er mich darüber auf dem Laufenden hält, dass er im Büro angekommen ist, dass er den eisgekühlten Americano zu schätzen weiß, den ich ihm auf den Schreibtisch gestellt habe, und dass er froh ist, wieder in Korea zu sein.

Niemand ist darüber glücklicher als ich.

ICH: Heute Mittag gehe ich mit Bomi essen.

YUJUN: Und was ist mit mir? ☹

ICH: Ich hab' dir einen geeisten Kaffee mitgebracht, was willst du noch?

YUJUN: 🤨

ICH: Wir müssen arbeiten! Beantworte die Frage nicht.

YUJUN: LOL

Meinem Verstand zuliebe lässt er das Thema fallen.

YUJUN: Wird Zeit, dass ich dich ohne Sangki
im Schlepptau zum Essen ausführe. Halt dir
Freitagabend frei.

ICH: Steht schon im Kalender!

Ich fühle mich ausgelassen.

»Gute Nachrichten?«

Vor Überraschung über Chaeyoungs Frage erstarre ich
kurz. Ich sehe zu meinem Nachbarschreibtisch, an dem
normalerweise Soyou sitzt, aber sie ist nicht da. Ich war so
damit beschäftigt, Yujun zu schreiben, dass ich gar nicht
mitbekommen habe, dass sie weggegangen ist.

»Ja. Ich …« Ich möchte Chaeyoung nichts von meinem
Date mit Yujun erzählen aus Angst, dass sie es unangemes-
sen finden oder es nur als weiteren Beweis dafür sehen
könnte, dass ich allein durch Beziehungen an meinen Job
gekommen bin. »Eine Benachrichtigung, dass die Ohrringe,
die ich schon die ganze Zeit haben will, runtergesetzt wurden.«

»Die müssen ja wirklich schön sein.«

»Ja, total schön. Silber mit Perlenanhängern.«

Während mein Mund willkürlich Sätze ausspuckt, rät
mir der Rest meines Gehirns, ich solle die Klappe halten,
denn genau solche Ohrringe zu finden, wird ziemlich ät-
zend werden, falls Chaeyoung sie irgendwann sehen möchte.

»Wie war es auf der Summer Splash Party?«

Einen Moment lang bin ich irritiert, dann geht mir ein Licht auf. Wahrscheinlich hat sie die PR-Fotos gesehen. »Es hat Spaß gemacht. Sangki hat uns Tickets besorgt; die waren wohl schon eine ganze Weile ausverkauft.«

»Ja, die sind immer innerhalb von Sekunden weg.« Als sie dazu mit den Fingern schnipst, funkeln die Strasssteine auf ihren Nägeln im Licht.

»Beim nächsten Mal kommst du mit.«

»Das war der letzte Summer Splash für dieses Jahr.«

»Und was ist mit dem Banpo-Music-Fest?«, schlage ich vor.

»Ja, vielleicht.« Sie beginnt sich auf ihrem Bürostuhl langsam von mir wegzudrehen.

»Ich habe Backstage-Pässe«, schiebe ich verzweifelt hinterher.

Sie schwingt wieder zu mir herum. »Von DJ Song?«

Kurz habe ich keine Ahnung, von wem die Rede ist, bis mir wieder einfällt, dass das Sangkis Künstlername ist. »Ja, von ihm.«

»Könnte ich da vielleicht eine Freun...« Sie bricht mitten im Wort ab und starrt mit aufgerissenen Augen über meine Schulter.

Wahrscheinlich ist Soyou zurück. Chaeyoung haut auf ihre Tastatur ein, als ob sie nicht vor zehn Sekunden noch versucht hätte, Promi-Vergünstigungen rauszuschlagen.

Frustriert reibe ich mit einem Finger über meine Augenbraue und ermahne mich, nicht ungeduldig zu sein. Steter Tropfen höhlt den Stein. Das war das zweite Mal, dass Chaeyoung ein Gespräch mit mir initiiert hat, was bedeutet, dass sie langsam auftaut. Wir sind auf dem besten Weg,

Frenemies zu werden. Bis Ende des Jahres hat sie vielleicht genug Mut zusammengekratzt, um in Soyous Anwesenheit mit mir zu reden. Das gerade war ein Fortschritt.

»Du wirkst glücklich«, bemerkt Bomi, als wir zusammen den Food Truck ansteuern.

»Die Sonne scheint, trotzdem ist es nicht zu heiß. Es gibt keine Feinstaubwarnung. Yujun ist wieder da.« Ich kann gar nicht mehr aufhören zu grinsen. »Du hättest zu der Poolparty mitkommen sollen. Es hat Spaß gemacht, auch wenn ich einen Bikini tragen musste. Da waren sogar Frauen mit High Heels im Pool!«

»Ist eben eine ziemliche Glamour-Crew. Auf Instagram gab es viele Fotos.«

»Bald ist das Banpo-Music-Fest. Gehst du da mit mir hin?«

»Vielleicht.«

Beim Food Truck steht niemand an, und Yang Ilhwa begrüßt mich, indem sie ihren Pfannenwender schwingt. Wie immer müssen wir nicht mal mehr sagen, was wir bestellen möchten, und kurz darauf beiße ich in die knusprige frittierte Krokette.

»Hmmm, die sind so lecker, *Imo*.« Ich wische mir einen Krümel aus dem Mundwinkel. »Hab ich dir schon erzählt, dass ich letzte Woche beinahe Wansu umgebracht hätte?«

Bomi verschluckt sich an dem Bissen, den sie gerade im Mund hat. »Was?«, fragt sie mit heiserer Stimme und Tränen in den Augen.

Ich reiche ihr eine Serviette und berichte dann, wie ich *gochujang* mit Sojabohnenpaste verwechselt habe. Yang Ilhwa hört ebenfalls zu. »*Aigoo.*« Sie schüttelt den Kopf. »Ich bringe Ihnen bei, wie man kocht.«

»Wir haben einen Deal, *Imo*. Nennen Sie mir ein Datum und eine Uhrzeit.«

»Jederzeit. Ich bin ganzen Tag hier. Sie kommen vorbei.«

»Mache ich. Danke fürs Essen.«

Sie beugt sich vor und legt ein weiteres Schweinefleischbällchen in das Papierschiffchen in meiner Hand. »Gutes Mädchen. Isst gut.«

Bei ihrem Kompliment bekomme ich warme Wangen.

»Du hättest es ihr nicht versprechen sollen, jetzt erwartet sie, dass du vorbeikommst«, sagt Bomi, als wir uns einen Platz zum Sitzen auf dem Bürgersteig suchen.

»Gut, ich hab nämlich vor, das durchzuziehen. Und wenn ich dafür einen Tag Urlaub nehmen muss.« Als ob mein Terminkalender bei der Arbeit so voll wäre. »Sie wirkt, als wäre sie einsam. Gott, hab ich einen Durst. Bin gleich wieder da.«

Ich gehe in den kleinen Supermarkt und kaufe zwei Eiskaffee mit hübschen Idol-Boys drauf.

»Den kann ich nicht trinken«, sagt Bomi lachend, als sie mir den Kaffee aus der Hand nimmt. »Ich bin Fan von den Konkurrenten.«

»Tritt hinterher einfach die Dose platt, dann ist es so, als hättest du sie fertiggemacht.«

Sie denkt ungefähr eine halbe Sekunde darüber nach, bevor sie zustimmend nickt.

»In der Anzeige für das Banpo-Music-Fest habe ich gelesen, dass da auch viele Familien hingehen. Möchtest du vielleicht deine Schwester und deinen Bruder mitnehmen?« Als sie nicht gleich antwortet, ahne ich, was ihr durch den Kopf geht. »Ich weiß noch nicht, ob Jules kommt, falls du deswegen noch überlegst.«

»Oh.« Ein leiser Laut, in dem ein wenig Schmerz und ziemlich viel Schuld mitschwingt.

»Du musst dich nicht heute entscheiden. Es sind ja noch ein paar Wochen bis dahin.«

»Ich denke nur, dass wir uns nicht mehr sehen sollten, weil sie mir wichtig ist«, platzt Bomi heraus.

»Okay.« Ich öffne die Kaffeedose.

»Ich habe nicht an die Konsequenzen gedacht, nur daran, dass sie nett und lustig ist und es mir gefällt, wie ich mich fühle, wenn ich mit ihr zusammen bin.«

»Das klingt schön.«

»Aber als du nach Yujun gefragt hast, ist mir klar geworden, dass wir niemals offen als Paar leben können. Weißt du, was in ihrer letzten Beziehung passiert ist? Ihr Freund hat sie versteckt, als wäre sie sein schmutziges Geheimnis, und dann hat er sie wegen einer Koreanerin fallen lassen. So etwas kann ich ihr nicht noch einmal antun.« Bomis Lippen zittern, aber sie holt tief Luft und schluckt den offensichtlichen Kloß in ihrem Hals hinunter. »Das hier ist nicht Amerika, wo gleichgeschlechtliche Beziehungen akzeptiert werden. Wir leben in Korea. Und selbst wenn es legal wäre, was nicht der Fall ist, gibt es viele Familien, die es nicht gutheißen würden. Ich trage die Verantwortung für meine *dongsaengs*. Sie brauchen eine gute Ausbildung, Jobs und irgendwann eine Ehe. Ich bin nicht die Richtige für Jules. Es tut mir leid.«

O nein. Ich lege einen Arm um die Schultern meiner Freundin. »Du musst dich nicht entschuldigen.« Zumindest nicht bei mir. »Aber in unserer Gruppe wärst du willkommen. Wie auch immer du dich entscheidest, du bist bei uns willkommen.«

Sie schnieft und nickt, während sie ihre schmale Gestalt an meine schmiegt. Unsere geeisten Kaffees sind vergessen, und unser Mittagessen wird kalt. Keine von uns beiden hat mehr Hunger. Also stehen wir auf und gehen zurück zur IF Group.

Ich verstehe nicht, warum die Dinge, die uns im Leben glücklich machen, immer einen Kampf bedeuten. Es ist unfair, dass all die leckeren Sachen wie Schokolade und Eis und Pommes schlecht für uns sind, während Grünkohl-Smoothies und Blumenkohlreis gut für uns sind.

Um fünf mache ich Schluss, obwohl sich meine Kolleginnen noch immer über ihre Schreibtische beugen. Bevor ich gehe, bestelle ich unter Chaeyoungs Namen etwas zu essen für das Team. Das Liefersystem hier ist so effizient, dass der Mann, der die Schwarze-Bohnen-Nudeln bringt, bereits die Lobby betritt, als ich aus dem Aufzug komme.

Zu Hause wuselt Mrs. Ji nervös um mich herum, während ich die Zutaten für das Abendessen vorbereite. Die Suppengrundlage aus Reiswasser und Sardellen, Seetang, getrockneten Pilzen und Paprika köchelt vor sich hin, während ich den Rettich in schmale Streifen schneide. Mrs. Ji zeigt mir, wie man die Sojabohnenpaste in die Suppenbasis abseiht, damit die Brühe klar bleibt. Dann zückt sie zwei Löffel für einen Geschmackstest. Die Brühe schmeckt zu Beginn leicht, doch nach und nach entfalten sich die Aromen auf meiner Zunge. Ich finde sie sehr gelungen, aber ich brauche eine unvoreingenommene Meinung.

Mrs. Jis Miene ist ausdruckslos, während sie die Flüssigkeit wie Wein im Mund ruhen lässt. Als sie schließlich schluckt, bin ich noch nervöser als sie zuvor, doch ihr langsames, zustimmendes Nicken hebt meine Laune.

Die aromatischen Düfte durchziehen die Küche und erinnern mich an die Zeit, als ich klein war und Ellen koreanisches Essen für mich gekocht hat, bevor ich mich entschied, so dumm zu sein, mich für meine Herkunft zu schämen. Meine Kindheit bestand nicht nur aus Speck und Mais, sondern auch aus Kimchi-Algen-Suppe und *japchae* und *bulgogi*.

Meine Augen werden feucht, und ich bin mir nicht sicher, ob es an meinen Gefühlen oder dem Dampf liegt, der von der Suppe aufsteigt. Ich presse den Handrücken auf meine Augenlider und beschäftige mich hastig wieder, indem ich die Pilze aus der Brühe schöpfe und in dünne Scheiben schneide.

Als Nächstes sind die *jeon* an der Reihe. Während ich den Teig rühre, erhitzt Mrs. Ji das Tongeschirr für die Suppe. Wir reden nicht, aber das ist auch nicht nötig. Unsere Sprache ist in diesem Moment das Kochen. Als der *jeon*-Teig fertig ist, hat Mrs. Ji bereits eine Bratpfanne mit Öl bereitgestellt. Auf meinen Dank hin nickt sie mir noch einmal kurz zu. Sie strahlt nicht gerade übers ganze Gesicht, aber der besorgte Ausdruck ist aus ihrer Miene verschwunden. Anscheinend geht sie zumindest nicht mehr davon aus, dass ich vorhabe, die Familie zu vergiften, um die sie sich schon lange vor meiner Ankunft gekümmert hat.

Während ich die Pfannkuchen backe, gibt sie den Rettich und die Champignons in die Suppe. Wir agieren als Team, bereiten die kleinen Beilagen zu und schöpfen anschließend die Suppe in die erhitzten Steingutschalen.

Als ich die *jeons* auf einer Platte anrichte, kommt Yujun herein. »Es riecht unglaublich lecker. Hast du das alles gekocht?«

»Mit Mrs. Jis Hilfe.«

»*Ani.*« Sie schüttelt den Kopf. »Sie hat die ganze Arbeit gemacht. Ich schaue nur zu.«

»Sie hat geholfen«, wiederhole ich.

Yujuns Grübchen erscheinen. Er freut sich, dass ich mich mit Mrs. Ji verstehe. »Kann ich noch irgendetwas tun?«

»Dich umziehen. Wir sind in zehn Minuten fertig.«

»Aye, aye, Captain.« Er legt eine Hand an die Stirn und flüchtet aus der Küche, bevor ich ihn mit dem Geschirrtuch, das ich nach ihm werfe, erwischen kann.

Als das Abendessen fertig ist, sitzt Wansu in einer weichen blauen Seidenhose am Tisch, während Yujun Jeans und einen langärmligen verblichen-grünen Kaschmirpullover trägt, dessen Ärmel er bis zu den Ellbogen hochgeschoben hat.

Die Tonschalen sind so heiß, dass die Suppe darin nach wie vor blubbert, als wir sie auf den Tisch stellen.

Yujun reibt erwartungsvoll seine Hände aneinander. »Riecht umwerfend. *Masitgyeda.*«

Das *banchan* ist eine Mischung aus meinen *jeons*, gewürzten Sojabohnen, Frühlingszwiebeln und Mrs. Jis *gamja jorin*, junge Kartoffeln, die sie zuerst geröstet und anschließend in Sojasoße, Reiswein und braunem Zucker geschmort hat. Die Suppe bildet zusammen mit mariniertem und gegrilltem *galbi* das Hauptgericht.

Wansus Reaktion ist verhaltener als Yujuns, beinahe zögerlich, als könnte sie die schlechte Erinnerung an den

Abend, an dem ich sie mit meinem Eintopf fast umgebracht hätte, nicht abschütteln. Ich tue so, als würde ich es nicht merken, aber wenn es ihr diesmal nicht schmeckt, bin ich am Boden zerstört.

»Es ist gut geworden, Samo-nim. Ich habe es probiert«, ermutigt Mrs. Ji Wansu, indem sie den Begriff »Dame des Hauses« für sie verwendet, so wie sie es immer tut.

Angesichts ihrer Unterstützung breche ich beinahe in Tränen aus. Yujun reckt in meinem Namen einen Daumen für Mrs. Ji, bevor sie sich in die Küche zurückzieht.

»Ich bin mir sicher, dass es sehr lecker ist. Ich habe nur darauf gewartet, dass die Suppe ein wenig abkühlt.« Wansu taucht ihren Löffel in die Schüssel und probiert. Als sie merkt, dass ihr die Gewürze keinen Rauch aus den Ohren steigen lassen, nimmt sie einen weiteren Löffel und dann noch einen. Der strenge Zug um ihre Lippen verschwindet, und sie hebt sogar ganz leicht die Mundwinkel, bevor sie mir leicht zunickt. »Es ist sehr gut geworden. Die Aromen sind gut ... sehr koreanisch.«

Ich stoße innerlich einen kleinen Jubelschrei aus. »Vielen Dank.«

Yujun strahlt; beide Grübchen sind zu sehen. Als es dieses Mal still am Tisch wird und nur noch die Messinglöffel auf gebranntem Ton zu hören sind, empfinde ich kein Unbehagen. Es ist ein einvernehmliches Schweigen, und es hält nicht lange an. Bald beginnt Yujun von der Poolparty zu erzählen, indem er die Geschichte zum Besten gibt, wie Sangki bei dem Versuch einem aufblasbaren Flamingo auszuweichen fast ins Wasser gefallen wäre, wenn ich ihn nicht gerettet hätte, indem ich ihn am Hemd gepackt habe, das natürlich gerissen ist. Wansu lächelt, was bei ihr einem Lachen gleichkommt, und obwohl ich die Nacht allein verbringe, schlafe ich glücklich ein. Yujun befindet sich nur den Flur hinunter. Wansu hat den strengen Zug um ihren Mund verloren, und es scheint, als würde er nicht so schnell zurückkehren. Das Einzige, was mir gerade Sorgen bereitet, ist die Situation zwischen Bomi und Jules. Aber die wird sich schon regeln. Ich schlafe ein und träume von neuen Dingen, die ich kochen oder backen könnte. Vielleicht einen Apfelkuchen. Im Apfelkuchenbacken bin ich richtig gut.

KAPITEL DREIZEHN

Trag Sneakers, schreibt mir Yujun am Freitag.

> ICH: Klingt sportlich. Du weißt, dass ich nicht
> besonders athletisch bin.

> YUJUN: Das behauptest du immer, aber die
> Beweisführung steht noch aus.

> ICH: Wird das ein Test?

> YUJUN: Es wird Spaß machen.

Mit Yujun macht alles Spaß. Selbst aus einem Flugzeug zu springen, würde mir mit ihm Freude bereiten, dabei habe ich Höhenangst.

Yujuns Überraschungsdate findet in einer Halle für Virtual Reality statt. Es gibt auch Privaträume für Gruppen, aber wir halten uns an den Hauptbereich, in dem Reihen verschiedener Simulationsmaschinen stehen.

Ein Mitarbeiter schnallt mich an ein hüfthohes, halbkreisförmiges Geländer, und Yujun hilft mir, eine Schutzbrille und spezielle Handschuhe anzuziehen. Wegen meiner

Höhenangst entscheide ich mich für Schwimmen am Meeresboden. Yujun macht Fallschirmspringen. Er versucht, mich dazu zu bringen mitzumachen, aber das ist mir alles viel zu real und ich weigere mich, etwas Abenteuerlicheres zu wagen als eine kurze Fahrt in einem Heißluftballon. Selbst dabei klammere ich mich an ihm fest. Er lacht mir ins Ohr, und die kleinen Luftstöße versichern mir, dass ich nicht fallen werde, dass er mich hält.

»Wann hast du denn vor, über die Höhenangst hinwegzukommen?«, zieht er mich auf. »Sonst können wir ja nie mit der Namsan-Seilbahn fahren.«

»Ist das eins deiner Ziele?« Ich starre auf das Fake-Feuer, das den Fake-Ballon antreibt, anstatt auf den Fake-Boden, der wirkt, als läge er mindestens tausend Meilen unter mir.

»Es gab noch nie Probleme mit der Seilbahn.«

»Irgendwann ist immer das erste Mal.«

Er lacht wieder und umarmt mich. »Dann stürzen wir wenigstens zusammen ab.«

»Da liegst du richtig. Mit jemand anderem würde ich nämlich erst recht nicht in diese Blechbüchse steigen.«

»Man kann hier in der Nähe auch Paragliding machen.« Er grinst übers ganze Gesicht, und sein linkes Grübchen ist so tief, dass ich hineinfallen könnte, um nie wieder daraus aufzutauchen.

»Ich werde dir vom Boden aus zusehen und tausend Fotos machen. Gern geschehen.«

Seine Brust vibriert vor Glück. Ich lehne mich vor und lege meine Wange an seine festen Muskeln. Als ich ihn lachen höre, seine Wärme spüre, kann ich fast daran glauben, dass das hier funktionieren wird.

Yujun unternimmt noch einen Soloflug, während ich einen Snack esse und ihm zuschaue, wie er auf seiner Plattform schwankt. Mit den ausgestreckten Armen, mit denen er sich nach links und rechts lehnt, während er Flugbewegungen simuliert, sollte er eigentlich albern aussehen, aber er ist einer dieser Menschen, bei denen einfach nichts lächerlich oder seltsam wirkt. Das mag daran liegen, dass sein Körper schmal und lang ist und jede seiner Bewegungen diese gewisse Eleganz an sich hat. Oder daran, dass ich blind vor Liebe bin. Wahrscheinlich an beidem.

Nachdem er seinen Flug beendet hat, besteht sein Gesicht aus nichts als Lächeln, Grübchen und strahlenden Augen.

»Hunger?«, fragt er, als wir die Ausrüstung zurückgeben.

»Ja.« Was nicht wirklich stimmt, aber eine gemeinsame Mahlzeit bedeutet, mehr Zeit mit ihm verbringen zu können, und das würde ich niemals ablehnen.

»Sollen wir die U-Bahn nehmen? Ich weiß, dass du das gerne machst.«

Was stimmt. Wenn ich durch das Netz aus Untergrund-Malls navigiere, mir einen Snack aus einem der Automaten ziehe, um ihn während der Fahrt zu essen, Zwanzigtausend-Won-Schuhe und Tausend-Won-Socken kaufe, fühle ich mich wie eine richtige Seoulerin. Das sind die Dinge, die gewöhnliche Menschen in Seoul tun, und nach nichts sehne ich mich mehr, als mich in dieser großen Stadt, in der ich geboren wurde, ganz gewöhnlich zu fühlen.

Yujun hält meine Hand und gibt mir einen flüchtigen Kuss. Händchenhalten, Partnerlook und Pärchen-Ringe sind hier üblich, aber ein Kuss an einem öffentlichen Ort ist es nicht. Ich schätze, es ist vor allem das Außergewöhnliche, was ich am meisten genieße.

Wir nehmen die U 6 und steigen an der »World Cup Stadium«-Station aus. Von hier bis zum Nanji Hangang Park ist es etwa eine halbe Stunde zu Fuß, aber es ist ein schöner Abend, und ich trage, wie Yujun mir geraten hat, Sneaker.

»Hier war früher eine Müllhalde, die umgestaltet wurde. Es gibt einen Campingplatz und einen Jachthafen. Man kann entweder sein eigenes Zelt aufstellen oder sich eins mieten«, erklärt er, als wir die Brücke überqueren und uns dem Park nähern. Der gesamte Nanji Hangang Park gleicht einem Campingplatz. Der Boden besteht größtenteils aus nackter Erde, die von wenigen, sorgfältig gepflegten Grünflächen zwischen den sandigen Wegen durchbrochen wird. Yujun weist mich auf eine mit Graffiti besprühte Beton-Skate-Bahn und ein riesiges Schilffeld im Osten hin. Unter uns erstreckt sich eine Zeltstadt über eine Grasfläche, die durch einen breiten gepflasterten Boulevard vom Flussufer getrennt ist. Die meisten Zelte sind klein – die Art, in die man hineinkriechen muss –, und als ich genauer hinsehe, fällt mir auf, dass sich einige von ihnen in einem kaum verkennbaren Rhythmus bewegen.

»Sind das ...« Ich breche ab.

Yujun zwinkert mir zu. »Teenager. Sicher auch ein paar Erwachsene, aber die meisten sind Teenager, die aus offensichtlichen Gründen etwas Privatsphäre brauchen. Die Zelte sollen immer zu zwei Seiten geöffnet sein, und in manchen Parks, wie dem Yeouido Park, muss man das Zelt nach sieben Uhr abends abbauen.«

»Im Ernst?« Ich hoffe, Yujun und ich werden uns nie so verzweifelt nach Privatsphäre sehnen, dass wir hier am Fluss ein Zelt nehmen. Ich würde weinen. »Sag mir bitte, dass wir nicht hier sind, um ein Zelt zu mieten.«

»Wir haben meine Wohnung, Hara.« Er wirkt amüsiert.

»Stimmt.« Als ob ich das vergessen könnte. Mein Traum ist es, mich mit ihm in dieser kleinen Schmuckschatulle eines Apartments zu verstecken und so zu tun, als wäre er nicht Choi Yujun, der Stiefsohn von Choi Wansu, und ich nicht Choi Hara, die Tochter von Choi Wansu. »Die Aussicht auf den Han hast du mir übrigens vorenthalten.«

Yujun lacht. »Das stand damals in der Immobilienanzeige, aber man sieht den Fluss nur, wenn man sich auf die Klobrille stellt und den Hals nach Südwesten aus dem Fenster streckt. Ich habe die Wohnung gekauft, weil sie in der Nähe der IF Group liegt; wenn ich abends lange arbeite, dauert es mir zu lange, nach Hause zu fahren. *Eommas* Haus ist immer noch mein Zuhause. Ich hab häufig dort geschlafen und die Wochenenden mit ihr verbracht, schon bevor du eingezogen bist.«

»Immerhin lebt dein Vater auch dort«, sage ich. »Als ich nach dem College meine erste eigene Wohnung hatte, war ich auch oft einsam. Und ich hab mir ständig Sorgen gemacht, dass meine Mutter Ellen sich allein fühlt. Um ehrlich zu sein, mache ich mir immer noch Sorgen. Sie ist ganz allein in Des Moines.«

»Hier zu leben wäre ihr sicherlich zu fremd, oder?« Er drückt meine Hand.

»Ich glaube schon. Die Sprachbarriere ist hoch.« Außerdem hat Ellen mir mal gesagt, dass sie sich hier nicht wohlfühle, weil sie als einzige weiße Frau inmitten von Millionen Koreanern auffalle.

»Wie kommt es, dass auf dem Fluss so gut wie nie Schiffe unterwegs sind?« Zu Hause in Des Moines ist die nächste große Wasserstraße der Mississippi, und der ist voller Schlepper und Lastkähne, die Fracht von Norden nach Süden und umgekehrt transportieren.

»Der Fluss ist nur für Privatboote freigegeben, weil er Süd- und Nordkorea miteinander verbindet. Er entspringt im Kumgang-Gebirge und mündet in einen anderen Fluss, mit dem zusammen er den Han bildet. Vor etwa fünfzehn Jahren hat Seoul beschlossen, dass es«, er hält inne, sucht nach dem richtigen Wort, »Grüngürtel geben soll.«

»Davon habe ich schon mal gehört.«

»Die Regierung hat entschieden, verschiedene Grüngürtel zu schaffen, um die Einwohner von Seoul zu ermutigen, sich in der Natur aufzuhalten und sich gegen die Feinstaubbelastung einzusetzen.«

Die Luftqualität ist für die Einwohner von Seoul ein ständiges Thema. Jedes Haus verfügt über einen Luftreiniger, bei uns im Büro gibt es auch mehrere. Die Regierung schickt uns SMS-Benachrichtigungen, draußen Masken zu tragen, wenn die Feinstaubwerte besonders hoch sind, aber heute Abend ist der Himmel klar, die Luft ist frisch, und Yujuns Hand umschließt meine. Ehrlich gesagt würde ich hier draußen auch in einem Sandsturm ausharren, wenn ich dadurch bei ihm sein könnte.

Sein Magen knurrt und erinnert mich daran, warum wir überhaupt hergekommen sind. »Hier lang.« Er zieht mich einen Gehweg hinunter zu einem betonierten Boulevard, der von Straßenlaternen und Lichtern verschiedener Händler erleuchtet wird.

Mein Blick fällt auf einen Food Truck, der mir sehr bekannt vorkommt. »Hey, ich glaube, das da drüben ist die Schweinefleischbällchen-Frau aus Yongsan.«

»Hier gibt es auch Restaurants.«

»Ich kann unmöglich einen Food Truck auslassen, Yujun. Es ist sozusagen Teil meiner Bürgerpflicht, Kleinunternehmer zu unterstützen.«

Ein Grübchen blitzt auf. »Okay. Und da ich ebenfalls ein stolzer Bürger der Republik Korea bin: Erfüllen wir unsere patriotische Pflicht.«

Schnell stellen wir uns an. Zu meiner Begeisterung ist es tatsächlich Yang Ilhwa aus Yongsan. Ich winke ihr zu, und sie winkt zurück.

»Ihr kennt euch?«

»Sie steht immer in einer Straße nicht allzu weit von der IF Group. Ich habe ein paarmal bei ihr gegessen.« Ein paar Dutzend Mal. »Die Schweinefleischbällchen sind super.«

»Ich wusste gar nicht, dass es in der Gegend einen Food Truck gibt.«

Wir bestellen ein ganzes Tablett mit frittiertem Essen, darunter ein neues Gericht mit knusprigem Schweinebauch, den Yang Ilhwa mit einer Art cremig-scharfer Soße bestrichen und mit Petersilie betreut hat. Es schmeckt im Grunde wie mit Speck umwickelte Cheese Curds – Käsebruch – in all ihrer schmelzenden, salzigen Göttlichkeit. Ich verschlinge fünf Streifen, während sich Yujun auf die anderen Leckereien stürzt.

»Die hier sind gut«, ruft er begeistert. »Die esse ich zum

ersten Mal, aber sie schmecken ein bisschen wie *tonkatsu*, nur mit Käse gefüllt.«

»Stimmt.« *Tonkatsu* ist gebratenes Schweinekotelett. Es ist schon witzig, dass wir beide unsere ganz unterschiedlichen Referenzen für die gleichen Geschmacksrichtungen haben.

Nachdem wir aufgegessen haben, kaufen wir bei einem Dessertimbiss Donuts und Bananenmilch in kleinen Trinkkartons.

Als wir uns vom Stand entfernen, kollidieren wir beinahe mit einer Gruppe Teenager, die auf Skateboards den Asphalt hinunterrasen. Als sie an einem älteren Ehepaar vorbeifahren, schimpft der Mann ihnen hinterher. Die Jugendlichen schreien ihm etwas zu, einer von ihnen verbeugt sich, dann fahren sie davon. Abgesehen von der Sprache hätte sich diese Szene ebenso gut am Flussufer in Des Moines abspielen können. Okay, abgesehen von der Sprache, der Tatsache, dass hier nur Koreaner unterwegs sind, und der Größe dieses Parks. Aber ansonsten sind Des Moines und Seoul gar nicht so unterschiedlich.

»Du hast da etwas Zucker«, bemerkt Yujun, doch anstatt abzuwarten, dass ich ihn selbst wegwische, beugt er sich hinunter, bis sein Gesicht nur noch ein Flüstern von meinem entfernt ist, und streicht mit der Rückseite seines kleinen Fingers über meine Wange.

Sein Knöchel berührt meinen Mundwinkel, und obwohl es nicht so sein sollte, zieht sich bei der kurzen Berührung mein ganzer Körper zusammen. Ich taumle gegen ihn, meine Hand findet Halt an seiner Hüfte. Ich bin ihm so nah, dass ich hören kann, wie er zischend Luft holt und dann langsam, wie erlöst ausatmet. »Hara ...«

»Choi Yujun-nim?«

Wir reißen beide die Köpfe hoch. Ich schätze, wir sind doch verzweifelt genug fürs Zelt.

Ich trete einen Schritt zurück, bringe einen gewissen Sicherheitsabstand zwischen mich und die Versuchung, bevor ich mich umdrehe, um zu sehen, wer uns angesprochen hat.

Es sind ein Mann und eine Frau, ungefähr in unserem Alter. Er trägt eine Jeans, die bis kurz oberhalb seiner Knöchel hochgekrempelt ist, ein Paar teure Tennisschuhe, die schmutzig aussehen *sollen*, und ein T-Shirt mit einem Designerlogo auf der Brust, das zu dem auf seinen Schuhen passt. Darüber trägt er einen locker sitzenden schwarzen Blazer. Die Frau hat einen ähnlichen Blazer an, darunter allerdings ein weißes Kleid, das mit kleinen blauen und rosa Blumensträußen bestickt ist. Ihre Füße stecken in einem Paar schneeweiße Tennisschuhe derselben Marke wie seine. Ihre Handtasche ist ebenfalls ein Designerstück.

»Kim Seokhoon-nim.« Yujun senkt den Kopf. »Es ist lange her. Geht es dir gut?«

»Ja.« Kim verneigt sich im Gegenzug und beäugt mich dann nachdenklich.

Was er sich vermutlich gerade fragt: *Wer ist dieses Mädchen, das ich nicht kenne und das die Hand von jemandem hält, den ich kenne?*

»Das ist Hara Wilson. Hara, Kim Seokhoon und Park Soomin. Sie sind alte Freunde«, stellt Yujun uns einander vor.

Die junge Frau erstarrt, als sie meinen Namen hört. Sie erkennt mich – nicht weil wir uns schon mal begegnet wären, sondern weil sie sich erinnert, was in den Foren und der Presse tagelang über uns geschrieben worden war, kurz bevor ich die Stelle bei der IF Group angetreten habe.

Genau wie er auch.

»Oh, das ist deine Schwester ...« Sein Blick fällt auf unsere verschränkten Hände.

Yujuns Finger schließen sich fester um meine, eine wütende Geste. Und ich, die Konfrontationen hasst, reiße meine Hand weg und schiebe sie in die Hosentasche.

Die junge Frau weicht zurück, offensichtlich nicht bereit, mich zu begrüßen. Sie zupft am Arm ihres männlichen Freundes. Der Typ zuckt nachlässig mit den Schultern, bevor er auf Koreanisch »Entschuldigung« sagt. Dann wendet auch er sich ab und geht.

Yujun ist wütend. Ich kann die Hitze seiner Wut spüren, die in Wellen von ihm ausgeht. Er macht einen Schritt hinter dem Paar her, doch ich ziehe ihn mit beiden Händen zurück.

»Nein, nicht.«

»Das ist nicht in Ordnung«, schäumt er. »Der Vater von diesem Bastard ist wegen Steuerbetrugs und Unterschlagung zu einer Gefängnisstrafe verurteilt worden, aber sie sind nicht mal so höflich, dir Hallo zu sagen.«

Mir ist klar, dass es nicht in Ordnung ist, aber ich weiß auch, dass Yujun niemanden zwingen kann, mich zu akzeptieren, weder mit Fäusten noch mit Worten.

KAPITEL VIERZEHN

Die Begegnung am vergangenen Abend geht mir nicht aus dem Kopf. Immer wieder sehe ich vor mir, wie die junge Frau körperlich vor mir zurückschreckt.

Selbst wenn es keine Gesetze gibt, die Hara und Yujun voneinander trennen, die Traditionen werden es trotzdem tun... Choi Wansu hat Yujun nicht weggeschickt oder Dating-Profile für dich erstellt, weil sie denkt, dass du nicht gut genug für Yujun bist oder andersrum. Sie hat es getan, weil sie dich liebt und dich nicht leiden sehen will... Mir ist klar geworden, dass wir niemals offen als Paar leben können. Weißt du, was in ihrer letzten Beziehung passiert ist? Ihr Freund hat sie versteckt, als wäre sie sein schmutziges Geheimnis, und dann hat er sie wegen einer Koreanerin fallen lassen. So etwas kann ich ihr nicht noch einmal antun.

Ich kann mir keine Beziehung vorstellen, in der eine Person die Quelle ständiger Schamgefühle und Schmerzen für die andere ist. Wie soll das funktionieren?

Ich starre auf meinen Bildschirmschoner. Ich brauche eine Ablenkung. Es muss doch irgendetwas für mich zu tun geben. Ich muss dringend ein offenes Wort mit *Bujang-nim* reden, und wenn er wirklich nichts für mich hat, muss ich in eine andere Abteilung wechseln. Ich habe keine Ahnung in welche. Vielleicht könnte ich die Überwachungskameras im Auge behalten. Das würde keine Sprachkenntnisse erfordern.

Er ist heute Morgen nicht an seinem Schreibtisch. Als sein Telefon klingelt, springe ich auf und gehe ran, bevor irgendjemand auch nur den Kopf hebt. Zu meiner großen Freude spricht die Person am anderen Ende Englisch. Sie ruft aus L.A. an und möchte wissen, wann die Marketingmaterialien für eine bevorstehende Messe geliefert werden.

»Ich hinterlasse eine Nachricht, und wir melden uns umgehend bei Ihnen.«

Das Telefon klingelt erneut, noch bevor ich den Hörer vollständig zurück auf die Station gelegt habe. Diesmal ist der Anrufer Koreaner, und ich verstehe kein Wort. In stockendem Koreanisch mit furchtbarem Akzent erkundige ich mich nach seinem Namen und der Telefonnummer. Die Antwort kommt so schnell, dass ich mir sicher bin, nicht richtig verstanden zu haben. Vorsichtshalber wiederhole ich sie noch einmal, doch bevor ich die letzte Ziffer aussprechen kann, legt die Person bereits auf.

Chaeyoung stößt einen entrüsteten Laut aus. Ich schätze, wir werden doch nicht so bald in Frenemies-Territorium vordringen. Anscheinend ist ihr die Lust auf Promis vergangen.

Ich werfe ihr einen bösen Blick zu. »Wenn du etwas zu sagen hast, dann sag es laut.« Sie starrt zurück, bleibt aber stumm. »Das dachte ich mir.«

Ich stapfe zu meinem Schreibtisch zurück und starre auf Soyous leeren Stuhl. Sie ist schon eine ganze Weile weg, und ich frage mich, wo sie ist.

Bujang-nim taucht etwa zehn Minuten später auf, und da ich gerade motiviert bin, bitte ich ihn sofort um mehr Arbeit.

Er streicht mit der Hand über sein Kinn. »Ich habe Ihnen ein Projekt geschickt.«

»An dem habe ich vor zwei Wochen gearbeitet.«

Sein Blick fällt auf meine krakeligen Schriftzeichen auf der Haftnotiz. »Ich komme darauf zurück. In der Zwischenzeit könnten Sie Koreanisch lernen.«

Chaeyoung kichert.

Ich balle die Hände zu Fäusten und drücke meine Nägel in die Handflächen, um meine Wut unter Kontrolle zu bringen. Ahn Sangki wird sie nur über meine Leiche treffen.

Mit brennenden Wangen hebe ich mein Kinn. »Ja, sicher. Das mache ich.«

Zurück an meinem Schreibtisch hole ich ein Notizbuch heraus und fange an, die *hangul*-Buchstaben aufzuschreiben.

Soyou kommt zurück und wirkt ungewöhnlich zerzaust. Ihr normalerweise ordentlich frisiertes Haar sieht aus, als wäre sie mehrmals frustriert mit den Fingern hindurchgefahren, und ihr Rock sitzt irgendwie schief. Alles Anzeichen dafür, dass sie keinen besonders guten Start in den Tag hatte. Ich kenne dieses Gefühl nur allzu gut, und wenn wir uns näherstünden, würde ich ihr jetzt einen Schokoriegel zuschieben oder ihr vielleicht ein lustiges Gif schicken, aber wir stehen uns nicht nahe, also behalte ich meine Hände und Gedanken für mich.

Sie schlüpft aus ihren leicht abgewetzten Heels und in ihre Büropantoffel, – solche, wie sie die meisten Angestellten tragen, wenn sie am Schreibtisch sitzen. Als sie sich auf ihren Stuhl fallen lässt, verzieht sich ihre Bluse ein wenig und enthüllt einen blauen Fleck an ihrem Schlüsselbein. Dass die sonst immer so strikte, pedantische Soyou mit jemandem auf der Toilette rumknutscht, erscheint mir ungewöhnlich, aber das da an ihrem Dekolleté ist definitiv ein Knutschfleck. Die Typen vom Sicherheitsdienst sind ziemlich heiß, vielleicht trifft sie sich mit einem von ihnen. Allerdings bin ich mir sicher, dass sie vor Scham im Boden versinken würde, wenn sie wüsste, was sie da gerade enthüllt hat.

Ich trommle mit den Fingern auf meinen Schreibtisch und erinnere mich daran, dass Soyou mich hasst und mich nicht mal dann um Hilfe bitten würde, wenn ich außer ihr der letzte Mensch auf Erden wäre. Ich halte fünf Minuten durch, bevor ich mich an der gleichen Stelle, an der bei ihr der Knutschfleck sitzt, kratze – in der Hoffnung, ihr damit zu signalisieren, dass sie einen Blick in den Spiegel werfen sollte. Aber sie schaut nicht ein einziges Mal in meine Richtung. Also beginne ich, mit den Füßen über den Boden zu schaben und mich laut zu räuspern. Als sie mich endlich ansieht, tippe ich mir aufs Schlüsselbein.

In ihren Augen blitzt etwas auf, als würde sie verstehen. Ein Zuschlagen ihrer Schreibtischschublade und einen gemurmelten Fluch später ist sie auf dem Weg zu den Toilettenräumen. Als sie zurückkommt, ist ihre Bluse bis unters Kinn zugeknöpft.

Ich zücke mein Handy und starte die Koreanisch-App von Neuem. Jetzt konjugiere ich Verben. Etwa alle zehn Minuten überprüfe ich meinen Posteingang, aber er bleibt leer. Ich bekomme nicht mal koreanischen Spam.

Gesättigt mit Grammatikregeln beginnt nach einer Weile mein Kopf wehzutun. Wenn man nicht beschäftigt ist, scheint die Zeit irgendwann nur noch zu kriechen. Der Minutenzeiger bewegt sich nicht mehr. Die Augenlider werden schwer, selbst wenn man eigentlich genug geschlafen hat. Ich drücke zwei Fingerspitzen gegen die Nasenwurzel und stoße einen lautlosen Schrei aus, um wach zu werden. Ich bin für dieses Team vielleicht ohnehin keine große Unterstützung, trotzdem kann ich unmöglich beim Schlafen erwischt werden.

Die Erlösung kommt in Form von Yujun, der mir gegen elf eine SMS schickt.

YUJUN: Mach eine Kaffeepause. Ich bin im Treppenhaus.

Ich presse die Lippen zusammen, um ein Lächeln zu verbergen, und stecke mein Handy in die Tasche.

»*Keopi?*«, frage ich in die Runde und gebe mit einer Geste zu verstehen, dass ich kurz rausgehe. Und zum ersten Mal heute sprechen meine Kollegen mit mir.

»Ich nehme einen geeisten Americano. Zwei Päckchen Zucker«, ruft einer.

»Für mich das Gleiche, ohne Zucker«, sagt Yoo.

Chaeyoung blickt auf, aber als sie sieht, dass Soyou mich ignoriert, senkt sie den Kopf schnell wieder. Und sonst meldet sich auch niemand.

Yujun lehnt im Treppenhaus am Geländer. Beinahe werfe ich mich ihm in die Arme, doch in letzter Sekunde erinnere ich mich an die Überwachungskameras. Ich trete einen

Schritt zurück und deute mit dem Kopf in Richtung des blinkenden roten Lichts.

Yujun flucht leise und steckt die Hände in die Hosentaschen.

»Ich komme heute Abend erst spät nach Hause. Meine Abteilung möchte ein Teamessen veranstalten, um meine Rückkehr zu feiern. Ich habe ihnen eine Firmen-Kreditkarte angeboten, aber sie bestehen darauf, dass ich mitkomme.«

»Kein Problem«, sage ich in gespielt gut gelauntem Ton, als wäre mein Tag nicht eine einzige Katastrophe.

»Komm her.« Er streckt die Hand nach mir aus.

Mit erhobenem Finger erinnere ich ihn an die Überwachungskamera.

»Ist mir egal. Komm her.«

Ich wehre mich ungefähr eine weitere halbe Sekunde lang, bevor ich nachgebe, weil es ein endlos langer Vormittag war und ich das jetzt brauche. Ich presse meine Wange gegen seine harte Brust, lausche seinem Herzschlag für fünf Schläge, dann für zehn.

»Ich muss Kaffee holen«, murmle ich in sein Hemd.

»Ich muss zurück an meinen Schreibtisch.«

Sein Handy klingelt.

Keiner von uns bewegt sich.

Es klingelt wieder.

»Ich muss los«, sagt er widerwillig.

»Ich auch.« Nachdem ich einmal tief Luft geholt habe, mache ich einen Schritt zurück.

Er spannt den Kiefer an, und ich presse fest die Lippen zusammen. Dann ballt er seine Hände zu Fäusten und sprintet die Treppe hinauf, nimmt zwei Stufen auf einmal. Sein Tempo verrät, dass er wohl niemals gehen würde, wenn er es nicht jetzt sofort tut.

Nachdem seine Schritte verklungen sind, mache ich mich auf den Weg zu dem kleinen Lebensmittelladen. Zwei Americanos, geeist. Zwei Päckchen Zucker. Ich gehe zurück ins Büro und liefere die Getränke ab.

»Wo ist dein Kaffee?«, fragt Chaeyoung.

»Ich habe ihn schon auf dem Weg getrunken.«

»Hm.«

Das ist das Letzte, was an diesem Tag jemand zu mir sagt.

KAPITEL FÜNFZEHN

Wansu und ich verbringen ein schweigendes Abendessen bei geschmortem Hühnchen, gebuttertem Rosenkohl, Kimchi und Hühnerbrühe mit frischen Frühlingszwiebeln. Ich bin mir sicher, dass es wahnsinnig lecker schmeckt, wie alles, was Mrs. Ji kocht, aber mein Appetit ist in letzter Zeit so gut wie nicht existent.

»Geht es dir nicht gut?«, erkundigt sich Wansu.

Ich schüttele den Kopf. »Ich habe nur keinen Hunger, weil ich heute Mittag zu viel gegessen habe.« Dabei habe ich gar nichts gegessen.

»Gibt es ein bestimmtes Gericht, das Mrs. Ji für dich zubereiten soll?«

Ich lehne lächelnd ab und zwinge mich, einen Rosenkohl in den Mund zu stecken und zu kauen. Immerhin schaffe ich es, genug zu essen, dass Wansu nicht noch einmal nachhakt. Nach dem Abendessen zieht sie sich zurück, um mit Choi Yusuk fernzuschauen, und ich rufe von meinem Schlafzimmer aus Ellen an.

»Hey, wie geht es dir?«, begrüßt sie mich mit einem Lächeln und einem kleinen Winken. »Ich vermisse dich!«

»Ich sollte zurückkommen.« Ich starre in ihr hübsches Gesicht. Manchmal denke ich an mein Leben vor Seoul, als

Ellen die einzige Mutter war, die ich kannte. Unwissenheit kann wirklich ein Segen sein.

»O nein, Liebes, geht es wieder um die Sprache? Die lernst du schon noch.«

»Nein. Ich meine, doch, aber auch um alles andere. Ich denke die ganze Zeit, dass ich einen Fehler gemacht habe.«

Sie schnalzt mit der Zunge. »Du schaffst das, mein Schatz. Ich glaube an dich.«

»Danke.« Ich verziehe das Gesicht, um ihr zu verstehen zu geben, dass ich nicht wirklich glücklich über ihre Ermutigungsversuche bin.

Ellen lacht. »Geht es um das Blind Date?«

»Du weißt davon?« Schockiert lasse ich mich aufs Sofa fallen.

»Ja, natürlich. Wansu hat mich gefragt, was für einen Typ Mann du magst.«

Den Typ Yujun. Einen Mann mit Grübchen, der charmant ist und am Fluss deine Hand hält und deine Tränen mit seiner Seidenkrawatte trocknet und dich so küsst, dass du es bis in die Zehenspitzen spürst.

»Wansu?«

»Ja. Wir haben Kontakt. Wegen ihr habe ich sogar KakaoTalk runtergeladen.« Ellen klingt so wahnsinnig zufrieden.

»Du und Wansu.«

»Jetzt tu doch nicht so überrascht. Wir sind deine Mütter. Warum sollten wir uns nicht austauschen? Das machen wir seit Jahren.«

Meint sie damit die monatlichen Berichte über mich, die sie Wansu ohne mein Wissen geschickt hat?

»Du hast damit aufgehört, als ich fünfundzwanzig geworden bin.«

»Ja, aber das liegt doch jetzt alles in der Vergangenheit.« Sie wedelt mit der Hand, als ob ihre und Wansus Geheimnisse vollkommen belanglos seien.

»Ich wünschte, du hättest mir erzählt, dass ihr miteinander telefoniert.«

»Warum?«

Ich versuche, mir nicht anmerken zu lassen, wie verärgert ich bin, aber mein Tonfall verrät mich. »Weil es hier um mich geht.«

Ellen schnalzt wieder mit der Zunge. »Wir reden nicht nur über dich. Natürlich, du bist unsere Tochter und viele unserer Gespräche drehen sich um dich, aber manchmal unterhalten wir uns auch über andere Dinge. Ich habe sie zum Beispiel nach Empfehlungen für Hautpflegeprodukte gefragt. Und sie wollte wissen, ob ich ihr vielleicht ein Paket mit den Wollsocken schicken kann, die die Nonnen im Osten von Iowa stricken. Wir versuchen, uns kennenzulernen. Uns anzufreunden. Es geht um ihre Schuld- und meine Minderwertigkeitsgefühle. Ich konnte nicht schwanger werden. Pat hat mich verlassen. Sie hat ein Kind großgezogen, das nicht ihr leibliches ist.« Okay, das ist krass. »Und manchmal spricht Wansu auch über ihre Arbeit und ihr Liebesleben.«

»Ihr Liebesleben?« Meine Stimme rutscht eine Oktave höher.

»Sie hat es nicht leicht, mein Schatz. Ihr Mann liegt seit drei Jahren im Koma. Er hat keine Patientenverfügung ausstellen lassen, und sein Sohn hat nie das Bedürfnis kommuniziert, ihn gehen zu lassen. Sie ist einsam. Aber bitte sag ihr nicht, dass ich mit dir darüber gesprochen habe.«

Diese neue Information haut mich um, und ich habe keine Ahnung, wie ich darauf reagieren soll. Ellen bemerkt es entweder nicht, oder sie hat Mitleid mit mir.

»Hab' ich dir schon erzählt, dass ich gerade lerne, vegan zu kochen? Barbara – du erinnerst dich an Barbara? Aus der Zeit, als Pat bei diesem Broker-Unternehmen gearbeitet hat? Sie war bei der Beerdigung. Egal, sie kommt auf jeden Fall mit ihrer Tochter zum Kochen vorbei. Ihre Tochter ist so alt wie du oder zumindest in einem ähnlichen Alter. Siebenundzwanzig. Sie hat ihren Mann verlassen, weil er hinter ihrem Rücken was mit einer Kirchen-Lobbyistin hatte. Kannst du dir das vorstellen? Sarah – so heißt sie – ist dann wieder bei ihrer Mom eingezogen, weil das Haus ein Geschenk seiner Eltern war, und anscheinend darf er es deswegen behalten? Ich habe ehrlich gesagt keine Ahnung mehr, wie so was läuft. Die Gesetze ändern sich ständig. Entschuldige, ich schwafele. Erzähl mir von dem jungen Mann.«

Ich lege nur deshalb nicht auf, weil ich einiges an Übung habe, was Ellens schnelle Themenwechsel angeht. »Er ist Anwalt.«

»Das klingt sehr vielversprechend.«

»Er hasst Kinder«, lüge ich. Was ich überhaupt nicht gebrauchen kann, ist, dass sich Ellen und Wansu bei dieser ganzen Blind-Date-Geschichte gemeinsam gegen mich verschwören.

»Das glaube ich dir nicht. Wansu würde niemanden aussuchen, der keine Kinder mag. Sie wünscht sich Enkel.«

Ich lege eine Hand auf meinen Bauch. »Enkel?«, presse ich hervor.

»Vielleicht nicht zwingend von diesem Mann, aber irgendwann von irgendjemandem.«

»Ich weiß nicht mal, ob ich selbst Kinder haben möchte.«

Ellen schweigt einen Moment.

»Es ist dein Recht, diese Entscheidung für dich zu treffen«, sagt sie schließlich. »Niemand muss Kinder bekommen.«

»Genau.« Ich hole tief Luft. Ich möchte ehrlich sein. Ich will mich nicht verstecken. »Und selbst wenn ich gerade eine Beziehung eingehen wollen würde, dann nicht mit diesem Fremden. Ich habe Gefühle für Yujun.«

»Das weiß ich. Nach dem Vorstandsmeeting ...« Sie beendet den Satz nicht.

Ich werde rot. Nachdem rausgekommen war, dass Choi Wansu – entschiedene Verfechterin von Adoptionsrechten und alleinerziehender Mutterschaft – ein Kind abgegeben hat, das von Ausländern adoptiert wurde, war die Zukunft der IF Group gefährdet gewesen. Es gab sogar eine Demonstration vor dem Firmensitz in Yongsan. Bomi wurde ein Ei an den Kopf geworfen. Wansu hat darauf eine Dringlichkeitssitzung des Vorstands einberufen, mich vorgestellt und verkündet, dass sie mich formell als ihre Tochter anerkennt. Worauf Yujun und ich für einen Moment kurz davorstanden, den Verstand zu verlieren, in Panik gerieten und fast Sex in einer der Toiletten der IF Group hatten. Ich wünschte, wir hätten es durchgezogen. Es war das letzte Mal, dass Yujun und ich allein waren, bevor Wansu ihn für sechs Wochen über den Ozean verschifft hat.

»Ich bin deine Mutter«, fügt sie hinzu, als ob das ihr peinliches Wissen erklären würde. »Ich weiß, dass das alles nicht leicht für dich ist, aber ich glaube auch an dich. Mach die Dinge nicht komplizierter, als sie es ohnehin schon sind.«

Ich beiße die Zähne aufeinander. »Du meinst Yujun.«

»Du bist sehr verschlossen, Hara. Du hast Angst davor, verletzt zu werden, weil du als kleines Baby dieses Trauma erlitten hast, an das sich dein Unterbewusstsein bis heute erinnert. Ein Teil von dir ist der Überzeugung, dass du nicht liebenswert bist, aber das stimmt nicht. Ich liebe dich. Wansu liebt dich. Pat hat dich auf seine eigene Weise geliebt. Auch wenn er ständig auf dem Golfplatz und bei einer anderen Frau war, hat er dich aufrichtig geliebt. Als wir dich am Flughafen abgeholt haben, hat er geweint. Das habe ich in dein Baby-Buch geschrieben, erinnerst du dich?«

Jetzt, wo sie es erwähnt, erinnere ich mich tatsächlich. »Ich dachte, das hättest du dir ausgedacht.«

»Nein. Es ist die Wahrheit. Das schwöre ich beim Grab meiner Mutter. Und Wansus Ex-Partner ...«

»Lee Jonghyung.«

»Ja, genau. Lee hätte dich auch geliebt, wenn er von dir gewusst hätte. Seine erste Reaktion, als er erfahren hat, dass er ein Kind hat, war seine Bitte, dich kennenlernen zu dürfen. Also hör mir zu: Du bist liebenswert. Binde dich nicht mit allem, was du hast, an die erste Person, die diese Worte zu dir sagt, nur weil du glaubst, er sei der Einzige, der dich jemals lieben wird.«

KAPITEL SECHZEHN

Ich werde von einer Textnachricht geweckt, in der Yujun mir schreibt, dass er den Tag über in Busan sein wird.

YUJUN: Zum Abendessen bin ich zurück.

Aber am Abend sitzt nur Wansu am Tisch.

»Kommt Yujun nicht?« Ich lasse mich auf einen Stuhl sinken. Das Gedeck besteht aus Gabeln und Löffeln.

»Er verhandelt einen neuen Vertrag mit unseren Versandpartnern, jetzt, wo wir auch international Geschäfte machen. In den nächsten Tagen werden wir ihn wahrscheinlich nicht besonders häufig zu Gesicht bekommen.« Sie steckt sich ein Stück Spargel in den Mund, aber ihre Selbstgefälligkeit ist, obwohl sie kaut, gut zu erkennen.

Es hat mich überrascht, dass sie nichts dazu gesagt hat, als wir erst am nächsten Morgen von der Poolparty zurückgekehrt sind, aber sie spielt ein anderes Spiel. Offensichtlich ist sie der Überzeugung, dass Distanz und Zeit uns effektiver auseinanderbringen werden als permanent zur Schau getragene elterliche Missbilligung.

Wenn ich es nicht besser wüsste, wenn es nicht ein zu großer Zufall und zu schwer gewesen wäre, es zu arrangieren, würde ich sie sogar für den Vorfall im Park am Fluss verantwortlich machen. Und Ellen steht in dieser Sache auf ihrer Seite. Die Vorstellung, dass sich diese beiden Frauen hinter meinem Rücken verschworen haben, um mein Leben in eine bestimmte Richtung zu lenken, weckt in mir das Bedürfnis, laut zu schreien. Ich umklammere die Gabel so fest, dass sich der Griff in meine Haut drückt.

Ich esse nicht, und Wansu schweigt dazu. Nach dem Abendessen geht sie nach oben, und ich laufe in meinem Zimmer auf und ab und warte darauf, dass Yujun nach Hause kommt.

Irgendwann schlafe ich ein und wache mitten in der Nacht auf, um zu sehen, dass ich in der Zwischenzeit drei Nachrichten bekommen habe.

YUJUN: Tut mir leid.

YUJUN: Warte nicht auf mich.

YUJUN: Ich liebe dich.

Ohne einen Gedanken daran zu verschwenden, was Wansu darüber denken würde, renne ich zu seinem Zimmer, das jedoch leer ist. Das Bett ist unberührt. Er muss in seinem Apartment sein. Vor Frust und Einsamkeit reibe ich mir mit beiden Händen über das Gesicht. In dieser Nacht schlafe ich nicht wieder ein.

»Sie sehen nicht gut aus«, bemerkt Yang Ilhwa, als sie mir das Papierschiffchen mit meinem Lunch reicht.

»Ich habe seit gestern Mittag nichts gegessen. Das ist mein Hungergesicht.« Den morgendlichen Grünkohl-Smoothie habe ich mir gespart; stattdessen bin ich nach dem Aufstehen sofort ins Büro gefahren, um Yujun zu sehen.

Kaffee? Hatte ich im Fahrstuhl auf dem Weg in den vierzehnten Stock geschrieben.

Sorry sorry sorry immer noch in Busan kann gerade nicht sprechen liebe dich 🖤🖤🖤🖤🖤🖤, war seine Antwort gewesen.

»Sie müssen immer essen. Essen ist gut«, merkt Ilhwa an. »Sie haben Hunger, geht Ihnen nicht gut.«

Damit hat sie natürlich nicht ganz unrecht. Ich glaube nicht, dass ich seit meinem Parkspaziergang mit Yujun eine einzige anständige Mahlzeit hatte. Die Begegnung mit seinen Bekannten hat mich fertiggemacht. Das und Ellens Anschuldigung, dass ich mich an Yujun klammere, weil ich glaube, dass er der Einzige ist, der mich liebt. Erstens, wie kann irgendjemand diesen Mann ansehen und ernsthaft davon ausgehen, dass ich mich mit der Situation abfinde und ihn aufgebe. Eine Frau am Flughafen ist gegen ein Schild gerannt, weil sie ihn angestarrt hat, statt zu gucken, wo sie hinläuft. Zweitens, selbst wenn er nicht so unglaublich attraktiv wäre, stünde noch eine ganze Reihe von Leuten Schlange, um mit ihm an einem Tisch zu sitzen, weil er so lustig und nett und anständig ist. Mit Yujun begebe ich mich in eine Gewichtsklasse, die weit über meiner liegt.

Ich bin nicht deswegen gerne mit ihm zusammen, weil er der Einzige ist, der gesagt hat, dass er mich liebt. Ich liebe Yujun, weil er ein guter Zuhörer ist, weil er lustig ist, weil er nett ist, weil seine Grübchen zwei bodenlose Quellen des

Glücks sind, weil er verdammt gut im Bett ist und wie ein Gott aussieht. Ich weiß nicht, warum er mich liebt, aber es kann niemanden überraschen, dass ich ihn liebe. Ich kann nicht glauben, dass Ellen das überhaupt infrage stellt.

Ich bin nicht einmal traurig, nur wütend.

Zwei Bissen von meinem Mittagessen reichen bereits, um mir Magenschmerzen zu verursachen. Müde reibe ich mir mit einer Hand übers Gesicht. Ich brauche eine Pause vom Leben. Ich muss etwas Sinnbefreites und Unterhaltsames tun.

»*Son-nim, irioseyo!*«, ruft Yang Ilhwa. Kunde, komm her. Sie winkt mich mit einer Geste heran.

Ich drücke die Essensreste in der Papierschale zusammen, stopfe die Sauerei in meine Handtasche und gehe dann zu ihr hinüber.

»Ja?«

Sie reicht mir ein sprudelndes Milch-Joghurt-Getränk. Normalerweise verlangt sie für so eine Dose umgerechnet zwei Dollar.

»Umsonst«, sagt sie. »Sehr erfrischend. Dann, nach der Arbeit, gehen Sie in ein *noraebang* und singen. Lassen viel *bunno* raus. Wut.« Sie klopft sich auf die Brust.

Ein *noraebang*. Gott, was für eine gute Idee. Ein privater, schallisolierter Raum, in dem ich mich heiser schreien kann, ohne dass es jemand mitbekommt.

»Das ist eine grandiose Idee, *Imo-nim*.«

»Nicht alleine gehen. Nehmen Sie gute Freundin mit. Sie haben eine?« Sie tippt auf eine andere Dose. »Die amerikanische Freundin.«

»Jules.« Sie ist ein paarmal mit mir hier gewesen. »Ja,

sie hat bestimmt Lust.« Jules würde mich definitiv zum Schreien animieren.

Ich nehme mein Getränk, verbeuge mich vor Yang Ilhwa und gehe zur IF Group zurück. Dabei tippe ich eine SMS. Jules antwortet sofort.

JULES: Heute Abend?

ICH: Ja.

JULES: Warum nicht. Okay, wenn Anna und Mel mitkommen?

Ich denke kurz darüber nach. Anna und Mel sind Jules' Mitbewohnerinnen, mit denen ich seit meinem Auszug nicht besonders viel zu tun habe, aber sie kennen meine Geschichte. Immerhin haben sie mir dabei geholfen, Choi Wansu zu finden.

ICH: Klar.

JULES: Ich reserviere einen Raum. Wo möchtest du hin?

ICH: Irgendwo bei euch in der Gegend passt, solange du später das Taxi für mich rufst.

Die meisten Taxifahrer sind in Ordnung, aber es gibt immer auch solche, die – gerade spätabends – nur wenig Verständnis und Geduld mit einer Koreanerin haben, die ihre Sprache nicht besonders gut spricht. Es ist schon mehr als einmal vorgekommen, dass jemand sich geweigert hat, mich zu fahren.

JULES: Texte dir später die Info, wo wir uns treffen.

Am Nachmittag bekomme ich eine Nachricht von Yujun.

YUJUN: Ich habe das Gefühl, dass ich dir in den letzten Tagen immer nur schreibe, dass es mir leidtut und das tut es auch, aber irgendwann nutzen sich die Worte ab. Ich vermisse dich. Es wird sich alles klären. Sobald ich mit diesen Projekten durch bin und alle Verträge unterschrieben sind, werden wir mehr Zeit füreinander haben. An den Feiertagen unternehmen wir was Besonderes. Nur wir zwei zusammen.

Bis zu den Feiertagen – er meint Chuseok – ist es noch über einen Monat. Wenn man das große Ganze betrachtet, dann ist es vermutlich nicht mehr so lang bis dahin.

ICH: Ich halte mir das lange Wochenende für dich frei. Ich vermisse dich auch. Liebe dich.

Um zu unterstreichen, wie aufrichtig ich das meine, füge ich noch die *hangul*-Version hinzu.

Ich gebe Wansu Bescheid, dass ich heute erst spät nach Hause kommen werde. Aus Boshaftigkeit verrate ich ihr allerdings nicht, was ich vorhabe. Hoffentlich denkt sie, dass ich jede Menge Sex mit Yujun in seiner Wohnung haben werde. Aber sie weiß wahrscheinlich, dass er arbeiten muss. Verdammt, es könnte sein, dass sie genau in diesem Moment in irgendeinem Konferenzraum neben ihm sitzt.

Bin ich etwa eifersüchtig auf meine leibliche Mutter? So weit ist es schon mit mir gekommen?

Die Sache ist, dass ich vor der Begegnung im Park am Fluss dachte, dass Wansu überreagiert. Ich glaube, dass sie sich zu einem großen Teil deswegen so schützend vor die IF Group stellt, weil sie in das Unternehmen eingeheiratet hat. Soweit ich weiß, gab es einen Konflikt zwischen Wansu und Choi Yusuk über die Art, wie das Unternehmen in Zukunft geführt werden soll. Ein Konflikt, bei dem sich Yujun auf Wansus Seite gestellt hat. Was er zwar nicht bereut, aber er fühlt sich trotzdem schuldig. Er hat sogar einmal zu mir gesagt, dass der Streit der Grund für Choi Yusuks Zustand ist.

Ich glaube nicht, dass Yujun aus einer ganz objektiven Perspektive tatsächlich davon überzeugt ist, den Schlaganfall seines Vaters verursacht zu haben, durch den er später ins Koma gefallen ist, aber unser Kopf hat nicht immer die Kontrolle über uns. In seinem Herzen trägt Yujun die Trauer über das, was geschehen ist, weshalb er sich geradezu kaputtarbeitet. Wenn die Firma erfolgreich ist, dann bedeutet das, er kann sein Verhalten rechtfertigen. Wenn die Firma zugrunde geht, dann wäre seine mutige Haltung, sein Nicht-Sim-Cheong-Verhalten, umsonst gewesen.

»Mach die Musik aus«, fordert Jules mich auf.

Ich sehe von dem Hefter mit Karaoke-Songs auf, der in meinem Schoß liegt, und stelle fest, dass Jules, Anna und

Mel mich anschauen. Beziehungsweise – im Fall von Jules – anfunkeln.

»Wartet ihr drauf, dass ich mir was aussuche?« Ohne hinzusehen, tippe ich auf einen Song in der Liste. »Ich nehme den.«

»›Ohmona‹? Das ist ein Trot-Song.« Sie nimmt den Hefter und hält ihn sich nah vors Gesicht, weil es in diesem Raum ziemlich dunkel und gar nicht so leicht ist, bei den wild umherzuckenden Stroboskoplichtern etwas zu erkennen. »2007. Kennst du den überhaupt?«

Ich weiß nicht mal genau, was Trot ist, nur dass er hier gerade unglaublich angesagt ist.

»Du bist schon den ganzen Abend total abwesend.« Sie tippt mir an die Stirn. »Was ist da drin los?«

»Hattest du einen anstrengenden Tag?«, fragt Anna.

»Ja. War total viel zu tun. Die Arbeit nimmt überhaupt kein Ende.« Ich nicke mehrmals bekräftigend.

Jules schnaubt verächtlich, weil sie weiß, dass das eine dicke fette Lüge ist. »Es geht um Yujun.« Sie lehnt sich zurück und verschränkt die Arme, als hätte sie von Anfang an gewusst, dass ich mich irgendwann in dieser Lage befinden würde.

»Es geht nicht um ihn. Nicht wirklich.«

Keine der drei sieht aus, als würde sie mir auch nur ein Wort glauben.

»Haltet ihr mich für verschlossen?«

Alle drei nicken simultan.

»Wieso?«

»Du hast uns nicht erzählt, warum du nach Korea gekommen bist. Und als du auf die Beerdigung von deinem

Vater gegangen bist, hast du auch nichts gesagt«, erinnert mich Anna.

»Ich habe euch alle um Hilfe gebeten, meine leibliche Mutter zu finden. Das kann man doch nicht verschlossen nennen.«

»Nur weil dein Koreanisch beschissen ist«, stößt Jules verärgert aus.

»Okay. Dann bin ich eben verschlossen.« Ich verschränke ebenfalls die Arme.

»Siehst du?« Jules macht eine Geste, die meine Körperhaltung einschließt.

Ich löse meine Arme. »Na und? Okay, eine Frage: Wenn ihr die Gelegenheit hättet, etwas mit Yujun anzufangen, würdet ihr sie nutzen?«

»Ja.«

»Keine Frage, auf jeden Fall.«

»Jules?«, hake ich nach, da sie als Einzige nicht geantwortet hat.

Sie verzieht das Gesicht. »Wenn ich nicht in jemand anderen verliebt wäre, dann ja.«

Anna und Mel scheint Jules' Eingeständnis nicht zu überraschen. Anscheinend hat sie ihnen erzählt, dass sie und Bomi etwas miteinander haben.

»Wo wir gerade von Bomi sprechen ...«, beginne ich.

»Falsch, wir haben von dir und Yujun und deiner Gefühlsverstopfung gesprochen. Du musst was davon rauslassen, bevor du explodierst«, stöhnt Jules.

Ich schaudere. »Das ist eine eklige Metapher.«

»Weißt du was? Ich werde dich nicht mehr unter Druck setzen. Wenn du nicht drüber reden willst, dann ...«

»Mir ist etwas passiert. Letzte Woche«, platze ich heraus.

Jules legt die Fernbedienung weg. »Was war los?«

Ich erzähle ihnen, was im Park geschehen ist. »Das richtige Verhalten spielt hier so eine große Rolle. Wenn ich neben Sangki sitze und meinen Soju trinke, muss ich mich dabei von ihm abwenden, weil er älter ist als ich. Und diese Frau hat sich nicht nur geweigert, sich zu verbeugen oder mir die Hand zu geben – sie ist physisch *zurückgewichen*, als hätte ich eine ansteckende Krankheit. Sie war *angewidert*.« Ich ziehe das letzte Wort in die Länge, als hätte es zehn Silben. »Yujun will alles. Seine Freunde, seine Familie, seine erfolgreiche Firma. Er will uns. Und ich will uns auch, aber es scheint eine Menge Leute zu geben, die uns für unanständig halten. Was, wenn diese Abneigung ansteckend ist und Yujun irgendwann auch zu dem Schluss kommt, dass ich eklig bin?«

»Arschlöcher gibt es überall«, sagt Jules. »Wenn Yujun möchte, dass es funktioniert, und wenn du möchtest, dass es funktioniert, dann wird es auch funktionieren.«

»Glaubst du das wirklich?«, frage ich, weil sie aus der Bar gestürmt ist, als Bomi darüber gesprochen hat, welche Steine ihnen als Paar in den Weg gelegt werden.

»Falls du dabei an Bomi und mich denkst – das ist etwas ganz anderes. Sie will nicht mit mir zusammen sein.«

»Das stimmt nicht. Sie möchte mit dir zusammen sein, aber sie kann ihrer Familie nichts davon sagen.«

»Wärst du bereit, so mit Yujun zu leben? Ihr könntet nie heiraten oder Kinder bekommen. Jeder würde dich als seine Schwester betrachten, und irgendwann wird ihm das vielleicht zu anstrengend und er sucht sich eine Frau, mit der er ein stinknormales Leben führen kann.«

»Du hast doch gerade gesagt, dass Yujun und ich es hinbekommen können, wenn wir es wollen.«

»Aber Bomi möchte es nicht hinbekommen.« Jules schreit beinahe. »Darum wird es bei uns nicht funktionieren. Aber wenn du aufgibst, dann nur, weil du nicht genug dafür gekämpft hast. Wenn du mit Yujun zusammen sein möchtest, dann scheiß auf alle anderen. Im Gegensatz zu Bomi hat er keine jüngeren Geschwister.« Jules greift nach dem Hefter mit den Liedern. »Yujuns Bekannte ist garantiert eine von diesen strikten Traditionalistinnen, die beleidigt ist, weil ihr reicher Freund nicht was mit einer ihrer reichen Freundinnen anfängt. Die würde es so gut wie jede andere Frau anstößig finden.«

Ist es tatsächlich so einfach, wie Jules sagt? Entweder ich entscheide mich, mit ihm zusammen zu sein, oder dagegen? In dem Fall kenne ich meine Antwort.

»Ich will mit Yujun zusammen sein.«

»Großartig.« Mit mehr Kraft als nötig drückt sie die Nummern für einen Song auf der Fernbedienung und wirft sie dann Mel in den Schoß, die unserer Unterhaltung zusammen mit Anna schweigend beigewohnt hat. »Ach, und wegen deiner Arbeitssituation.« Jules ist offensichtlich noch nicht fertig. »Die sind sauer, weil du den Job wegen deiner Beziehungen gekriegt hast. Selbst wenn du fließend Koreanisch sprechen würdest, wärst du immer noch Choi Wansus Tochter, und alle Vor- und Nachteile, die das mit sich bringt, würden nach wie vor existieren. Es liegt nicht an der Sprachbarriere, sondern an den Umständen, und du kannst deswegen einfach nichts tun und deprimiert sein, oder du unternimmst was dagegen.«

»Was denn zum Beispiel?«

»Keine Ahnung, aber wenn du unglücklich bist und nichts dagegen tust, bist du an deinem eigenen Elend mitschuldig. Nimm dein Schicksal in die Hand, sei nicht so passiv. Wenn es noch schlimmer wird, kündige. Falls es besser wird, mach weiter.«

Was hat Yujun neulich abends zu mir gesagt? *Der Drache ist unser mythischstes Wesen, weil er praktisch unzerstörbar ist. Sein Körper ist von einer schuppigen Rüstung bedeckt. Er hat Klauen und Hörner. Er kann fliegen, springen und klettern, und niemand kann seinem Zorn entkommen.*

Ich muss zum Drachen werden. Oder zumindest zu einer kleinen Eidechse.

KAPITEL SIEBZEHN

Die IF Group ist sowohl Yujun als auch Wansu wichtig. Solange es der Firma gut geht und die Geschäfte laufen, kann somit niemand wirklich ihre Entscheidungen infrage stellen. Yujun reißt sich für die Arbeit den Arsch auf, und ich sitze an meinem Schreibtisch und konjugiere Verben. Es gibt einen Haufen Dinge in meinem Leben, über die ich keine Kontrolle habe, aber meine Leistung im Job gehört nicht dazu. Jules hat recht. Mich über meine Situation zu beschweren, wird nicht helfen – weder mir noch Yujun und auch nicht dem Unternehmen.

Ich beschließe, etwas zu ändern. Kein passives Rumsitzen mehr, während ich darauf warte, dass man mich mit einem Projekt betraut. Und ich werde auch nicht mehr tatenlos zusehen, wie mich Soyou allein für meine Existenz hasst. Ich werde etwas beitragen und mich nützlich machen. Sollte die IF Group irgendwann ins Straucheln geraten, wäre das nur ein Grund mehr für Wansu, gegen uns zu sein, aber solange die Firma stabil ist, sind ihre Argumente weniger tragfähig.

»Was haltet ihr davon, wenn wir eine Team-Building-Übung machen?«, schlage ich bei unserem nächsten wöchentlichen Meeting, währenddessen *Bujang-nim* unsere aktuellen Projekte durchgeht (von denen keines meins ist) und neue Ziele für die Arbeitswoche setzt, vor.

»Team ... Building?«, wiederholt er. Offensichtlich kein Begriff, der ihm vertraut ist.

»Team-Building?« Soyou verzieht abschätzig die Lippen. Sie weiß nicht nur, was damit gemeint ist, sie hasst die Idee jetzt schon.

Ich ignoriere sie und konzentriere mich stattdessen auf unseren Chef. »Ich bin mir nicht sicher, ob es in Korea vielleicht ein anderes Wort dafür gibt, aber in den USA nennen wir es Team-Building. Das ist eine Übung, die eine Gruppe Mitarbeiter dabei unterstützen soll, sich besser kennenzulernen, zusammenzuwachsen und die Kommunikation untereinander zu verbessern, um als Team besser zu funktionieren. Bei meinem letzten Job haben wir uns alle für die erste Etappe beim RAGBRAI angemeldet. Dabei fahren Tausende Radfahrer einmal quer durch den Staat. Die Abkürzung steht für Register's Annual Great Bike Ride Across Iowa. Der Radweg entlang des Han ist über dreizehn Kilometer lang, wir könnten eine Weile Rad fahren, zusammen essen und ...« Ich habe mir noch nicht im Detail überlegt, was genau wir machen könnten. Eigentlich war ich davon ausgegangen, dass die anderen Ideen einwerfen würden, nachdem ich den Vorschlag gemacht habe, doch sie starren mich nur an, als ob mir gerade Hörner gewachsen wären. Aber ich habe mir gestern Abend vorgenommen, ein Drache zu sein, also mache ich weiter. »Und wir könnten alle eine Sache nennen, die wir aneinander mögen, und etwas über uns erzählen, das die anderen vielleicht überrascht.«

»Ich hab' mal gehört, dass man in Japan Badehaus-

Team-Übungen macht. Wir könnten alle zusammen in ein öffentliches Bad gehen«, schlägt Yoo, der Streber, vor.

»Auf keinen Fall gehe ich mit dir in ein Badehaus«, zischt Soyou. »Das ist sexuelle Belästigung.«

Yoo versteift sich. »Es gibt doch gar keine öffentlichen Badehäuser für beide Geschlechter. Männer und Frauen wären getrennt. Die Idee dahinter ist, dass man Barrieren abbaut.«

Ich würde lieber vor einen dieser weißen K-Drama-Trucks springen, als mich vor meinen Kollegen auszuziehen. Den Gesichtsausdrücken von Soyou und Chaeyoung nach zu urteilen, stimmen sie in dem Fall inbrünstig mit mir überein.

»Wir könnten etwas zusammen bauen«, versuche ich es noch mal. »Zum Beispiel Kartenhäuser. Und dann gemeinsam entscheiden, welches das beste geworden ist.«

»Das ist eine großartige Idee. *Daebak.*« *Bujang-nim* reckt beide Daumen. »Jeder von Ihnen macht einen Vorschlag für etwas, das wir in einem Konferenzraum oder hier in der Gegend umsetzen können; und hinterher bekommen Sie eine Kreditkarte von mir, damit Sie ohne mich essen gehen können. Ein *hweshik*, so wie es derzeit im Trend ist. Richtig? Im Trend?«

Ich habe keine Ahnung, aber alle bis auf Yoo nicken, also nicke ich natürlich auch.

»Gut. Sie haben zehn Minuten, sich eine Idee zu überlegen und hier aufzuschreiben.« Er legt einen Marker in die Halterung am Whiteboard.

Niemand rührt sich.

Okay, es war meine Idee. Also trete ich als Erste nach vorne.

Ich trete vor das Whiteboard und schreibe »Karte« und »Haus« in *hangul* darauf. Ich denke, die Idee wird klar. Und einfach nur so zeichne ich noch ein kleines Haus daneben.

Als Nächstes kommt Yoo nach vorne und schreibt *jjimjilbang* für »Badehaus« an das Board. Genau wie ich fügt er eine kleine Zeichnung hinzu – in Form eines Kopfes mit einem Handtuch, das an den Ohren zu Prinzessin-Leia-Schnecken gedreht ist.

Als er fertig ist, springt Soyou auf und stürmt nach vorne. Sie streicht sein Bild nicht durch, aber man kann ihr ansehen, dass sie es gerne tun würde. Stattdessen schreibt sie das Wort *myeongsang*, das ich nicht kenne, und fügt eine meditierende Figur hinzu. Ich verkneife mir ein Grinsen angesichts ihrer smarten Idee, wie sich die Team-Sache am besten aushebeln lässt.

Chaeyoung ist die Nächste. Sie schreibt auf Englisch »Eine Playlist teilen« und malt eine Musiknote daneben. Im Donguk, den ich schon mit dem Fahrrad zur Arbeit fahren gesehen habe, schlägt Wandern vor, und zeichnet ein Paar Tennisschuhe. Nacheinander machen auch alle anderen aus dem Team einen Vorschlag und setzen jeweils ein kleines Icon daneben. Ein Anblick, der mein Herz ein wenig höher schlagen lässt. Ein winziger Hoffnungsschimmer.

Vielleicht ist meine Arbeitssituation doch noch zu retten, und meine Passivität hat zu der angespannten Stimmung in unserer Abteilung beigetragen. Ich hätte meinen inneren Drachen schon früher finden sollen.

Bujang-nim möchte die Liste der Aktivitäten auf fünf beschränken. Er schlägt vor, dass wir mithilfe von Schere-Stein-Papier entscheiden, ein Spiel, mit dem man in Korea traditionell Streitigkeiten beilegt. Ich werde Letzte, Soyou dagegen ist natürlich unglaublich gut und gewinnt. Meditation wird also die erste Übung sein. Anschließend sollen wir mit der Person zu unserer Rechten eine Playlist mit drei Songs austauschen und sie uns anhören. Als nächste Aktivität folgt Mülleimer-Basketball, wobei die Mannschaften nach der Anordnung der Schreibtische zusammengestellt werden. Die fünf, die *Bujang-nim* am nächsten sind, bilden das blaue Team, die anderen fünf das rote – die Farben der koreanischen Flagge. Die vierte Übung heißt Coffeeshop-Bingo. Jeder von uns muss das Lieblings-Kaffeegetränk einer Kollegin oder eines Kollegen trinken. Und als Letztes steht das Kartenhaus auf dem Programm.

»Aber sie ist Letzte geworden«, protestiert Soyou.

»Für alle anderen Vorschläge müssten wir das Gebäude verlassen, und wir sollten besser hierbleiben. Fangen Sie schon mal mit der Meditation an, während ich die Kaffees hole.« Er gibt ihr einen Notizblock. »Schreiben Sie Ihre Bestellung auf.«

Die Meditation hätte die einfachste von allen Übungen sein sollen. Immerhin erfordert sie keinerlei Interaktion, genau aus diesem Grund hat Soyou sie vorgeschlagen. Aber keine Minute nachdem wir mit den Atemübungen begonnen haben, fängt Yoo an zu lachen. Jemand anders furzt, und das ganze Team prustet los. Nach vier Minuten ist klar, dass heute niemand mehr transzendenten Frieden finden wird.

Soyou steht auf und greift nach ihrem Handy. »Lasst uns stattdessen das mit den Playlists machen.«

Mein Wissen über koreanische Musik ist nicht besonders groß, aber es gibt ein paar Sängerinnen, die ich gerne mag, also wähle ich die neuesten Songs von zwei Soleo-Artists aus und scrolle dann weiter, um schließlich noch drei ältere Songs hinzuzufügen, um nicht den Eindruck zu erwecken, eine komplette Mitläuferin zu sein. Rechts von mir sitzt Bong Hyoseob, einer der zurückhaltendsten Kollegen im Team. Seit meinem ersten Tag im Job hat er kein Wort mehr mit mir gesprochen, aber da er generell nicht viel redet – weder im Büro noch bei Team-Essen –, habe ich keine Angst, meine Playlist mit ihm zu teilen. Als der Link auf seinem Handy erscheint, klickt er ihn wortlos an und berührt das Play-Symbol. Es ist ihm nicht anzusehen, was er von meiner Musikauswahl hält, und natürlich interessiert es mich nicht, ob er meinen Geschmack gutheißt. Überhaupt nicht. Ich schaue nur zwei- oder drei- oder siebenmal in seine Richtung, um zu versuchen, an seiner Miene etwas abzulesen.

»Du stehst auf K-Pop?«, platzt Yoo heraus, der neben Chaeyoung sitzt.

»Ja, warum nicht? Der ist in der westlichen Welt total beliebt, oder nicht?«, wirft Chaeyoung ein.

Ich brauche eine halbe Minute, um zu begreifen, dass sie auf eine Reaktion von mir wartet. Taut sie etwa wieder auf?

»Ja. Superbeliebt. Alle hören K-Pop.« Was eine ziemlich dreiste Lüge ist, aber selbst wenn Chaeyoung verkündet hätte, dass sie zwei Drachen über Hangang hat fliegen sehen, würde ich sie unterstützen.

»Auf keinen Fall höre ich mir das an«, verkündet Soyou von der anderen Seite des Raums. »Das ist anstößig.«

»Rap ist nicht anstößig«, widerspricht Yoo.

»Ich habe auch nicht gemeint, dass Rap an sich anstößig ist, sondern dieser spezielle Songtext darüber, wie Männer oben und Frauen unter ihnen sind. Das ist frauenfeindlich.«

»Ihr Frauen seid so sensibel.« Er murmelt etwas auf Koreanisch, das ich nicht verstehe, aber die anderen werden wütend.

Meine unschuldige Idee droht im Chaos zu versinken. Neben mir lässt der Ruhige, Bong, seinen Kopf in eine Hand sinken. Ich muss die Situation retten und verhindern, dass ein Massaker an Yoo verübt wird.

Hastig greife ich nach *Bujang-nims* Notizblock und fange an, Papier zusammenzuknüllen. »Hier.« Ich werfe die Papierbälle in Yoos und Soyous Richtung. »Bringen wir es hinter uns, bevor *Bujang-nim* zurückkommt.«

Bong nickt zustimmend. »Yes! Basketball.« Er nimmt einen Papierball in die Hand und wirft ihn leichthändig und in einem eleganten Bogen in den Mülleimer.

Chaeyoung probiert es als Nächste, und alle anderen machen auch mit, sogar Yoo und Soyou, auch wenn sie sich dabei die ganze Zeit über wütend anfunkeln. Erleichtert lasse ich mich auf meinen Stuhl fallen. Wie es aussieht, werden wir alle unverletzt aus meiner schrecklichen Idee herauskommen.

Fünf Minuten später nehme ich in Gedanken alles zurück. Was als simples, nettes Wurfspiel begonnen hat, entwickelt sich langsam, aber sicher zu einem ausgewachsenen Bürostuhl-Derby. Sogar Bongs Wettbewerbsgeist ist erwacht. Das Geräusch von kollidierendem Metall und Plastik wird von Flüchen und Schreien begleitet. Einer der Stühle verliert eine Rolle, ein Kollege einen Schuh. Der

Mülleimer wird umgeworfen. Die Team-Building-Übung hat sich zu einer Team-Building-Olympiade entwickelt. Chaeyoung und ich sind die Einzigen, die sich nicht ins Getümmel stürzen.

»Das läuft richtig gut«, kommentiere ich trocken.

»Soll das ein Scherz sein?«, fragt sie.

»Ja. Es läuft überhaupt nicht gut.«

»Ja, es läuft überhaupt nicht gut«, bestätigt sie.

»Wir sollten was unternehmen, bevor *Bujang-nim* mit dem Kaffee zurückkommt.«

»Sollten wir.«

Keine von uns beiden rührt sich.

»Das erinnert mich an eine Situation in der Highschool. Ein Mädchen hat ein *seongin-manhwa* in die Schule mitgebracht. Das ist so eine Art ... Comic für Erwachsene. Wir hingen alle um ihren Tisch rum, um es anzugucken. Dann haben wir plötzlich gehört, wie jemand über den Flur rennt, und rennen ist in der Schule verboten. Deswegen wussten wir gleich, dass es unser Lehrer ist, und wir haben alle versucht, dem Mädchen zu helfen, den Comic zu verstecken; aber da viel zu viele Leute gleichzeitig an dem Heft rumgerissen haben, ist es zwischen zwei Tischen auf den Boden gefallen, genau in dem Moment, als *Seonsaeng-nim* ins Klassenzimmer gekommen ist. Um sie abzulenken, hat meine Freundin so getan, als würde sie sich den Knöchel verstauchen. Sie wirft sich also auf den Boden und schiebt das Heft unter ihren Pulli. Bevor unser Lehrer sie zum Direktor geschickt hat, konnte sie mir das Heft zustecken.«

So viele Sätze hat Chaeyoung noch nie zu mir gesagt.

»Was ist mit dem *manhwa* passiert?«

Sie schlägt sich eine Hand vor den Mund, aber ich kann ihre Augen lachen sehen. »Ich hab' es immer noch.«

Jetzt müssen wir beide lachen. Kurz darauf endet das Spiel mit Bong als Gewinner. Immerhin ist nur ein Stuhl beim Büro-Basketball kaputtgegangen, und das ist Yoos, also ist niemand wirklich unglücklich. Dafür lassen wir ihn beim Kartenhausbau gewinnen, und als *Bujang-nim* mit unserem Kaffee kommt, haben sich alle wieder beruhigt.

»Sie sind schon mit allen Übungen durch?« Er scheint schockiert. Es ist kaum eine Stunde vergangen.

»Es ist sehr gut gelaufen«, zwitschere ich.

»Gut. Gut. *Jal haesseo.*« Er verteilt die Kaffeebecher.

Gut gemacht. Er meint damit uns alle, aber ich wickle mich in das Kompliment wie in eine kuschelige Kaschmirdecke, die mich für den Rest des Tages warmhält. Nicht einmal Soyous spöttisches Grinsen oder die Tatsache, dass sich Chaeyoung wieder zurückzieht, können mir etwas anhaben.

Um sechs lässt uns *Bujang-nim* unsere Computer herunterfahren und zum Abendessen gehen. Wie versprochen gibt er uns dafür seine Firmenkreditkarte mit.

Wir machen uns auf den Weg zu einem *hanwoo*-Restaurant am Rande von Mapo-gu. Es ist eines dieser Lokale am Ende einer schmalen Gasse, das von außen kaum als Restaurant auszumachen ist und winzig aussieht, aber innen riesig ist. Es gibt Dutzende von Tischen. Ein Kellner bedeutet uns, ihm in eine Ecke zu folgen, wo noch drei Tische unbesetzt sind. Wir schieben sie zusammen und nehmen auf dem Boden Platz. Alle Handys sind ausgeschaltet und liegen in der Mitte. Während des *hweshik* werden keine SMS geschrieben, keine Social-Media-Feeds durchgescrollt, keine Suchmaschinen benutzt. Kein Wunder, dass bei dieser Art Veranstaltung so viel getrunken wird.

Der Soju kommt noch vor dem *banchan* auf den Tisch. Soyou bestellt drei Flaschen, aber Yoo muss wie immer das letzte Wort haben und hält zwei Finger hoch, um noch mehr zu ordern. Als ich herumgehe und ungefragt allen einschenke, könnte ich schwören, einen Ausdruck der Zustimmung in Bongs Augen zu erkennen. Und Soyou funkelt mich nicht einmal an. Dafür gieße ich ihr gleich noch einen ein. Yoo verlangt, dass ich ein *poktanju* mache – eine sogenannte Soju-Bombe, bei der man den Soju mit einem anderen Alkohol mischt. Natürlich gehorche ich, obwohl ich mehr oder weniger auf nüchternen Magen trinke – das Thunfisch-*gimbap*, das ich zum Mittagessen hatte, liegt lange zurück.

Die Platten mit Fleisch kommen, und Yoo und Bong legen lange Streifen gereiftes Rindfleisch auf den gusseisernen Grill. Der Geruch des brutzelnden Fleisches macht mich schwindelig vor Hunger. Um mich herum erfüllt das Summen von Gesprächen die Luft.

»Du bist ein unglaublich schlechter Basketballspieler. Gab es bei dir an der Schule nur Fußball?«

»Hast du gestern Abend *The Penthouse* gesehen?«

»Viel zu übertrieben, das kann ich mir nicht angucken.«

»Schau mich nicht so an. Ich auch nicht.«

»Willst du jetzt etwa behaupten, dass du es auch nicht anschaust, Bong? Einer von euch muss lügen. Halb Seoul schaut sich die Serie an.«

»Ich hab' nie behauptet, sie nicht zu gucken«, gibt Bong zurück.

»Aber auch nicht, *dass* du sie dir ansiehst.«

Dann höre ich Soyou leise zu Chaeyoung sagen: »Sie hat mehr Ideen, als dass sie arbeitet.«

»Immerhin war *Bujang-nim* zufrieden«, erwidert Chaeyoung, während sie an ihrer Diamantenkette herumfummelt.

»In meinem nächsten Leben will ich eine *chaebol* sein. Ich möchte nicht mit einer verwandt oder verheiratet, sondern ... Suh Minjung sein.«

»Die Amorepacific-Erbin? Wenn du dir schon was Besseres für dein nächstes Leben wünscht, warum dann nicht in Form von Jun Jihyun? Sie ist schließlich Schauspielerin und Model – Schönheit und Geld.«

»Und mit Geld verheiratet.«

»Ist das nicht immer so? Ich meine, dass Geld Geld heiratet?«, werfe ich ein und hickse.

Zwei Köpfe drehen sich in meine Richtung. Ich kneife die Augen zusammen und zähle nach. Vielleicht sind es auch drei. Oder schwankt Soyous nur? Sie sehen mich so seltsam an. Irgendetwas stimmt nicht, und es ist nicht meine verschwommene Sicht. Irgendetwas, das ich gerade nicht recht greifen kann ... *Ach du verdammte Scheiße.* Sie sprechen Koreanisch, und ich verstehe sie.

Schockiert richte ich mich auf und stoße dabei mein Glas um, das in Bongs Schoß landet. Fluchend schiebt er meine Hand weg, als ich versuche, sein Hemd mit einer Serviette trocken zu tupfen.

»Sie ist ein hoffnungsloser Fall«, stellt Soyou fest.

»Ich kann dich hören.« Die Gespräche am Tisch verstummen, und vielleicht sollte ich das als Zeichen verstehen, ebenfalls die Klappe zu halten, aber ich habe zu viel getrunken und zu wenig im Magen, um mich zurückzuhalten. »Ich kann dich hören. Nein. Falsch.« Ich schüttle den Kopf, bis mir das richtige Wort einfällt. »Ich kann dich verstehen.« Ein Grinsen breitet sich auf meinem Gesicht aus. »Ich kann verstehen, was ihr sagt.« Ich zeige auf Yoo. »Du hast über Bongs mangelnde Basketball-Skills gesprochen.« Mein Finger wandert weiter nach links. »Und du, Kim Soomin-nim, bist ein Fan von *The Penthouse*. Und du«, mein Finger verharrt bei Soyou, »hast behauptet, ich bin ein hoffnungsloser Fall.«

Soyou schlägt meinen Finger beiseite. »Man zeigt nicht mit dem Finger auf Leute. Das ist unhöflich.«

Ich balle die Hand zur Faust. »Tut mir leid.«

Allerdings freue ich mich viel zu sehr über meinen Sprachkenntnis-Durchbruch, um mich über Soyous Zurechtweisung zu ärgern. Die Hälfte des Teams wirkt leicht entsetzt, während sie sich vermutlich zu erinnern versuchen, welche abfälligen Bemerkungen sie in meiner Anwesenheit über mich gemacht haben, die ich womöglich ebenfalls verstanden habe. Bisher habe ich das nicht getan, aber ab sofort sollten sie sich da nicht mehr so sicher sein.

Als ich meine Kollegen reihum mit strahlender, herausfordernder Miene ansehe, senken die meisten von ihnen ihren Blick in den Schoß. O ja, es fühlt sich gut an, ein Drache zu sein, der sich den Berg hinaufarbeitet. Zufrieden stecke ich mir ein Stück *hanwoo* in den Mund und genieße sowohl den Geschmack als auch meinen heutigen Erfolg.

Die Gespräche am Tisch werden verhaltener, was mich an einem anderen Abend vielleicht gestört hätte, aber an diesem ist es mir egal. An diesem Abend kann mir nichts mehr die Laune verderben.

KAPITEL ACHTZEHN

Trotz meines schlimmen Katers nehme ich mein neu gefundenes Selbstvertrauen am nächsten Tag mit in die Arbeit, und sobald *Bujang-nim* auftaucht – um Punkt neun –, stürze ich mich auf ihn, um mehr Aufgaben einzufordern. Ich stelle meine Bitte auf Koreanisch und genieße den leicht schockierten Ausdruck, der sich dabei auf seinem Gesicht ausbreitet. Zwar antwortet er ebenfalls auf Koreanisch, aber die Magie der letzten Nacht ist verflogen. Als ich nicht antworte, verwandelt sich seine schockierte Miene in eine resignierte.

Noch vor einer Woche wäre ich jetzt verlegen an meinen Schreibtisch zurückgeschlichen, aber ich weigere mich, auch nur einen Zentimeter zurückzuweichen, bevor er mir endlich ein Projekt überträgt. Nach einer scheinbar endlos andauernden Pattsituation, an der meine gesamte Abteilung und das halbe Vertriebsteam teilhaben, gibt er nach. Hastig tippt er drei E-Mails mit Anhängen und scheucht mich dann weg.

Während ich mich freue, wirken meine Kollegen angespannt. Es wird sehr wenig geredet. Niemand steht an der kleinen Pantry, um sich einen Instantkaffee zu machen oder eine dieser winzigen Flaschen Ginseng zu trinken. Chaeyoung und Soyou verzichten sogar auf ihre übliche Toiletten-Tratsch-Runde. Es ist, als hätten meine neu gewonnenen Sprachkenntnisse eher einen Keil zwischen uns getrieben, anstatt dass sie uns einander näherbringen würden.

Es ist ein Prozess, sage ich mir. Rom wurde nicht an einem Tag erbaut und so weiter und so fort. Kopf hoch. Nachdem ich in Gedanken ein halbes Dutzend klischeehafter Plattitüden rezitiert habe, mache ich mich an die Arbeit.

Am späten Vormittag bekomme ich eine Nachricht von Sangki.

> SANGKI: Seit Yujun wieder da ist, sehe ich dich gar nicht mehr. Als wäre er dir wichtiger als ich.

ICH: Was er natürlich nicht ist.

> SANGKI: Er hat kein Monopol auf dich, heute Abend isst du mit mir.

ICH: Er hat dir geschrieben, dass er ein schlechtes Gewissen hat, weil er keine Zeit für mich hat, und hat dich angefleht, mit mir auszugehen.

> SANGKI: Liest du gerade seinen Chat mit mir?

ICH: Nein, aber vielen Dank für die Bestätigung.

> SANGKI: …

ICH: 😄

ICH: Du sahst gut aus gestern im Fernsehen.

SANGKI: Hast du es dir angeguckt? Ich finde, dass mein Gesicht irgendwie verquollen ausgesehen hat. Ab sofort nichts Frittiertes mehr für mich. Lass uns in dieses vegane Restaurant mit dem Tempel-Essen gehen.

ICH: Du hast überhaupt nicht aufgequollen ausgesehen. Und ja, ich hab's mir angeguckt, und du hast umwerfend geklungen und warst sehr witzig.

SANGKI: Das liegt daran, dass ich sehr witzig bin und umwerfend klinge.

SANGKI: Tempel-Essen?

ICH: Ja. Wer würde es bitte ablehnen, mit jemandem essen zu gehen, der sehr witzig ist, singt wie ein Engel und beinahe mal zum attraktivsten Mann der Welt gekürt worden wäre.

SANGKI: Dieser britische Schauspieler hat das Rennen gemacht. Tom.

ICH: Niemand bei klarem Verstand würde denken, dass Tom besser aussieht als du.

SANGKI: Wie recht du doch hast. Jemand muss die Wahl manipuliert haben.

ICH: Voreingenommenheit gegenüber Asiaten.

SANGKI: David Kim war in den Top Ten, und wir wissen, dass, wenn er involviert ist, was nicht mit rechten Dingen zugegangen sein kann.

ICH: So ist es. Ich stimme gleich gegen ihn ab.

SANGKI: Lass das besser. Wenn sie dich erwischen, dann heißt es nur, ich würde ihm irgendwelche Hater auf den Hals hetzen.

ICH: Okay, Mist, hatte gerade schon zehn Fake-Accounts erstellt.

SANGKI: Bis heute Abend.

ICH: Ist es okay, wenn Bomi mitkommt?

SANGKI: Ein Dreier? Wie unanständig. Bring sie mit.

ICH: Du zahlst.

SANGKI: Okay, schon verstanden, wie der Hase läuft.

ICH: 😒

Ich stecke mein Handy weg, und als ich aufschaue, sehe ich, dass Chaeyoung mich anstarrt.

»Das war Ahn Sangki, wir haben uns zum Abendessen

verabredet. Er führt mich in dieses besondere Restaurant aus, in dem Tempel-Essen serviert wird. Sehr exklusiv.«

»Das Sawon in Insadong?« Ihre Augen weiten sich vor Neid.

Ich nicke, obwohl ich keine Ahnung habe, wohin wir gehen. Sie murmelt leise »*Jonna jogyetda*«, was, wie ich annehme, so etwas wie »verdammtes Glück« bedeutet. Um den Anschein zu erwecken, ich wüsste, wovon sie spricht, hebe ich einen Daumen. Für den Rest des Tages sieht sie nicht mal mehr in meine Richtung.

Ich will gerade meine Sachen zusammenpacken, um mich mit Sangki zu treffen, als plötzlich Yujun neben meinem Schreibtisch steht. Es sind nur noch eine Handvoll von uns da, darunter Chaeyoung und Bong. Beide springen hastig von ihren Stühlen auf und verbeugen sich.

Yujun winkt ab. Ihm ist diese Art von Ehrerbietung nicht wichtig.

»Ich bin hier, um dich ins Sawon auszuführen«, sagt er mit einem breiten Grinsen.

»Im Ernst?«

»Im Ernst. Ich hab alles erledigt und wollte dir gerade schreiben, um zu fragen, ob du was essen gehen möchtest, aber Sangki hat mir gesagt, dass ihr schon Pläne habt, also spiele ich einfach das fünfte Rad an eurem Wagen.«

Ich bin so glücklich, dass ich das Gefühl habe, mindestens drei Zentimeter über dem Boden zu schweben. »Um genau zu sein, bist du das sechste Rad. Bomi ist auch dabei, aber das sollte kein Problem sein: Ihr könnt euch unterhalten, während Sangki und ich miteinander flirten.«

Yujun stößt ein gespieltes Knurren aus. »Wenn du mit

Sangki flirtest, dann kann er sein Gesicht den nächsten Monat lang nicht im Fernsehen zeigen.«

»Er würde trotzdem auftreten und behaupten, gegen einen Taschendieb gekämpft zu haben, während er einer alten Dame über die Straße geholfen hat, und alle würden Beifall klatschen, und es würden jede Menge Artikel darüber geschrieben, was für ein guter Junge er doch ist. Der Beste überhaupt.« Ich hänge mir meine Handtasche über die Schulter.

Auf dem Weg zum Fahrstuhl legt mir Yujun eine Hand auf die Hüfte.

»Solange ich laut Hara der Beste überhaupt bin, steht es allen anderen frei, über Sangki zu sagen, was sie wollen.«

Im Aufzug fallen mir die dunklen Schatten unter Yujuns Augen auf. Er hat in letzter Zeit wahnsinnig viel gearbeitet.

»Du arbeitest zu viel.« Ich fahre leicht mit einem Finger über seinen Wangenknochen, worauf er mit seinem Mund danach schnappt und mir einen Kuss aufs Handgelenk drückt.

»Willst du damit sagen, dass ich schrecklich aussehe?«

»Schrecklich erschöpft.«

Seine Mundwinkel senken sich. Die Grübchen sind nicht zu sehen. »Sollen wir nach Hause oder in meine Wohnung gehen und *ramyeon* essen?«

»Wenn du möchtest.«

»Bring mich nicht in Versuchung.« Er weicht ein Stück zurück. »Ich war in letzter Zeit nicht nur ein schrecklicher Freund, sondern auch ein sehr schlechter Kumpel. Sangki habe ich das letzte Mal bei der Poolparty gesehen. Lass uns essen gehen und danach zu mir.«

Ein freudiger Schauer läuft mir über den Rücken.

Als wir im Restaurant ankommen, sitzt Sangki bereits mit Bomi am Tisch.

»Ich muss neben Hara sitzen«, beharrt Sangki. »Meine *sasaengs* denken, dass wir ein Paar sind.«

»Ist das nicht eher schlecht für deinen Ruf?«, fragt Bomi. Wie Yujun sieht sie blass und abgespannt aus, aber ich bin mir nicht sicher, ob es an ihrem Job liegt oder daran, dass sie Jules vermisst.

»Überhaupt nicht. Sie ist hübsch und reich und irgendwie berüchtigt, was sie gleichzeitig stolz macht und ihr ein Gefühl der Überlegenheit gibt. Tut mir leid, Hara.«

»Ich nehme es als Kompliment.« Es ist mir egal, was verrückte Stalkerinnen über mich denken. »Lasst uns darüber reden, warum alle so müde aussehen. Was ist da oben im vierzehnten Stock los?«

»Und was ist mit mir?« Sangki tippt sich auf die Brust. »Sollte ich nicht das Thema des Abends sein?«

»Wir haben doch gerade über deine *sasaengs* gesprochen.«

»Circa zwei Sekunden lang.«

»Du kommst auch noch an die Reihe. Aber zuerst ist Bomi dran.«

»Ich?« Sie zuckt zurück – im wahrsten Sinne des Wortes. »Ich will gar kein Thema sein.«

»Es liegt an L.A.« Yujun lässt sich auf seinem Stuhl mir gegenüber zurückfallen. »Wir weiten unser Amerika-Geschäft aus. Immer mehr koreanische Unternehmen trauen sich, in der westlichen Welt aktiv zu werden. Das bedeutet, dass sie zweisprachige Dienstleister benötigen, die Dinge wie den Geräteverleih, den Versand von Waren von Korea in die Staaten, die Suche nach lokalen Anbietern, die Bereitstellung von temporären oder langfristigen Unterkünften und die Lösung von Sicherheitsproblemen übernehmen. Alles dreht sich nur noch darum, ohne Pause. Mal ganz abgesehen von den ganzen Vorschriften, mit denen wir uns auseinandersetzen müssen.«

Bomi reibt sich die Schläfen. »Deshalb wollte ich nicht das Gesprächsthema sein. Ich bekomme Kopfschmerzen, wenn ich dir zuhöre, *Sunbae-nim*.«

»Ich auch.« Vielleicht versucht Wansu doch nicht absichtlich, Yujun und mich auf Distanz zu halten.

Yujun sieht mich an und hebt eine Augenbraue. »Hast du gar nichts davon mitbekommen? Gerade das internationale Marketing sollte genau an diesem Projekt mitarbeiten. Es ist wahnsinnig wichtig. Deine Englischkenntnisse und dein redaktioneller Hintergrund sind dabei unglaublich wertvoll.«

»Nein. Ich höre zum ersten Mal davon. Vielleicht haben wir die Unterlagen noch nicht bekommen?«

»Das ist merkwürdig. Du solltest schon seit Wochen daran arbeiten.« Er wendet sich an Bomi. »Sitzt dein Team noch an den Protokollrichtlinien?«

Sie schüttelt den Kopf. »Nein. Das Thema hat unsere Abteilung schon letzten Monat abgegeben.«

Ich bekomme ein ungutes Gefühl, weil es den Anschein macht, als hätte ich ein Geheimnis ausgeplaudert, das ich für mich hätte behalten sollen.

In diesem Moment erscheint der Kellner mit den Speisekarten, und ich will die Gelegenheit nutzen, um das Thema zu wechseln, aber Yujun ist noch nicht fertig.

»Bestell du für uns, Sangki-ya.« Dann sieht er wieder mich an. »Woran arbeitest du gerade?«

»Bist du jetzt mein Vorgesetzter?« Ich vergrabe das Gesicht in der Karte, als würde es mich wahnsinnig interessieren, was dort steht, aber eine langfingrige Hand schiebt sie sanft beiseite.

»Hara.«

»Du solltest es ihm sagen«, mischt sich Sangki ein. »Er ist, wie sagt man so schön, der Hund mit dem Halsband? Nein. Knochen. Der Hund mit dem Knochen.«

»Dann weißt du Bescheid, worum es hier geht?« Yujun sieht verletzt aus. Er schaut zu Bomi, die jedoch seinem Blick ausweicht. »Und du auch?«

Ich ziehe die Nase kraus. »Ich werde es dir sagen, aber du musst versprechen, dass du nichts unternimmst.«

»Ich kann nichts versprechen.«

»Meine Güte, es ist echt kühl geworden. Ist das Wetter im September immer so?«, sage ich und gebe vor, Yujun zu ignorieren.

»Sehr kühl. Ungewöhnlich kühl.« Sangki spielt bereitwillig mit.

»Ich kann nicht glauben, dass du dich auf ihre Seite schlägst«, beschwert sich Yujun.

»*Du* hast mir noch nie geschrieben, dass ich wie ein Engel singe.« Sangki gibt unsere Bestellung auf, sammelt anschließend die Speisekarten ein und übergibt sie dem Kellner.

Yujun räuspert sich. Es ist nicht zu übersehen, dass er langsam mit seiner Geduld am Ende ist.

Ich gebe auf. »Es ist nicht ganz leicht bei der Arbeit, aber das ist meine Schuld, weil ich kein Koreanisch spreche. Und wenn du deswegen jemanden in meiner Abteilung zur Verantwortung ziehst, dann wird alles nur noch schlimmer, und ich werde mich schrecklich fühlen. Also versprich mir bitte, dass du nur zuhörst und nichts unternimmst.« Ich greife nach seiner Hand. »Das ist der Kompromiss, den wir schließen, okay? Ich rede, du hörst zu. Du hörst nur zu.«

Yujuns Kiefer macht Überstunden, während er zwischen dem Wunsch zu erfahren, was los ist, und der Zusage meiner Bedingungen, die ihm nicht gefallen, hin und her schwankt.

»*Aigoo*, er stimmt zu. Er stimmt zu«, platzt Sangki heraus. »Nicht wahr, Yujun? Folter sie nicht so.«

Ein unglücklicher Laut befreit sich aus Yujuns Kehle. Der Kompromiss gefällt ihm überhaupt nicht. »Okay, ja, ich verspreche es.«

Als ich dennoch zögere, gibt er endgültig nach. »Ich verspreche es, hoch und heilig.«

Doch bevor ich ins Detail gehen kann, kommt unser Essen. Yujun sieht ungeduldig zu, wie der Kellner die Schalen mit frittierten Pilzpfannkuchen, koreanischem Distelreis, Wurzelchips, gesalzener Glockenblumenwurzel und kalten Sojanudeln serviert. Einen Moment lang glaube ich, dass er gleich aufsteht, um die Schalen selbst auf dem Tisch zu verteilen.

Als das Essen endlich angerichtet und der Kellner weg ist, richten alle ihre Aufmerksamkeit auf mich. Was mir nicht gefällt.

»*Bujang-nim* überträgt mir so gut wie keine Projekte. Meine Kolleginnen und Kollegen ärgern sich verständlicherweise grundsätzlich über meine Anwesenheit, besonders weil ich nicht mal die Sprache spreche und nicht mit den ganzen Gepflogenheiten vertraut bin. Letztens habe ich vorgeschlagen, ein paar Team-Building-Übungen zu machen, und alle waren superehrgeizig. Ja, ich weiß. Es ist natürlich völlig normal, den Stuhl deines Kollegen umzustoßen, um zu verhindern, dass er bei einem Mülleimer-Basketballspiel einen Punkt erzielt. Wir haben den Tag mit einem *hweshik* beendet, und der Alkohol hat irgendein Tor in meinem Gehirn geöffnet. Plötzlich konnte ich alle verstehen. Das ist allerdings nicht besonders gut angekommen, und jetzt schließen sie mich schon wieder aus. Ich bin mir sicher, dass es mit der Zeit besser wird, und ich habe heute drei weitere Projekte bekommen, also ist das mit der Logistik wahrscheinlich als Nächstes dran.«

»Hm.« Yujun ist nicht überzeugt.

»Nichts hm. Es ist alles in Ordnung, und selbst wenn es das nicht wäre, würde es keine Probleme lösen, wenn du aus dem vierzehnten Stock bei uns reinmarschiert kommst. Immerhin ist meine Verbindung zu dir und Wansu ja der Grund, aus dem sie von vornherein nicht glücklich darüber waren, dass ich jetzt in ihrem Team bin. Ich bin ein großes Mädchen und kann damit umgehen. Vertraust du mir?«

Yujun spannt schon wieder den Kiefer an, nickt aber knapp.

Ich ignoriere seinen fehlenden Enthusiasmus und beende meinen Bericht. »*Bujang-nim* wird wohl kaum dieses offensichtlich sehr wichtige Projekt gefährden.«

Was wiederum das Problem sein könnte. Er traut mir den Job nicht zu, also wird er mir auch nichts schicken, was damit zu tun hat; aber ich beherrsche die englische Sprache besser als alle anderen, deswegen sollten sie meine Fähigkeiten zumindest in dieser Hinsicht nutzen. Morgen werde ich die drei aktuellen Projekte abschließen und anschließend meinen Chef um mehr Arbeit bitten, insbesondere zum L.A.-Projekt. Ich bin mir nicht sicher, wie ich das machen soll, ohne den Anschein zu erwecken, mich dabei auf meine Mutter oder Yujun zu beziehen, aber mit dem Problem werde ich mich auseinandersetzen, wenn es so weit ist.

»Vertrau mir«, sage ich mit viel mehr Zuversicht, als ich selbst empfinde.

»Was habt ihr denn für Team-Building-Übungen gemacht?« Sangki scheint fasziniert, genau wie Yujun, der sich neugierig vorbeugt.

»Komm bloß nicht auf irgendwelche Ideen«, warnt Bomi.

»Du bist nicht in meinem Team, Kim Bomi-nim. Mach dir keine Sorgen. Also los, erzähl mal, was genau ihr gemacht habt«, fordert Yujun mich auf.

»Sag es ihm nicht, Hara. Wenn er so was mit seinen Mitarbeitern macht, werden alle Teammanager, einschließlich meines, glauben, dass es eine tolle Idee ist.«

»Sorry, aber diesmal muss ich mich auf Bomis Seite schlagen. Niemand sollte zum Team-Building gezwungen werden. Immerhin haben wir ja schon den *hweshik.*« Ich trinke meinen Soju. Bomi streckt die Hand aus und schenkt mir noch ein Glas ein, ihre Art, sich bei mir zu bedanken, schätze ich.

»Mir war nicht klar, dass unsere *hweshiks* so unbeliebt sind.« Der arme Yujun wirkt leicht verärgert. Von uns allen hat er die höchste Position inne und somit die meisten Mahlzeiten ausgegeben.

»Jeder will mit dir ein *hweshik* haben, Baby.« Ich tätschele seine Hand.

Bomi und Sangki verdrehen synchron die Augen, dann schlägt Bomi mit der Faust auf die Holztischplatte. »Wir können auf keinen Fall zusammen essen, wenn ihr am Tisch übereinander herfallt.«

»Ich habe ihm nur die Hand getätschelt«, protestiere ich.

»Du hast ihn Baby genannt«, widerspricht Bomi.

»Benutzt ihr in Korea denn keine Kosenamen?« Ich sehe mich in der Runde um. Yujun hat mich manchmal *aegiya* genannt.

»Doch, natürlich.« Yujun zeigt mir ein Grübchen. »Nenn mich, wie du willst.«

Bomi stöhnt. »Wenn das so weitergeht, brauchen wir mehr Soju.«

»Nur mehr? Ich glaube nicht, dass das reicht.« Sangki gibt dem Kellner ein Zeichen.

Am Ende unseres Essens stehen mehr leere grüne Glasflaschen auf dem Tisch, als noch Menschen im Restaurant sitzen. Yujun und ich schaffen es gemeinsam in seine Wohnung, aber sind viel zu betrunken, um etwas anderes zu tun, als benommen auf dem Bett zusammenzubrechen.

KAPITEL NEUNZEHN

Mein Plan, *Bujang-nim* dazu zu bringen, mir das L.A.-Projekt zu geben, nimmt gegen Ende dieser Woche einen kleinen Umweg. Ich erledige meine aktuellen Aufgaben, aber mein Chef ist nicht da, sodass ich ihm nicht mit der Frage nach mehr Arbeit auf die Nerven gehen kann. Die Atmosphäre im Büro ist noch immer unterkühlt. Offensichtlich kommt so schnell niemand darüber hinweg, dass ich plötzlich Koreanisch verstehe. Ich versuche, Chaeyoung und Soyou zu erklären, dass es sich eher um einen Zufall gehandelt hat, bei dem die Barriere in meinem Gehirn für einen kurzen – sehr kurzen – Moment eingerissen worden ist, aber sie glauben mir nicht, also gebe ich es auf. Ich werde dieses L.A.-Projekt rocken und sie mit meiner Arbeitsleistung überzeugen. Ansonsten bitte ich vielleicht um eine Versetzung in die Poststelle, wo ich Pakete sortieren und für Kaffeenachschub sorgen kann.

Mittags gehe ich zum Schweinefleischbällchen-Food-Truck, weil das mein Wohlfühlessen ist. Es versetzt mich zurück nach Iowa, wo Käse, Schweinefleisch und Mais in perfekter Harmonie koexistieren. Doch noch bevor ich bestelle, spüre ich, dass etwas nicht stimmt.

»Alles in Ordnung, *Imo-nim?*« Schweiß steht ihr auf der

205

Stirn, und ihr normalerweise so freundliches Gesicht wirkt angespannt und müde. »*Ne.* Ja.« Sie wischt sich mit dem Handrücken über die Stirn. Ihre Hand zittert.

»Sie sind krank. Können Sie heute vielleicht früher schließen und nach Hause gehen?« Ich weiß nicht, ob sie sich das leisten kann.

Sie schüttelt den Kopf, aber selbst das ist zu viel für sie; sie schwankt und stößt gegen die Edelstahltheke. Hinter mir warten drei andere Leute, die die Hälse recken, um rauszufinden, warum es so lange dauert.

»Ich würde gerne auf Ihr Angebot zurückkommen, mir das Kochen beizubringen.« Damit gehe ich um den Imbisswagen herum und öffne die Tür. Yang Ilhwa sieht schweigend zu, wie ich einen Gesichtsschutz aus Plastik von einem Regal nehme und ihn mir überstreife. »Haben Sie ein Haarnetz?«

Sie zeigt auf eine Metallkiste. Darin finde ich Haarnetze und lebensmittelechte Handschuhe. Ich streife beides über und schiebe sie anschließend energisch beiseite.

»Wie viele?«, frage ich den nächsten Kunden.

Er scheint zuerst ein wenig verwirrt, dass ich plötzlich hier drin stehe, aber dann erinnert ihn sein Magen daran, warum er hergekommen ist, und er nennt mir seine Bestellung.

Zwar verstehe ich nicht alles, aber Yang Ilhwa schon.

»Zwei Portionen Schweinefleischbällchen. Einen Maisbecher. Ein Milkis. Fleisch in den Teig, dann Eier und dann die Panade. Braten. Ich sage, wenn Sie rausnehmen sollen.«

Ich folge ihren Anweisungen. Es gibt kleine dünne Fleischstücke, die jeweils durch eine Plastikfolie voneinander getrennt sind. Sie platziert eins auf ihrer Handfläche, gibt darauf ein Stück Mozzarella und klappt die Ränder des Fleischs darüber, dann formt sie mit raschen Bewegungen eine Kugel. Die fertigen Kugeln werden in Eiermilch getaucht und anschließend in einer gewürzten Panade gewälzt. Dann kommen die Bällchen ins heiße Fett. Sie nimmt sie heraus, lässt sie abtropfen, dann werden sie noch einmal frittiert. Zum Schluss werden immer drei der Kugeln auf einen Bambusstab gespießt. Sie bedeutet mir, die Soße in einen der kleinen Pappbecher zu gießen.

Ich spritze etwas hinein, und sie stupst mich an, noch mehr zu nehmen. Also fülle ich den Pappbecher weiter, bis sie zufrieden ist.

»Gut«, verkündet sie. »Mehr Schweinefleisch.«

Ich verbrenne die ersten Chargen, und ein paar Kunden stehen vermutlich kurz davor, mich zu verfluchen. Aber wir besänftigen sie mit Essen und Trinken aufs Haus. Bei der vierten Kundin habe ich den Dreh raus, was gut ist, denn Yang Ilhwa sieht aus, als würde sie gleich sterben.

In den nächsten vier Stunden zerstoße ich fast ohne Pause Brot, fülle Schweinefleisch mit Mozzarellawürfeln, tränke Gemüse in Tempura-Teig und gebe alles in verschiedene Behälter mit heißem Öl. Obwohl sie krank ist, bedient und nimmt die ältere Frau dabei weiter Bestellungen entgegen und produziert so in einem Wirbelsturm von Effizienz Bargeld.

Während einer Pause schreibe ich *Bujang-nim* eine SMS, dass ich mich nicht wohlfühle. Da er nicht gleich antwortet, rufe ich Bomi an.

»Warst du im Krankenhaus?«, fragt sie besorgt, nachdem ich erklärt habe, dass ich mich krankmelden muss.

»Eigentlich bin ich gar nicht krank. Aber Yang Ilhwa ist es, und sie braucht meine Hilfe.«

»Yang ... Ilhwa?«

»Die Schweinefleischbällchen-Food-Truck-Frau.«

»Du ... hilfst ihr?«

»Ja. Sie schafft das nicht allein. Ehrlich gesagt glaube ich, dass sie tatsächlich ins Krankenhaus muss. Okay, ich muss Schluss machen. Könntest du der Personalabteilung – oder wer auch immer Bescheid wissen muss – sagen, dass ich heute nicht mehr ins Büro komme?«

»Die Nachricht an deinen Vorgesetzten reicht aus.«

»Super. Ich leg jetzt auf, da ist ein neuer Kunde.«

Erst gegen zwei nimmt der stetige Strom von Mittagsgästen ab, und ich setze mich mit einem Milkis neben Yang Ilhwa.

Sie klopft mir schwach auf den Rücken. »Gut gemacht. Gut gemacht.«

»Vielen Dank.« Ich strecke die Beine aus. »Das ist anstrengend. Auf jeden Fall brauche ich dafür andere Schuhe.« Meine schmalen Ballerinas sind nicht dafür gemacht, vier Stunden am Stück in ihnen zu stehen. Yang Ilhwa trägt Turnschuhe mit dicken Sohlen, die ich ein wenig neidisch beäuge.

»Sie sind gute Arbeiterin. Was ist Ihr Beruf?«

»Ich arbeite für die IF Group.« Ich deute auf das Gebäude.

Sie schüttelt den Kopf; anscheinend sagt ihr das Unternehmen nichts. »Haben Sie einen Freund?«

»Ja ...«, beginne ich und halte dann inne. Yang Ilhwa ist die perfekte Kandidatin, um sie nach ihrer Meinung zu Yujun und mir zu fragen. Sie ist unparteiisch und hat keine Ahnung, wer ich bin oder wie mein Platz in dieser Welt aussieht. Sie kennt weder Yujun noch Wansu und wird mir eine ehrliche kulturelle Perspektive geben.

»*Imo-nim*, erinnern Sie sich an diese Geschichte Anfang des Sommers, im Juni? Das junge Paar, das eine extreme Entscheidung getroffen hat, weil sie aus demselben Clan stammten und ihre Familien sich geweigert haben, ihnen zu erlauben zu heiraten?«

Sie schnalzt mit der Zunge. »*Aigoo*, ja. Sehr schlecht.«

»Schlecht wie tragisch?« Ich kaue seitlich auf meiner Unterlippe.

»Ja, aber auch schlecht. Gesetz erlaubt, aber es ist trotzdem schlecht. Sie sollten jemand neuen, anderen finden. Viele Leute da draußen.«

Ich schlucke einen frustrierten Seufzer hinunter. »Was ist mit Stiefgeschwistern? *Euiboot nammae?*«

Yang Ilhwas Gesicht nimmt eine grüne Färbung an. Sie zieht eine angewiderte Grimasse und schaudert. »Die beiden sollten einen Monat lang keinen Reis essen. Sooooo egoistisch.« Sie fuchtelt mit einem Löffel vor meiner Nase herum. »Ihre Familie wäre verdammt und ihre Herzen wären gebrochen. Kennen Sie die Kobold-Geschichte der Chun-Brüder?«

»Nein.« Und ehrlich gesagt glaube ich auch nicht, dass ich sie kennenlernen will, aber Yang Ilhwa erzählt sie mir trotzdem.

Es gab einmal zwei Chun-*hyungjaes* – Brüder. Der ältere Chun war faul und verwöhnt, aber der jüngere Bruder arbeitete hart als Holzfäller und gab all sein Einkommen für den Unterhalt seiner Familie. Eines Tages war der junge Bruder im Wald und sammelte Eicheln für sich und seine Familie. Er fand eine Hütte und trat ein, weil er glaubte, niemand sei zu Hause. Drinnen hörte er Stimmen, also versteckte er sich schnell in einem Schrank. Durch einen Spalt in der Tür sah er eine Gruppe Kobolde einen Kreis bilden, ihre Keulen auf den Boden schlagen und skandieren: »Mach Gold, mach Gold, mach Gold.« Bald erschien ein Haufen Gold. Die Kobolde wiederholten ihren Gesang, aber mit anderen Arten von Schätzen, bis sich riesige Berge aus Silber, Rubinen und Diamanten auf dem Boden türmten. Während die Kobolde ihren Schatz anstarrten, knurrte Chuns Magen. Chun erstarrte vor Angst und rechnete damit, entdeckt zu werden. Stattdessen nahmen die Kobolde an, dass ein Sturm aufgezogen war und sie den Donner gehört hatten. Doch Chuns Hunger verging nicht, und um seinen grummelnden Bauch zu beruhigen, stopfte er sich eine Eichel in den Mund; aber in dem Moment, in dem er zubiss, hallte ein gewaltig lautes Geräusch durch den Raum.

Die Kobolde bekamen Angst, weil sie glaubten, das Dach würde einstürzen, also flohen sie aus dem Haus und ließen Chun zurück. Der jüngere Bruder machte sich Sorgen, dass die Kobolde zurückkehren könnten, und versteckte sich bis zum Morgengrauen.

Als der erste Lichtstrahl durch den dunklen Himmel brach, sammelte Chun so viel von dem Schatz ein, wie er tragen konnte, und trug ihn, zusammen mit einer der Keulen, die ein Kobold zurückgelassen hatte, nach Hause. Mit seinen gestohlenen Reichtümern baute er ein Herrenhaus, stattete es mit den feinsten Gegenständen aus und überschüttete seine Familie mit Gold. Als sein Schatz erschöpft war, holte er seine gestohlene Keule heraus und wiederholte die Gesänge der Kobolde, bis sich Juwelen und Gold zu seinen Füßen türmten.

Der ältere Bruder wurde eifersüchtig auf seinen jüngeren Bruder und verlangte, dass er ihm das Geheimnis seiner Magie anvertraute; worauf der jüngere Chun ihm die Geschichte von seinem Abenteuer im Wald erzählte. Aber die Ohren des älteren Bruders waren verschlossen, er hörte nur, was er hören wollte.

Er sammelte eine Eichel ein, ging zur Hütte und versteckte sich im Schrank. Als die Kobolde auftauchten, biss er auf die Eichel. Kaum erfüllte der Donner den Raum, eilte Chun aus seinem Versteck, um den Schatz einzusammeln, nur um dort die Kobolde vorzufinden. »Dieb«, riefen sie und schlugen mit ihren Knüppeln auf ihn ein. Manche sagen, er sei gestorben. Andere Erzählungen lassen ihn beschämt nach Hause zurückkehren.

Sie tippt mir mit dem Löffel auf die Schulter und deutet dann mit dem Kinn Richtung Theke. »Kunden.«

Ich stehe auf und mache weiter. Yang Ilhwa kennt meinen Hintergrund nicht, daher kann sie nicht gewusst haben, dass das Volksmärchen, das sie erzählt hat, mein Leben widerspiegelt. Die Parallelen sind unheimlich. Wansu hat das Vermögen eines reichen Mannes an sich genommen. Mehr zu wollen, mündet in eine Tragödie. Yang Ilhwas Botschaft ist, dass ich keinen gestohlenen Knüppel auf den Boden schlagen und mehr verlangen sollte, damit ich weder geschlagen noch beschämt werde oder mir noch Schlimmeres zustößt.

Den Nachmittag über reden wir kaum. Ich kann nicht aufhören, an die Kobold-Brüder zu denken, und Yang Ilhwa ist erschöpft.

Nachdem der letzte Kunde gegangen ist, gebe ich Yang Ilhwa meine Nummer. »Rufen Sie mich an, wenn Sie etwas brauchen. Egal, was.«

Als ich an diesem Abend nach Fett und Fleisch und Eiern und Brot riechend nach Hause komme, verstecke ich mich in meiner Suite und schreibe Yujun und Wansu eine SMS, dass ich mich nicht gut fühle.

Ich schaffe es zu duschen, bevor Yujun an meine Tür klopft. »Soll ich einen Arzt rufen?«

»Nein. Ich bin müde. Das kommt bestimmt von dem vielen Alkohol, den ich gestern getrunken habe. Meine Toleranzschwelle ist niedriger als eure.«

In den Händen hält er ein Tablett mit klarer Brühe und Reisbrei. Er stellt es beiseite und legt mir eine Hand auf die Stirn. »Du fühlst dich warm an.«

Wansu erscheint in der Tür. »Ich rufe den Arzt.«

»Nein.« Ich winke ab. »Ich bin nur müde, das ist alles. Ich hatte einen anstrengenden Tag.«

»Ach, mehr Arbeit also?«, fragt Yujun erfreut.

»Ja, so was in der Art.« Ich fühle mich schlecht dabei, ihn anzulügen. Morgen, wenn Wansu nicht dabei ist, werde ich es ihm erklären.

»Dann ruh dich aus. Komm mit, Yujun.«

Wansu muss ihn förmlich aus meinem Zimmer rauszerren.

Eine Minute später bekomme ich eine SMS.

YUJUN: Ich bleibe heute Nacht hier. Schreib mir, wenn du etwas brauchst.

Nachdem ich die Suppe und den Reis gegessen habe, lege ich mich ins Bett. Ich bin körperlich müde von der Arbeit und emotional müde von der Koboldgeschichte. Wenn ich nie wieder ein koreanisches Märchen hören muss, würde mich das sehr glücklich machen. Ich muss ein neues Buch aussuchen, das ich Choi Yusuk vorlesen kann. Diese Geschichten sind Mist.

Ich schließe die Augen und das Nächste, was ich mitbekomme, ist, dass mein Telefon piept. Es muss mitten in der Nacht sein. Eine unbekannte Nummer, aber da ich nur sehr selten angerufen werde, gehe ich trotzdem dran.

»Hallo?«

»*Son-nim*«, höre ich eine dünne, schwache Stimme, »vielleicht könnten Sie mir heute auch helfen?«

Ich springe auf. »Ja. Sagen Sie mir, wo ich hinkommen soll. Nach Yongsan?«

»Nein. Ich schreibe Adresse.«

Sie schickt mir ihre Adresse. Innerhalb von fünf Minuten habe ich mich gewaschen und angezogen und mache mich auf den Weg.

Es ist noch nicht mal vier Uhr morgens, also muss ich ziemlich weit laufen, um ein Taxi zu finden. Als ich in Yang Ilhwas Wohnhaus ankomme, bin ich total verschwitzt, aber sie ist zu krank, als dass sie es registrieren würde.

Ich mache ihr eine Tasse Zitronen-Honig-Tee und zwinge sie aufs Sofa. Zehn Minuten später schläft sie tief und fest. Leise beende ich die Vorbereitungen für den Tag, rolle Hunderte von Schweine- und Käsebällchen, schneide Gemüse und rühre Teig an. Yang Ilhwa rührt sich kaum, während ich mehrmals die Wohnung verlasse und wiederkomme, um alles zu ihrem Truck zu tragen. Das Essen von Yang Ilhwa ist mir seit fast zwei Monaten ein Trost, also fahre ich trotz meines fehlenden Führerscheins für diese Fahrzeugklasse und meiner Angst, alles zu vermasseln, mit dem Lastwagen nach Yongsan.

Obwohl sie mir gezeigt hat, wie alles funktioniert, bin ich lange nicht so kompetent wie Yang Ilhwa. Deswegen brauche ich Hilfe.

Ich schreibe Jules.

ICH: Bitte sag, dass du in Seoul und nicht in Hongkong oder Singapur oder Bali bist.

JULES: Ich bin nicht in HK, SP, Bali.

Ich ignoriere die Tatsache, dass sie nicht zugibt, in Seoul zu sein.

ICH: Komm zu dieser Adresse. In Turnschuhen. Stell dich auf Arbeit ein.

JULES: Du musst die falsche Nummer haben.

ICH: Das ist deine KakaoTalk-ID!

Jules: Okay. Aber du schuldest mir was.

ICH: Schon wieder *hanwoo*?

JULES: Nein. Eine deiner Chanel-Taschen.

ICH: Das sind nicht meine, sondern Wansus.

JULES: Sie hat sie dir geschenkt, und du hast sie nicht mal aus den Einkaufstüten genommen. Das ist ein Verbrechen. Du begehst ein Verbrechen.

ICH: Wie lauten die Anklagepunkte?

JULES: Es sind zu viele, um sie zu tippen, aber du solltest wissen, dass du hinter Schloss und Riegel gehörst.

ICH: Da hab' ich keinen Zweifel.

Ich schiebe gerade das Fenster über der Edelstahltheke auf, als ein Taxi Jules auf der anderen Straßenseite absetzt.

»Ich habe Angst zu fragen, was hier los ist.« Sie steckt ihre Hände in die Gesäßtaschen und wippt auf den Füßen vor und zurück.

Ich nehme die Kreide, um das Schild mit den Tagesgerichten zu beschriften, fange an, Befehle zu bellen. »An der Seite gibt es ein kleines Spülbecken und antibakterielle Seife. Wasch dich, benutz eine ordentliche Portion Desinfektionsmittel und zieh dir Plastikhandschuhe an. Oder vielleicht besser nur einen – mit der Hand kannst du das Essen anfassen und mit der anderen das Geld. Es gibt überraschend viele Leute, die bar bezahlen.«

»Ist das jetzt dein Truck? Hat Yujun den für dich gekauft? Bist du mit Ahn Sangki in einer Varieté-Show und ich in einer Versteckte-Kamera-Fernsehsendung?« Sie dreht sich einmal um die eigene Achse und fährt sich mit den Fingern durch die Haare. »Du hättest mich wenigstens vorwarnen können«, zischt sie hinter einem übertriebenen Lächeln, das sie in verschiedene Richtungen zeigt, von denen sie offensichtlich glaubt, dass sich dort Kameras befinden.

»Yang Ilhwa, die Besitzerin, ist krank und hat mich um Hilfe gebeten.«

»Sie hat dich um Hilfe gebeten?« Jules sieht mich ungläubig an.

»Ist eine lange Geschichte, aber ich hab' ihr gestern schon geholfen, und heute war sie zu krank, um auch nur eine Tasse Tee zu trinken, bevor sie in Tiefschlaf gefallen ist. Das Essen ist vorbereitet und landet im Müll, wenn es nicht zubereitet wird, also lass uns so lange verkaufen, bis alles weg ist. Normalerweise müssten wir gegen zwei fertig sein. Du musst auch hinterher nicht mit aufräumen. Das kann ich alles allein machen. Und ich bezahle dich ...«
Zwar verdiene ich hier nichts, aber wenn Jules unbedingt eine Chanel-Tasche will, soll sie eine haben. »Such dir aus meinem Schrank aus, was du möchtest.«

»Wo ist das Waschbecken, hast du gesagt?«

Das Tolle an Jules ist, dass sie durch ihren eigentlichen Job als Flugbegleiterin weiß, wie man mit Kunden umgeht. Das ist für sie so natürlich wie atmen. Sie hört nie auf zu lächeln, egal, wie viele Leute sich beschweren, weiß genau, welcher Kunde eine kostenlose Extraportion und welcher freundliche Scherze erwartet. Ihr Koreanisch ist ausgezeichnet, und obwohl sie vielleicht einen leichten ausländischen Akzent hat, ist jeder Koreaner, der an die Theke kommt, von ihren fließenden Sprachkenntnissen entzückt. Ich könnte schwören, dass heute sogar mehr Leute vorbeikommen als sonst. Gegen Mittag werden unsere Vorräte auf jeden Fall langsam knapp.

»Ich glaube, wir müssen bald schließen. Mir gehen die Schweinefleischbällchen aus.« Ich streiche mir mit dem Ärmel über die Stirn. Das Arbeiten mit den Fritteusen hat mich in einen einzigen Fettklumpen verwandelt. Ich kann mich nicht erinnern, mich jemals ekliger gefühlt zu haben, und nehme mir vor, später zu Hause mindestens eine Stunde lang zu duschen. Vielleicht gehe ich sogar in eine Sauna und weiche mich in einer dieser speziellen Wannen ein.

»Ich hoffe, wir haben noch genug für eine Vierer-Gruppe. Die Geschäftsleute sehen aus, als wollten sie zu uns. Ich werde ihnen sagen, dass sie unser Special bekommen, und berechne ihnen dafür mehr.«

»Ich bin mir ziemlich sicher, dass du damit durchkommen könntest.«

»Sieh zu und lerne, Baby.« Jules wendet sich an die Kunden. »*Annyeonghaseyo* ...« Der letzte Teil ihres Hallos endet in einer seltsamen Tonlage.

»Jules? Was machst du denn da?«, höre ich eine vertraute Stimme in scharfem förmlichen Koreanisch.

Ich erstarre – genau wie Jules.

»Ch-Choi Yujun«, stammelt sie und schiebt mich ein wenig zur Seite, damit ich weiter von der Theke entfernt bin in der Hoffnung, dass Yujun mich nicht sieht, aber es ist bereits zu spät.

»Hara?«

Ich tue so, als würde ich ihn nicht hören, und verstecke mich ganz hinten im Truck. Ich fühle mich nicht nur ekelhaft, ich weiß auch, dass ich mit meiner fettbespritz-

ten Schürze, den Brotkrümeln, den teigbedeckten Händen, dem Haarnetz, dem Kunststoff-Gesichtsschutz und
in Schweiß gebadet schrecklich aussehe.

»Es tut mir leid, aber es ist alles ausverkauft. Nichts mehr
da. Wir haben geschlossen.«

Ich höre einige aufgeregte Sätze auf Koreanisch, auf die
Jules mit »Wir können kein Koreanisch« und »Kein *Hanguk*
sprechen!« reagiert, bevor sie leise über die Schulter zischt:
»Wie geht das verdammte Fenster zu?«

»Von außen.«

»Ernsthaft?«

»Ja.«

Sie flucht, und ich möchte mich in der Ecke, in der ich
stehe, zu einer kleinen Kugel zusammenrollen. Als es an der
Tür des Trucks klopft, weiß ich, dass es Yujun ist.

Ich rühre mich nicht von der Stelle.

»Hara, Yujun ist auf dem Weg nach ...«

Jules bleibt ihre Warnung in der Kehle stecken, als die Tür
aufgezogen wird und ein sehr verwirrt dreinblickender Yujun
in einer dunklen Hose und einem strahlend weißen Hemd
hereinsieht. Das Ende seiner grünen Krawatte hat er in sein
Hemd gesteckt, und seine Ärmel sind hochgekrempelt, sodass seine fein geäderten Unterarme zu sehen sind. Auf dem
Kopf trägt er eine schwarze Baseballkappe, um seine Augen
von der Sonne abzuschirmen. Er sieht verboten gut aus.

Ich sehe aus wie ein altes Geschirrtuch – mit Löchern
und Flecken.

»Als du heute Morgen nicht zu Hause warst, dachte ich,
du wärst früh zur Arbeit gegangen. Und wie ich sehe, arbeitest du wirklich, aber nicht dort, wo ich erwartet habe.«

»Ich geh schnell rüber in den Supermarkt, eine Limo kaufen. Willst du auch eine? Nein? Okay, bis später.« Jules macht sich vom Acker, während Yujun und ich einen Wettkampf im Starren austragen.

»Das ist eine lange Geschichte«, wiederhole ich meine Worte gegenüber Jules.

»Bin ganz Ohr.«

Jemand sagt etwas auf Koreanisch.

»Ich habe Kunden.« Ich versuche, die Tür zu schließen, aber er streckt einen Arm aus und hält sie auf.

»Ich komme heute früh nach Hause.«

»Das klingt wie eine Warnung.«

»Nennen wir es eine Vorankündigung. Und versuch nicht zu flüchten, ich finde dich.« Er streckt die Hand aus und zieht an der roten Seidenkordel um meinen Hals, die mir aus dem T-Shirt-Ausschnitt gerutscht ist. »Ich finde dich«, wiederholt er, dann macht er einen Schritt zurück und lässt die Tür zufallen.

Als ich ihn und seine Kollegen bediene, sind meine Wangen rot, und das nicht von der Hitze der Fritteuse. Kurz darauf kommt Jules wieder, und ich kann mich wieder in den hinteren Teil des Trucks zurückziehen.

»Was hat er gesagt?«, fragt sie zwischen zwei Kunden.

»Dass er heute früh nach Hause kommt und ich nicht weglaufen soll.«

»Weil sonst was? Legt er dich dann übers Knie?« Sie wackelt mit den Augenbrauen. »Ich wusste gar nicht, dass Yujun auf so was steht. Andererseits ... Er macht schon den Eindruck, als hätte er gerne das Sagen.«

Ich bin mir hundertprozentig sicher, dass es kein röteres Rot auf dieser Welt gibt als das, das in diesem Moment meine Wangen färbt.

»Du hast mir noch nicht geantwortet«, zieht Jules mich auf. Zumindest glaube ich, dass sie mich nur aufzieht.

»Die Fritteuse ist so laut, ich kann dich gar nicht verstehen«, behaupte ich und stoße ein brummendes Geräusch aus.

Als sie noch etwas sagt, werde ich lauter. Sie beginnt zu lachen, und ich meine, sie »bok-bok-bok« machen zu hören.

»Du hast ja heute richtig gute Laune. Sind du und Bomi wieder zusammen?«

Jules' Kichern findet ein abruptes Ende. »Woher weißt du das?« Sie klingt verärgert. »Hat Bomi es dir erzählt?«

»Nein, aber eine kichernde Jules bedeutet entweder, dass du high bist – was hier illegal ist – oder verliebt bist.«

»Was hier auch illegal ist.«

»Aber es ist dir egal.«

»Nein. Nicht wirklich. Bomi meint, dass wir uns nicht offiziell outen können, es aber keinen Grund gibt, warum wir nicht viel Zeit miteinander verbringen sollten. Man sieht hier ständig Mädchen und sogar Frauen Händchen halten, das ist ganz normal. Wir können nicht heiraten, aber mit der Zeit kann sich noch einiges ändern. Und selbst wenn nicht, können wir trotzdem zusammen sein.« Sie grinst. »Wir werden wie diese versteinerten menschlichen Überreste sein, die ineinander verschlungen sind, was die Historiker so interpretieren werden, dass wir die besten Freundinnen waren.«

»Ich freue mich für dich.« Jules und Bomi haben keine Angst vor den Kobolden. Sei ein Drache, Hara.

KAPITEL ZWANZIG

YUJUN: Ich muss lange arbeiten. Niemand ist hier. Ich
habe Angst. Bitte komm vorbei und halt meine Hand.

Die Nachricht hat mir Yujun vor einer halben Stunde geschickt. Trotz seiner Drohung, heute früh nach Hause zu
kommen, ist er noch immer im Büro – aber weggelaufen
bin ich dennoch nicht. Ich möchte ihn sehen. Außer dass
ich nicht zur Arbeit bei der IF Group erschienen bin, habe
ich nichts falsch gemacht. Am Nachmittag habe ich ihn
in einer Nachricht aufgeklärt, dass Yang Ilhwa krank ist
und ich deshalb für sie eingesprungen bin. Er war etwas
verwirrt, woher ich die Frau so gut kenne, dass sie mich
um Hilfe bittet, aber schlussendlich hat er sich mit meiner
Erklärung abgefunden.

Ich mache mich in Rekordzeit fertig, streife die erstbeste
Bluse und Hose über, die ich finden kann, und werde bei-
nahe überfahren, als ich die Straße entlangrenne, um ein
Taxi zu ergattern.

»IF Group«, sage ich außer Atem, als ich endlich in einem
drinsitze. »Yongsan-gu, *gamshamnida*.«

Der Fahrer tritt aufs Gas, und ich lasse mich gegen die
Rückenlehne sinken, um Yujun eine Antwort zu texten.

ICH: Im Taxi. Auf dem Weg.

YUJUN: Hervorragend.

Die Lobby der IF Group ist bis auf zwei Sicherheitskräfte, die hinter dem Empfang sitzen, menschenleer. Ich wedele mit meinem Ausweis in ihre Richtung und ziehe ihn dann über den Sensor.

Als die Fahrstuhltüren im vierzehnten Stock aufgleiten, wartet er auf mich, verlockend zerknittert mit offenem Hemdkragen und ohne Krawatte.

»Ich dachte, du hättest Angst«, necke ich ihn, leicht atemlos bei seinem Anblick.

Wann haben wir uns das letzte Mal geliebt? Neulich Abend haben wir uns einen Gutenachtkuss gegeben und sind anschließend betrunken ins Bett gefallen. Das war vor einer Woche in seiner Wohnung. Vielleicht ist es auch schon länger her. Zeit ist ein Konstrukt, und im Moment fühlt es sich an, als wäre es eine Ewigkeit her, seit ich gespürt habe, wie mich sein Gewicht in die Laken drückt.

»Hab' ich auch. Deshalb warte ich hier, wo es hell ist.« Er deutet nach oben zu den LEDs an der Decke.

Ich gucke nicht hin, dafür bin ich viel zu beschäftigt damit, ihn anzustarren, seinen durchtrainierten Körper, der sich unter dem weißen Hemd und der schmal geschnittenen Hose abzeichnet. Er hat die perfekte Figur für einen Mann, nichts als breite Schultern und schmale Hüften.

Er lässt seinen Arm sinken. »Hara?« Er klingt heiser.

Als mein Blick zu ihm hochzuckt, sehe ich, wie sich seine dunkelbraunen Augen schwarz färben. Hitze breitet sich entlang meiner Wirbelsäule aus. Ich weiß nicht, ob ich mich an ihn drücke oder er mich an sich zieht, aber innerhalb eines Herzschlags schmiege ich mich an seine Brust. Seine Erektion drückt gegen meinen Bauch; sein Mund trifft auf meinen.

»Waschraum. Kleiderschrank. Schreibtisch«, keuche ich an seinen Lippen.

Als er lacht, macht mich das Geräusch unfassbar glücklich. Er drängt mich den Flur hinunter und hält nur inne, um seinen Ausweis gegen die elektronische Sicherheitsschranke an der Wand zu halten.

Wir stolpern in die Toilettenräume und reißen uns gegenseitig die Klamotten herunter. Ich höre einen Knopf auf die Fliesen fallen, ohne eine Ahnung zu haben, ob er von seinem Hemd oder meiner Hose abgesprungen ist, und es könnte mir außerdem nicht egaler sein. Meine Hände liegen auf seiner Brust und gleiten über seine Schultern. Seine Handflächen umfassen meinen Hintern und heben mich auf das Waschbecken. Der kalte Stahl sollte mir einen Schauer über den Rücken jagen, aber ich spüre nur, wie Yujun meinen Rücken streichelt und sich seine Lippen meinen Hals hinunter küssen. Da ist nur die Hitze seines Mundes, die Art, wie seine Finger an meiner Bluse zerren, das Kratzen seines Bartschattens auf meiner empfindlichen Haut.

Ich fahre mit den Fingern über seine nackte Brust, streiche über die harten Muskeln, erreiche seinen Nacken und ziehe ihn für einen tieferen, längeren, sexy Kuss zurück an meine Lippen. Unsere Zungen sind beschäftigt und unsere Hände noch beschäftigter. Hemden fallen zu Boden, Hosen werden geöffnet, Unterwäsche wird weggeschoben oder –

223

in meinem Fall – an der Seite zerrissen. Diesen Slip mochte ich sowieso nicht.

Er wandert tiefer, zieht eine warme Spur an meinem Hals entlang, hält inne, um meinen Brüsten Aufmerksamkeit zu schenken, und lässt mich dann atemlos zurück, als er meine Schenkel auseinanderdrückt.

Ich schließe die Augen und lehne mich gegen den Spiegel. Blut pocht in meinen Ohren und an anderen sensiblen Stellen. Meine Zehen krümmen sich, und mein Körper zittert, als die Empfindungen in Wellen durch meinen Körper jagen. Er hebt den Kopf, richtet sich zu seiner vollen Größe auf und drängt in mich hinein. Jeder Nerv ist elektrisiert. Ich brenne, befinde mich am Rande einer Explosion. Ich greife nach ihm, drücke ihn an mich, als würde ich ihn verlieren, wenn ich ihn nicht fest genug halte. Ich bin gierig wie der ältere Bruder, aber ich werde die Kobolde nicht gewinnen lassen.

Mit einem tiefen Stöhnen und einem Stoß verbraucht er sein letztes bisschen Energie und lässt seinen schweren Körper in meinen sinken. Ich schlinge meine Arme um ihn und fahre mit den Händen über seine schweißnassen Schulterblätter, über die Erhebungen seiner Wirbelsäule. Ich bin nicht mit Yujun zusammen, weil er der erste Mann ist, der mir Aufmerksamkeit schenkt, der erste, der mir gesagt hat, dass er mich liebt. Ich bin mit ihm zusammen, weil mit ihm alles heller und strahlender erscheint, weil das Essen besser schmeckt, wenn er mit mir am Tisch sitzt, weil mein Lachen am echtesten ist, wenn er einen Witz erzählt. Mit ihm zusammen zu sein, macht mich glücklich.

Er drückt mir einen zärtlichen Kuss seitlich auf den Hals,

bevor er sich aufrichtet. »Geht es dir gut?« Er streicht mir eine Haarsträhne aus dem Gesicht. Ich bin total zerzaust, aber es ist mir egal.

»Ja. Hervorragend.«

Ein selbstgefälliges Grinsen breitet sich auf seinem Gesicht aus, aber ich bin deswegen nicht verärgert. Er hat mir gerade einen spektakulären Orgasmus beschert, also hat er Anspruch auf dieses Grinsen.

Ich rutsche vom Waschbeckenrand und fange an, meine Klamotten zusammenzusuchen. Yujun hebt meine Hose und meine Bluse hoch und hilft mir beim Anziehen. Es ist eine seltsame, aber seltsam aufregende Erfahrung, als er mir die Bluse zuknöpft, und ich erwidere den Gefallen. Es fühlt sich wie etwas an, das eine Ehefrau tun würde.

»Da fehlt einer.« Ich deute auf die leere Stelle an der Knopfleiste seines Hemdes, wo nur noch der Rest eines dünnen Fadens zu sehen ist.

Er umschließt meinen Finger mit seinen und haucht einen Kuss auf die Spitze. »Ich hab noch mehr zu Hause.«

»Hemden oder Knöpfe?«

»Hemden mit Knöpfen.«

Er nimmt meine Hand in seine und führt mich hinunter in sein Büro. Es ist viel kleiner als das von Wansu, obwohl er im Management ist, und ähnelt eher dem von *Bujang-nim*, mit einem breiten Schreibtisch und einem kleineren, der über Eck dazu aufgestellt ist. Auf den Tischen herrscht ziemliches Chaos. Ungeordnete Papierstapel, ein Becher mit eingetrocknetem Kaffeerand. Ein kleiner Schubs, und er würde runterfallen. Yujun nimmt ihn und wirft ihn in den Müll.

»Ich habe ein System«, sagt er, wobei ein Hauch Rosa auf seinen Wangenknochen liegt, als ob es ihm ein wenig peinlich wäre, dass sein Arbeitsplatz nicht perfekt aufgeräumt ist. Dabei gefällt es mir. Es macht ihn menschlicher.

»Klar«, ziehe ich ihn auf.

Er legt den Kopf schief. »Irgendwas an deinem Ton sagt mir, dass du mir nicht glaubst.«

Yujuns beinahe akzentloses Englisch lässt mich immer wieder vergessen, dass er kein englischer Muttersprachler ist, und ich wünsche mir, besser Koreanisch zu sprechen, damit wir uns auch dann richtig verstehen, wenn wir uns necken.

»Das war ironisch gemeint. Ich habe dir zu verstehen gegeben, dass ich dir nicht wirklich glaube, aber auf eine scherzhafte Weise.« Mein Blick fällt auf ein Foto von zwei entzückenden Kindern, die nebeneinander auf Schaukeln sitzen. Sie halten sich an den Händen, und ihre Wangen sehen aus wie Pfirsiche. Ich zeige darauf. »Wer sind die beiden?«

»Mein Neffe und meine Nichte«, sagt er stolz.

Meine Augen werden groß. »Du hast Geschwister?«

»*Ani. Ani.* Nein, das sind die Kinder von meinem Cousin. Seine Mutter ist die Schwester meines Vaters.«

»Ah, okay.« Augenblicklich beruhigt sich mein Herzschlag.

»Ich bin Einzelkind, so wie du. Ich stelle sie dir vor. Wir könnten zu PIM gehen, das ist ein Kindercafé am Han. Und dann machen wir ein *insaeng shot.*«

»Lebensfotos?«

Er strahlt mich an. »Du hast mehr Wörter gelernt. Ich

bin stolz auf dich. *Insaeng* bedeutet ›Leben‹, aber in diesem Fall bedeuten die beiden Wörter zusammen ›Foto deines Lebens‹ oder ›die beste Aufnahme meines Lebens‹. Es gibt ein Bällebad, von dem aus man den Han überblickt, aber die Bälle sind alle durchscheinend, sodass sie eher wie Blasen aussehen. Es ist sehr Instagram-würdig.«

»Darf ich da rein?«

»Mit Kindern schon. Ich leihe mir ständig die Kinder von Choi Juwon aus, um mit ihnen Dinge zu unternehmen, die ich gerne mache, für die ich aber zu alt bin, wie zum Beispiel Karussellfahren im Everland oder Lasertag im Lotte.«

»Dann haben wir ein Date.« Wir lächeln uns glückselig an, bis mein Magen knurrt.

»Du hast noch nichts gegessen?« Er sieht auf die Uhr. »Es ist schon so spät. Wir sollten was essen. Soll ich etwas bestellen? Oder möchtest du ausgehen?«

»Lass uns was bestellen. Ich bin zu müde, um in einem Restaurant zu sitzen.« Ich unterdrücke ein Gähnen und muss grinsen. »Normalerweise bin ich körperlich nicht so aktiv.«

Yujun hüstelt gegen seine Schulter; das selbstgefällige Grinsen ist zurück. »Worauf hast du Lust?«

»Irgendetwas. Ich will nicht denken. Überrasch mich.«

Ich setze mich auf seinen Stuhl; er lässt sich vor mir auf die Schreibtischkante sinken und nimmt meine Füße in den Schoß. Während er auf seinem Telefon herumtippt, schließe ich die Augen.

»Erzähl mir von dem Food Truck. Bitte«, sagt er.

Ich antworte, ohne die Augen zu öffnen. »Sangki hat mich ein oder zwei Wochen nach deiner Abreise mal dorthin mitgenommen. Das Essen ist nicht gerade das beste. Die frittierten Schweinefleischbällchen sind ein Highlight, aber die *yachae twigim* sind öfter mal matschig und noch zu roh. In den Maisbechern ist zu viel Soße, und manchmal ist der Mais auch zu trocken. Ich finde, dass sie im Sommer ein kaltes Dessert anbieten sollte.«

»Und *hotteok* im Winter. Im Winter kann es nie genug *hotteok*-Verkäufer geben.«

»Ich werd's ihr ausrichten. Jedenfalls erinnert mich das Essen an Iowa. Mais, Käse, Schweinefleisch. Ich gehe recht regelmäßig hin, manchmal zwei- oder dreimal in der Woche. Sie nennt mich immer *son-nim*, und ich sage *Imo-nim* zu ihr. Und irgendwann hat sie mal im Scherz gesagt, sie würde mir das Kochen beibringen.«

»Und dann hast du gestern spontan beschlossen, dass es so weit ist?«

»Nein. Als ich gestern zum Mittagessen dort war, habe ich gemerkt, dass sie sich nicht gut fühlt. Ich habe ihr geholfen und ihr anschließend meine Nummer aufgeschrieben. Dann hat sie mich heute frühmorgens angerufen«, ich muss schon wieder gähnen, »und hat mich um Hilfe gebeten. Als ich bei ihr ankam, war sie halb bewusstlos, so krank ist sie. Einen Großteil des Essens hatte sie schon vorbereitet, und damit nicht alles im Müll landet, habe ich ihren Truck beladen und ihn nach Yongsan gefahren. Jules ist gekommen und hat mir geholfen. Den Rest der Geschichte kennst du.«

»Du bist wirklich etwas Besonderes, Hara.« Die Bewunderung in seiner Stimme erfüllt mich mit Wärme.

»Ich bin müde.«

»Hast du den Truck zurückgefahren?«

»Ja. Sie hat unten an der Tür auf mich gewartet und gesagt, sie sei beim Arzt gewesen und habe eine Infusion bekommen und dass es ihr morgen besser gehen sollte, aber«, ich gähne noch einmal, »wer weiß.«

»Es ist spät. Lass uns zu mir fahren.«

»Wansu wird nicht begeistert sein.« Aber ich protestiere nicht, als er mich auf die Füße zieht.

Er drückt mich eng an sich und führt mich zu den Aufzügen. Auf dem Weg in die Tiefgarage begegnen wir niemandem, und er hält mich den ganzen Weg über fest an seine Seite gedrückt. Meine Augen sind schwer, aber mein Herz ist leicht und meine Seele ist voll. Diese Nacht ist perfekt. Mein Job mag schrecklich sein, meine familiäre Situation ist chaotisch, aber zumindest habe ich Yujun, und ich würde ihn gegen kein perfektes Leben dieser Welt eintauschen. Wenn Wansu auch noch ihren Frieden mit uns schließen würde, wäre vielleicht alles in Ordnung.

»Was sollen wir machen, Yujun?«

»Geduldig sein. Es wird alles gut werden.« Er ist sich sicher und kennt Wansu am besten, also werde ich ihm vertrauen.

KAPITEL EINUNDZWANZIG

Der Wachmann vor dem Fahrstuhl sieht zweimal hin, als ich neben ihm stehen bleibe. »Choi Hara-nim?«

»Ja?«

Er zeigt den Ansatz eines Grinsens. »*Aniyaeyo.*« Dann sieht er wieder auf den Tisch vor sich hinunter.

Schon gut? Und das mit dem Gesichtsausdruck dazu? Seltsam. Ich arbeite seit inzwischen fast acht Wochen hier, inzwischen sollte er mich sowohl erkennen als auch wissen, wie ich heiße.

Ich sehe an mir herunter, kann jedoch nichts Auffälliges entdecken, das ihn dazu veranlassen könnte, mich zu überprüfen. Mein Outfit aus marineblauer Hose, gelb-weiß gestreifter Bluse und marineblauem Mantel ist unauffällig, es sei denn, Gelb ist eine anstößige Farbe, was ich mir nicht vorstellen kann. Und fleckenfrei bin ich auch, da ich heute Morgen nur einen Bagel mit Butter gegessen habe, den Yujun mir in der Bäckerei neben dem Apartmentkomplex, in dem sich seine Wohnung befindet, gekauft hat. Ich beschließe, mir keine weiteren Gedanken darüber zu machen, und rede mir ein, dass ich mir die kurze Episode gerade nur eingebildet habe.

Als ich mich an meinem Schreibtisch einlogge, stelle ich

fest, dass sich gleich mehrere ungelesene E-Mails mit neuen Arbeitsaufträgen in meinem Posteingang befinden. Vor Begeisterung darüber klatsche ich beinahe in die Hände. Mit der Zeit wird eben doch alles besser. Keines der Projekte hat etwas mit dem L.A.-Geschäft zu tun, aber es ist Arbeit. Wahrscheinlich haben sie jemand anderen an L.A. gesetzt. Wie Bomi gesagt hat, ich muss einfach weitermachen, anstatt mir Sorgen um die Miene des Wachmanns im Erdgeschoss zu machen. Schließlich bin ich auf dem besten Weg, ein vollwertiges Mitglied dieses Teams zu werden.

Nicht einmal fünfzehn Minuten später materialisiert sich *Bujang-nim* neben meinem Schreibtisch, sein in dunkle Wolle gehüllter Oberschenkel befindet sich direkt in meinem Blickfeld. Ich muss den Kopf in den Nacken legen, um seinem besorgten Blick zu begegnen.

»Ihre Mu... Choi Hywejang-nim möchte Sie sehen.« Seine Stimme, die an guten Tagen nie leise ist, klingt heute besonders laut. Ich wünschte, er hätte mir eine E-Mail geschickt.

Als ich aufstehe, kann ich spüren, wie mir die Blicke sämtlicher Kollegen folgen. Es fühlt sich ein bisschen an, wie in der Schule zum Direktor gerufen zu werden. Ich nehme mein Jackett von der Rückenlehne meines Stuhls und kämpfe auf dem Weg zum Aufzug unbeholfen mit den Ärmeln. Vor Wansus Büro steht Yujun mit einer Hand auf dem Schreibtisch der Empfangsdame, in der anderen hält er sein Handy.

»Hara?« Er wirkt überrascht.

Ich lasse die Schultern hängen. Wenn Yujun zur gleichen Zeit herbestellt worden ist wie ich, steht uns ein Vortrag bevor.

»Weißt du, worum es geht?«

Er schüttelt den Kopf, aber wir wissen beide, dass es nichts Gutes ist. Mir war klar gewesen, dass sie nicht glücklich darüber sein würde, dass ich letzte Nacht nicht nach Hause gekommen bin. Wansu hat gehofft, dass wir das Interesse aneinander verlieren würden, aber das ist nicht passiert, also muss sie den Druck erhöhen.

Ich beiße die Zähne zusammen und erinnere mich daran, dass ich eine Eidechse mit Schuppen oder möglicherweise eine Schildkröte mit zäher Haut bin. Was auch immer sie uns zu sagen hat, solange Yujun und ich zusammenhalten, werden wir das durchstehen. Was soll sie schon groß machen? Uns beide verstoßen?

»Sie können reingehen«, weist uns Wansus Assistentin an.

Wansu steht in der Mitte ihres Büros. Hinter mir schließt die Assistentin leise die Tür.

Wortlos deutet Wansu auf die Wand, worauf ein Licht angeht und ein durchscheinendes Display vor einem der Bücherregale zum Leben erwacht. Die Deckenbeleuchtung wird gedimmt, und auf dem Display erscheint ein körniges Bild. Zwei Leute vor einer Reihe von Aufzügen und ...

O nein, verdammt.

Kein Wunder, dass Wansu schweigt. Das Video spricht für sich. Sogar Yujun ist sprachlos, als wir uns selbst dabei zusehen, wie wir auf die Glastüren des Büros zustolpern. Es gibt einen Schnitt, dann sind wir wieder zu sehen, diesmal im Flur, direkt vor den Toilettenräumen. Ich zerre an Yujuns Klamotten, während er hinter sich an der Türklinke herumfummelt, weil ich ihn nicht eine Sekunde lang loslasse.

Der Zeitstempel springt dreißig Minuten weiter, und wir kommen mit zerzausten Haaren und unordentlich sitzender Kleidung aus dem Waschraum. Selbst aus der Entfernung und trotz der geringen Auflösung sind unsere zufriedenen Gesichtsausdrücke deutlich zu erkennen. Yujun drückt mich gegen die Wand und küsst mich stürmisch, seine Hand verschwindet unter meinem Shirt.

Wansu schaudert.

Die Szene reißt Yujun aus seiner Lähmung. Mit wenigen Schritten ist er bei seiner Mutter, nimmt ihr die Fernbedienung, von der ich nicht einmal wusste, dass sie sie festhält, aus der Hand und schaltet das Video aus.

Ich bin taub vor Scham. Mir war nicht klar, dass man so einen Zustand tatsächlich erreichen kann, da ich bisher nur verlegene Hitzewallungen kennengelernt habe; aber anscheinend gibt es einen Punkt, ab dem eine Situation so demütigend ist, dass als Abwehrmechanismus sämtliche Körperfunktionen runtergefahren werden. Alle Geräusche sind gedämpft, als würde Watte in meinen Ohren stecken. Meine Sicht ist verschwommen. Meine Glieder fühlen sich an, als wären sie aus Stein. Mein Kopf ist leer. So sehr schäme ich mich in diesem Moment.

»Wie könnt ihr es wagen.« Ihre Stimme ist leise, aber sie vibriert buchstäblich vor Wut oder Verzweiflung oder beidem. »Wie könnt ihr es wagen, an diesen Arbeitsplatz zu kommen, um so etwas zu tun, um öffentlich gegen sämtliche Prinzipien zu verstoßen? Das ist nicht richtig.« Wansu meint es ernst. »Die Vorstellung von euch beiden zusammen«, sie erschaudert wieder, »ist *bulmyeong-ye*.«

Ich bin mir nicht sicher, was das Wort bedeutet, aber

ich kann es mir ungefähr denken, weil es klingt, als würde sie sich übergeben. »Ihr könnt das nicht machen.« Sie sagt das nicht, weil es einen Skandal auslösen könnte, sondern weil der Gedanke an uns beide zusammen sie aus tiefstem Herzen abstößt.

»Wir sind nicht zusammen aufgewachsen, *Eomma*«, beschwört Yujun sie. Offensichtlich fühlt er sich im Gegensatz zu mir nicht vor Verlegenheit wie gelähmt. »Es ist nicht dasselbe; sie heißt nicht mal Choi.«

»Aber irgendwann wird sie so heißen.«

»Hast du mit Hara darüber gesprochen? Vielleicht möchte sie eine Wilson bleiben.«

Wansu hört nicht zu, stattdessen fährt sie mit dem Arm durch die Luft Richtung Boden, als wollte sie ihn so zum Schweigen bringen. »Dieser Vorfall wird nicht wieder zur Sprache kommen. Das Videomaterial wurde gelöscht, und das Sicherheitspersonal ist gewarnt geworden, dass wir Strafanzeige gegen jeden erstatten werden, der etwas durchsickern lässt, also wird niemand handeln. Aber dennoch: Wie konntet ihr nur?« In ihrer Stimme liegt aufrichtiger Ekel, so habe ich sie noch nie reden gehört. »Was ihr beide tut, ist nicht richtig. Ihr seid meine Kinder. Es ist falsch, unmoralisch. Ihr dürft euch nie wieder berühren.«

Deshalb also der komische Blick des Wachmanns. Selbst wenn sie sich ihr Schweigen erkauft hat, unter den Mitarbeitern sind die Gerüchte längst im Umlauf. Es wird nicht lange dauern, bis sie im siebten Stock ankommen, wo Soyou und Chaeyoung sie hören. Ich möchte im Boden versinken. Ich kann Yujun nicht einmal ansehen.

»*Eomma*«, versucht Yujun es noch einmal.

»Wansu«, sage ich gleichzeitig.

Sie schüttelt scharf den Kopf. »Ich will nichts hören. Eure Ausreden und Erklärungen spielen keine Rolle. Es spielt keine Rolle, was passiert ist, bevor ihr wusstet, dass ihr Geschwister seid. Was eine Rolle spielt, ist die Gegenwart. Ihr werdet euch nicht sehen. Habt ihr verstanden?« Sie schreit nicht, aber genauso gut könnte sie es tun. Sie zeigt mit dem Finger auf ihren Sohn. »Du wirst eine weitere Geschäftsreise unternehmen, diesmal nach Los Angeles und sehr viel länger als vier Wochen. Und du.« Sie dreht sich zu mir um. »Du wirst nach Hause gehen. Dein Tag hier ist für heute beendet. Ich kümmere mich um das Chaos, das ihr hinterlassen habt.«

Das war's. Wir sind entlassen. Sie dreht sich um und durchwühlt die Unterlagen auf ihrem Schreibtisch.

Yujun öffnet den Mund, um zu widersprechen, aber mir fehlt der Mut dazu. Ich greife nach seinem Ellbogen, und als er mich ansieht, schüttele ich den Kopf. *Sag jetzt bitte nichts mehr.*

Er gibt nach und folgt mir hinaus. Die Manieren der Assistentin reichen so weit, dass sie nicht einmal von ihrem Computer aufschaut, als wir an ihrem Schreibtisch vorbeigehen, dabei kommt sie wahrscheinlich vor Neugier halb um. Vielleicht ist sie aber auch gar nicht neugierig – weil sie sich gerade das Video ansieht. Am liebsten würde ich mich auf den Boden werfen, um möglichst unauffällig aus dem Gebäude und bis nach Hause zu robben.

All die warmen Gefühle der letzten Nacht sind ausgelöscht, und was eine lustige, sexy Erinnerung war, hat einen bitteren Nachgeschmack bekommen.

»Es tut mir leid«, sagt Yujun leise, während ich auf den Fahrstuhl warte.

»Es ist nicht deine Schuld. Selbst wenn du gewollt hättest, du hättest mich nicht von dir wegbekommen.«

»Ich hätte dich beschützen müssen. Immerhin weiß ich, dass es hier Kameras gibt.«

»Vergiss es.« Uns Vorwürfe zu machen, ändert nichts an den Tatsachen.

»Geh nach Hause und versuch, diese ganze Sache so gut es geht aus dem Kopf zu bekommen. Ich werde mit *Eomma* sprechen. Wir werden das klären.«

»Sicher.« Ich glaube ihm nicht, und das weiß er. Es ist eine Wiederholung der Episode am Han, nur dass es sich dieses Mal nicht einfach um irgendeine Frau handelt, die ich nie wiedersehen werde. Sondern um die Frau, die mich zur Welt gebracht hat. Sie ist meine Mutter, und ist das nicht das verdammte Problem? Wie soll das jemals funktionieren?

Die Vorstellung, zurück zu meinem Schreibtisch zu gehen, um meine Handtasche und mein Handy zu holen, ist beängstigend, aber irgendwie schaffe ich es. Wansu muss *Bujang-nim* eine Nachricht geschickt haben, denn kaum dass ich unsere Abteilung betrete, springt er auf.

»Choi Hywejang-nim hat mich informiert, dass der Wagen wartet. Ich hoffe, es ist nichts Ernstes?«

»Nein, nichts Ernstes«, bestätige ich.

Meine Kollegen beäugen mich misstrauisch, entweder neidisch, weil ich früher aus der Arbeit rauskomme, oder mit dem Verdacht, dass ich sie alle wegen irgendetwas verpfiffen habe.

Ich unternehme nichts, um die Missverständnisse auszuräumen, denn die Wahrheit ist schlimmer als alles, was sie sich vorstellen können. *Ich werde wie ein Kind nach Hause geschickt, weil ich dabei erwischt worden bin, wie ich den Stief-sohn meiner Mutter auf der Toilette gevögelt habe. Es gibt Video-aufnahmen. Vielleicht bekommt ihr sie sogar zu sehen!*

So leise und unauffällig wie möglich schleiche ich mich hinaus. Unten wartet Park, der Fahrer der Chois, auf mich. Weiß er Bescheid? Ekelt er sich auch vor mir?

Ich verkrieche mich auf dem Rücksitz und drücke mich ans Fenster, damit er mich nicht im Rückspiegel sehen kann.

Als ich zu Hause ankomme, steht Mrs. Ji nicht an der Tür, um mich zu begrüßen, also gehe ich davon aus, dass sie es weiß. Doch als ich den Flur hinunter in Richtung meines Zimmers gehe, kommt sie aus der Küche.

»Brauchen Sie etwas?«, fragt sie.

Eine Zeitmaschine wäre nicht schlecht, aber zu welchem Punkt in der Vergangenheit möchte ich zurückreisen? Zu dem, bevor ich gestern im Flur über Yujun hergefallen bin? Oder zu dem Moment, als ich ihn am Flughafen gesehen habe? Oder zu Pats Beerdigung? Oder zu dem Augenblick, als Wansu Lee Jonghyung kennengelernt hat?

Ich streiche mir mit den Knöcheln über die Stirn, be-fehle mir, damit aufzuhören, mich selbst zu bemitleiden. Meine Gedanken rasen, drehen sich im Kreis, bis ich aus meinem Zimmer stürme, unfähig, auch nur eine Sekunde länger allein zu sein.

Als ich die Tür zum Krankenzimmer aufreiße, schreckt Schwester Park zusammen.

»Ich setze mich eine Weile zu *Sae Appa*«, sage ich. »Wenn er etwas braucht, gebe ich Ihnen Bescheid.«

Sie verbeugt sich kurz und gleitet dann aus dem Raum.

Ich lasse mich auf den Stuhl neben seinem Bett fallen. »Es tut mir leid, dass ich dich störe, aber ich brauche dringend Ablenkung. Ich tue einfach so, als wäre heute Morgen nichts passiert und als sei es ein ganz normaler Arbeitstag gewesen. Was soll ich vorlesen?« Ich nehme das Märchenbuch in die Hand und schlage es ausgerechnet bei der Geschichte mit den zwei Brüdern und den Kobolden im Wald auf. Ich schlucke einen Schrei hinunter und lege das Buch zur Seite. »Lass uns fernsehen.« Ich suche nach der Fernbedienung und finde sie neben *Sae Appas* Bein versteckt. »Yujun hat mir erzählt, dass sich Wansu Fernsehserien mit dir anschaut. Es gibt keine Untertitel, also werde ich nicht alles verstehen, aber wen interessiert das?« Mir entweicht ein leicht hysterisches Lachen. »Verstehst du, was ich sage? Du sprichst ziemlich gut Englisch. Du wärst dagegen, dass Yujun und ich zusammen sind, oder? Kennst du die Geschichte von den zwei Brüdern und den Kobolden? Der ältere Bruder wird gierig und deswegen fast zu Tode geprügelt. Das bin ich. Ich bin der ältere Bruder. Ich will alles. Ellen, Wansu, Yujun ...« Ich halte inne. »Und dich auch. Ich möchte hier in Seoul leben und die Sprache wie eine Einheimische beherrschen. Ich möchte nach Iowa zurückkehren können, ohne das Gefühl zu haben, nicht dazuzugehören. Ich möchte, dass mein Boot des Lebens immer auf ruhigen Gewässern segelt. Wie hält man sich davon ab, mehr zu wollen? Zu viel zu wollen?«

Ich beuge mich vor und fahre mir mit den Fingern durch die Haare. Die Antwort auf all meine Probleme liegt vor mir. Gib Yujun auf, und du kannst alles haben – oder zumindest das meiste davon.

KAPITEL ZWEIUNDZWANZIG

»Nein.« Yujun klatscht das Portfolio in dem blauen Hefter gegen seinen Oberschenkel. »Ich gehe auf keine Blind Dates und Hara auch nicht.«

Die zwei sind vor einer halben Stunde nach Hause gekommen. Yujun mit deutlich angespanntem Kiefer, Wansu mit zusammengepressten Lippen. Sie hat mich gebeten, ins Wohnzimmer zu kommen, und als ich reinkam, lagen vier dieser verfluchten blauen Mappen auf dem Tisch.

»Denkst du nicht, dass Hara das selbst entscheiden sollte?« Wansu legt den Kopf ein wenig schief. »Ich habe mit Ellen darüber gesprochen, sie hält es für eine gute Idee.«

»Du bist mit Haras amerikanischer Mutter in Kontakt?«

Ich verspüre eine gewisse Befriedigung angesichts der Tatsache, dass diese Information bei Yujun eine ähnliche Reaktion hervorruft wie bei mir.

»Sie telefonieren ständig«, füge ich hilfreich hinzu.

Yujun hebt eine Augenbraue. *Im Ernst?*, scheint er stumm zu fragen.

Im Ernst, erwidere ich mit einem Nicken.

»Welche Eltern, die sich Gedanken um ihre Kinder machen, würden das bitte nicht tun?« Wansu hebt beide Hände, als wäre sie vollkommen unschuldig.

»Viele, *Eomma*.«

»Wie ich dir bereits gesagt habe, als ich dir Kim Seonpyungs Profil das erste Mal gezeigt habe: Er ist nicht die einzige Option, sondern eine von vielen, von denen ich denke, dass sie gut zu dir passen.«

»Sie ist nicht interessiert«, betont Yujun.

Wansu ignoriert seinen Einwand. »Es ist verständlich, wenn dich ein Anwalt nicht anspricht. Nach allem, was ich gehört habe, können sie recht schwierige Lebenspartner sein. Vielleicht gefällt dir der hier.« Sie schiebt zwei der blauen Mappen beiseite, um nach einer dritten darunter zu greifen. »Chang ist Co-Produzent bei CBC, einem unserer lokalen Fernsehsender. Da du dich so gut mit Ahn Sangkinim verstehst, könnte ich mir vorstellen, dass jemand aus der Entertainment-Branche vielleicht besser für dich geeignet ist.«

»Das reicht, *Eomma*!«, explodiert Yujun. »Hara braucht das alles nicht.«

»Was du eigentlich meinst, ist, du möchtest es nicht«, fährt sie ihn an. »Du möchtest eure illegale Affäre weiterführen, die zu deiner sozialen Ächtung und der Missbilligung deiner Familie führen wird. Deine Großmutter würde dich nicht länger in ihr Haus lassen. Deine Cousins würden ihre Türen für dich verschließen. Kein Chuseok. Kein Seollal.«

Yujun beißt so fest die Zähne zusammen, dass der Muskel an seinem Kiefer zuckt.

Sei nicht gierig, Hara. Sei nicht gierig. »Was genau bedeutet es, wenn man auf so ein Blind Date geht?«

»Hara!«, ruft Yujun. »Das ist unnötig. Was zwischen dir

240

und mir passiert, geht nur uns beide etwas an. Niemanden sonst.«

»Und wie würdest du sie in unser Familienregister eintragen lassen, wenn das Gesetz sie offiziell als deine Schwester führt? Es geht nicht, Yujun. Es ist am besten, wenn ihr beide es jetzt beendet, bevor ihr euch noch mehr wehtut.« Wansu wendet sich an mich. »Trefft euch einfach auf einen Kaffee. Fühl dich zu nichts verpflichtet. Es ist ein bisschen, als würde man ein neues Kleid oder ein Paar Schuhe anprobieren, um zu sehen, ob sie zu einem passen.«

»Sie passt schon zu jemandem«, wirft Yujun ein.

»Willst du, dass Hara von deinen Freunden akzeptiert wird? Dass sie hier, in ihrer Heimat, nicht gemieden wird? Oder möchtest du, dass man gehässig über sie tratscht, dass sie zum Trendthema in den Internetforen wird, weil sie eine *nappeun gijibae* ist?«

Yujun schäumt vor Wut, aber er hat keine Antwort auf ihre Fragen. Ich möchte weder Gegenstand von gehässigem Klatsch noch eine *nappeun gijibae* sein, auch wenn ich nicht weiß, was das ist, aber ich bin mir sicher, es ist nichts Gutes. Genauso wenig möchte ich von Yujun getrennt werden. Und das alles bedeutet, dass ich gerade keine Lösung weiß, also brauche ich Zeit. Die brauchen wir beide.

»Ich treffe mich mit ihm«, sage ich und nehme die Hefter vom Tisch. »Du kannst alles arrangieren.«

Als ich hinausgehe, richte ich den Blick auf den Boden, um Yujuns verletzten Gesichtsausdruck nicht sehen zu müssen.

KAPITEL DREIUNDZWANZIG

Kaum zurück in meinem Zimmer, piept mein Handy. Ich weiß, dass es eine Nachricht von Yujun ist.

> YUJUN: Ich habe gehört, dass Kim
> Seonpyung Tiere hasst.

Ein Lachen platzt aus mir heraus, ein wenig laut, an der Grenze zur Hysterie, aber immerhin ein Lachen.

> ICH: Das steht nicht im Portfolio.

> YUJUN: Du kannst auf keinen Fall ein Blind
> Date mit jemandem haben, der Tiere hasst.

> ICH: Ich versuche nur, deine Mutter zu beruhigen.

> YUJUN: Sie ist auch deine Mutter.

> ICH: Was das Problem ist.

> YUJUN: Exakt.

Die drei Pünktchen erscheinen, verschwinden und erscheinen erneut. Und verschwinden. Er weiß nicht, was er zu alldem sagen soll. Genauso wenig wie ich es weiß.

> YUJUN: Sie wirft mich raus. Sie hat mir mehrere Tupperdosen mit *banchan* in die Hand gedrückt und mir befohlen, sie mit in meine Wohnung zu nehmen. Ich gebe mich für den Moment geschlagen. Wir können morgen bei der Arbeit reden. Geh nicht auf dieses Date. Ich liebe dich.

Ich reibe die rote Seidenkordel zwischen den Fingern, bevor ich antworte. Ich liebe dich auch.

Nach kurzem Überlegen ziehe ich die blauen Hefter hervor. Der Erste ist der Tierhasser. Der Zweite – ironischerweise – ein Hundetrainer, und Bomi hat von Hand dazugeschrieben *Nett! Geduldig!*

Ich schiebe die Portfolios beiseite und stelle mich der ungeschminkten Wahrheit. Ich war schon immer eine People Pleaserin. Ellen hat recht. Weil man mich als Baby abgegeben hat, habe ich zwei Bewältigungsstrategien: Ich vermeide oder kapituliere. Entweder ich weise Menschen ab, bevor sie mich abweisen können, oder ich tue alles dafür, dass sie mich mögen. Da Letzteres sowohl traurig als auch beschämend ist, habe ich mich meistens für Strategie Nummer eins entschieden.

Hier, umgeben von Yujun und Freunden, habe ich, nachdem ich meine leibliche Mutter in diesem wunderschönen modernen Palast gefunden habe, meine Deckung langsam aufgegeben, um andere Menschen an mich heranzulassen.

Ich möchte unbedingt von meinen Kolleginnen gemocht werden, weil sie mein ideales Ich darstellen – intelligent, elegant, koreanisch. Wenn ich von diesen beiden Frauen akzeptiert werde, dann gehöre ich hierher. Bis dahin werde ich in diesem Land, in dem ich geboren wurde, die ewige Außenseiterin sein. Äußerlich sehe ich aus wie sie, aber in mir drin steckt etwas wahnsinnig Amerikanisches, und dieser Teil von mir hat nach außen geleuchtet wie eine Reklametafel am Times Square. Sehen Sie her, in blinkenden Buchstaben, eine *gyopo* – eine Koreanerin aus Übersee, die sich nicht die Mühe gemacht hat, die Sprache zu lernen, und trotzdem so tut, als würde sie dazugehören.

Aber ich gehöre nicht dazu. Ich werde immer das Mädchen sein, das in Iowa aufgewachsen ist. Und trotzdem werde ich in Iowa immer diejenige sein, die nicht wie alle anderen aussieht. Zumindest kann ich hier, solange ich den Mund halte, *eine von ihnen* sein.

Was für eine Misere.

Ich brauche niemandes Anerkennung. Weder die meiner Kolleginnen noch Wansus. Wochenlang bin ich rumgerannt und habe lautstark verkündet, zwei Mütter zu haben, dabei habe ich nur eine, und das ist Ellen. Sie hat mich nicht auf die Welt gebracht, aber sie hat mich großgezogen. Sie saß neben meinem Bett, wenn ich Albträume hatte, hat Lieder gesungen, um die Monster zu vertreiben, Mitleid mit mir gehabt, wenn ich etwas nicht geschafft habe, und mich danach wieder aufgebaut. Wir haben gelacht und uns gestritten; und ich kann mir sicher sein, dass sie mich, selbst wenn wir uns sechs Monate lang nicht sehen oder nichts voneinander hören, in die Arme schließen würde, um mir schmatzende Küsse auf die Stirn zu drücken, während sie schluchzt, wie sehr sie mich vermisst hat.

Entschlossen reiße ich die Tür zu meinem begehbaren Kleiderschrank auf und suche nach meinem alten Koffer. Als ich ihn gefunden habe, lege ich ihn aufgeklappt auf den Tisch in der Mitte des Ankleidezimmers und werfe meine alte Jeans, das gepunktete Kleid, das ich von Iowa mit hergebracht habe, und meine Strickjacke hinein. Alles andere lasse ich hier. Wansu kann allein in diesem Marmorgrab von Haus leben. Ich werde mit Yujun zusammen sein. Ich werde ... Ein Schluchzen steigt in meiner Kehle auf.

Manchmal spricht Wansu auch über ihren Job und ihr Liebesleben ... Sie ist einsam.

Ich umklammere den Rand meines Koffers und sinke auf die Knie. Die Metallkante schneidet mir in die Hand. Wansu ist auch meine Mutter. Sie hat mich neun Monate lang in sich getragen. Sie hat versucht, für mich zu sorgen, aber sie konnte mich nicht behalten. Ihre Familie hat sie nicht unterstützt. Es gab keine staatliche Unterstützung, mit deren Hilfe sie mich hätte ernähren können. Also hat sie das größte Opfer erbracht. Sie hat mich weggegeben, damit ich ein besseres Leben führen kann, und jetzt will ich ihr alles wegnehmen.

Was würde Bomi an den Rand meines Dating-Profils schreiben? *Anspruchsvoll! Verwirrt! Irrational!*

Egoistisch.

Ich werde nicht der ältere Bruder sein, der kommt, um zu zerstören. Es muss einen anderen Weg geben. Einen Weg, wie es funktionieren kann. Yujun glaubt an seine Existenz.

Wir können ihn gerade nur noch nicht ganz deutlich sehen, aber wenn wir der Sache etwas Zeit geben ...

Ich stehe auf und gehe ins Badezimmer, um mir kaltes Wasser ins Gesicht zu spritzen. Was wir brauchen, ist Zeit, beschließe ich. Zeit für Wansu, sich an die Vorstellung von Yujun und mir als Paar zu gewöhnen. Wir werden Chuseok und die *jesa*-Zeremonie durchstehen und alles andere, von dem sie gesagt hat, dass Yujun nicht dazu eingeladen würde, und irgendwann wird sie erkennen, dass sie sich umsonst Sorgen gemacht hat.

Als es Zeit fürs Abendessen ist, setze ich mich vollkommen gefasst zu ihr an den Tisch. Falls sie überrascht ist, dass ich überhaupt aufgetaucht bin, zeigt sie es nicht. Es gibt selbst gemachte Spinat-Ravioli mit einem gemischten grünen Salat, Kirschtomaten, Gurken und Feta-Käse. Rotwein ist das Getränk der Wahl. Ich trinke zwei Gläser.

Wansu spricht über das Wetter – die kühleren Temperaturen sind angenehm; über die Feinstaubbelastung – ich soll immer eine Maske bei mir tragen für den Fall, dass sich die Luftqualität verschlechtert, wie es in den späten Herbstmonaten häufig der Fall ist; und sogar über die Fernsehserie, die sie sich zurzeit ansieht – schockierend.

So lange am Stück hat sie noch nie mit mir geredet. Zum Ende des Essens, nachdem ich meinen Teller geleert habe, ohne etwas zu schmecken, informiere ich sie, dass ich morgen nicht zum Abendessen zu Hause sein werde.

Sie kneift die Lippen zusammen, aber sie fragt nicht nach dem Grund. Vielleicht weil sie die Antwort nicht hören will. Und ich weiß, dass sie ihr nicht gefallen würde.

KAPITEL VIERUNDZWANZIG

In der Nähe von Yujuns Wohnung gibt es eine kleine Sushi-Bar. Laut des Naver-Profils verfügt sie lediglich über zehn Sitzplätze. Ich reserviere einen Tisch und schicke Yujun eine Nachricht, dass er sich nach der Arbeit dort mit mir treffen soll.

Ich nehme mir ein Beispiel an Bomi und bin eine Viertelstunde zu früh dort. Doch während ich auf ihn warte, befallen mich Zweifel. Was ist, wenn ich zu impulsiv agiere? Was, wenn wir uns am Ende streiten? Es gibt Orte, die weniger öffentlich sind als ein Restaurant. Vielleicht sollten wir stattdessen besser zum Fluss gehen, wo wir uns das erste Mal geküsst haben. Wo ich zum ersten Mal in seinen Armen geweint habe. Wo wir uns zum ersten Mal getrennt haben.

Ich starre auf mein Handy.

Und dann kommt er durch die Tür.

Ich erinnere mich an das erste Mal, als ich ihn am Flughafen Incheon gesehen habe. Er stand neben dem kleinen Stand, an dem ich mir eine SIM-Karte besorgt habe. Mit einer Hand an seinem Handy und der anderen in der Hosentasche sah er eher aus wie ein Model für irgendeine teure Designermarke als wie jemand, der gerade von einer langen Reise zurückgekehrt war. Ich musste mich beherrschen, bei seinem Anblick nicht anzufangen zu sabbern. Und genauso sprachlos macht mich seine männliche Schönheit heute Abend.

Es sitzen nur zwei weitere Gäste in dem kleinen Restaurant – ein Paar. Sie drehen sich beide um und starren ihn länger an, als höflich wäre. *So* attraktiv ist er. Aber Yujun hat für niemanden Augen außer für mich – und das, seit wir uns kennen. Als er mich entdeckt, beginnt er über das ganze Gesicht zu strahlen.

»Wartest du schon lange?«

»Nein, ich bin auch gerade erst gekommen.«

»Du hättest ein Taxi zu mir nehmen sollen. Dann hätten wir zusammen herlaufen können.« Er zieht einen Stuhl unter dem Tisch hervor und setzt sich.

»Ich wollte sichergehen, dass ein Tisch frei ist.«

Ich frage mich, ob ich ein Geschenk hätte mitbringen sollen. Bevor ich mich entschieden hatte, in Seoul zu bleiben, habe ich ihm handgeschöpfte Notizkarten mitgebracht, damit er mir Nachrichten hinterlassen kann. Was ist das richtige Geschenk für eine »Bleib bei mir, auch wenn ich dein Leben ruiniere«-Bitte?

»Sollen wir das Menü eins bestellen? Das ist eher leicht, aber dann haben wir hinterher noch genug Platz für *AeMangBing* im Shilla Hotel und einen Spaziergang entlang der Festungsmauer. Im Dunkeln ist es dort am schönsten.«

Er kennt meine Schwachstellen. Das *Jeju Apple Mango Bingsu Shilla*, das eigentlich nur im Sommer serviert wird, ist einer meiner Favoriten, und da es inzwischen Herbst ist, wird man es bald wahrscheinlich nicht mehr bekommen. Und der Blick von der alten Festungsmauer auf die Stadt ist abends wirklich wunderschön. Bei der Vorstellung, dass Yujun all das mit einer anderen Frau an der Hand tun könnte, verkrampft sich mein Magen.

»Ja, Menü eins ist in Ordnung ... Aber vielleicht sollten wir einfach zum Shake Shack um die Ecke gehen, uns Take-out holen.«

»Shake Shak? Wenn du Lust drauf hast, klar.« Er studiert die Speisekarte. »Falls du hier bist, um mit mir Schluss zu machen, dann möchte ich meine Kette zurück.«

»Was?« Unwillkürlich lege ich mir eine Hand an der Stelle auf die Brust, wo die Jade-Ente unter meinem Pullover steckt.

Ohne mich anzusehen, streckt er seine Hand mit der Handfläche nach oben über den Tisch aus und wiederholt seine Forderung. »Die Kette. Ich habe sie dir in dem Glauben gegeben, dass wir für immer zusammen sein würden. Wenn du mich verlässt, musst du sie mir zurückgeben.«

»Ich gebe dich nicht auf.«

»Das will ich dir auch geraten haben.« Er legt die Speisekarte beiseite. »Ich habe nachgedacht.«

»Warte, lass mich zuerst.«

Er trommelt mit den Fingern auf den Tisch. »Ich habe Angst, dich zuerst reden zu lassen. Du hättest gerade fast mit mir Schluss gemacht.«

»Das stimmt nicht.« Ein kurzer Moment der geistigen Umnachtung in meinem begehbaren Schrank zählt nicht. »Hör zu, wir können Wansu nicht im Stich lassen. Sie ist einsam.«

Yujuns Züge werden weicher. Wieder streckt er seine

Hand aus, diesmal jedoch, um nach meiner zu greifen. »Und genau das ist der Grund, aus dem ich dich liebe. Oder vielmehr einer der Gründe, Hara. Du denkst nicht nur an dich selbst.«

Gott, wenn er wüsste, wie egoistisch meine Gedanken bisher waren.

»Ich weiß, dass sie einsam ist«, fährt er fort. »Mein Vater ist ... Sein Zustand ... Er befindet sich in keiner guten Verfassung. Sie sollte ihn gehen lassen, aber ich bringe es nicht übers Herz, es ihr zu sagen. Sie muss diese Entscheidung aus eigenen Stücken treffen.«

Das ist also der wahre Grund dafür, dass er wegen seines Vaters keine Verzweiflung zeigt und ihn so selten besucht. Er hat sich schon vor einiger Zeit von ihm verabschiedet.

»Ich denke, dass wir nach L.A. gehen sollten. Dort müssen wir uns als Paar nicht verstecken, und *Eomma* muss sich keinen unangenehmen Fragen stellen lassen oder einen Gesichtsverlust befürchten.« Er scheint mein wachsendes Entsetzen gar nicht zu bemerken. »Wir würden der IF Group dabei helfen zu expandieren. Und mit der Sprache hättest du natürlich sowieso keine Probleme.« Er lächelt, zwei Grübchen zwinkern mir zu. »Es ist die perfekte Lösung.«

Als ich langsam den Kopf schüttele, verblasst sein Lächeln.

»Nicht perfekt?«

»Du gehörst nicht nach L.A., zumindest nicht, um dort für immer zu leben. Ich möchte nicht, dass du das durchmachen musst, was ich durchmachen musste. Die ständigen subtilen Beleidigungen in Bezug auf dein Aussehen, deine Aussprache oder darüber, dass dein Essen komisch riecht.

Über deine angeblich seltsamen Bräuche. Bis du wie deine Tante Sue wirst, die sich weigert, Koreanisch zu sprechen, und vorgibt, eine Weiße zu sein, damit sie sich nicht wie ein ständiger Eindringling in einem Land fühlt, in dem sie seit über dreißig Jahren lebt. Du hast damals sogar angefangen zu stottern!« Ich schlage mit den Händen auf den Tisch, bevor mir wieder einfällt, dass wir nicht allein sind. Ich hätte vorschlagen sollen, dass wir uns am Fluss treffen. Das andere Paar starrt uns schon wieder an, und diesmal nicht, weil Yujun so attraktiv ist.

Ich möchte keine Szene machen, aber Stiefgeschwister können nicht legal heiraten, und selbst wenn es legal wäre, würde es für Yujun den gesellschaftlichen Tod bedeuten. Er würde seine Cousins nicht mehr sehen können. Seine Freunde würden sich gegen ihn wenden. Und seine Geschäftsbeziehungen würden vermutlich auch darunter leiden. Nach Amerika zu gehen, kann nicht die Lösung sein, denn würde das nicht bedeuten, dass er niemals wieder nach Hause zurückkehren könnte? Tante Sue hat sich nicht freiwillig entschieden, in Malibu zu leben und so zu tun, als wäre sie weiß und könnte kein Koreanisch. Nie das Essen ihres Mutterlandes zu kochen und sich von allem Asiatischen zu distanzieren, um nicht vom Anderssein befleckt zu werden. Ich kenne Tante Sue. In Iowa war ich Tante Sue, und ich möchte nicht, dass Yujun das Gleiche passiert. Nicht meinem Yujun aus Seoul.

»Danke, dass du mich daran erinnerst, als könnte ich das jemals vergessen«, gibt er scharf zurück. »Aber ich bin kein Kind mehr, Hara. Ein paar unbedachte Aussagen einiger weniger sind mir egal.«

»Das weißt du nicht. Und es sind nie nur ein paar Worte. Es sind tausend Schnitte, die irgendwann zu einer Wunde werden, die so tief ist, dass sie nicht mehr heilt. Stattdessen verkriechst du dich in die Schublade, die jemand für dich definiert hat, und wirst unglücklich. Und du wirst mich dafür hassen, was das Letzte ist, was ich will.« Wenn Yujun denkt, dass der einzige Ort, an dem wir glücklich zusammen sein können, außerhalb Südkoreas liegt, macht das seine Plattitüden, dass schon alles gut werden wird, zu einer Lüge.

Wir sitzen schweigend da, während die Straßen auf der Karte unserer Zukunft eine nach der anderen verschwinden.

»Fühlst du dich immer noch wie ein gestreiftes Kleid in einem gepunkteten Land?«, fragt Yujun schließlich.

»Du erinnerst dich daran?« Ich hatte ihm einmal erzählt, dass sich meine Adoption nach Amerika anfühlt, als wäre ich die einzige gepunktete Person an einem Ort, an dem alle Streifen tragen, und dass ich dummerweise geglaubt hätte, wenn ich hierherkäme, würde ich dazu passen; aber ich habe etwas typisch Amerikanisches an mir – sei es mein stockendes Koreanisch mit Akzent, die Art, wie ich mich schminke, wie ich gehe, lächle oder lache. Und deswegen fühle ich mich auch hier immer noch anders.

»Natürlich erinnere ich mich. Hast du etwa alles vergessen, was ich dir erzählt habe?«, neckt er mich zärtlich.

Nein. Ich erinnere mich an alles. Ich erinnere mich, dass die ersten Worte, die er zu mir gesagt hat »Sie sind Amerikanerin« waren. Ich erinnere mich, dass ich beim Anblick seiner Grübchen beinahe in Ohnmacht gefallen wäre. Ich erinnere mich, wie er meinen Koffer den kleinen Berg drüben in Cheonggyecheong-gu hinaufgetragen hat. Ich erinnere mich an das erste Mal, als er mit mir zum Fluss gegangen ist, mich mit *gimbap* und Bier gefüttert und so intensiv geküsst hat, dass ich noch Tage danach ein Glitzern in den Augen hatte. Ich erinnere mich, wie ich über die Bildschirme im Namsan Tower das süße Paar in Busan gesehen habe und Yujun mir darauf gesagt hat, dass Entfernung ein Konstrukt ist. Ich erinnere mich an das letzte Mal, als wir am Fluss waren, nachdem Wansu uns mitgeteilt hatte, dass sie mich als eine Choi anerkennen würde, was Yujun zu meinem Stiefbruder mache, weswegen wir nicht zusammen sein könnten.

Er streckt seinen Arm über den Tisch und fischt die rote Seidenkordel aus meinem Ausschnitt.

Ich erinnere mich an den Moment, als er sie mir mit den Worten geschenkt hat, dass Enten Partner fürs Leben seien.

»Wir werden einen Weg finden, Hara. Vertrau mir.«

KAPITEL FÜNFUNDZWANZIG

Der erste Vertrauenstest erwartet uns in Form eines Cousins. Oder genauer gesagt der Familie von Yujuns Cousin. Choi Juwon ist der älteste Sohn von Yujuns Tante, einer älteren Schwester von Choi Yusuk. Er hat zwei Kinder – ein Mädchen und einen Jungen unter fünf. Die Kinder, die sich Yujun ausleiht, wenn er Lasertag spielen oder im Everland Achterbahnen fahren will. Heute unternehmen wir etwas mit den beiden, damit ihre Eltern etwas Zeit für sich haben. Anschließend werden wir als Pre-Chuseok-Event alle zusammen zu Abend essen. Da morgen dann die gesamte Großfamilie Choi in Wansus Haus einfallen wird, meinte Yujun, es wäre vielleicht schön, wenn ich einige von ihnen schon vorab kennenlerne. Dass sein Cousin dem Treffen zugestimmt hat, obwohl er weiß, dass ich Wansus leibliche Tochter bin, hat mich positiv gestimmt. Es bedeutet, dass nicht alle abweisend auf uns als Paar reagieren.

Wir biegen auf den Parkplatz des Hello Flour Cafés ein und schnappen uns die Geschenke vom Rücksitz: eine Tüte mit einem großen blauen Koala mit lila Nase und mit einem undefinierbaren Tier mit gelbem Plüschfell und großen schwarzen Schlappohren. Yujun hat behauptet, es handle sich um einen Hund, aber ich bin mir nicht sicher, ob ich das glauben soll. Er hat auch noch ein paar kleinere Sachen dabei – Gummiarmbänder, Papierflugzeuge und Süßigkeiten. Es ist mehr als offensichtlich, dass man in Korea nie mit leeren Händen erscheint.

»Das fühlt sich ein bisschen nach Bestechung an«, scherze ich, als ich mir eine der Tüten schnappe.

»Es *ist* Bestechung.«

Ich bleibe stehen und sehe ihn an. »Ernsthaft?«

Er lacht, wahrscheinlich weil er mich für ziemlich naiv hält. »Klar. Warum sollten wir sonst zu jedem Geschenk dazusagen: ›Bitte pass in Zukunft auf mich auf‹? Wir möchten, dass man sich mit Zuneigung an uns erinnert. Und für kleine Kinder gilt: Je größer das Geschenk, desto größer die Zuneigung. Glaub mir, die Kinder lieben mich.«

»Wegen deiner Geschenke?«

»Und wegen meiner großartigen Persönlichkeit.«

Er nimmt meine Hand und zieht mich zu einer kurzen Treppe, die ins Café führt. Doch noch bevor wir die erste Stufe genommen haben, stürmen zwei Kinder aus der Tür und stürzen sich auf Yujun. Er lässt seine Taschen fallen, fängt die Kleinen auf und wirbelt sie herum.

Die Luft ist erfüllt von Gelächter, und meine Knie werden weich, als ich seine tiefen Grübchen bemerke. Das kleine Mädchen in seinen Armen, Choi Nayeon, liebt sie anscheinend genauso sehr wie ich. Sie bohrt einen Finger in das rechte und drückt anschließend einen Kuss auf die gleiche Stelle.

Der Junge, Choi Nara, strampelt sich bereits frei. Er will reingehen. »*Milgaru! Milgaru!*«, ruft er.

»Er will im Mehl spielen«, erklärt Yujun, der über das ganze Gesicht strahlt. Er liebt die beiden Kleinen.

»Was du nicht sagst.« Ich kann nicht anders, als sein Grinsen zu erwidern.

Wie heißt es so schön: Glück steht dir gut? Yujun ist am sexiesten, wenn seine Grübchen tief und seine Augen vor Lachen zusammengekniffen sind. Ich liebe es, wie das Augenlächeln hier zelebriert wird. Die Gesichtsausdrücke von Plüschtieren sind mit umgedrehten Halbmonden bestickt, in Cartoons werden die Charaktere absichtlich auf diese Weise überzeichnet, um extremes Vergnügen darzustellen, Menschen posieren so für das »Foto ihres Lebens«. Im Westen wird dem Augenlächeln zu wenig Wertschätzung entgegengebracht.

Im Café herrscht ein buntes Durcheinander von Menschen, die Schließfachschlüssel besorgen und ihren Kindern hellbraune Overalls anziehen, die ihre Kleidung schützen, während sie im Mehl herumtollen.

Yujun stellt mich als seine »*Yeoja chingu*, oder feste Freundin, Hara-nim vor« und fügt noch etwas anderes auf Koreanisch hinzu, das ein bisschen nach »wie ich es dir schon erzählt habe« klingt. Er hat mir eben gesagt, dass die Kinder nicht viel Englisch sprechen, aber da mein Wortschatz ungefähr dem eines Kindergartenkindes entspricht, habe ich das Gefühl, als Begleiterin zumindest nicht vollkommen ungeeignet zu sein.

Als ich die Geschenke verteile, werde ich mit Kreischen und Kinderumarmungen belohnt, die meiner Meinung nach gleich nach der Yujun-Umarmung die besten sind. Es hat etwas unglaublich Süßes, von Ärmchen umschlungen zu werden, die kaum lang genug sind, um einmal um den Nacken eines Erwachsenen herumzureichen. Die Eltern verbeugen sich und lächeln und winken zum Abschied und nehmen bis auf zwei Armbänder die Tüten mit den Geschenken mit.

Yujun hilft den Kindern mit ihren Schuhen und Jacken, die ich in die Schließfächer stopfe. Sobald die Kinder ihre Schutzkleidung angezogen haben, bekommen wir zwei größere Schürzen für uns selbst ausgehändigt. Dann werden wir in einen kleinen Raum geführt, dessen Boden zentimeterhoch mit Mehl bedeckt ist; es gibt eine Rutsche, die nicht höher reicht als bis zu meiner Brust, und an einer Wand eine Spielküche. Die beiden Kinder tauchen – buchstäblich – ins Vergnügen ein, und Yujun folgt ihrem Beispiel.

Mit einer Plastikschaufel schüttet er Mehl über die Köpfe der beiden Kinder, die sich rächen, indem sie ihn von beiden Seiten angreifen und zu Fall bringen. Ich helfe, indem ich kleine Behälter mit Mehl fülle, mit dem die Kinder Yujun bewerfen können. Es dauert nicht lange, bis wir aussehen wie Tempura, die für ihr Bad in der Fritteuse bereit sind.

Unsere Zeit im Mehlsandkasten vergeht wie im Flug, und schon bald sagt die Uhr über der Tür, dass wir gehen müssen.

»*Aaaani*«, rufen die Kinder und vielleicht auch Yujun. Niemand möchte gehen.

»*Beiking.*« Ich tue so, als würde ich eine Schüssel festhalten und umrühren. Die englischen Lehnwörter im koreanischen Vokabular helfen mir, mit den beiden zu kommunizieren.

»Mhm, Kekse.« Yujun reibt sich den Bauch, und das reicht aus, um die Kinder davon zu überzeugen zu gehen.

Abwechselnd pusten wir uns in einer Ecke mit einem Luftschlauch das Mehl herunter. Yujun steckt das Gebläse in den Ärmel von Nayeons Hemd und biegt dann ihren Unterarm nach oben, sodass es aussieht, als würde sie den Bizeps anspannen. Ich zücke mein Handy und mache mehrere Fotos, und als das Display innerhalb von Sekunden mit Mehl überzogen ist, kümmert es mich nicht die Bohne. Ich bin mir jetzt schon ziemlich sicher, dass der Nachmittag mit den Kindern einer der besten werden könnte, die ich hier in Seoul bisher hatte.

Die nächste Stunde verbringen wir damit, Keksteig zu rühren, auszustechen und anschließend zu dekorieren. Während sie abkühlen, essen die Kinder einen Weißbrotsnack, den sie selbst mit Frischkäse und verschiedenen Früchten belegt haben. Nara bietet mir einen Bissen an, und ich nehme einen kleinen, obwohl er mit seinen verschwitzten Fingern Löcher in das Brot gebohrt hat. Er hätte das Sandwich ablecken können, und ich hätte es trotzdem gerne gegessen. Diese beiden Kinder sind zuckersüß; ich kann gut verstehen, das Yujun so an ihnen hängt.

Weswegen ich auch niemals der Grund dafür sein möchte, dass er sie nicht mehr sehen kann. Ich drücke uns im Geist die Daumen, dass sich alles finden wird.

»Was sollen wir als Nächstes machen?«, fragt Yujun, als wir die Sachen aus dem Schließfach holen.

»Lotte World!«

»Everland!«

»Hm, das bedeutet Gleichstand. Hara, du musst noch deine Stimme abgeben.«

Ich blicke von einem erwartungsvollen Gesicht zum anderen. »Warum entscheiden wir nicht mit Schere-Stein-Papier?« Alles in mir sträubt sich dagegen, diejenige zu sein, die am Ende eines der Kinder enttäuscht.

»Gute Idee.«

Die drei spielen die komplizierte Schere-Stein-Papier-Version, die alle Koreaner bereits mit der Muttermilch aufsaugen. Lotte World – alias Nayeon – gewinnt, aber ihr Bruder sieht nicht allzu enttäuscht aus.

Nayeon flüstert Yujun etwas ins Ohr und sieht mich dann schüchtern an.

»Ich glaube nicht, dass du alt genug für die Verkleidungsfotos bist, aber ich bin mir sicher, dass Hara Karussell fahren wird, oder?«

»Aber klar doch. *Ne!*« Ich nicke energisch. »Was hat es mit den Verkleidungsfotos auf sich?«, frage ich, während wir den Kindern nach draußen zu Yujuns Auto folgen.

»In der Nähe des Karussells gibt es einen Kostümverleih, in dem man sich als Schüler verkleiden und in einem nachgebauten Klassenzimmer fotografieren lassen kann, als würde man in einem Film mitspielen.«

»Oh, das klingt toll.«

»Nayeon ist zu jung. Man muss mindestens zwölf sein.«

»Klingt nach schlimmster Benachteiligung von kleinen Kindern. Wir sollten protestieren.«

Yujun übersetzt Nayeon, was ich gesagt habe, worauf sie mich mit einem unglaublich dankbaren Blick ansieht – das beste Kompliment, das ich seit Monaten bekommen habe.

Als wir Yujuns Cousin und seine Frau aus ihrem Auto steigen sehen, bleiben wir stehen. Ihre düsteren Mienen jagen mir einen Schauer über den Rücken. Eigentlich hatten wir verabredet, uns zum Abendessen wiederzusehen, und es ist gerade erst Mittag.

Yujun lässt die Kinder bei mir und geht zu ihnen hinüber, um zu fragen, was los ist.

Ob es *Sae Appa* schlechter geht? Sogar die kleine Nayeon spürt, dass etwas nicht stimmt, und schiebt ihre kleinen Seesternfinger zwischen meine.

Während der Unterhaltung zwischen den dreien verdüstern sich Yujuns Gesichtszüge, er wirkt eher wütend als traurig. Seine Grübchen verschwinden, und seine üppigen Lippen werden schmal.

Ich schließe meine Hand fester um Nayeons. Als ihre Mutter über Yujuns Schulter hinweg sieht, dass wir Händchen halten, kommt sie zu uns geeilt, um ihre Kinder von mir wegzuziehen, als könnte ich ihre Tochter mit etwas Unappetitlichem anstecken. In ihrem Stirnrunzeln lese ich die Worte, die meine Ohren nicht verstehen können. Sie haben etwas Abstoßendes an mir entdeckt. Etwas dermaßen Abstoßendes, dass sie den Gedanken, ihre Kinder auch nur eine weitere Stunde bei Yujun und mir zu lassen, nicht ertragen können.

»Yujun und du. Nicht zusammengehören«, sagt sie. »Falsch. Falsch.«

»*Ya*, Kim Jinae«, Yujun tritt an meine Seite. »*Hajima.*«

Doch Kim Jinae lässt sich nicht einschüchtern. »Du verletzt ihn.« Sie zeigt auf Yujun. »Familie nicht akzeptieren. Aufhören oder verletzen.«

Ich möchte zu einer kleinen Kugel zusammenschrumpfen und ein paar Meter entfernt in den Rasen rollen. Kim

Jinae spricht vielleicht nicht viel Englisch, aber es reicht aus, um ihren Standpunkt zu verdeutlichen.

»Sie liegt falsch«, sagt Yujun zu mir und hebt die Hände, um meine Ohren zu bedecken. »Hör nicht auf sie. Was geht hier vor, *hyung-nim*? Ich habe dir am Telefon gesagt, wer Hara war, als wir den Tag heute verabredet haben.«

Choi Juwon – oder *hyung-nim*, wie Yujun ihn nennt – zuckt beinahe hilflos mit den Schultern. »Ich habe es ihr gesagt, aber anscheinend hat sie es nicht verstanden.«

Yujun starrt seinen Cousin an. »Du verdammter Lügner. Du hast ihr gar nichts gesagt, weil du wusstest, dass sie sonst nicht mit dem Treffen einverstanden gewesen wäre. Du wolltest einen freien Nachmittag, um Sex mit deiner Frau zu haben, und hast deswegen gelogen.«

Choi Juwon schaut auf seine Füße.

Als Yujun ausholt, kann ich seinen Arm gerade noch rechtzeitig abfangen. »Die Kinder!«, sage ich eindringlich. »Nicht vor den Kindern.«

Yujuns Körper vibriert vor Wut.

»Es tut mir leid, Yujun-ah«, sagte Choi Juwon, »aber Jinae hat recht. Ich hätte dem Treffen nicht zustimmen sollen. Ich habe ihr gesagt, dass du deine Freundin mitbringst. Sie wusste nicht, dass sie Choi Wansus Tochter ist, bis meine Mutter angerufen hat.« Er fährt sich mit einer Hand durchs Haar. »Bring sie nicht zu Chuseok mit. Niemand wird mit euch als Paar einverstanden sein. Du treibst deinen Vater in den Tod; aber vielleicht ist es gut, dass er weder sehen noch hören kann und deshalb nicht miterlebt, was aus seinem Sohn geworden ist.«

Yujun zuckt unter dem verbalen Schlag seines Cousins

zusammen. Er verleumdet Yujun? Dabei kann ich unmöglich nur zusehen. Es ist eine Sache, mich zu beleidigen, ich bin daran gewöhnt. Aber Yujun ist der netteste, beste Mensch der Welt, ihn zu beleidigen, ist unterste Schublade.

»Du solltest nicht kommen. Du bist es nicht wert, dieselbe Luft wie Yujun zu atmen«, fahre ich ihn an. Ich weiß nicht, ob die beiden mich verstehen, aber wir sind hier fertig. Auf keinen Fall werde ich ihnen erlauben, ausgerechnet Yujun zu verletzen. »Ich möchte gehen«, sage ich, weil ich weiß, dass dies der einzige Weg ist, Yujun von hier wegzubringen. Unglücklicherweise stellt er mich immer an erste Stelle.

Und diesmal ist es nicht anders. Mit angespanntem Gesicht entriegelt er sein Auto und reißt die Tür auf. Rasch rutsche ich auf den Beifahrersitz. Als er hinter dem Lenkrad sitzt, zögert er, und kurz frage ich mich, ob er vielleicht fantasiert, das Auto seines Cousins bis in die nächste Provinz zu rammen. Den ängstlichen Blicken von Choi Juwon und seiner Frau nach zu urteilen, als Yujun anfährt, befürchten sie eventuell Ähnliches. Hoffentlich. Ich hoffe, dass sie heute Nacht nicht schlafen und jeden Morgen auf die LEGO-Steine ihrer Kinder treten, bis Nayeon und Nara in die Mittelstufe gehen.

Die Autofahrt zurück zu Wansu verläuft schweigend. Yujun ist wütend. Er hält die Finger fest um das Lenkrad geklammert, und Wut geht wie magnetische Wellen von ihm aus, die gegen mich prallen. Ich weiß, dass er nicht sauer auf mich ist, dennoch kann ich seinen Zorn überdeutlich spüren, und es macht mich wahnsinnig. Ich beiße die Zähne aufeinander, um nicht in Tränen auszubrechen und die Situation damit noch schlimmer zu machen, als sie ohnehin schon ist.

Irgendwie hatte ich mir eingeredet, dass es klappen würde. Der Tag war so lustig – bis die Eltern der beiden aufgetaucht sind und die Freude aus uns herausgesaugt haben wie ein Hochleistungsstaubsauger.

Und ich bin an Yujuns Stelle wütend. Woher nimmt dieses Arschloch die Dreistigkeit zu behaupten, Yujun würde seinen Vater ins Grab bringen. Wie kann er es wagen? Ich weiß, dass sein Cousin eifersüchtig ist. Sein Auto stammt aus Korea, Yujuns ist ein ausländisches Modell. Die Handtasche seiner Frau ist von einer bekannten Marke, aber keines der Luxusdesigns, die Wansu in meiner Garderobe stapelt. Choi Juwons verletzende Worte waren voller Bitterkeit darüber, was Yujun hat und er nicht. Ich hoffe, Yujun erkennt das.

»Er ist eifersüchtig«, »sie sind eifersüchtig«, sagen wir beide gleichzeitig.

Yujun stößt ein leises ungläubiges Lachen aus, bevor er nach meiner Hand greift. »Gut. Ich dachte, sie hätten dir wehgetan.«

»Mir? Du bist derjenige ...« Ich kann mich nicht einmal dazu überwinden, Juwons schreckliche Worte zu wiederholen.

»Nichts, was ich noch nicht gehört hätte.«

»Von deinem Cousin?«, wundere ich mich.

»Von ihm bisher nicht, nein. Aber von anderen.«

Und er glaubt es auch. Es ist zu einem Teil der Wahrheit in seinem Leben geworden, unabhängig von jeglichen objektiven medizinischen Diagnosen. In gewisser Weise war

Yujun so allein wie ich. Er war noch sehr jung, als er seine Mutter verloren hat, und wurde nach Amerika geschickt, wo sich seine Tante geweigert hat, Koreanisch zu sprechen, und die anderen Kinder so grausam zu ihm waren, dass er anfing zu stottern. Als sein Vater ihn schließlich zurückgeholt hat, gab es eine neue Mutter in Form von Wansu, die trotz all ihrer Stärken nicht gerade ein warmherziger Mensch ist, ganz im Gegensatz zu Yujun, der sozusagen die physische Inkarnation der Sonne ist. Er strahlt Kraft, Helligkeit und Wärme aus.

Als er seine Hand in meine schiebt, wird mir klar, dass das hier Liebe ist. Wenn der Schmerz des anderen zu deinem eigenen wird, und seine Verluste zu deiner Tragödie, und du alles dafür tun würdest, um diesen Schmerz zu absorbieren, damit der andere ihn nicht mehr spürt.

KAPITEL SECHSUNDZWANZIG

»Das Abendessen ist bereits fertig«, begrüßt uns Mrs. Ji an der Tür.

Ich ziehe meine Ballerinas aus, aber bevor ich sie beiseitestellen kann, erscheint eine Hand in meinem Sichtfeld und erledigt das für mich.

Mein Blick wandert an einer frisch gebügelten grau melierten Hose hinauf zu einem dazu passenden Kaschmirpullover.

»Wir werden heute Abend *songpyeon* machen«, informiert uns Wansu. »Für Chuseok.«

»Äh, wegen Chuseok muss ich dir ...«, beginnt Yujun.

»Du musst mir nicht erzählen, was mit Choi Juwons Familie vorgefallen ist. Seine Mutter hat mich bereits angerufen.« Wansu öffnet die Schranktür und verstaut meine Schuhe darin. »Das ändert nichts an unseren Plänen. Wir werden Hara unserer Familie vorstellen, unsere Vorfahren ehren, gemeinsam essen. Anschließend spielen die Kinder *yut nori*. Morgen besuchen wir die Grabstätte, und am Tag danach werden wir uns ausruhen. Es ändert sich nichts.«

Den letzten Satz sagt sie so bestimmt, dass ich überzeugt bin, selbst ein Erdbeben wäre nicht in der Lage, sie zu erschüttern. Ich weiß nicht, ob das alles gut ist oder nicht.

Und noch verwirrter bin ich, als ich auf dem Esstisch Stäbchen, den dazu passenden langstieligen Löffel, einen großen flachen gusseisernen Topf auf einer mobilen Herdplatte und sechs verschiedene *banchan*-Gerichte sehe: Lotuswurzel, eingelegter Rettich, marinierte Gurken, Kimchi, kandierte Kartoffeln und gerösteter Sesamspinat.

»Heute Abend gibt es *mandu jeongol*. Hast du das schon einmal gegessen?«

Der Duft, der aus dem Suppentopf aufsteigt, sorgt dafür, dass sich mein Magen vor Freude zusammenzieht. »Nein, aber ich habe mir ein Video darüber angesehen.«

Der Küchenchef darin hat abgepackte *mandu* – Dumplings – in die Suppe gegeben, die aus verschiedenen Resten aus dem Kühlschrank gekocht wird. Grundsätzlich kann jedes Gemüse, das man mag, verwendet werden, und ganz zum Schluss gibt man die Dumplings dazu, sie geben der Brühe ihren besonderen Geschmack. Mit ein wenig Knoblauch, Ingwer und Sojasoße hat man so eine vollwertige Mahlzeit. Das Gericht im Video sah köstlich aus, genauso wie das, was vor uns auf dem Tisch steht.

»Mrs. Ji hat die Dumplings gestern Abend selbst gemacht. Das Essen ist sehr gut. Setzt euch.«

Ich kann mich nicht schnell genug bewegen, und Yujun zieht sich ebenfalls rasch einen Stuhl heran.

»Was hat Choi Juwons Mutter gesagt?«

»Dass Hara bei Chuseok nicht dabei sein sollte.«

Ich lasse meine Stäbchen wieder sinken.

»Was hast du ihr geantwortet?«

»Dass sie gerne ihre eigene *charye*-Zeremonie abhalten kann.« Wansu steckt sich ungerührt ein Stück Radieschen-

banchan in den Mund, als hätte sie sich nicht einen ganzen Nachmittag lang mit ihrer angeheirateten Familie gestritten.

Yujun nickt beifällig. »Die Suppe riecht sehr gut, Mrs. Ji.«

»Ich habe extra *samgyeopsal* für Sie dazugegeben«, antwortet Mrs. Ji vom Küchenblock aus.

»Vielen Dank. Wusstest du, dass die meisten Koreaner kein *samgyeopsal* essen, Hara? Dein Food Truck ist also eher ungewöhnlich.«

Im Ernst, wir reden jetzt darüber, wie viel Schweinefleisch Koreaner essen, und ignorieren, was auf dem Parkplatz von Hello Flour passiert ist und dass zumindest ein Teil der Familie wegen meiner Anwesenheit damit droht, das wichtige Feiertagsessen zu boykottieren? Damit bin ich nicht einverstanden.

»Liegt es daran, dass ich adoptiert bin? Oder an Yujuns und meiner Beziehung zueinander?«

»Es geht nicht um dich, sondern um mich.« Wansu streckt die Hand aus und legt ein Stück samgyeopsal – Schweinebauch – auf meinen Reis. »Ich bin keine Choi, und es sind nicht meine Vorfahren und somit auch nicht deine. Wieso solltest du sie ehren, wenn sie dich gar nicht kennen? Diese Art von Dingen.«

»Oh.«

»Nicht alle Familien feiern Chuseok noch so wie wir«, ergänzt Yujun. »Niemand kocht alle Gerichte für die *charye*. Sie kaufen ihr *banchan* auf den *banchan*-Märkten. Inzwischen gibt es sehr viel mehr Christen als früher, und sie halten die Verehrung der Vorfahren für Götzenanbetung, deswegen machen sie Urlaub auf Jeju, statt den Feiertag zu begehen.«

»Oder Hawaii.« Wansu klingt fast ein wenig sehnsüchtig.

Ich habe Feiertage schon immer gehasst. Ich habe mich weder Pats noch Ellens Eltern jemals besonders nahe gefühlt. Pats Mutter schien immer ein missbilligendes Stirnrunzeln zu tragen. Vielleicht ist er deshalb zu dem geworden, der er war. Sie hat keine großen Leistungen von ihm erwartet, was sie ihm gegenüber häufig genug erwähnt hat, also hat er nicht mehr getan, als ihre niedrigen Erwartungen zu erfüllen. Sie hatte eine scharfe Zunge, mit der sie niemanden verschonte – nicht ihren Sohn, schon gar nicht ihre Schwiegertochter, die es nicht geschafft hat, schwanger zu werden, und mich, das im Ausland geborene Adoptivkind, auch nicht. Ellen würde es nie zugeben, aber das Beste an der Scheidung von Pat war für sie, seine Mutter nie wiedersehen zu müssen. Als Pats Mutter starb, gingen wir zur Beerdigung, aber Ellen vergoss keine Träne. Für meine Mutter war es im Grunde nicht mehr wie ein bisschen Glockenläuten und den Refrain von »Ding-Dong! Die Hexe ist tot« aus *Der Zauberer von Oz* zu singen.

Klingt, als hätte Wansu nichts dagegen, dieselbe Melodie zu summen.

»Ich muss morgen nicht unbedingt dabei sein.« Mich stattdessen in meinem Zimmer zu verstecken oder vielleicht sogar in einem Hotel zu übernachten und das Spa zu nutzen, klingt im Moment ziemlich verlockend.

»Doch. Du bist meine Tochter und hast jedes Recht, an einer Familienfeier in diesem, meinem eigenen Zuhause, teilzunehmen.« Das ist das Ende der Diskussion für Wansu.

»Nächstes Jahr sollten wir Urlaub auf Jeju machen«, schlägt Yujun vor. »Diese Traditionen sind altmodisch.

Schick das Geld mit der Post, und niemand wird sich beschweren.«

»Geld?«

»*Eomma* verteilt jedes Jahr an alle rote Geldumschläge. Die meisten Familien machen das nur für die Kinder, aber seit die IF Group an die Börse gegangen ist, hat *Appa*«, er zeigt nach oben, »damit angefangen, alle Familienmitglieder zu bedenken. Als eine Art Dankeschön für ihre Unterstützung. *Eomma* hat die Tradition fortgeführt.«

»Ich bin sicher, dass sie aus anderen Gründen herkommen«, bemerkt Wansu in leicht tadelndem Ton.

Yujun steckt sich ein Stück Schweinebauch in den Mund und scheint einen Moment darüber nachzudenken. Er schluckt und schüttelt den Kopf. »Nein, das glaube ich nicht. Diese Feiern sind jämmerliche Veranstaltungen; deswegen hat es mir auch nicht viel ausgemacht, als du gesagt hast, ich könnte, wenn ich bei Hara bleibe, in Zukunft nicht mehr daran teilnehmen. Hara und ich können die Ahnen allein ehren. Unsere Opfergaben sind nicht weniger wertvoll, weil wir sie zu zweit statt zusammen mit gehässigen Verwandten erbringen.«

»Mir macht es etwas aus«, sagt Wansu. »Ich bin mit euch beiden als Paar nicht einverstanden.«

Mein ganzer Körper verkrampft sich, weil ich beim Abendessen nicht in einen Streit geraten will. Vor allem nicht nach dem Tag, den wir hinter uns haben.

»Das wissen wir. Noch mal zurück zum Schweinefleisch: Hast du dir die Serie über Schweinefleisch mit Koch Baek angesehen, Hara? Er spricht darin darüber, dass extrem viel Schweinefleisch verschwendet wird, weil die Nachfrage so gering ist. In den frühen Tagen der Goryeo-Dynastie haben die Adeligen nur den Schweinebauch gegessen und den Rest des Schweins den armen Dorfbewohnern gegeben. Damals haben die Leute alles verwendet, aber heutzutage essen wir nur noch bestimmte Teile des Schweins. In Amerika sind es, glaube ich, andere als hier, oder?«

Ich weiß Yujuns Versuch, das Thema zu wechseln, zu schätzen, aber ich glaube nicht, dass ich etwas essen kann, bevor ich Wansu klargemacht habe, wo ich stehe. »Ich möchte mit dir ein Teil dieser Familie sein, Wansu, aber als ich Yujun kennengelernt habe, wusste ich nicht, dass er dein Sohn ist. Er war einfach ein junger Mann aus Seoul, der mir sein Herz geöffnet hat. Ich kann nichts an meinen Gefühlen für ihn ändern. Und selbst wenn ich es könnte, würde ich es nicht wollen. Was machen wir also?«

Ein Muskel an Wansus Kiefer spannt sich. »Vielleicht ist das ein Gespräch, das wir nach dem Abendessen führen können.«

»Außerdem habe ich gehört, dass Kim Seonpyung Tiere hasst«, füge ich hinzu.

Yujun hüstelt. Ich weiß, dass er hinter seiner Hand lacht.

Wansus Miene spiegelt Überraschung. Ihre Augenbrauen wölben sich leicht. »Nun, wir können ihn außen vor lassen.«

»Alle«, drängt Yujun.

»Hast du schon einmal Innereien probiert, Hara?« Wansu legt noch ein Stück Schweinebauch auf meinen Reis. »Sie sollen gut für die Haut sein, weil sie viel Kollagen enthalten.«

»Wir können diese Woche für Innereien und Soju in ein *pojang machas* gehen«, schlägt Yujun vor.

»Sind das diese blauen Soju-Zelte mit den provisorischen Tischen?«

Ich lasse mich bereitwillig ablenken. Dies ist kein Kampf, der es wert ist, in diesem Moment ausgetragen zu werden. Zumindest kennen wir alle die Positionen der jeweils anderen. Die Frage ist nur, wer zuerst einknickt.

Nachdem die Teller und das Geschirr abgeräumt sind, bringt Mrs. Ji drei Platten voller kleiner Schalen an den Tisch.

»Mrs. Ji hat sich um die Vorbereitungen für das Feiertagsessen gekümmert, aber die *songpyeon* müssen wir selbst machen, sonst bekommen wir Ärger mit den Ahnen.« Yujun legt Wachspapier aus. »Hier ist der Teig.« Er deutet auf fünf Schalen mit violettem, tiefgrünem, rosafarbenem, gelbem und weißem Reismehlteig. »Chuseok heißt auch *hangawi* und wird am Tag des Erntevollmonds abgehalten. Der Teig besteht aus gemahlenem Reis und wird zur Herstellung des *tteok* in *tteokbokki* und des *tteok* in unseren Suppen verwendet. Der Teig wird nur mit natürlichen Mitteln gefärbt. Das Violett kommt von Heidelbeeren, das Gelb von Kürbispulver und so weiter. Die Füllungen bestehen aus Mungobohnen, in Honig geröstetem Sesam und Kastanien in Sirup. *Song* steht für ›Kiefer‹. Nachdem wir die Halbmondkuchen geformt haben, wird Mrs. Ji sie auf einem Bett aus Kiefernnadeln dünsten.«

»Machen sie hübsch. Hübsche *songpyeon*, hübsche Kinder«, erklärt Mrs. Ji.

Als Yujun mir zuzwinkert, erscheint ein Grübchen. »Es gibt ein Sprichwort, das besagt: Wenn deine *songpyeons* schön sind, dann wirst du schöne Kinder haben.«

»Wow, okay. Also gar kein Druck ... Ich fange jetzt schon an zu schwitzen.« Die verstorbene Mrs. Choi muss ein preisgekröntes *songpyeon* gemacht haben, um Yujun zu zeugen. »Und was genau muss ich machen?«

Er reicht mir ein Paar Handschuhe. »Du nimmst ein kleines Stück Teig von der Größe eines Golfballs und formst daraus einen flachen Kreis.« Er drückt die kleine Teigkugel in seiner Handfläche, bis sie flach ist. Dann krümmt er die Finger leicht zusammen, sodass der Teig eine Art Tasse bildet, in deren Mitte er einen Löffel der Füllung gibt; anschließend drückt er die Ränder zusammen. Dabei läuft ein Teil der Füllung heraus und in der Mitte entsteht ein Riss, aber das Endergebnis ist eine Köstlichkeit, die aussieht wie ein kleiner ausgestopfter Halbmond.

In der Zeit, in der Yujun mir gezeigt hat, wie ich vorgehen muss, hat Wansu bereits fünf perfekt geformte *songpyeons* auf ein Stück Wachspapier gesetzt.

»*Eomma* macht hübsche *songpyeons*, nicht wahr?« Yujun zwinkert mir zu.

»Was sind eure Traditionen zu Thanksgiving, Hara?«, fragt Wansu.

»Mom – Ellen – und ich waren immer bei ihren Eltern, bis sie gestorben sind. In den letzten Jahren haben wir mit verschiedenen Zubereitungsarten für den Truthahn experimentiert. Das Frittieren, bei dem man den ganzen Braten in einen Bottich mit heißem Öl taucht, hat nicht besonders gut geklappt. Die Haut war knusprig und lecker, aber das Fleisch zum größten Teil noch roh. Wir hatten beide Angst, es zu essen. Insgesamt also eine ziemliche Katastrophe. Letztes Jahr haben wir ihn mit einer Mayonnaisemischung zubereitet, und das hat wirklich gut geschmeckt. Abgesehen davon besteht die einzige Tradition darin, dass Ellen ein paar Wochen vor den Feiertagen das ganze Haus mit Herbstlaub und zig Truthähnen aus Keramik und Ton dekoriert, nur um einen Tag nach Thanksgiving sofort wieder alles wegzuräumen.«

»Wir sollten sie zu Thanksgiving einladen. Sie könnte bis nach Weihnachten bei uns bleiben. Nach allem, was ich weiß, verbringt ihr Amerikaner diese Feiertage auch mit der Familie, oder?« Wansu wischt ihre behandschuhten Hände mit einem nassen Tuch ab und macht mit dem lila Teig weiter.

»Ja, das stimmt.« Es wäre schön, Ellen hierzuhaben, aber die Aktion könnte auch den Hintergrund haben, dass Wansu Verstärkung anfordert. Ich werfe einen besorgten Blick in Yujuns Richtung, aber er hat sich tief über sein *songpyeon* gebeugt. Während Wansu inzwischen fast ein Dutzend fertig hat und ich es immerhin irgendwie geschafft habe, die Hälfte davon zu produzieren, ist er immer noch mit seinem ersten beschäftigt.

»Ich fange langsam an, mir Sorgen um deine zukünftigen Kinder zu machen, Yujun«, ärgere ich ihn.

Er legt ein krummes *songpyeon* auf den Tisch. »Schönheit liegt im Auge des Betrachters, Hara. Wie es aussieht, ändert nichts an seinem Inneren. Was spielt es für eine Rolle, dass es hier und da ein bisschen«, er hält inne, um ein weiteres Stück Teig auf einen Riss zu drücken, der in seiner kleinen Teigtasche entstanden ist, »unvollkommen ist?«

Er hat recht.

Mrs. Ji liefert die erste Charge gegarter *songpyeon*. Durch das Dämpfen sind die Farben noch intensiver geworden, und die kleinen süßen Teigtaschen glänzen so hübsch, dass sie fast zu schön zum Essen erscheinen; sogar Yujuns überfüllte Teigtaschen, deren Risse mit Blütenblättern aus überschüssigem Teig bedeckt sind, haben das Bad im heißen Dampf überstanden.

Und genau wie er gesagt hat, schmecken sie alle gleich, egal, ob sie von ihm, Wansu oder mir geformt wurden. Während ich die zähe Süßigkeit genieße, spüre ich, wie sich ein Gefühl des Friedens in mir ausbreitet. Ich sitze hier mit meiner Liebe und meiner leiblichen Mutter und esse ein traditionelles koreanisches Dessert, um einen koreanischen Feiertag zu begehen. Dies ist mein Zuhause. Ich kann hierherkommen, wann immer ich will. Mrs. Ji kennt mich. Ich habe ein Schlafzimmer in diesem Haus. Ich habe Familie hier. Ich bin nur so lange eine Außenseiterin, wie ich mich selbst zu einer mache.

»Schmeckt es dir?«, fragt Yujun, und Wansu wartet ebenso auf meine Antwort wie er.

Ich nicke. Weil ich mit einem Mund voller *songpyeon* und einem Herzen voller Liebe nicht sprechen kann.

KAPITEL SIEBENUNDZWANZIG

»Wie viele Leute kommen denn?«, frage ich ein wenig ängstlich. Es ist eine ganze Armee von Angestellten hier.

»Vierunddreißig.« Wansu bedeutet einem Mann in schwarzer Hose und Weste, ein Blumenarrangement, das ihr nicht gefällt, wegzuräumen.

»Vierunddreißig?« Kein Wunder, dass wir gestern Abend so unglaublich viel *songpyeon* gemacht haben.

»Zwei Brüder mit ihren Ehefrauen, eine Großmutter, eine Urgroßmutter, vier Söhne, drei Töchter, zwölf Enkelkinder und weitere Verwandte.«

»Das sind ja beinahe vierzig Leute.«

Sie ignoriert meinen albernen Kommentar. Wenn Ellen hier wäre, würde sie herumrennen und eine Spur aus lauter halb erledigten Aufgaben hinterlassen – ein Blumenarrangement hier, einige nicht fertiggestellte Canapés dort, ihre Haare noch in Klettwicklern. Wansu dagegen leitet die Vorbereitungen wie ein General, und dabei verrutscht ihr keine einzige glänzende Haarsträhne. Sie trägt einen marineblauen *hanbok* mit kunstvoller silberner Vogelstickerei auf dem Oberteil und berät sich mit Floristen, Caterern und weiteren Mitarbeitern. Sogar die Weinauswahl hat sie bereits abgesegnet.

Es dämmert noch nicht mal, und alle sind bereits schwer beschäftigt. Die Ahnen fordern schon ab den frühen Morgenstunden ihre Rechte ein.

Mein *hanbok* ist möglicherweise eine der schönsten Kreationen, die ich je gesehen habe. Mrs. Ji hat mir beim Anziehen geholfen. Er besteht aus einem durchscheinenden Seidenoberteil, das *jeogori* genannt wird und oben tiefblau ist, von wo es in Hellrosa bis schließlich fast Weiß übergeht.

Der Überrock – *chima* – besteht aus dem gleichen durchsichtigen Stoff über einem mehrfarbigen gerafften Unterrock, der beim Gehen wundervoll raschelt. Dazu trage ich ein Paar cremefarbene Kitten-Heels von Miu Miu, die so hübsch sind, dass es an ein Verbrechen grenzt, sie unter den voluminösen Stoffschichten des Rocks zu verstecken. Mein schwarzes Haar ist zu einem ordentlichen Pferdeschwanz zusammengebunden und mit einer weißen Jadespange befestigt, an meinen Ohrläppchen baumeln dazu passende Ohrringe.

Yujun trägt einen strengen marineblauen *hanbok* mit aufwendiger marineblauer Stickerei mit silberner Umrandung. Er sieht aus wie ein Prinz; mich beschleicht das Gefühl, ich sollte zu seinen Füßen knien und ihm mit einem Palmwedel Luft zufächern. Als er mich sieht, beginnen seine Augen zu leuchten.

»*Ippeusi neyo*«, murmelt er. Du bist wunderschön.

Als jedes Stück Obst- und Reiskuchen seinen Platz auf dem großen Esstisch gefunden hat, alle Blumen die für sie vorgesehene Position eingenommen haben und die Räucherstäbchen vorbereitet sind, zieht sich das Personal zurück. Wansu führt mich zum Eingang, und Mrs. Ji öffnet die Tür. Eine Reihe schwarzer Autos, aus denen nach und nach Verwandte quellen, parken in der Auffahrt.

Wansu und ich stehen an der Tür wie ein Empfangskomitee. Sie stellt mich vor. Wir nehmen Geschenke entgegen, einige Weine, Geschenksets, Früchte und Umschläge. Als Juwon mit seiner Frau Kim Jinae und ihren beiden Kleinen ankommt, versteife ich mich.

Das Mädchen winkt mir mit ihrer kleinen Hand zu. »*Gomo*, du bist hier«, sagt sie in perfektem Englisch, als hätte sie geübt.

»Ja.« Ich gehe in die Hocke, damit wir auf Augenhöhe sind. »Sind das neue Ohrringe?« Ich tippe spielerisch an ihr Ohrläppchen, an dem eine kleine rosafarbene Plastikblume steckt.

Sie nickt energisch und berührt meine Ohrringe. »Deine mag ich auch, *gomo*«, flüstert sie auf Koreanisch.

Im nächsten Moment legt sich eine Hand auf die Schulter des kleinen Mädchens, und Kim Jinae sagt leise ein paar Worte. Es können keine besonders freundlichen gewesen sein, denn Yujuns Kopf fährt herum, als hätte jemand an einer Schnur gezogen.

Wansu hebt eine Hand, um ihn zum Schweigen zu bringen, bevor er etwas gesagt hat. »Benötigen deine Kinder zurzeit mehr Fürsorge und Aufmerksamkeit als sonst, Kim Jinae? Ich glaube, dadurch dass du so abgelenkt warst, hast du ganz vergessen, meine Tochter zu begrüßen.«

»Du siehst heute sehr hübsch aus«, sage ich auf Koreanisch zu Nayeon, bevor ich mich aufrichte und Kim Jinae mit einem knappen Senken des Kopfes in meinem Zuhause willkommen heiße.

Ihre Wangen sind leicht gerötet, aber sie erwidert die leichte Verbeugung und geht dann weiter zu Yujun, der kaum den Kopf senkt. Als er Nayeon die Haare zerzaust, taut er jedoch auf.

»*Samchon*, magst du meinen *hanbok*? Er ist neu.« Sie rafft ihren rosa Rock an den Seiten und wirbelt im Kreis herum.

»Du siehst wunderschön aus.«

Sie strahlt.

Eine der Letzten, die ankommt, ist eine ältere Frau. Bei ihrem Anblick versteift sich Wansu neben mir deutlich.

»*Eomeo-nim*. Danke, dass du heute gekommen bist.« Wansu verbeugt sich tief. Das muss Choi Yusuks Mutter Park Kyungsook sein. »Das ist meine Tochter Hara Wilson.«

Ich verbeuge mich so tief vor ihr, dass ich mir sicher bin, dass sie die einzelnen Erhebungen meiner Wirbelsäule sehen kann.

Park Kyungsook lässt ihren Blick an mir hinauf- und hinabwandern, und was sie sieht, gefällt ihr nicht. Dann macht sie eine leichte Bewegung mit dem Kinn, was Hinnahme oder, wahrscheinlicher, Ablehnung bedeuten könnte, begrüßt Wansu ebenso flüchtig und oberflächlich und bleibt vor Yujun stehen. Er nimmt eine ihrer Hände in seine und verbeugt sich ebenfalls tief.

»Yujun-ah, ich habe gehört, dass du nach Los Angeles ziehst. Diese Entscheidung solltest du überdenken. Ich glaube nicht, dass es dir guttut, mehr Zeit in Amerika zu verbringen. Du vergisst all unsere Bräuche und Traditionen«, klagt sie lautstark.

Als er sich aufrichtet, ist sein Lächeln angespannt. Sie bekommt nicht einmal den Hauch eines Grübchens zu sehen.

»Nicht alle Traditionen sind gut, *Halmeoni*. Früher haben wir alleinerziehende Mütter missbilligt, aber dieses Verhalten ist inzwischen überholt, nicht wahr? Alle Familienkonstellationen, die Kindern ein sicheres Zuhause bieten, sind gut und richtig.«

»Hmpf. Wie gesagt, deine Zeit im Ausland, weit weg von deiner Familie, führt zu einer seltsamen Denkweise. Nach Chuseok wirst du Zeit mit mir verbringen.« Nachdem sie diese Order gegeben hat, geht sie an Yujun vorbei, bevor er ihr widersprechen kann.

Mein Kiefer ist angespannt, und meine Schultern haben sich verkrampft. Die Sonne ist kaum aufgegangen, und ich fühle mich schon spröde wie ein Kartoffelchip.

Als auch der Rest der Familie da ist, platziert Yujun das Essen sorgfältig auf einem niedrigen Holztisch vor einem großen Paravent. Die erste Reihe – dem Paravent am nächsten – ist für die Essstäbchen und Löffel, die Tassen und die Reiskuchensuppe. Die zweite Reihe besteht aus Nudeln, Fleischpfannkuchen, Fisch – mit dem Schwanz nach Osten ausgerichtet – und Reiskuchen. In der dritten Reihe stehen Fleisch-, Rindfleisch- und Fischsuppe, in der vierten getrocknetes Fleisch, Gemüse, Sojasoße, Kimchi und ein süßes Reisgetränk. Die letzte Reihe beziehungsweise die, die uns am nächsten ist, ist die Dessert-Reihe mit den weißen Früchten – Birnen und Melonen –, auf der Ostseite des Tisches und den *jujubes* – Äpfeln – und Kakis auf der Westseite.

»Die Äpfel sollten in der Mitte sein«, sagt Park Kyungsook.

Yujun kommt ihrer harschen Aufforderung nach.

»Der Fischkopf zeigt nicht in die richtige Richtung. Er ist nicht gerade«, beklagt sie sich.

Yujun rückt den Fischkopf um einen Zentimeter zurecht.

»Die Melone ist nicht weiß genug. Wo hast du die gekauft?«, fragt sie, wobei sie sich nicht an Wansu direkt, sondern an den ganzen Raum richtet. Sie möchte Wansus Autorität in ihrem eigenen Haus untergraben, sie in ihre Schranken weisen. »Auf dem *banchan*-Markt?«

»Das Essen wurde von Mrs. Ji zubereitet oder stammt vom Lotte-Catering«, antwortet Wansu.

»Also hast du nichts selbst gemacht?« Park Kyungsook schnaubt verächtlich.

»Wir haben *songpyeon* gemacht, *Halmeoni*, mit doppelt kandierten Walnüssen, wie du es magst.«

»Lass mich die Kerzen anzünden, dann kannst du probieren«, eilt Yujun Wansu zu Hilfe.

Sie hätte vielleicht noch mehr zu sagen gehabt, aber Yujun beginnt mit der Zeremonie und Park Kyungsook schließt den Mund.

Nachdem die beiden Kerzen in der obersten Ecke angezündet sind, stellt Yujun eine flache Messingschale neben ein Räuchergefäß. Dann kniet er sich vor den Altar, und Kyungsook reicht ihm einen Becher Reiswein, den er in drei gleichen Teilen in den Sand des Räuchergefäßes gießt. Kyungsook nimmt die leere Tasse zurück und stellt sie auf den Tisch, bevor sie zurücktritt. Yujun steht auf, nur um sofort wieder auf den Boden zu sinken, und hinter ihm stellen sich die Männer vom ältesten bis zum jüngsten in einer Reihe auf, um sich in Erinnerung an die Vorfahren vor dem Altar zu verbeugen. Allerdings nicht in Form eines leichten Nickens oder einer 90-Grad-Verbeugung in der Taille – stattdessen gehen sie in die Knie und berühren mit der Stirn den Boden. Es entgeht mir nicht, dass Choi Juwon ziemlich weit vom Tisch entfernt steht. Keine der Frauen verbeugt sich. Wir stehen gemeinsam mit den Mädchen der Familie im Esszimmer und sehen dem Ritual zu.

Sobald die Männer mit ihrer Verbeugung fertig sind, geht Kyungsook den Frauen voraus. Alle reihen sich ein und finden ihren Platz, doch als ich vortrete, hält mich Wansu am Handgelenk zurück. Ihre Finger gleiten nach unten und umklammern meine. Ihre sind kalt, und sie zieht mich auf den Boden, im Esszimmer, nicht einmal im selben Raum wie die anderen, als würden die Geister der Ahnen wüten, wenn wir eine bestimmte unsichtbare Grenze überschreiten.

Hat sie das all die Jahre alleine gemacht? Getrennt vom Rest der Familie gekniet? Ich spüre, wie Wut in mir aufsteigt. Sie leitet das Unternehmen inzwischen seit fast einem Jahrzehnt, sie hat es weiter ausgebaut, dieser Familie Wohlstand gebracht, und sie darf nicht einmal im selben verdammten Raum niederknien?

Nachdem wir uns alle verbeugt haben, kniet Yujun erneut nieder und schenkt den Ahnen mehr Wein ein. Nachdem er dies dreimal getan hat, verteilt er die Essstäbchen auf die verschiedenen Gerichte – den Fisch, die Suppe, das *hanwoo*. Das letzte Paar steckt er in die Mitte einer Reisschüssel, bevor er sich ein letztes Mal verbeugt und wieder aufrichtet.

Daraufhin marschiert Kyungsook aus der Haustür, und

wir folgen ihr. Yujun bleibt allein zurück. Die Männer stehen Richtung Westen gewandt, die Frauen Richtung Osten. Wieder sind Wansu und ich die Letzten. Wind drückt die Röcke gegen unsere Beine, und der dunkle Himmel droht mit Regen. Sie hat meine Hand nicht losgelassen. Und ich würde es ihr auch nicht erlauben.

»Nun kommen die Vorfahren zum Essen«, erklärt sie mir. »Dann wird Yujun erscheinen und dreimal husten, um uns mitzuteilen, dass es Zeit ist zurückzukehren.«

Es dauert nicht lange. Ich schätze, die Vorfahren waren hungrig. Wir kehren ins Haus zurück, und Yujun löffelt Reis und Suppe aus den Schalen, um nachzuahmen, wie die Ahnen essen. Wir verbeugen uns noch zweimal, die Männer wieder zuerst, dann folgen die Frauen und Wansu und ich zuletzt – erneut außerhalb des Hauptraums. Den gesamten Prozess wiederholen wir zehnmal.

Als die Zettel, auf denen die Namen der Verstorbenen stehen, die wir ehren, verbrannt werden, bin ich erschöpft. Das ganze Aufstehen und Beugen ist anstrengend für meinen Körper, aber auch für mein Herz. Jedes Mal, wenn wir das Haus als Letzte verlassen und betreten, denke ich an all die Jahre zuvor, in denen sie niemanden an ihrer Seite hatte. *Sie ist einsam*, höre ich Ellen sagen. Ellen hat keine Ahnung wie einsam. Oder vielleicht doch. Vielleicht weiß außer mir jeder, wie schrecklich es ist, Wansu zu sein.

Die Kinder werden in einen anderen Raum geführt, wo sie ihre *hanboks* ausziehen und essen.

Yujun bringt mir einen kleinen Teller mit Glasnudeln und gemischtem Gemüse – *japchae* – und ein Glas Wein für Wansu. Erst jetzt lässt sie meine Hand los. Erst jetzt erlaube ich es ihr.

»Das hast du toll gemacht«, sagt Yujun zu mir. Auch er sieht erschöpft aus.

»*Du* hast das toll gemacht.« Ich möchte ihn umarmen. Und ich möchte Wansu umarmen, obwohl wir uns noch nie umarmt haben. Bisher habe ich gedacht, dass sie diese Art von Körperkontakt nicht möchte, aber vielleicht weiß sie einfach nur nicht, wie sie darum bitten soll; vielleicht glaubt sie, es nicht verdient zu haben, darum zu bitten.

»Was möchtest du essen? Ich stelle dir einen Teller zusammen«, bietet Yujun an.

»Nein.« Das Wort schneidet scharf durch den großen Raum. Park Kyungsook starrt mich von ihrem Platz am Kopfende des Tisches aus an. Es ist der Platz, auf dem normalerweise Wansu sitzt. »Sie sollte das Essen der Vorfahren nicht essen.« Sie bedeutet Mrs. Ji mit einer Geste, näher zu kommen. »Sicher gibt es in der Küche etwas, das Sie essen werden. Angestellten-Essen. Das sollte diesem Mädchen serviert werden. Yujun, komm und kümmere dich um mich.«

Yujun rührt sich nicht.

»Dein Vater würde das nicht gutheißen«, erklärt Kyungsook.

»Doch, das würde er. Er hat es sogar getan. Er wusste bereits von Haras Existenz, bevor wir geheiratet haben, und er hat mir Geld gegeben, um sie zu finden. Wenn er es wüsste, würde er gutheißen, dass sie hier ist«, erwidert Wansu in kaltem, hartem Ton.

»Das würde er nicht«, beharrt Kyungsook. »Ich heiße es

nicht gut. Sie sollte sich nicht in diesem Haus aufhalten, während mein Sohn oben in seinem Krankenbett liegt. Und du, Yujun, ich höre, dass du dich mit ihr besudelt hast.«

»Hara hat einen Namen«, sagt Yujun.

Choi Juwon lacht grausam. »Du hast nichts anderes getan, als auf das Erbe deines Vaters zu spucken, Yujun-ah. Die Veränderungen, die du bei der IF Group vorgenommen hast, werden in eine Katastrophe führen, und jetzt bringst du dieses Mädchen ins Haus? Choi Yusuk würde das definitiv nicht gutheißen. Sie ist ein *doenjang*-Mädchen.«

Ich habe keine Ahnung, was das bedeutet, außer dass es eine Beleidigung ist.

»Du kannst jetzt gehen.« Yujun deutet zur Tür.

Choi Juwon hebt trotzig das Kinn. »Ich werde gehen, wenn mir der Eigentümer dieses Hauses sagt, dass ich gehen soll.«

Wansu schnappt nach Luft. Es dauert einen Moment, bis das Ausmaß der Grausamkeit von Juwons Worten durchdringt. Der Eigentümer dieses Hauses liegt seit drei Jahren im Koma. Er kann nicht herunterkommen, um irgendetwas zu sagen, und das wissen wir alle. *Du treibst deinen Vater in den Tod; aber vielleicht ist es gut, dass er weder sehen noch hören kann und deshalb nicht miterlebt, was aus seinem Sohn geworden ist.*

Als Yujun diesmal die Faust hebt, halte ich ihn nicht auf.

Juwon geht nach einem Schlag zu Boden. Kim Jinae schreit.

Kyungsook steht auf. »Ich wusste immer, dass du nicht gut genug für diese Familie bist.« Sie spuckt auf den Tisch und geht hinaus, wobei der Rock ihres *hanbok* hinter ihr her weht. Niemand sonst bewegt sich. Als sie an der Tür angekommen ist, dreht Kyungsook sich um. »Worauf wartet ihr alle?«

»Unsere Umschläge ...«, hört man eine Frauenstimme leise antworten.

Yujun stößt ein angewidertes Schnauben aus.

»Wir gehen. Sofort!« Kyungsooks Befehl duldet keinen Widerspruch, und ein Gast nach dem anderen packt seine Habseligkeiten und Kinder zusammen, bis das Haus bis auf ein paar Angestellte und Mrs. Ji leer ist.

Wansu steht kerzengerade da, ihre Schultern hängen nicht einmal einen halben Grad nach unten. Der Stahl, den sie in ihrem Rückgrat hat, muss Industriestärke haben. An ihrer Stelle würde ich zusammenbrechen. Ich hätte Tränen in den Augen. Meine Hände würden zittern.

»Ich vertraue darauf, dass Sie das Aufräumen und die Verteilung des Essens beaufsichtigen«, sagt sie zu Mrs. Ji.

Mrs. Ji macht sich sofort an die Arbeit.

»Ich setze mich zu deinem Vater.« Sie bahnt sich ihren Weg durch das Haus, am Hauptraum vorbei, wo noch die Schalen und Teller mit Essen stehen, die kaum angerührt wurden. Ihr Gang ist fest, und sie trägt den Kopf hoch erhoben. Doch als sie ihren Fuß auf die erste Stufe setzt, passiert es. Sie stockt. Ihre Hand schießt vor, um nach dem Geländer zu greifen.

Yujun macht einen Schritt in ihre Richtung, aber ich ziehe ihn zurück. Sie will seine Hilfe nicht. Ich weiß das, denn obwohl Wansu mich nicht großgezogen hat, sind wir uns in vielerlei Hinsicht ähnlich. Ich bin niemand, der laut ist oder schnell weint. Ich mag es nicht, wenn andere mich in schwachen Augenblicken sehen. Körperkontakt ist mir nicht immer angenehm, selbst nicht mit Freunden. Ob ich das von Wansu habe, ob es Eigenschaften sind, die mir im Blut liegen, ist schwer zu sagen, aber ich möchte diese Ähnlichkeiten nicht leugnen.

Yujun versteift sich unter meinem Griff, und für einen besorgniserregenden Moment frage ich mich, ob er mich abschütteln wird, aber er gibt nach. Es ist die richtige Entscheidung, denn eine Sekunde später strafft Wansu die Schultern und steigt die Treppe hinauf, als hätte sie nie innegehalten.

Wie lange erträgt sie diese Missbilligung durch ihre Schwiegermutter schon? Wie viele Chuseoks und Seollals hat sie durchlitten? Ihre strikte Ablehnung Yujuns und meiner Beziehung ergibt in diesem Zusammenhang absolut Sinn. Sie hat versucht, uns zu schützen – sowohl Yujun als auch mich, aber vor allem mich. Sie wollte nicht, dass ich den Rest meines Lebens außen vor bin, allein knien muss.

»Es tut mir leid«, sagt Yujun. Seine feingliedrige, schöne Hand hebt sich, um sein Gesicht zu bedecken, um seine Scham zu verbergen.

Ich ziehe sie weg und streiche ihm die Haare aus der Stirn. »Was tut dir leid? Du bist nicht deine Großmutter. Du hast keine Kontrolle über sie, über Wansu, über mich. Es gibt nichts zu bedauern.«

Seine Augen verdunkeln sich. »Doch. Ich habe dich in diese Lage gebracht. Ich hätte ...«

»Was?«, unterbreche ich ihn. »In die Vergangenheit zurückreisen und mich niemals kennenlernen sollen?«

»Nein.«

»Das ist die einzige Art, diesen Satz zu beenden. Es tut mir nicht leid, dass wir uns kennengelernt haben. Es tut mir nicht leid, dass ich dich liebe. Und ich werde dich nicht verlassen, weil deine Großmutter mich nicht mag oder dein Cousin der Meinung ist, dass ich nicht mit seinen Kindern spielen sollte, oder eine Bekannte, die wir im Park treffen, unsere Beziehung anstößig findet. Nichts davon spielt eine Rolle für mich.«

Ich bin keine Außenseiterin, und ich bin nicht allein. Ich habe Yujun. Ich habe Ellen. Ich habe Wansu. Ich habe so viele Menschen, die mich lieben und sich für mich interessieren. Ich muss mich nur öffnen und sie hereinlassen.

Yujun schaudert und lässt sich auf einen der Stühle im Esszimmer fallen. Seine Schultern sinken herab, bis sie beinahe auf seinen Knien zu ruhen scheinen, während er vor Erleichterung und Traurigkeit einen tiefen Atemzug nach dem anderen nimmt.

Ich lege eine Hand auf seinen breiten Rücken, an den ich mich in der Vergangenheit so oft gelehnt habe.

»Hara«, krächzt er heiser. »Ich hatte Angst.«

»Ich auch.« Ein trauriges Lachen steigt aus meiner Kehle auf. »Aber hast du mir nicht gesagt, dass wir zusammengehören? Unsere Herzen sind eins. Wir sollten die Götter, die so viele Fäden gezogen haben, um uns zusammenzubringen, nicht verärgern. Sie haben sogar dafür gesorgt, dass sich Wansu in deinen Vater verliebt. Ist es nicht unsere Bestimmung, zusammen zu sein? Ich werde nicht diejenige sein, die sich gegen den Willen dieser Götter wendet. Ob hier, in diesem Haus, oder in deiner Wohnung oder in L. A. oder Des Moines – wir werden zusammen sein.«

Seine Rückenmuskeln spannen sich unter meiner Hand an und entspannen sich wieder, während meine Worte bei ihm ankommen. Er führt meine Finger an seinen Mund und drückt einen Kuss darauf.

»Setz dich zu deiner Mutter«, dränge ich. »Sie braucht deine Wärme. Ich schaue mir währenddessen YouTube-ASMR-Kochvideos an.«

»*Mukbangs*?« Er richtet sich abrupt auf.

Ich grinse, mein erstes echtes Lächeln des Tages. »Yep, als du weg warst, hab ich mir jede Menge davon angeschaut. Sie sind sehr beruhigend. Und jetzt geh!« Ich drücke seine Schultern. »Ich werde hier auf dich warten.«

»Versprochen?«

»Ja.« Immer. Ich werde bis in alle Ewigkeit auf ihn warten.

KAPITEL ACHTUNDZWANZIG

Statt mir YouTube-Videos anzusehen, helfe ich Mrs. Ji dabei, den Tisch abzuräumen. Das Essen wird an die Angestellten verteilt, weil ich weiß, dass weder Yujun noch Wansu in der Lage sein werden, etwas davon zu essen. Auch die *songpyeon* gebe ich zum größten Teil an die Mitarbeiter.

»Sie machen schöne *songpyeon*«, sagt Mrs. Ji zu mir, als sie sich verabschiedet, und verkündet damit quasi, dass ich hübsche Kinder haben werde.

»Vielen Dank. Einen schönen Abend, Mrs. Ji.«

»Passen Sie auf sie auf.« Sie wendet sich ab und geht zu ihrem Auto.

»Das werde ich.«

Nachdem Mrs. Ji gegangen ist, binde ich mir eine Schürze um und inspiziere den Kühlschrank. Es gibt *hanwoo*- und Schweinefleischstreifen, frisches Gemüse, *banchan*, das Mrs. Ji diese Woche gemacht hat, und sogar Brühe. Ich nehme alle Zutaten heraus und beginne mit den Vorbereitungen.

Irgendwo habe ich mal gelesen, dass das koreanische Wort für »Metzger« *baekjeong* lautet. Es gibt keine wörtliche englische Übersetzung dafür, weil es nichts mit dem Begriff »Fleisch« oder dem Vorgang des Schneidens zu tun hat. Sondern mit einer bestimmten sozialen Klasse.

In der Joseon-Zeit gab es unterschiedliche gesellschaftliche Klassen. Die erste war natürlich die Krone, *wangjok*. Nach ihnen kam *yangban*, der Adel. Der Adel erhob die Steuern, erließ die Gesetze, verhängte Strafen, diente der *wangjok* als Berater. Nach dem *yangban* kamen die Bürgerlichen. Das waren die Arbeiter und Bauern. Die *doers*. Und selbst diese Bürgerlichen – *sangmin* – hatten eine soziale Klasse, auf die sie herabsahen: die Unterschicht, *cheon-min*. *Kisaengs*, Frauen zu deren Aufgaben neben der Unterhaltung der höheren Schichten auch Liebesdienste zählten, gehörten den *cheon-min* an, aber selbst sie hatten, weil sie von der Regierung anerkannt wurden, noch einen höheren Status als die *baekjeong*. Die *baekjeong* waren im Grunde Geister. Sie besaßen keinen Status, keine Rechte und keinen Schutz. Aus irgendeinem Grund gehörten Metzger in diese Kategorie, und so kam es dazu, dass das Wort *baekjeong* für »Metzger« steht.

Eine Person ohne Status, Rechte oder Schutz – vom Staat nicht anerkannt. Deshalb hat Wansu mich anerkannt, damit ich in diesem – ihrem – Land nicht unerkannt bleibe. Nicht registriert zu sein bedeutet, nicht zu existieren. Man hat keinen Status. Kann keine Arbeit annehmen und erhält keine medizinische Versorgung. Man hat keinen Zugang zu Bildung. Ich denke, zu Hause ist es nicht anders. Ohne Sozialversicherungsnummer ist man ein *baekjeong*. Hier hat die Registrierung jedoch eine kulturelle Bedeutung. Einige Familien können ihre Wurzeln durch die lokalen *gu*-Bücher zehn Generationen und mehr zurückverfolgen.

Das sind die Dinge, vor denen sie mich beschützen wollte.

Aber mich anzuerkennen bedeutete, mich von Yujun zu trennen. Geschwister dürfen nicht heiraten, auch wenn sie nicht blutsverwandt sind. Die Lösung ist also, nicht anerkannt zu werden. Spielt es eine Rolle, dass mein Name nie in das Familienregister eingetragen wird? Ist das nicht der gierige Teil, bei dem es um das Erbe geht? Sie erkennt mich trotzdem als ihre Tochter an. Ich bin die Tochter ihres Fleisches, wenn nicht sogar ihres Herzens.

Jules und Bomi sind bereit, so lange wie nötig ohne Status zusammenzuleben. Sie wollen Drachen sein und für ihre Liebe kämpfen. Und ich werde das Gleiche für Yujun, aber auch für Wansu tun. Ich habe eine harte äußere Hülle; Schuppen schützen mich. Schuppen, die aus der Liebe all jener Menschen in meinem Leben gemacht sind.

Während das Schweinefleisch im Ofen bräunt, bestreiche ich die mit Äpfeln gefüllten Teigtaschen mit Eiweiß und mache mich dann an die Honig-Reis-Kuchen. Mrs. Ji hat eine frische Honigwabe in der Speisekammer, von der ich kleine Stücke abbreche, mit denen ich den Reisteig fülle.

Das Gebäck ist schneller fertig als das Fleisch. Ich richte einen Teller mit den kleinen Apfelküchlein, die ich wie *mandu* geformt habe, und den Honig-Reis-Kuchen an und gieße mir ein Glas heißes Wasser aus dem Spender ein.

Der Teig ist blättrig und die Äpfel sind säuerlich. Es ist die perfekte Kombination. Ich stecke mir noch ein Stück in den Mund. *Makgeolli*-Eis würde perfekt dazu passen. Tatsächlich wären diese kleinen Apfeltaschen ein idealer Food-Truck-Snack.

Mir kommt eine verrückte Idee, die ich rasch beiseiteschiebe, aber sie kehrt immer wieder zurück. Eine Idee mit vier Rädern, einer Edelstahl-Theke und Fritteusen mit automatischen Abflüssen und Filtern. Ich schaue auf das Apfel-*mandu* und frage mich, wie sie frittiert statt gebacken und mit *makgeolli*-Eiscreme und Puderzucker bestreut schmecken würden. Ich frage mich, wie lange es dauern würde, genug Portionen für einen Tag vorzubereiten, und wie viele ich verkaufen würde. Aus dem Augenwinkel werfe ich einen Blick auf den Kühlschrank, in dem das übrig gebliebene Schweinefleisch neben den kleinen Schälchen mit allen möglichen Köstlichkeiten liegt.

Allein wäre es nicht zu schaffen, aber wenn ich jemanden hätte, der mit mir zusammenarbeitet ... Ich lasse den Blick die Treppe hinaufwandern, schüttele dann jedoch den Kopf. Er macht anständige Käse-*ramyeon*, aber seine Fähigkeiten liegen im Umgang mit Zahlen und Geschäftspartnern. Aber ich kenne jemand anderen, der in der Dienstleistungsbranche tätig ist.

Ich zücke mein Handy und schreibe ihr eine SMS, obwohl Feiertag ist und sie wahrscheinlich etwas mit Bomi unternimmt, aber ich bin zu aufgeregt, um länger zu warten. Mein ganzer Körper vibriert.

Jules' Antwort lautet: Bist du verrückt, worauf ich zurücktexte: Das ist kein Nein.

Als ich Schritte auf der Treppe höre, lege ich das Handy beiseite, um meine Familie in Empfang zu nehmen. Erleichtert stelle ich fest, dass ein wenig Anspannung von ihnen abgefallen ist. Wansus Gesichtsausdruck ist nicht mehr ganz so verkniffen, und in Yujuns Wange erkenne ich den Hauch eines Grübchens.

»Ich habe Essen gerochen.«

Ich krause die Nase. »Dann hätte ich besser in der hinteren Küche gekocht.«

»Nein, es ist alles gut.«

Wansu lässt den Blick über die Anrichten wandern, die bis auf mein Geschirr aufgeräumt sind.

»Ich habe für uns gekocht. Setzt euch.«

Das Schweinefleisch ist mit Honig, *gochujang*, Sojasoße, Knoblauch und Ingwer mariniert. Ich schneide es in dünne Scheiben, die ich auf einem Reisbett drapiere. Yujun hilft mir dabei, Mrs. Jis *banchan* zu servieren, dem ich mein eigenes Gericht hinzugefügt habe – mit Sahne und Butter gestampfte Kartoffeln mit Schalotten und einem pikanten Joghurtdressing. Zum Dessert präsentiere ich meinen Apfelkuchen.

»Es gibt keine Kuchenformen, also habe ich stattdessen diese Steinschalen verwendet. Für dich habe ich außerdem Apfelkuchen-*hotteok* gemacht, Yujun.« Ich hebe die Ecke eines Geschirrtuchs, um ihm die goldenen Krapfen zu zeigen.

»Darf ich mit dem Dessert anfangen?« Er schaut mit großen Augen auf die Auswahl.

»Nein«, antwortet Wansu an meiner Stelle. Dann nimmt sie ihre Stäbchen zur Hand und beginnt zu essen.

Keiner von uns hat seit gestern Abend etwas gegessen, und so verfallen wir in Schweigen, während wir uns durch die verschiedenen Gerichte probieren. Vielleicht liegt es daran, dass ich so hungrig bin, aber ich bin mir sicher, noch nie etwas Besseres in meinem Leben gegessen zu haben, und ich klopfe mir in Gedanken stolz auf die Schulter.

»Es ist sehr gut geworden, Hara. Ich wusste gar nicht, dass du so eine hervorragende Köchin bist.« Wansu tupft sich den Mund mit einer Serviette ab.

»Ich weiß nicht, ob ich mich als Köchin bezeichnen würde.« Aber das Kompliment freut mich dennoch. Ich bin mir sicher, dass meine Wangen glühen.

»Hara hat in einem Food Truck gearbeitet«, wirft Yujun zwischen zwei Bissen ein und nimmt sich noch etwas von dem Schweinefleisch, das auf einer Servierplatte in der Mitte des Tisches steht.

Wansu hebt die Augenbrauen.

»Nur zwei Tage lang, aber es hat Spaß gemacht, auch wenn es ganz schön anstrengend war.«

»Wie war das mit deiner Stelle bei IF zu vereinbaren?«

Eine gute Frage. Yujun wirft mir einen entschuldigenden Blick zu, das Thema angeschnitten zu haben. Schade, dass der Tisch so breit ist, sonst hätte ich ihm jetzt einen Tritt gegen das Schienbein verpassen können.

»Ich habe mich krankgemeldet, um auszuhelfen. Die *Seosaeng-nim*, der der Food Truck gehört, war sehr krank, und ich hatte Angst, dass sie zu viele Einnahmen einbüßt, wenn sie tagelang schließen muss.« Wansu wirkt nicht gerade begeistert, dass ich mir freigenommen habe, um in einem Food Truck zu arbeiten, und ich bin mir nicht sicher, ob es an der Tätigkeit an sich liegt oder daran, dass ich deswegen meinen Job bei IF vernachlässigt habe. Also versuche ich, mich vorsichtig heranzutasten. »Ist es nicht gut, in einem Food Truck zu arbeiten?«

»Nein. Jede Art von Arbeit ist ehrenwert; aber Krankentage sollten nur genommen werden, wenn man krank ist, und nicht, wenn man seine eigentliche Arbeit nicht machen möchte.«

»Da hast du vollkommen recht; so etwas würde ich niemals tun«, lüge ich.

Den Rest des Essens über unterhalten wir uns über belanglose Themen. Es ist, als ob der erste Teil des Tages nicht stattgefunden hätte, und würde mein Blick nicht immer wieder auf Yujuns leicht gerötete Fingerknöchel fallen, könnte ich mich selbst fast davon überzeugen, dass es tatsächlich nur ein schrecklicher Albtraum war.

Nach dem Essen hilft mir Yujun beim Aufräumen, und Wansu geht zurück in Choi Yusuks Schlafzimmer.

»Wie geht es deinem Vater?«, schneide ich das Thema an, als Yujun sich über seinen vierten Apfel-*hotteok* hermacht.

»Sein Zustand ist unverändert.« Er klopft mit der Gabel an den Porzellanteller. »Ich glaube, es ist an der Zeit, dass *Eomma* loslässt.«

Da es das erste Mal ist, dass Yujun wirklich bereit ist, mit mir über seinen Vater zu sprechen, beschließe ich, den Mund zu halten und mich im Zuhören zu üben.

»Sie hat sehr lange die Hoffnung gehabt, dass es ihm irgendwann wieder besser gehen wird, aber es gibt keine medizinischen Einschätzungen, die rechtfertigen würden, ihn noch länger an die Maschinen angeschlossen zu lassen.« Er seufzt tief und sieht mich mit einem traurigen Lächeln an. »Das perfekte deprimierende Thema, um diesen ereignisreichen Tag zu beenden, was?«

»In meinem Schrank hängt eine von deinen Hermès-Krawatten, falls du was brauchst, um deine Tränen zu trocknen«, biete ich an.

»Du hast sie behalten?« Sein Lächeln wird breiter.

»Ich habe so ziemlich alles aufbewahrt, was ich von dir bekommen habe. Inklusive der Verpackung, in der die hier gesteckt hat.« Ich berühre die Kette unter meiner Bluse.

»Ich habe noch etwas für dich. Geh schon mal in dein Zimmer, ich komme gleich nach.«

Ich sehe die Treppe hinauf, wo Wansu bei ihrem Mann sitzt.

»Es ist in Ordnung.« Damit scheucht er mich vom Tisch auf.

Ich verschwende keine Zeit damit, ihm zu widersprechen, denn ehrlich gesagt will ich das gar nicht. Also laufe ich in mein Zimmer und suche das Geschenk heraus, das ich für Yujun besorgt habe. Es war ziemlich kostspielig, aber Chuseok und Seollal sind die Feiertage, an denen die meisten und größten Geschenke ausgetauscht werden. Und da ich nichts falsch machen wollte, habe ich mehr ausgegeben, als ich es normalerweise tun würde. Ich bereue es nicht, denn wenn ich anfangen will, für meine verrückte Idee zu sparen, werde ich zu Seollal sparsam sein müssen.

Er klopft, bevor er mit einem roten Paket mit einer goldenen Schleife in den Händen hereinkommt. »Ist das für mich?« Seine Augen beginnen zu leuchten.

»Nein, für mich. Ich habe mir selbst Geschenke gekauft, und du sollst mir dabei zusehen wie ich sie auspacke.« Ich grinse.

»Perfekt. Das hier habe ich auch für mich gekauft.« Er wackelt mit dem Paket. »Sollen wir?«

Ich reiße ihm mein Geschenk aus der Hand und laufe damit zum Sofa. »Ja.«

Während ich vorsichtig das Geschenk auswickle, das auf raffinierte Weise ohne Klebeband verpackt ist, sodass das Papier einfach auseinanderfällt, setzt sich Yujun neben mich, um mir über den Kopf zu streicheln und mir einen Kuss aufs Haar zu geben.

»Ich liebe dich, Hara. Danke, dass du bei mir geblieben bist.«

Ich wende den Blick von der kleinen blauen Samtschachtel ab, um eine Hand an seine Wange zu legen. »Danke, dass du mein Yujun aus Seoul bist.«

Er senkt den Kopf, um mich zu küssen, hält jedoch im letzten Moment in der Bewegung inne. »Zuerst die Geschenke.« Er tippt auf das Kästchen. »Mach es auf.«

Darin befindet sich ein Paar rot emaillierter Enten mit weißen Jade-Bäuchen. Die Hälse der Tiere sind mit Dutzenden winzigen Diamanten besetzt, und ihre Augen bestehen aus leuchtenden Rubinen.

»Als ich dich heute Morgen gesehen habe, habe ich mir gewünscht, dass ich sie dir schon gestern gegeben hätte, nachdem wir die *songpyeon* gemacht haben. Dann hättest du sie zu deinem Feiertagsoutfit tragen können.«

»Ich bin froh, dass ich es nicht getan habe.« So werde ich keine schlechten Erinnerungen mit ihnen verbinden – was ich von meinem *hanbok* nicht behaupten kann.

»Jetzt bin ich dran.« Er streckt die Hände aus.

Ich überreiche ihm mein Geschenk. »Selbst eingepackt.« Ich habe das Gefühl, eine Erklärung für das ganze Klebeband und die etwas krumme Schleife liefern zu müssen.

»Es ist perfekt.« Und es spielt ohnehin keine Rolle, denn er reißt das Papier mit zwei raschen Bewegungen auf und lässt es auf den Boden fallen, während er die Box aufklappt.

Darin befindet sich eine marineblaue Aktentasche, auf deren Vorderseite in Silber seine Initialen geprägt sind.

»Sie ist wunderschön.« Er fährt mit der Handfläche über das glatte Leder. »Fühlt sich superweich an.«

»Mach sie auf.«

Er gehorcht und öffnet den Reißverschluss an der Seite.

»Darin kannst du auf Reisen deine ganzen elektronischen Geräte transportieren. Hier kommt das Tablet hin.« Ich zeige auf die große ausklappbare Tasche rechts. »Und die untere hier ist für das Ladegerät und andere Kabel. Deinen Reisepass kannst du in der äußeren Tasche verstauen. Und diese Schlaufen sind für Stifte.«

»Und das hier?« Er zieht die Überraschung heraus, die ich in einer der kleinen Taschen versteckt habe. Eine hellblaue Hermès-Seidenkrawatte mit weißen und blauen Enten darauf. Ein skurriles Accessoire, das mich zwei Gehaltsschecks gekostet hat, aber als ich die Krawatte online gesehen habe, wusste ich, dass sie perfekt für Yujun ist. Er trägt viel Blau – blaue Anzüge, blaue Jeans, blaue Pullover, blaue Langarmshirts.

»Als Ersatz für die, die du an mich abgetreten hast.«

»Mmm.« Er schlingt die Krawatte um meinen Hals und zieht mich damit zu sich heran. »Sie ist perfekt.«

Unser Kuss ist zärtlich. Er trägt so viel Liebe in sich, und ich spüre sie in der Art, auf die er mich berührt, auf die er mit mir umgeht. Ich fühle mich nicht von ihm besessen, sondern geschätzt. Ich beuge mich weiter vor und stütze meine Handflächen auf seine harten Schenkel, als er mit einer Hand in meine Haare fährt, um meinen Kopf für einen tieferen, hungrigen Kuss zu neigen.

Das Bett befindet sich nur drei Meter entfernt, aber wir schaffen es nicht bis dorthin. Wir lieben uns auf dem Sofa. Meine gierigen Hände zerren an seiner Kleidung, und seine geschickten Finger ziehen mich aus.

Seine Bewegungen sind langsam, bedächtig, als wollte er mit jeder eine Feststellung machen, sich in mein Fleisch, in meine Seele einprägen. Ich nehme ihn in mich auf, begrüße jeden Stoß als Bestätigung seines Versprechens, dass er bei mir bleiben wird, und ich erwidere den Schwur mit meinem eigenen Körper, meinem Mund, meinem Herzen.

Anschließend hebt er mich hoch und trägt mich zum Bett. Als wir dort liegen, schweißgebadet und gesättigt, prasselt der Regen gegen das Fenster. Mom hat mir einmal gesagt, dass der Himmel weint, um die Erde zu reinigen. Ich drücke Yujuns Hände an meine Brust und schwebe auf einer Wolke der Zufriedenheit davon.

Nein. Ich werde mich nicht gegen den Willen der Götter wenden. Ich werde dieses Geschenk, das mir gegeben wurde, nicht ablehnen. Ich werde an Yujun, Wansu, Sangki, Bomi, Jules, Seoul, Ellen und Iowa festhalten, denn zu diesen Menschen und an diese Orte gehöre ich.

KAPITEL NEUNUNDZWANZIG

Am Mittwoch nach Chuseok kehren wir alle zur Arbeit zurück, nur Bujang-nim ist nicht da. Da man normalerweise die Uhr nach ihm stellen kann, macht mir das Sorgen. Yoo schnüffelt um Bujang-nims Schreibtisch herum; als er nichts findet, geht er zum Aufzug. Chaeyoung knabbert an ihrer Chanel-Halskette und sieht Soyou bei der Arbeit zu – sie scheint die Einzige zu sein, die sich von der Verspätung unseres Chefs nicht aus der Ruhe bringen lässt.

Um halb eins erscheint er schließlich mit einem breiten Lächeln im Gesicht und ruft uns alle in den Konferenzraum.

»Heute machen wir eine weitere Team-Building-Übung. Es handelt sich um ein unternehmensweites Programm, das auf meine Anregung in der Sitzung heute Morgen beschlossen wurde.« Seine Brust ist so stolzgeschwellt, dass man befürchten könnte, er würde jeden Moment davonschweben. »Eine Schnitzeljagd durch die ganze Stadt. Sie werden in Teams eingeteilt.« Er beginnt wahllos Karten zu verteilen, zumindest denke ich das, bis Chaeyoung, Soyou und ich alle eine grüne Karte in die Hand gedrückt bekommen. »Sie müssen als Team den Hinweisen folgen, um an bestimmte Orte zu gelangen, an denen sie etwas aus einem Geschäft mitbringen, das beweist, dass Sie am jeweiligen Ort waren. Das kann ein Becherwärmer oder eine Quittung aus einem Supermarkt sein. Die Summe, die Sie an jedem Ort ausgeben, darf nicht mehr als fünftausend Won betragen. Alle Standorte sind von einer U-Bahn-Haltestelle aus zu Fuß erreichbar. Das Team mit den meisten Gegenständen, das als Erstes zurückkehrt, gewinnt ein *hanwoo*-Dinner und fünfhunderttausend Won.«

Ich weiß nicht, ob es das Geld oder das Fleisch ist, das in meinen Kolleginnen ein regelrechtes Feuer entfacht, aber von einem Moment auf den nächsten verändern sich ihre Gesichtsausdrücke von verhalten entsetzt zu vorfreudig.

»Die Hinweise finden Sie auf den Karten. Sie haben bis zum Ende des Tages Zeit. Hana. Dul. Fertig. Los!« Er hat kaum das letzte Wort ausgesprochen, als die Leute von ihren Plätzen aufspringen.

Soyou und Chaeyoung schnappen sich ihre Handtaschen und sprinten los. Ich bin einen Schritt hinter ihnen. Wir ringen um einen Platz im Fahrstuhl, werden aber von den Männern beiseitegedrängt. Mit einem kurzen Blick verständigen wir uns, stattdessen die Treppe zu nehmen. Es sind nur sieben Stockwerke. Als wir unten ankommen, sind wir schweißgebadet und keuchen.

»Das war eine bescheuerte Idee«, beschwert sich Chaeyoung, als wir aus dem Treppenhaus stürzen.

Soyou starrt sie an. »Weitermachen.«

Ich bin mir nicht sicher, ob die Ermahnung mir oder Chaeyoung gilt.

»Wie lautet der erste Hinweis?«, fragt Soyou und dreht die Karte um.

Insgesamt stehen fünf Hinweise darauf. Im ersten wird nach dem Feueratem gefragt.

»Feuer... was?« Chaeyoung runzelt die Stirn.

»Yongsan«, rufe ich. »Yong bedeutet ›Drache‹.«

»Ich weiß, was yong bedeutet«, fährt Chaeyoung mich an, deutlich verärgert darüber, dass ich die richtige Lösung gefunden habe. »Ich gehe Kaffee kaufen. Streich es von der Liste.«

»Wir sollten uns aufteilen«, schlägt Soyou vor.

»Bujang-nim hat gesagt, wir sollen zusammenbleiben«, erinnere ich sie und fühle mich wie die Schülerin in der Klasse, die den Lehrer daran erinnert, dass er noch keine Hausaufgaben verteilt hat.

»Wenn uns eins der anderen Teams getrennt sieht, werden sie verraten, dass wir gegen die Regeln verstoßen haben«, stimmt mir Chaeyoung zu.

Soyou gibt sich geschlagen, auch wenn sie eindeutig alles andere als glücklich mit der Entscheidung ist.

»Wie heißt der nächste Hinweis?«, fragt Soyou, nachdem wir statt Kaffee ein Päckchen Kaugummi in dem Kiosk neben dem Eingang zur U-Bahn-Haltestelle gekauft haben.

»Ein kristallklarer Strom Weisheit«, liest Chaeyoung, während sie den Anhänger an ihrer Kette hin und her baumeln lässt.

Ich schnippe mit den Fingern. »Seongsu.«

Chaeyoung verdreht die Augen. »Die meinen natürlich die Starfield Library in der COEX Mall. Gleich nebenan ist das Aquarium. Kristallklarer Strom Weisheit.«

»Seongsu ist nach Seongdukjeong benannt, wo sich Gelehrte aufgehalten und das Wasser aus dem nahe gelegenen

Bach getrunken haben.« Ich bin mir sicher. Immerhin habe ich eine ganze Lektion über die Etymologie von U-Bahn-Haltestellen-Namen erhalten.

»Starfield stimmt. Los geht's.« Mit ihren abgewetzten High Heels nimmt Soyou die Treppe in die Metro-Station in Angriff.

»Aber ...«, beginne ich zu protestieren, gebe aber sofort wieder auf. Die beiden werden nicht auf mich hören.

Wir nehmen die U-Bahn zur Mall und kaufen drei Getränke in dem Café, das an die Bibliothek angeschlossen ist.

»Die Nadel ist der Heuhaufen«, liest Chaeyoung den nächsten Hinweis vor.

»Damit müsste der Namsan Tower gemeint sein«, sage ich, auch wenn ich gar nicht genau weiß, warum, schließlich sind die beiden offensichtlich nicht an meinen Beiträgen interessiert.

»Lotte Tower.« Soyou nippt an ihrem Kaffee und sieht dabei über Chaeyoungs Schulter.

»Der Lotte Tower ist in sich gedreht und hat zwei Enden. Namsan Tower ist eine Nadel. Er sieht genauso aus wie die Space Needle in Seattle.«

»Wir sind nicht in Seattle, sondern in Seoul. Die meinen Lotte.« Soyou ist unbeirrbar.

»Nein, meinen sie nicht, glaub es mir.«

Die beiden wechseln ein paar Sätze auf Koreanisch, so schnell, dass ich nichts verstehe. Schließlich wendet sich Soyou wieder mir zu.

»Dann fahr du zum Namsan. Wir fahren zum Lotte Tower.«

»Das Team darf sich nicht trennen«, erinnere ich sie.

»Das Team fährt zum Lotte Tower.«

Und das tun wir.

Als wir ankommen, hat der Himmel sämtliche Schleusen geöffnet, und da keine von uns einen Regenschirm dabei hat, werden wir klitschnass. Chaeyoungs teure Dior-Bluse ist jetzt durchsichtig. Als ein paar Männer im Vorbeigehen einen Kommentar dazu machen, färben sich ihre Wangen rot.

»Ich muss mir was zum Anziehen kaufen«, sagt sie zu uns.

»Dafür haben wir keine Zeit.« Soyou will sofort mit den nächsten Hinweis weitermachen.

»Das Kaufhaus ist gleich da drüben.« Chaeyoung deutet zum Eingang eines Einkaufszentrums.

»Kauf doch einfach was hier.« Soyou zeigt auf den Stand eines Verkäufers, der Shirts und andere billige Mall-Kleidungsstücke im Angebot hat.

Es ist Chaeyoung anzusehen, wie sie schaudert. Etwas anzuziehen, das kein Designerlabel trägt, scheint eine ihrer schlimmsten Horrorvorstellungen zu sein. »Da kann ich nichts kaufen.«

»Wir haben keine Zeit«, wiederholt Soyou. »Bong ist bei solchen Spielen richtig gut. Wenn wir nicht schnell weitermachen, gewinnt sein Team.«

»Chaeyoung muss sich umziehen, sonst wird sie sich die nächste Stunde einen blöden Spruch nach dem nächsten von irgendwelchen Kerlen anhören müssen«, mische ich mich ein.

»War ja klar, dass du dich auf ihre Seite stellst. Ihr Reichen haltet immer zusammen. Fünfhunderttausend Won sind für euch ein Witz. Zu Chuseok bekommt ihr Umschläge, in denen doppelt so viel steckt. Ich aber nicht! Ich kaufe meine Schuhe hier unten, in solchen Shops.« Sie kickt mit dem High Heel, an dem sie die abgewetzten Stellen mit schwarzem Marker ausgebessert hat, in die Luft.

»Das wissen wir. Aber ich ziehe kein Zehntausend-Won-Shirt an. Das besteht garantiert aus Kunstfaser, und ich trage nur Naturstoffe. Das weißt du.«

Chaeyoung ist unnachgiebig, und in einem seltenen, wenn vielleicht auch in diesem Moment eher unnötigen Akt, Rückgrat zu zeigen, steuert sie zielstrebig das Kaufhaus an.

Soyou weigert sich, sich zu rühren. Und ich vergrabe das Gesicht in den Händen. Wenn ich Soyou bei ihrem nutzlosen Unterfangen unterstütze, wird Chaeyoung gezwungen sein, den Rest des Tages obenrum sozusagen nackt durch die Gegend zu laufen. Und wenn ich mich auf Chaeyoungs Seite stelle, wird sich Soyou fühlen, als würden sich die zwei verwöhnten reichen Mädchen gegen sie verschwören.

Am Ende beschließe ich, dass Chaeyoungs Würde wichtiger ist. Wir haben den Lotte-Tower- und den Starfield-Hinweis falsch interpretiert, gewinnen werden wir sowieso nicht mehr.

»Was willst du kaufen Chaeyoung? Gibt es im Lotte-Kaufhaus eine Dior-Boutique?«

»Ja.« In ihren Augen leuchtet Dankbarkeit.

Mehr als ein angespanntes Lächeln bekomme ich als Reaktion nicht zustande, weil Soyou sich gerade wie eine Außenseiterin fühlt; und ich weiß, wie beschissen das ist.

In der Dior-Boutique ist wenig los, und eine hilfsbereite

Verkäuferin findet schnell eine Ersatzbluse für Chaeyoung. Außer der Bluse sucht Chaeyoung drei Regenschirme aus, von denen sie einen Soyou hinhält.

Soyous Nasenflügel beben. Sie ist beleidigt. »Ich kann mir meinen eigenen Regenschirm leisten. So viel Geld habe sogar ich.«

Bevor Chaeyoung oder ich sie aufhalten können, zückt Soyou ihr Portemonnaie. Doch als die Verkäuferin die Regenschirme scannt, wird Soyou blass. Sie kosten doppelt so viel wie die Gewinnsumme, die Bujang-nim für die Schnitzeljagd ausgelobt hat. Ihr Stolz hält sie davon ab, einen Rückzieher zu machen, und mir bleibt nichts anderes übrig, als entsetzt mitanzusehen, wie Soyous Kreditkarte abgelehnt wird.

Chaeyoung legt schweigend ihre Karte auf den Tresen, und die Verkäuferin nimmt sie, doch noch bevor die Transaktion abgeschlossen ist, flucht Soyou: »Behalten Sie den verdammten Regenschirm. Ich will ihn nicht.« Damit wirbelt sie auf dem Absatz herum und stürmt aus dem Laden.

»Ich wollte nur nett sein.« Chaeyoungs Unterlippe zittert.

»Ja, ich weiß.« Was für eine beschissene Situation.

Es sind noch zwei weitere Hinweise auf unserer Karte übrig, und obwohl ich dank Yujuns improvisierter Unterrichtsstunde die Antworten kenne, halte ich den Mund. Soyous Laune ist düster; Chaeyoung schmollt. Niemand hat Lust zu reden. Chaeyoungs Unterlippe wird allmählich von der Kette ihrer Halskette aufgeschürft, an der sie ständig kaut, während Soyous Züge so verhärtet sind, dass sie einem Stein Konkurrenz machen könnte. Nach zwei weiteren Stationen kehren wir ins Büro zurück – wo bereits Bongs Team auf uns wartet.

»Ihr habt gewonnen«, sagt Soyou rundheraus. Ihr glattes, glänzendes Haar klebt in nassen Strähnen an ihrem Hals, ihre Bluse an den Armen und ihrem Bauch. Die schwarze Filzstiftfarbe an ihren Schuhen ist zum Teil vom Regen abgewaschen worden. Die Aufschläge ihrer schwarzen Hose sind mit Dreckspritzern übersät. Sie zerknüllt die Karte in ihrer Faust und wirft die Papierkugel auf ihren Bildschirm, von dem sie, ohne irgendwelchen Schaden anzurichten, abprallt, was sie noch wütender zu machen scheint. Dann dreht sie sich wieder zu Bong um und verhört ihn in schnellem Koreanisch. Ich höre das Wort »Lotte«, worauf sie zu mir herumfährt und mich anstarrt.

»Es war der Namsan Tower gemeint, richtig?« Selbst wenn sie Französisch gesprochen hätte, wäre mir nicht entgangen, worum es in ihrem kurzen Gespräch ging. Die Wut steht ihr deutlich im Gesicht geschrieben.

Bong wirft einen Blick auf Soyous geballte Hände und nickt langsam.

Soyous Kiefer arbeitet, als würde sie sich daran hindern, ihren Frust laut herauszuschreien.

Chaeyoung scheint den bevorstehenden Ausbruch ebenfalls zu erspüren. »Lass uns auf die Toilette gehen«, schlägt sie leise vor. Als Soyou sich nicht bewegt, packt Chaeyoung den Arm ihrer Freundin und zieht sie hinter sich her.

Ich weiß, dass von mir erwartet wird, hier zu sitzen und zu warten, bis sie wieder rauskommen, aber ich bin es leid, ausgeschlossen zu werden. Ich bin es leid, dass sie über mich lästern. Sie sollten wenigstens den Anstand haben, es nicht so offensichtlich zu tun. Also marschiere ich hinter ihnen her und stoße die Tür zu den Waschräumen auf, sodass sie laut gegen die Wand knallt und die beiden erschrocken auseinanderfahren.

»Warum versteckt ihr euch überhaupt hier drin, um hinter meinem Rücken über mich zu reden? Bleibt doch einfach im Büro und sprecht Koreanisch.«

»Im Restaurant hast du uns ziemlich gut verstanden«, schießt Soyou zurück.

»Dann solltest du vielleicht überhaupt nicht über mich reden.«

»Oder du rennst los, um es deiner Mama zu erzählen, genau wie du ihr von dieser dummen Team-Building-Idee erzählt hast?«

»Das kam nicht von mir.«

»Lüg nicht.«

Egal, wie lange ich es leugne, sie wird mir niemals glauben. »Glaub, was du willst.«

Es klopft an der Tür. »Wir wollen los. Seid ihr so weit?«

Zeit für unser *hweshik*. Was in etwa nach so viel Spaß klingt, als hätte ich heute noch einen Termin zum Weisheitszähneziehen. Ich frage mich, ob ich gefeuert werde, wenn ich mich nicht anschließe. Was eventuell das bestmögliche Ergebnis wäre.

Keiner von uns will gehen, aber Soyou, immer ehrgeizig, schluckt ihre Wut und ihren Stolz hinunter und marschiert uns voraus in den Flur. Unten wartet eine Reihe von Taxis, die nach und nach von meinen Kollegen gefüllt werden. Als ich an der Reihe bin, klettere ich auf die Rückbank und rutsche ganz durch, um Platz für die anderen beiden zu machen. Chaeyoung will mir gerade folgen, als ihr Handy klingelt, und Soyou bekommt eine Textnachricht. Ich schaue ebenfalls auf mein Smartphone, aber da ist nichts.

Chaeyoung beugt sich runter, um zu mir rüberzusehen. »Wir treffen uns dort.« Dann sagt sie etwas zum Taxifahrer und schlägt die Tür zu.

Ich blinzle überrascht, als sich der Wagen in Bewegung setzt, und Soyou und Chaeyoung auf dem Bürgersteig zurückbleiben.

Zehn Minuten später setzt mich der Fahrer vor einem Grillrestaurant ab. Ich kann niemanden entdecken, der mir bekannt vorkommt, aber vielleicht liegt es daran, dass ich schneller hier war als alle anderen.

Da es keins der Lokale ist, in denen man einen Platz zugewiesen bekommt, wähle ich einen der langen Tische aus, setze mich und warte. Und warte und warte und warte. Nach einer halben Stunde zücke ich mein Handy und überlege, wem ich schreiben soll. Es kommt mir seltsam vor, dass der Name des Restaurants nicht an den Gruppenchat geschickt wurde so wie sonst auch.

ICH: Ich muss mich mit dem Restaurant vertan
haben. Wo findet das Abendessen statt?

Aber es kommt keine Antwort. Nicht in den ersten fünf Minuten und auch nicht in den nächsten fünfzehn. Natürlich kommt keine Antwort, weil während der *hweshiks* keine Handys erlaubt sind.

Der Kellner kommt an meinen Tisch und sagt etwas in scharfem Ton auf Koreanisch, was vermutlich »raus hier«

bedeutet. Ich lege Geld auf den Tisch, obwohl man in Korea kein Trinkgeld gibt, aber ich habe den Tisch fast eine Stunde lang besetzt gehalten. Sollte es Soyous und Chaeyoungs Ziel gewesen sein, mich zu demütigen, ist es ihnen gelungen.

Ich schleiche aus dem Restaurant und stehe auf der Straße. Inzwischen ist es dunkel, feuchter Nebel liegt in der Luft. Der Regenschirm aus der Dior-Boutique lehnt an meinem Schreibtisch im Büro.

Der Nebel wird zu Sprühregen, der sich wiederum in Platzregen verwandelt. Als das Wasser den Seidenstoff meiner Bluse an meiner Haut kleben lässt, treffe ich eine Entscheidung. Die IF Group ist nichts für mich.

KAPITEL DREISSIG

Das Gebäude, in dem ich zu Hause in Iowa gearbeitet habe, war viergeschossig und hatte einen Garten, in dem das Gartenbau-Team verschiedene Pflanzen anbaute, Fotoshootings organisierte und Firmen-Events veranstaltete. Die Belegschaft war klein, zum Teil wegen zunehmender Budgetkürzungen, aber auch, weil es sich früher um ein Familienunternehmen gehandelt hat, das ein paar Jahre, bevor ich dort anfing, an einen Großkonzern verkauft worden war. Yujun nennt die IF Group eine Familie, und vielleicht ist sie das auch – wenn die Familie aus einem Haufen dysfunktionaler Lästermäuler besteht. Es ist unfair von mir, das gesamte Unternehmen zu verurteilen, obwohl ich nur einen kleinen Bereich davon kenne, aber das ist mir wirklich egal. Dies sind meine Gefühle, und sie gehen nicht weg.

Als ich aus dem Aufzug steige, ist der Flur im siebten Stock menschenleer. Die Stühle sind an die Tische geschoben. An meinem Arbeitsplatz stapeln sich Ordner und andere Unterlagen. Die Uhr auf dem Bildschirmschoner von Chaeyoungs Computer springt von einer Seite des Bildschirms zur anderen. Das leise Summen des Luftreinigers vermischt sich mit dem subtilen Rauschen der Festplattenlüfter, aber es gibt keine Geräusche, die Leben signalisieren. Ich werde diesen Ort nicht vermissen.

Als ich Schritte und kurz darauf ein Keuchen höre, fahre ich erschrocken zusammen. Als ich mich umdrehe, stoße ich beinahe den Ordnerstapel auf meinem Schreibtisch um. Soyou steht an der Tür und umklammert mit einer Hand den Rahmen, mit der anderen hält sie sich den Mund zu. Ihr Haar ist zerzaust und ihre Bluse halb aus der Hose herausgezogen. Selbst im schwachen Licht kann ich den rosa Hauch erkennen, der auf ihren Wangenknochen liegt. Hinter ihr taucht ein weiterer Kopf auf, und dieses Mal bin ich zu schockiert, um nicht scharf einzuatmen.

»Bujang-nim?«

»Was machen Sie hier?«, fährt er mich auf Koreanisch an.

»Hab meinen Regenschirm vergessen.« Ich hebe den weißen Schirm in die Luft, während mein zu langsames Gehirn zwei und zwei zusammenzählt und auf eine Summe kommt, die mir nicht gefällt. Der Knutschfleck an Soyous Schlüsselbein vor ein paar Wochen, ihre zerzausten Haare in diesem Moment, das leere Büro, die beiden zusammen, das alles erzeugt ein Bild in meinem Kopf, das ich um jeden Preis wieder löschen möchte. Es geht mich nichts an. Wirklich nicht. Ich rücke die Ordner zurecht und trete den Rückzug zu den Fahrstühlen an. »Bis dann.«

Die beiden treten zur Seite, aber niemand sagt mehr ein Wort.

Der Aufzug braucht ungefähr ein Jahr, um im siebten Stock anzukommen, und erst als ich drinstehe und er nach unten zu gleiten beginnt, hole ich wieder richtig Luft. Soyou braucht diesen Job. Das erkennt man an ihrer bescheidenen Kleidung, ihren abgetragenen Schuhen, ihrer fast verzweifelten Arbeitsmoral. Und obwohl ich Bujang-nim nicht mag, er hat zwei Kinder. Wenn er seinen Job verliert, könnte sich das negativ auf das Leben der beiden auswirken.

Ich habe keine Ahnung, was ich tun soll. Falls Soyou sexuell belästigt wird, muss Bujang-nim gehen, Familie hin oder her. Falls sie eine Affäre mit ihm hat, weil sie ihn mag, geht mich das etwas an? Würde sie mir überhaupt die Wahrheit sagen, wenn ich sie fragen würde?

Mit Yujun kann ich unmöglich darüber sprechen, er würde sofort eine Untersuchung einleiten. Und wenn ich es Jules erzähle – Miss-offene-Kommunikationswege-sind-gut-für-eine-Beziehung –, wird sie es Bomi sagen, die der Sache sofort nachgehen wollen würde.

Ich sollte mit Soyou sprechen, was bedeutet, dass ich morgen zur Arbeit kommen muss. Trotz all meiner gegenteiligen Vorhaben. Verdammt.

Am nächsten Tag fahre ich früh nach Yongsan. Nicht nur um Soyou abzufangen, sondern auch um mich von Yang Ilhwa zu verabschieden. Da dies mein letzter Tag bei der IF Group sein wird, möchte ich sie wissen lassen, dass ich in Zukunft nicht mehr so häufig vorbeikommen werde. Aber als ich an der Stelle ankomme, wo der Imbisswagen die letzten drei Monaten gestanden hat, ist er nicht da.

Ich reibe mir die Augen, um sicherzugehen, dass ich nichts übersehe, dass ich mich in der richtigen Straße befinde, vor dem richtigen Supermarkt mit der Autowerkstatt nebenan.

Die Ansicht bleibt dieselbe.

Im Supermarkt informiert mich der Angestellte, dass Yang Ilhwa schon seit mehreren Tagen nicht mehr da war.

Panik breitet sich in meiner Brust aus. Was, wenn sie nicht einfach nur die Grippe hatte? Was, wenn sie richtig krank ist?

Ich schicke ihr eine besorgte SMS.

ICH: Geht es Ihnen gut, Seonsaeng-nim?

Ich trommle ungeduldig mit den Fingern auf die Rückseite meines Handys, während ich auf eine Antwort warte. Die nicht kommt. Nach ein paar Minuten rufe ich ein Taxi und nenne dem Fahrer die Adresse von Yang Ilhwas Wohnung.

Die Fahrt dauert viel zu lange, und als ich endlich ankomme, steht kein Food Truck auf dem Parkplatz. Verkauft sie inzwischen an einer anderen Stelle? Aber warum hat sie mir dann nicht geschrieben? Andererseits, warum sollte sie? Ich bin ihre Kundin. Allerdings eine Kundin, die zwei Tage lang in ihrem Food Truck ausgeholfen hat, weshalb ich aufgehört habe, sie Imo-nim zu nennen, und stattdessen zu Seongsaeng-nim gewechselt habe. Habe ich mir damit nicht wenigstens ein klein bisschen Rücksichtnahme verdient?

Yang Ilhwas Wohnung befindet sich nicht in einem Haus mit mehreren Apartments, die über ein Treppenhaus erreicht werden. Stattdessen gibt es Außenflure wie in den älteren Motels in den USA, mit Betonwänden, die mir bis zur Brust reichen. Ich habe gelesen, dass viele davon kurz nach dem Krieg gebaut wurden, was die ganzen tristen grauen Wände erklärt.

Ich klopfe an ihre Tür, aber drinnen rührt sich nichts. Die Fenster der Wohnungen in dieser Reihe sind alle mit Eisenstäben vergittert, was nicht gerade besonders einladend wirkt. Die Nachbarn werden es bestimmt nicht zu schätzen wissen, wenn ich an eine Tür nach der anderen klopfe, um mich in meinem ungeübten Koreanisch zu erkundigen, ob es Yang Ilhwa gut geht.

Ich hasse es, Yujun stören zu müssen, weil er immer so viel zu tun hat, aber wäre ich an seiner Stelle, würde ich wollen, dass er mich anruft.

Er geht sofort dran – und klingt besorgt. »Hara?«

»Alles in Ordnung«, beruhige ich ihn schnell. »Na ja, zumindest mit mir. Ich stehe vor Yang Ilhwas Wohnung, aber sie macht nicht auf. Meinst du, es gibt vielleicht einen Hausmeister oder so, mit dem ich sprechen kann? Wo würde ich ihn finden?«

»Yang Ilhwa ist die *ahjumma*, der der Imbisswagen gehört, oder?«

»Ja.«

»Hast du nicht gesagt, dass du ihr geholfen hast, weil sie krank war? Vielleicht ist sie im Krankenhaus.«

»Im Krankenhaus? Sie hatte doch nur die Grippe!« Oder doch etwas Ernsteres.

»Um eine Infusion zu bekommen«, beschwichtigt er mich. »Hier ist das anders als in Amerika, wo man schon halb tot sein muss, bevor man ins Krankenhaus geht. Hier holen wir uns eine Infusion, wenn wir eine Erkältung oder Grippe haben. Staatliches Gesundheitssystem, erinnerst du dich?«

Jetzt schon. »In welches Krankenhaus würde sie gehen?«

»Kannst du mir deinen Standort schicken?«

Ich öffne die Online-Karte und teile meinen Standort mit ihm. »Hast du die Nachricht bekommen?«

»Ja. Es gibt ein Krankenhaus ganz in der Nähe. Lass mich kurz da anrufen. Bleib, wo du bist, ich hole dich ab.«

Zwanzig Minuten später ist Yujun da – zum Anbeißen zerzaust und in einer dunkelblauen Hose, Halbschuhen und einem weißen Hemd mit einer mir nur allzu bekannten Krawatte. Auf seinem Kopf sitzt ein marineblaues Basecap mit einer verstellbaren Schnalle, die so abgenutzt ist, dass sie kupferfarben glänzt.

»Hübsche Krawatte.« Ich zupfe daran.

Er beugt sich zu mir hinunter und küsst mich seitlich auf den Mund. »Vielen Dank. Die hat mir jemand geschenkt.«

»Die Frau hat Geschmack.«

»Stimmt.« Sein linkes Grübchen erscheint. »Einen großartigen Geschmack. Aber jetzt zu deiner Freundin: Ich habe sie gefunden. Sie liegt mit einer Lungenentzündung im Krankenhaus.«

Ich löse die Hand von seiner Krawatte. »O Gott.«

»Es geht ihr gut. Ich habe mit ihrem Sohn gesprochen. Er war etwas verwirrt, dass ihn irgendein Fremder anruft, um sich nach ihr zu erkundigen. Als ich ihm erklärt habe, dass du diejenige warst, die seiner Mutter ausgeholfen hat, meinte er, dass er gar nicht wusste, dass seine Mutter eine Angestellte hat.« Yujun streicht mir mit der Hand über den Hinterkopf, und ich weiß, was er als Nächstes sagen wird, noch bevor er den Rest des Gesprächs wiedergegeben hat.

»Ich bin gefeuert, nicht wahr?«, sage ich scherzhaft.

»Nicht ganz. Obwohl der Sohn nicht besonders glücklich über die möglichen steuerlichen Auswirkungen zu sein schien, die es haben könnte, wenn man eine ausländische Aushilfe ohne gültiges Visum einstellt.«

Ich schätze, es ist eine Sache, für meine Mutter zu arbeiten, und eine ganz andere, für jemand, den man nicht gut kennt.

»Falls dich das beruhigt: Die Söhne wollen nicht, dass sie weiterarbeitet. Sie sind der Meinung, dass es ihrer Gesundheit nicht guttun würde. Also glaube ich weniger, dass du gefeuert bist, sondern eher, dass die Geschäfte eingestellt werden.«

Er drückt mir einen weiteren Kuss aufs Haar und geht mir voraus zu seinem Wagen, mit dem wir zum Krankenhaus fahren. Wo wir vom ältesten Sohn in Empfang genommen werden, der, wie Yujun mich vorgewarnt hat, ziemlich distanziert und kühl wirkt. Nach einer Unterhaltung auf Koreanisch, von der ich nichts verstehe, tritt der Sohn beiseite und lässt mich ins Krankenzimmer.

Yang Ilhwa hat Mühe, sich aufzusetzen.

»O nein, bitte bleiben Sie liegen, Seonsaeng-nim!« Ich gehe mit schnellen Schritten zum Bett. »Ich wusste nicht, dass Sie so krank sind. Ich hätte gerne noch mal den Food Truck übernommen.«

»*Aigoo*, immer so höflich.« Sie tätschelt meine Wange und schaut dann über meine Schulter. »Wen haben Sie mitgebracht?«

Yujun tritt vor und senkt den Kopf. »Choi Yujun. Ich bin Haras Freund.«

»So gut aussehend. Was arbeiten Sie?« Sie mustert ihn von oben bis unten, als würde sie im Kopf zusammenrechnen, was sein Outfit gekostet haben könnte.

»Er ist reich, Seonsaeng-nim«, versichere ich ihr.

Yujun unterdrückt ein Lachen, aber alles andere wäre Augenwischerei gewesen.

Yang lehnt sich in ihre Kissen zurück. »Ich habe nicht nach Hilfe gefragt, weil ich den Food Truck verkaufe. Arbeit ist zu viel für mich. Meine Söhne wollen, dass ich aufhöre.«

Ich reibe meine Lippen aneinander, als die Idee, die mir vor ein paar Tagen durch den Kopf gegeistert ist, zurückkehrt. »Was passiert mit dem Truck?«

»Verkaufen. Food Trucks heutzutage sehr beliebt.«

»Haben Sie schon einen Käufer im Auge?«

»Nein. Ich werde einem Händler geben. Vielleicht verliere ich etwas Geld, aber«, sie zuckt mit den Schultern, »ist einfach. Einfacher.«

Als ich Yujuns Hand auf meiner Schulter spüre, weiß ich, dass er denkt, dass dies der falsche Zeitpunkt ist, um das Thema anzusprechen; dabei war er sich bis zu diesem Moment wahrscheinlich nicht einmal bewusst, dass ich bereits mit dem Gedanken gespielt habe.

»Seonsaeng-nim, mir ist klar, dass dies ist nicht der richtige Zeitpunkt ist, um Sie nach Details zu fragen, aber würden Sie mich anrufen oder mir eine Nachricht schreiben, bevor Sie den Truck beim Händler listen lassen?«

Sie neigt den Kopf, um wieder Yujun anzustarren. »Er ist reich, haben Sie gesagt?«

Ich nicke.

»Dann ich rufe an, wenn ich aus dem Krankenhaus bin, und wir können uns treffen. Ich weiß, dass ihr Kinder heutzutage Kaffee mögt. Wir werden einen Kaffee trinken und über den Truck sprechen. In der Zwischenzeit gehen Sie zum Majang Markt, Fleisch kaufen. Kochen Sie zu Hause und bringen Sie mir etwas mit. Ich werde sehen, wie ernsthaft Sie meinen.«

Yujun wartet, bis wir in seinem Auto sitzen, bevor er fragt: »Kaufen wir einen Food Truck?«

»Vielleicht? Haben wir dafür genug Geld?«

»Haben wir. Darf ich fragen, warum wir ihn kaufen, wenn wir beide bei der IF Group arbeiten?«

»Ach ja, deswegen ...« Ich reibe mir die Nase, dann die Stirn, bis ich herausplatze: »Ich werde kündigen.«

Es entsteht eine lange Redepause, während der Yujun vermutlich eine Reihe von Antworten durchgeht, um schließlich zu folgendem Ergebnis zu kommen: »Ich bin froh, dass ich noch nicht losgefahren bin.«

»Yep, ich auch.« Ich spähe zwischen meinen Händen hindurch, um zu sehen, wie aufgewühlt er ist, aber die einzige Emotion, die ich auf seinem Gesicht erkennen kann, ist Verwirrung.

»Liegt es an den Menschen, mit denen du zusammenarbeitest, oder an der Arbeit an sich?«

»An allem.« Ich gebe ihm eine sehr kurze Zusammenfassung der gestrigen Ereignisse, von den Hinweisen auf der Karte bis zu der Tatsache, dass ich zum Abendessen an die falsche Adresse geschickt wurde. »Vielleicht war es ein Versehen, aber ich möchte nicht dorthin zurück. Der Job ist nicht gut für meine seelische Gesundheit.« Ich lächle traurig. »Ich habe keine Ahnung, wie man einen Food Truck betreibt, aber Yang Ilhwa weiß es. Sie kann mir alles über das Geschäft beibringen. Ich kann den Winter damit verbringen, Gerichte auszuprobieren, zu recherchieren und zu rechnen. Es ist ziemlich viel von dir verlangt, den Food Truck für mich zu kaufen, aber ich werde dir alles zurückzahlen. Ich habe ein paar Ersparnisse ...« Ich lasse den Satz in der Luft hängen, als mir klar wird, dass meine Ersparnisse wahrscheinlich aus Wansus Tasche stammen, die mir das Geld über Ellen hat zukommen lassen.

»Es geht nicht ums Geld. Wir wissen beide, dass ich zehn Food Trucks kaufen könnte und nicht einmal merken würde, dass sich mein Kontostand verändert hat. Wenn du das wirklich willst, weiß ich, dass du es großartig machen wirst. Das eigentliche Problem ist, dass wenn die internationale Marketingabteilung so dysfunktional ist, dass das Team die Tochter der CEO rausekelt, unser Geschäft irgendwann größeren Schaden nehmen wird, wenn wir nichts unternehmen. Um eine Untersuchung werden wir nicht drum herumkommen.«

Ich lasse den Kopf hängen. »Das dachte ich mir schon. Ich möchte aber nicht, dass jemand gefeuert wird, weil er gemein zu mir war, sondern nur weil die Person ihren Job nicht gut gemacht hat.«

»Einverstanden.« Er startet das Auto. »Willst du es Eomma beibringen, oder soll ich?«

»Mir wäre es sehr lieb, wenn du das übernehmen könntest.«

»Okay.«

Ich lache. »Aber da es meine Verantwortung ist, werde ich es ihr selbst sagen.«

Wansu nimmt die Neuigkeiten sehr viel besser auf, als ich erwartet habe. Sie erzählt mir nicht einmal, wie viele Food Trucks innerhalb der ersten sechs Monate nach ihrer

Eröffnung pleitegehen. Und sie starrt mich auch nicht so lange an, bis ich einknicke und meine Idee verwerfe.

»Gibt es offene Projekte, die du noch abschließen musst?«

»Nein. Keine.«

Sie rollt einen Füller zwischen den Fingern. »Hat die Abteilung nicht genug zu tun?«

»Doch, ziemlich viel sogar. Und es gibt einige gute Kolleginnen und Kollegen. Bong Hyoseob. Kim Soyou.« Ich erwähne sie ausdrücklich, weil ich um die Sicherheit ihres Arbeitsplatzes fürchte.

»Fährst du direkt nach Hause, oder hast du noch etwas vor?«

»Ich muss auf den Majang Fleischmarkt. Dort kauft Yang Ilhwa immer ein.«

»Dann meinst du es mit diesem Food Truck wirklich ernst?«

»Ja. Auch wenn es vielleicht naiv klingt, aber Leute mit Essen zu versorgen, ist sehr befriedigend.«

»Dann sehen wir uns später zu Hause zum Abendessen.«

Aus den Toilettenräumen im vierzehnten Stock rufe ich Ellen an.

»Hallo, mein Schatz! Arbeitest du gar nicht?«

»Ich habe heute gekündigt.«

»O mein Gott! Was hat Wansu gesagt? Geht es ihr gut?«

Mir entwischt ein irritiertes Lachen. »Wansu? Und was ist mit mir?«

»Natürlich mache ich mir auch Gedanken um dich; aber hast du den Job nicht angenommen und bist extra in Korea geblieben, damit Wansus Firma nicht den Bach runtergeht? Ich hoffe, das ist nicht der Fall.«

»Als ich es ihr gesagt habe, hat sie auf jeden Fall nicht besonders besorgt gewirkt.«

»Liebling, selbst wenn ihr Unternehmen wegen dir Probleme bekommen könnte, würde sie dir das nie sagen. So was tun Mütter nicht.«

»Du magst Wansu wirklich gerne, oder?« Ich lasse mich mit dem Rücken gegen die holzverkleidete Wand sinken und gebe mir einen Moment, diesen Gedanken sacken zu lassen.

»Das habe ich dir doch gesagt. Wir haben viel gemeinsam. Ach, übrigens, hat sie dir schon erzählt, dass ich Weihnachten zu euch komme? Wansu möchte, dass ich den Weihnachtsbaum schmücke und Plätzchen backe und einen Braten mache und all das. Ich mache mir schon die ganze Zeit Gedanken über Geschenke. Hast du vielleicht eine Idee? Nicht nur für Wansu, meine ich, sondern auch für ihren Sohn. Schreib mir auf jeden Fall, wenn dir was einfällt. Ich will den beiden etwas schenken, dass sie in Korea nicht bekommen.«

Eine Frau kommt herein und hebt fragend eine Augenbraue.

»Ich muss auflegen, Mom. Jemand möchte die Toilette benutzen.«

»Alles klar. Hab dich lieb. Bis bald!«

Mit einem kurzen Nicken in Richtung der Frau schlüpfe ich aus der Tür. Nächster Halt: siebte Etage.

Als ich unsere Abteilung betrete, sitzen alle meine Kollegen an ihren Schreibtischen. Bujang-nims Gesicht nimmt eine hässliche rote Farbe an, und Soyou wird kreidebleich.

»Ich werde das Unternehmen für eine andere Arbeitsstelle verlassen«, verkünde ich. »Ihr seid alle sehr freundlich zu mir gewesen.« Irgendwo weiter hinten im Raum hüstelt jemand. »Aber es hat sich eine neue Herausforderung für mich aufgetan.« Ich sehe meine Kollegin an. »Soyou, wir haben jetzt unseren Termin.«

»Ihr beide?« Chaeyoungs Augenbrauen treffen sich in der Mitte. Offensichtlich ist es ihr unmöglich, sich ein Treffen zwischen mir und ihrer wütenden Freundin auch nur ansatzweise vorzustellen.

»Ja, oder?« Ich sehe Soyou herausfordernd an, die darauf schweigend ihre Handtasche nimmt und aufsteht. Ich bin bereits auf halbem Weg zur Tür, als sie mich zurückruft. Sie hält meinen Dior-Regenschirm in der Hand.

»Hier.«

»Danke.« Ich nehme ihr den Schirm aus der Hand und bedeute ihr mit einer Geste, mir vorauszugehen. Alle Blicke folgen uns, aber ich bin daran gewöhnt. Im Gegensatz zu Soyou, die sich komplett versteift.

»Wo gehen wir hin?«, fragt sie, während wir auf den Aufzug warten.

»Majang Fleischmarkt.«

»Ist das dein Ernst?« Sie studiert meine unbewegliche Miene.

»Todernst.«

Ihre Miene verrät, dass sie den Ausdruck nicht kennt. Blöd für sie. Ich habe keine Lust, ihn ihr zu erklären.

Wir nehmen die U-Bahn bis zur Station Majang. Über dem Eingang zum Markt hängt ein großer Bullenkopf aus Plastik. Dahinter schaut ein glückliches Schwein hervor. Über dem ursprünglichen *hangul*-Schriftzug »Majang

Chuksanmul Sijang« steht falsch geschrieben »Welcome to Meat Market«. Hier hätte ich gut meine Dienste als Lektorin anbieten können.

Über dem Hauptgang des Fleischmarktes wölbt sich eine Überdachung aus rotem Acryl und verblichenen, durchscheinenden, gelben Plastikscheiben. Rechts und links des schmalen Gangs reihen sich Auslagen voller Rind- und Schweinefleisch aneinander. Es ist weniger los, als ich gedacht hätte. Motorräder mit Kühlboxen rasen an uns vorbei, ein Pritschenwagen rumpelt die asphaltierte Gasse entlang.

Alle erdenklichen Fleischstücke sind erhältlich, von ganzen Rippenbögen bis hin zu hauchdünnem Roastbeef, das mit *shabu-shabu* serviert wird, den Hot-Pot-Suppen, die man in den Lebensmittelhallen im Untergeschoss der Lotte-Kaufhäuser bestellen kann. Verkäufer werben mit der Nutzung eines Grills im Obergeschoss für nur fünftausend Won pro Person. Wir passieren gefühlt hundert Rindermetzger, bis wir schließlich vor einem Stand stehen, an dem Schweinefleisch verkauft wird. Während Soyou schweigend zuschaut, feilsche ich unbeholfen mit dem Metzger, bis mein jämmerliches Koreanisch sie so frustriert, dass sie mich zur Seite stößt und einen Preis verhandelt, der deutlich unter dem liegt, der auf dem Schild in der Vitrine angegeben ist. Der Metzger wirft sogar noch mehrere Knochen umsonst mit in die Tüte. Soyou nimmt sie entgegen und drückt sie mir in die Hände.

»Sind wir fertig?«

»Noch nicht.«

Ich gehe den Gang weiter, sehe mir die Angebote an, vergleiche Preise, sammle Ideen. Soyou folgt mir. Am Ende des Ganges kaufe ich zwei Milkis und eine Portion in Perillablätter gewickelte Rindfleischstückchen. »Ich hoffe, du hast was mit ihm, weil er unglaublich toll ist und er dich auf Touren bringt. Und nicht, weil er dir eine Beförderung versprochen hat.«

»Auf Touren?«, fragt sie leise und klingt dabei überhaupt nicht mehr wie die Soyou, die mich mit schmalen Augen anstarrt, während sie mich unfreundlich anfährt.

»Ich meine, dass er dich heiß macht. Dich anmacht.« O Mann, diese Unterhaltung über meinen Ex-Boss ist furchtbar. Ich versuche es noch einmal von Neuem. »Ich hoffe, dass du mit ihm zusammen bist, weil du es wirklich möchtest, und nicht, weil er seine Position dir gegenüber ausnutzt.«

»Oh.«

»Ich würde dir etwas Besseres als das wünschen, Soyou. Du bist hübsch und klug und verdienst mehr als einen mittelalten Teammanager, der Vater von zwei Kindern ist.«

Sie reckt trotzig das Kinn. »Du hast keine Ahnung, wie schwer es ist. Es gibt Tausende Frauen, die klüger oder besser ausgebildet sind als ich. Wer würde mich denn bitte nehmen, wenn ich nicht mehr für IF arbeite? Ich würde nie bei Firmen wie Samsung oder Kakao unterkommen. Und im Gegensatz zu Chaeyoung komme ich aus keiner Familie, die mir leicht einen neuen Job besorgen könnte. Ich bin auf einen sicheren Arbeitsplatz angewiesen. Ich kann keine *baeksu* werden.«

Damit meint sie eine Person mit »weißen Händen«, jemanden, der nicht arbeitet oder deutlicher: eine Loserin.

Ich halte ihr das Papierschiffchen mit dem Rindfleisch hin. »Hier, nimm dir. Die Mittagspause verpasst du.«

Sie zieht eine Grimasse, nimmt sich aber ein Stück. »Als ich nach Seoul gekommen bin, habe ich mich total fehl am Platz gefühlt. Ich hab die falschen Sachen getragen, und meine Aussprache war anders. In Südkorea werden ganz viele unterschiedliche Dialekte gesprochen, aber der Seouler wird als Standard angesehen. Wenn man *satoori* spricht, schauen die Leute auf einen herab. Und weil ich mich an diese ersten Wochen so gut erinnere, war ich wütend, als man uns gesagt hat, dass wir mit dir Englisch sprechen sollen. Mein Englisch ist nicht besonders gut, und wenn man nicht gut ist, dann denken die Leute, dass man dumm ist. Irgendjemand wird deswegen immer über einen urteilen.«

»Und dieser jemand bin ich?«

Sie nickt und presst die Lippen zusammen, während sie hektisch blinzelt, als würde sie dagegen ankämpfen, in Tränen auszubrechen. Soyou ist nicht der Typ, der weint, um bemitleidet zu werden. Stattdessen würde sie einen eher beschimpfen. Dass sie mir ihre wahren Gefühle zeigt, überzeugt mich deswegen, dass sie es ernst meint. Oder ich lasse mich von ihr täuschen.

»Ich hätte dich niemals deswegen verurteilt. Es war mir selbst einfach wahnsinnig peinlich, Koreanisch zu sprechen.«

»Aber du hast es versucht. Das bewundern wir alle. Und als du neulich beim Abendessen so gut gesprochen hast, hat uns das Angst gemacht. Weil wir uns nicht erinnern konnten, was wir alles auf Koreanisch über dich gesagt haben. Es tut mir leid. Wirklich.« Sie verbeugt sich tief genug, dass ich ihre Wirbelsäule sehen kann; dabei hält sie die Schale mit dem Essen in der einen Hand und die andere auf ihren Bauch gepresst.

Mein erster Impuls ist, ihr zu sagen, dass es ihr nicht leidtun muss, aber sie hat mir nun mal das Leben schwer gemacht, und es gibt keinen Grund, diese Tatsache zu ignorieren. Dafür haben sie und Chaeyoung mich in den vergangenen Monaten viel zu häufig ausgeschlossen und kritisiert. Ich könnte die Gedanken daran loslassen und sagen, dass es mir nichts ausgemacht hat, aber das wäre gelogen. Ich kann die Wunde weiter eitern lassen oder versorgen und ihr erlauben zu heilen.

»Du warst nicht nett zu mir, Soyou, und dass ihr mich ins falsche Restaurant geschickt habt, war grausam, aber ich werde mich nicht daran festklammern und für alle Zeiten wütend sein. Es gibt einige Dinge in meinem Leben, die sehr schön sind, und auf die werde ich mich konzentrieren. Und ich würde dir raten, das Gleiche zu tun.« Ich drücke ihr einen Milki und meinen Regenschirm in die Hand. »Nimm ihn. Man sollte sich bei seinen Entscheidungsfindungen nicht ständig von seiner Unsicherheit leiten lassen. Ich habe weder meiner Mutter noch Yujun erzählt, was ich gesehen habe. Das ist etwas, womit du dich selbst auseinandersetzen solltest. Wenn er dich belästigt, sollte er gefeuert werden. Wenn du mit ihm schläfst, um beruflich weiterzukommen, wird das nicht gut für dich enden. Wenn du mit ihm zusammen bist, weil du ihn liebst, erinnerst du dich vielleicht daran, dass er zwei Kinder hat, die am Boden zerstört wären, wenn ihre Familie auseinanderbrechen würde. Du bist gut in deinem Job, Soyou, aber ich glaube nicht, dass du stolz auf dich bist.«

KAPITEL EINUNDDREISSIG

»Bist du Christin, Hara? Seid ihr beide Christen, ich meine, du und Ellen?«, fragt Wansu, als wir mit einer dampfenden Kanne Tee zwischen uns im Wohnzimmer sitzen.

Sie hat mich gebeten, ihr mehr von meinen Food-Truck-Abenteuern zu erzählen, die sich bisher noch in Grenzen halten. Aber ich habe ihr von meinen Trips mit Sangki zu verschiedenen Imbissen berichtet und davon, dass ich Yang Ilhwa sehr mag. Und ich habe ihr erzählt, dass mich das Essen bei ihr an Iowa erinnert, an Jahrmarktessen – was aus irgendeinem Grund dazu geführt hat, dass sie sich nach meiner Religionszugehörigkeit erkundigt hat.

»Ja, ich denke schon, aber wir gehen nicht in die Kirche. Ich glaube an Gott.«

»Es gibt ziemlich viele Christen in Korea, aber die meisten Leute würden von sich behaupten, Agnostiker oder Buddhisten zu sein. Viele glauben an Wiedergeburt. Es gibt eine bekannte Redewendung, in der es heißt, dass man in seinem früheren Leben ein Land vor dem Untergang bewahrt haben muss, wenn einem im jetzigen etwas Gutes passiert.« Sie reicht mir eine Tasse Tee.

Ich schlinge die Finger um das warme Porzellan. »Das habe ich auch schon mal gehört.«

»Als du zu mir zurückgekehrt bist, habe ich mich genau so gefühlt. Dass ich in meinem vorherigen Leben ein ganzes Land gerettet haben muss. Was ich über dich und Yujunah gesagt habe, tut mir leid. Das Video hat mich so schockiert, dass ich unüberlegt reagiert habe. Ich werde noch eine Weile brauchen, bis ich mich an die Situation gewöhnt habe, aber bitte glaub mir, dass es mir aufrichtig leidtut.« Sie senkt den Kopf zu einer tiefen Verbeugung.

Mir stockt der Atem, während ich spüre, wie sich verhaltene Freude in mir ausbreitet. Seit Chuseok hat sie kein Wort mehr über mich und Yujun verloren, und es ist das erste Mal überhaupt, dass sie ihre Akzeptanz uns gegenüber zum Ausdruck bringt.

Ich versuche, vor Glück nicht zu breit zu grinsen, als ich antworte: »Vielen Dank. Und bitte nimm auch du meine Entschuldigung dafür an, mich am Arbeitsplatz nicht angemessen verhalten zu haben.«

»Ich nehme deine Entschuldigung an. Wir müssen nie wieder darüber sprechen.« Sie wirkt erleichtert, und ich bin es auch. Sie nippt an ihrem Tee, bevor sie fortfährt. »Dein Vater hatte früher auch eine Art Food Truck. Keinen beweglichen so wie du; eher einen Imbissstand, wie man sie auf den Märkten sieht. Er hat Fischfrikadellen angeboten. Sie waren sehr gut. Und er hat Bananenmilch verkauft. Wir sollten ihn besuchen, du und ich.«

»Aber er ist ... tot, oder?« Ich kann ihr nicht wirklich folgen.

»Ja. Ich meine, wir sollten sein Grab im Seoul Choomo Gongwon besuchen. Er ist in einer Urnenhalle beigesetzt.« Sie rührt in ihrem Tee, obwohl sie weder Zucker noch

Milch hineingetan hat. »Es ist sehr schön dort, Hara. Es würde deinem Vater gefallen. Das Gebäude steht am Fuß des Woomyunsan. Die Decken sind sehr hoch, und es gibt viel natürliches Licht.«

»Seoul Park?« Ich weiß, dass *gongwon* »Park« bedeutet, aber bei *choomo* bin ich mir nicht sicher.

»Dein Koreanisch wird immer besser, Hara. *Choomo* bedeutet ›die Verstorbenen ehren‹. *Choomogongwon* heißt also wörtlich übersetzt: ›öffentlicher Park, in dem man die Erinnerungen an einen Verstorbenen bewahren kann‹. Aber auf Englisch heißt er einfach Seoul Memorial Park.«

Ich habe keine Erinnerungen an Lee Jonghyung zu bewahren. Das Einzige, was ich mit ihm erlebt habe, ist seine Beerdigung. Ich habe mehr als vierundzwanzig Stunden neben zwei Frauen verbracht, die ich nicht kannte, und keine von beiden war Wansu. Sie hatte für die Beerdigung bezahlt. Sie ist gekommen und hat sich verbeugt und etwas zur Vermieterin meines Vaters und seiner Freundin – oder Liebhaberin oder Affäre oder was auch immer die Frau zum Zeitpunkt seines Todes für ihn war – gesagt. Sie ist nicht geblieben. Ich frage mich, welche Erinnerungen sie bewahrt. Falls es überhaupt welche gibt.

»Du musst das nicht für mich tun.«

»Ich tue es nicht nur für dich, Hara. Ich tue es auch für mich.«

Wieder geistern mir Ellens Worte durch den Kopf. Wansu ist einsam. Ihr Mann liegt seit drei Jahren im Koma und war davor schon zwei Jahre schwer krank. Der Mann, mit dem sie ein Kind gezeugt hat, hat sie abgewiesen oder – wie er in seiner E-Mail an mich geschrieben hat – nicht geglaubt, dass das Kind von ihm sei, und ist gestorben. Ich habe zwei Väter verloren, aber Wansu auch zwei Männer. Ich tue es auch für mich.

»Ich würde gerne hinfahren.«

Wansu reagiert, als hätte ich zugestimmt, an einem regnerischen Tag einen Schirm mitzunehmen. In anderen Worten, keine große Sache, aber es scheint ihr wichtig genug zu sein, um an einem normalen Arbeitstag früher nach Hause gekommen zu sein. Wichtig genug, dass wir uns sofort auf den Weg machen.

Die Fahrt dauert vierzig Minuten. Währenddessen unterhalten wir uns ein wenig über die wirtschaftlichen Grundlagen für einen Food Truck. Wansu zählt alle möglichen versteckten Kosten und rechtlichen Hintergründe auf, mit denen ich mich auseinandersetzen muss, und sie weist mich an, mich mit dem Anwalt der Familie in Verbindung zu setzen, um alle nötigen Lizenzen zu beantragen. Angesichts der Größe des Trucks werde ich einen entsprechenden Führerschein machen müssen. Sie denkt, dass es eine gute Idee wäre, wenn ich die Eröffnung für das Frühjahr plane. Es gibt viel Vorbereitungsarbeit zu tun. Ihre Ratschläge sind hilfreich, und das Gespräch sorgt dafür, dass die Fahrt schnell vergeht.

Der Seoul Memorial Park liegt im Tal am Fuße des Berges. Die massive Struktur ist zum Teil tief in den Boden eingelassen und zu beinahe jeder Seite von riesigen immergrünen Pflanzen und Bäumen umgeben. Das Gebäude besteht aus vier Flügeln, die ein großes Wasserbecken mit einer riesigen Lotusblumenskulptur aus Metall in der Mitte einschließen. Die Wände zum Innenhof sind alle aus Glas. Im Inneren ist das Gebäude in kleinere, gut beleuchtete Trauerräume mit Nischen vom Boden bis zur Decke unterteilt.

Wansu führt mich ans Ende einer Einheit. Die Ruhestätte von Lee Jonghyung ist großzügig, zwei Nischen breit, und sie befindet sich auf Augenhöhe. Hinter dem Schutzglas steht eine weiße Porzellanurne, die aus bestimmten Blickwinkeln einen hellgrünen Farbton annimmt; vor ihrem Sockel liegen zwei weiße Blumen, von denen ich annehme, dass sie künstlich sind. Der einzige andere Gegenstand in der Grabstätte ist ein kleines Bild des jungen Lee Jonghyung in einem einfachen Holzrahmen. Er lehnt darauf an der Theke seines Imbisses, eine Sonnenbrille zwischen den Fingern, und alles an ihm, von seiner entspannten Pose bis zu seiner Jeans und dem weißen T-Shirt, das er in den Hosenbund gesteckt hat, strahlt eine mühelos Coolness aus. Ich kann verstehen, warum sich die Frauen von ihm angezogen gefühlt haben.

»Lee Jonghyung hat dich nicht großgezogen, aber er ist mit dir blutsverwandt. Ich könnte niemals Unheil über deine Zukunft bringen, indem ich seinen Tod nicht ehre. Deshalb habe ich für seine Beerdigung bezahlt und ihn hier an diesen Ort des Friedens gebracht. Wir beten dafür, dass sein nächstes Leben ein besseres sein wird, sodass er darin niemand anderem ein Unrecht antut, wie er es dir angetan hat. Ich habe auch meine Familie hierhergebracht.« Sie zeigt auf die rechteckige Nische neben Lee Jonghyung. »Das sind meine Eltern. Sie sind gestorben, bevor ich Choi Yujuns Vater geheiratet habe. Wir waren damals aber schon ein Paar. Er hat für ihre Beerdigung bezahlt und drei Tage bei mir gesessen, bevor er mich danach gebeten hat, seine

Frau zu werden. Er hat gesagt, dass ich sehr lange mit der Last des Alleinseins gelebt habe und ihm erlauben solle, für mich zu sorgen.«

Er klingt wie Yujun. Er würde etwas sehr Ähnliches sagen. *Gestatte mir bitte, diese Kleinigkeit für dich zu tun.*

»Und ich habe Ja gesagt. Ich habe ihn geliebt – ich liebe ihn«, korrigiert sie sich. »Bevor ich eingewilligt habe, habe ich ihm von dir erzählt, von meiner Vergangenheit. Ich wollte nicht, dass diese Geheimnisse erst später ans Tageslicht kommen. Er hat gesagt, dass wir nach dir suchen sollten und er mir dafür sein gesamtes Vermögen in die Hände legen würde.«

Ich schnappe nach Luft. Wansu hat an Chuseok schon etwas in die Richtung erwähnt, aber ich habe nicht nachgebohrt. Ich wollte diese ganze schreckliche Erinnerung hinter mir lassen.

Wansu scheint meine Reaktion entgangen zu sein, so gefangen ist sie in diesem Moment in ihrer Vergangenheit. »Ich habe sowohl das Heirats- als auch das Hilfsangebot angenommen. Nach langer Suche haben wir dich schließlich gefunden, und das auch nur, weil die Polizei ein Protokoll über dein Auffinden geschrieben hat. Wir haben deinen Weg von der Polizei bis zu der Organisation verfolgt, die dich aufgenommen hat. Wenn ich dich woanders zurückgelassen hätte, wärst du für immer für mich verloren gewesen.« Wansu weint nicht, aber ihre Stimme ist voller Emotionen. »Die Privatermittler haben mir Fotos von dir und Ellen geschickt, und du warst glücklich, Hara. Sehr glücklich. Und ich fand, dass ich kein Anrecht auf dieses Glück hatte. Kein Recht, eine andere Frau ins Unglück zu stürzen, indem ich ihr ihr Kind wegnahm. Alles, was du durchgemacht hast, ist auf meine Entscheidungen zurückzuführen, und es waren keine guten. Wenn du Yujun willst, werde ich dir nicht im Weg stehen. Aber der Weg, der vor euch beiden liegt, wird nicht leicht.«

Yujun hat zu mir gesagt, dass seine Mutter ihre Meinung irgendwann ändern würde, und vielleicht stimmt das. Vielleicht denkt sie in diesem Tal der Erinnerung aber auch an alles, was sie in ihrem Leben verloren hat. Ihre Eltern, ihre erste Liebe, ihr einziges Kind. Sie hat in ihrem Leben auch etwas hinzugewonnen, aber manchmal ist es die Abwesenheit von Dingen, die einem viel zu lange auf dem Herzen liegt.

»Warum hast du kein weiteres Kind bekommen?« Eine Frage, die mich schon seit einiger Zeit beschäftigt.

»Ich konnte keines mehr bekommen. Wir haben es versucht, aber die Saat hat keine Früchte getragen. Ich glaube, weil ich dich aufgegeben habe. Die Götter haben entschieden, dass ich kein weiteres Kind verdient habe. Aber ich habe Yujun bekommen und bin zufrieden. Choi Yusuk war es egal, dass ich keine Kinder mehr gebären konnte.«

»Er hatte Yujun.«

Sie nickt. »Ich bin nicht die beste Mutter oder beste Ehefrau. Wenn Choi Yusuk den Vorstand einnehmen würde, wäre das Unternehmen nicht dasselbe, aber es gibt Frauen da draußen, die keine Arbeit bekommen, weil sie nicht auf die richtige Schule oder Uni gegangen oder alleinerziehende Mütter sind oder in der Vergangenheit Fehler begangen haben. Wenn ich nur einer von ihnen helfen kann, dann werden mir meine Sünden der Vergangenheit vielleicht vergeben, und mein nächstes Leben wird anders verlaufen.«

Meine Kehle ist vor lauter Gefühlen wie zugeschnürt, und meine Augen brennen. Früher habe ich nie geweint, und dann bin ich hierhergekommen, und es ist, als wäre ein Stöpsel gezogen worden. Ich werde nie aufhören, diese blöden Grünkohl-Smoothies zu trinken, und wenn sie an ihrem koreanischen Esstisch Gabeln und Löffel benutzen will, werden wir das tun. Essstäbchen können mich mal.

Ich greife nach Wansus Hand. Der Hand meiner *eomeonim*. »Danke, dass du mich hergebracht hast.«

»Du solltest hierherkommen, wann immer dir danach ist.«

KAPITEL ZWEIUNDDREISSIG

Eines von Ellens besten Gerichten sind Schweinefleisch-Sandwiches. Sie hat das Fleisch immer schon am Morgen in den Schongarer gelegt, und bis ich nach Hause kam, war es in einem Bett aus duftenden Säften auseinandergefallen. Dann hat sie große Sesambrötchen geröstet, während ich das zarte Fleisch in kleinere Stücke zerteilt habe. Ellen mochte ihr Sandwich am liebsten mit Relish und hat immer eine riesige Portion aus einem Glas aus dem Supermarkt draufgeschaufelt. Da ich in Korea bin, muss das beste Relish unbedingt mit *gochujang* zubereitet werden, der allgegenwärtigen Paprikapaste mit ihrer köstlichen Geschmacksmischung aus süß und scharf.

Mrs. Ji sieht interessiert zu, wie ich einen schweren Edelstahltopf auf den Gasherd in der hinteren Küche stelle. Bevor ich mir die Handschuhe überstreife, wasche ich mir routinemäßig zweimal die Hände.

Vor mir liegen zwei Fleischstücke: Schulter und Lende. Pulled Pork, wie Ellen es gemacht hat, kommt aus der Schulter. Da ich keinen Schongarer habe, fülle ich Wasser in den Topf, bis der Boden ein paar Zentimeter bedeckt ist, und bereite dem Schulterstück ein Bett aus Alufolie, auf dem es garen kann. Zusammen mit Knoblauch füge ich koreanische Apfelbirne, eine Handvoll schwarze Pfefferkörner, braunen Zucker, Nelken, *gochujang* und Thymian hinzu. Obwohl noch nichts kocht, riecht es schon jetzt köstlich.

Die Lende muss außen knusprig sein, deswegen reibe ich sie nur mit Salz und Pfeffer ein, brate sie von allen Seiten an, wickle sie anschließend in Folie und schiebe sie bei schwacher Hitze in den Backofen.

Jetzt brauche ich die anderen Zutaten für das Sandwich. Im Kimchi-Kühlschrank befinden sich vier verschiedene Kimchi-Sorten: gewürfelter Rettich, weißer Rettich, Kohl und Perillablätter. Ich nehme alles raus. Mrs. Ji hilft mir und stellt dann noch eine kleine Schüssel mit Schnittlauch-Kimchi hinzu, die sie in einem anderen Teil des Kühlschranks aufbewahrt hat.

Ich hacke alles fein, verteile die Gemüsesorten auf verschiedene Schüsseln und füge weitere Zutaten wie winzige Apfelstückchen, Essig und salzgetränkte Gurken, Zitronenschale, karamellisierte Zwiebeln, Senf, Ketchup und Paprika hinzu. Einige der Kreationen schmecken schrecklich. Am Ende spuckt Mrs. Ji sogar den Probierhappen aus der Schüssel mit Zitrone, Zwiebeln und Essiggurken in die Spüle, aber für die Version mit Apfelbirnen und Rettichwürfeln mit Peperoni und *gochujang*-Paste reckt sie mir ihren Daumen entgegen.

Während ich koche, räumt Mrs. Ji auf und spült Geschirr. Ich versuche, sie davon abzuhalten, aber sie besteht darauf. Das Chaos machte ihr offensichtlich zu schaffen.

»Was passiert mit dem ganzen Essen?«, fragt sie irgendwann.

»Das ist für eine Party.«

Dann schicke ich eine Nachricht in den Gruppenchat, auf die Ahn Sangki mit einem fröhlichen Tanzbär-Emoji und Jules mit einem gereckten Daumen reagiert; nur Bomi zögert.

> BOMI: bei Sajang-nim zu Hause? Ist sie einverstanden?

Ich schreibe Wansu.

> ICH: Ich habe gekocht und zum Essen Freunde eingeladen. Bomi auch, aber sie kommt nur, wenn du damit einverstanden bist. Bitte sag ihr, dass es okay ist.

Anschließend schreibe ich Yujun.

> ICH: Ich koche was für heute Abend und habe Bomi, Jules und Sangki eingeladen.

> > YUJUN: Sangki war fünf Sekunden schneller als du.

> ICH: Er legt sein Handy nie aus der Hand. Ich stecke bis zu den Ellbogen in Kimchi-Relish.

> > YUJUN: Kimchi-Relish?

> ICH: Vertrau mir.

> > YUJUN: Tue ich.

Zwei Wörter, die sich wie eine warme Decke um meine Schultern legen.

Ich toaste Baguette, schneide etwas von dem Schweinefilet ab und kombiniere es mit Provolone und dem fein geschnittenen Chinakohl-Kimchi, unter den ich etwas Ananas gemischt habe.

Mrs. Ji verdrückt ihre Portion in ungefähr drei Bissen. Nachdem sie das letzte Stück runtergeschluckt hat, reckt sie wieder einen Daumen in die Höhe. »*Jal meokkesseumnida.*«

Es hat ihr geschmeckt. Freude und Stolz erfüllen mich. Diese Frau, die jeden Abend für uns kocht, sagt, dass mein Essen gut ist. Das ist ein großes Kompliment.

Mrs. Ji stellt das westliche Porzellan zusammen mit Gabeln und Löffeln bereit, obwohl es sich um Fingerfood handelt. Fast aus Gewohnheit bereitet sie acht verschiedene *banchan*-Gerichte zu, während ich Pommes frites mache. Gott sei Dank gibt es in jeder koreanischen Küche einen Gemüsehobel, sonst würde ich immer noch Kartoffeln schneiden, als die Gäste kommen.

Die hintere Küche riecht nach Fleisch und Bratkartoffeln, was mich an Ellen und Iowa und an die Male erinnert, als Ellen versucht hat, koreanisch für mich zu kochen. Das Haus roch komisch, und meine Schulfreunde machten sich deswegen über mich lustig, also brachte ich sie dazu, schnell wieder damit aufzuhören. Danach hat sie noch gelegentlich ein koreanisches Gericht ausprobiert, aber meistens gab es eines ihrer Standardgerichte: Koteletts, Braten, Hamburger, Bratkartoffeln und Maiskolben. Jeder hat sein ganz persönliches Trostessen, und ich nehme an, das ist meins.

Es erinnert mich an heiße Tage auf der hinteren Veranda, Mücken, Butter, die von frisch gegartem Mais tropft, und samstägliche Filmabende. Alles gute Erinnerungen. Es gibt einige Dinge, die ich nicht durch Bulgogi und Algensuppe ersetzen möchte.

Alles, was ich vermisse, kann hierhergebracht werden, einschließlich Ellen, meines Lieblingsessens, sogar das Unterhaltungsprogramm, da Wansu bereit ist, einiges für mich zu riskieren, um an illegale Streams zu kommen. Als wir vom Grab nach Hause fuhren, hat sie mich gefragt, ob ich etwas vermisse, und meine Antwort hat »Untertitel« gelautet. Darauf hat sie einen IT-Techniker der IF Group zu uns nach Hause bestellt, um meinen Fernseher an einen Computer anzuschließen, damit ich mir amerikanische Filme ansehen kann.

Es gibt in dieser Stadt einen Platz für mich. Ich weiß noch nicht genau, wie er aussieht oder beschaffen ist, aber ich bin keine *moomyeong*, keine Person ohne Namen oder Identität.

Als alle ankommen, schauen sie neugierig in die Küche, was weder Mrs. Ji noch mir gefällt, also komplimentiere ich meine Freunde liebevoll, aber bestimmt hinaus. »Setzt euch an den Tisch.«

»Aber ich möchte sehen, was ihr macht«, protestiert Yujun.

»Wir spülen.«

»Da drüben steht Essen.« Er zeigt über meine Schulter.

»Und das wird schneller auf dem Tisch stehen, wenn du uns jetzt allein lässt.« Ich schaffe es, ihn aus der Tür zu schieben, und schließe sie schnell hinter ihm.

Mrs. Ji serviert das *banchan*, während ich die letzten Pommes aus dem Öl nehme und sie mit einer winzige Prise Zucker und viel Salz würze. Zurück in der Küche hilft mir Mrs. Ji, die Sandwiches an den Tisch zu bringen.

Meine drei Freunde sehen aus, als seien sie jederzeit bereit, sich auf das Essen zu stürzen.

»Es gibt drei verschiedene Arten Sandwiches. Diese hier sind mit Pulled Pork und Apfel-Birnen-Chutney, gewürzt mit *gochujang*. Diese mit Schweinefiletstückchen, Provolone und karamellisierten Zwiebeln mit Kimchi-Krautsalat. Und die hier mit süß-saurem Schweinefilet, Schnittlauch-Kimchi und gebratenen Zwiebelstückchen. Und dazu gibt es Pommes.«

»Und das *banchan* von Mrs. Ji«, ergänzt Wansu, die gelassen und zufrieden am Kopfende des Tisches sitzt.

»Genau. Und der Kimchi ist auch von Mrs. Ji.« Sie hat mir erzählt, dass sie den Kimchi den Winter über selbst zubereitet und einmacht. Ich beginne zu klatschen, und nach einer kurzen überraschten Pause, fallen die anderen in meinen Applaus für sie ein.

Mrs. Ji wird rot und strahlt, bevor sie rasch in die hintere Küche verschwindet. Vielleicht war ihr die ganze Aufmerksamkeit doch ein bisschen viel – oder die Spülbürste hat nach ihr gerufen.

Als ich mich setze, hat Sangki bereits ein halbes Pulled-Pork-Sandwich verdrückt. »Hmmm, das ist wahnsinnig lecker. *Masitda*.«

»Hast du die auch selbst gemacht?« Wansu hat eine der Pommes mit ihrer Gabel aufgespießt.

»Hab ich.«

»Die sind besser als die vom Shake Shack«, verkündet Bomi.

»Das schmeckt gar nicht wie *samgyeopsal*.« Yujun hält ein Sandwich in der Hand und mustert die dünnen Schweinefleischscheiben, die zwischen den knusprigen Baguettehälften stecken.

»Das ist Lende und Schulter. Das sind auch die Teile vom Schwein, die Yang Ilhwa für ihre Schweinefleischbällchen verwendet hat, weil sie günstiger sind.«

»Stimmt. Weil die Seouler nur *samgyeopsal* oder *gopchang* und nichts anderes essen.« Yujun entscheidet sich als Nächstes ebenfalls für ein Pulled-Pork-Sandwich.

»Lende ist magerer«, erkläre ich.

»Aber normalerweise auch ziemlich trocken.« Bomi verzieht das Gesicht. »Wie Pappe.«

»Die Schweinefleischbällchen waren nie trocken.« Ich nehme den Seitenhieb auf Yang Ilhwas Essen fast ein wenig persönlich.

»Alles, was frittiert wurde, schmeckt gut«, zwitschert Sangki.

»Auch du, Brutus?«

Bevor Sangki und ich uns ernsthaft in die Haare kriegen können, interveniert Yujun. »Es schmeckt toll, Hara. Das Beste, was ich jemals gegessen habe.«

Ich sehe Wansu an und füge hinzu: »Er meint in letzter Zeit.«

»Er meint, es ist das beste Essen, das er jemals gegessen hat. Ich koche nicht, Hara. Du musst dir also keine Sorgen machen, dass in der Hinsicht meine Gefühle verletzt werden könnten, aber trotzdem: Danke.«

Auch für mich ist es das beste Essen, das ich jemals gegessen habe, aber nicht weil die Gerichte an sich so gut sind, sondern weil jeder einzelne Mensch, der mit mir an diesem Tisch sitzt, jemand ist, den ich mag und mit dem ich gerne das Essen genieße, das ich zubereitet habe. Es hat etwas unglaublich Befriedigendes an sich. Es gibt einige Dinge im Leben, die in der Lage sind, Grenzen zu überschreiten, ohne dass Sprache eine Rolle spielt. Musik. Und Essen. Essen gehört definitiv auch dazu.

KAPITEL DREIUNDDREISSIG

Der Winter hat Seoul fest im Griff. Der kalte Wind hat den Feinstaub davongeweht und sorgt dafür, dass sich die Menschen, wenn möglich, drinnen aufhalten. Der Food Truck ist geschlossen, und an den meisten Tagen stehe ich in der hinteren Küche und experimentiere mit verschiedenen Schweinefleischgerichten. Yujun ist heute in Busan, und wegen des Schnees wird er erst morgen früh zurückkommen können.

Wansu ist bei *Sae Appa*, so wie an den meisten Abenden, deswegen bin ich überrascht, als ich sie auf einmal in der Tür zur Küche stehen sehe.

»Alles in Ordnung?«

»Würdest du dich mit mir ins Wohnzimmer setzen? Ich habe Tee gemacht.«

Sofort stelle ich den Herd aus und schütte den Sirup, an dem ich mich gerade probiert habe, in den Ausguss. Irgendetwas stimmt nicht. Wansu macht keinen Tee. Mrs. Ji macht Tee.

»Ist mit Yujun alles okay?«

Als ich nach meinem Handy greife, um nachzusehen, ob es irgendwelche aktuellen Nachrichten gibt, legt Wansu eine Hand auf meine. »Es geht ihm gut. Er ist oben, bei seinem Vater.«

»Er ist oben? Ich dachte, er wäre in Busan und könnte wegen des Wetters erst morgen zurückfahren.«

»Er ist nach Hause gekommen, weil ich ihn darum gebeten habe. Bitte.«

Ich zwinge sie nicht dazu, ihre Aufforderung noch einmal zu wiederholen.

Als wir sitzen, gießt sie dampfenden Tee in Becher in der traditionellen blassgrünen Farbe. Es erinnert mich an die Teerituale an Chuseok, während derer Yujun den Soju in die flache Kohlenpfanne gegossen hat. Ich mache keine Anstalten, meinen Tee zu trinken, und auch Wansu lässt ihren Becher unberührt.

»Yujuns Vater geht es schon seit vielen Jahren nicht gut, und Yujun und ich sind zu dem Schluss gekommen, dass es an der Zeit ist, ihn gehen zu lassen.«

»Oh, das tut mir sehr leid.«

Sie holt tief und zittrig Atem. »Bevor wir die lebenserhaltenden Maßnahmen beenden, werde ich mich von ihm scheiden lassen und wieder meinen Familiennamen Na annehmen. Und ich werde aus der IF Group ausscheiden.«

»Was?« Ich schreie das Wort beinahe, so schockiert bin ich. »Man hat mir angeboten, eine neue Organisation für die Unterstützung kleiner, von Frauen gegründeter Unternehmen zu leiten. Es ist ein Ort, an dem ich gute Arbeit leisten kann. Yujun wird zum Vice President of Operations befördert, um sich darauf vorzubereiten, meine alte Rolle zu übernehmen.«

»Aber warum ... Was?« Ich kann nicht einmal einen vollständigen Satz formulieren.

»Ich habe gesehen, wie dich unsere Familie an Chuseok

angeschaut hat. Sie haben dir das Gefühl gegeben, eine Außenseiterin zu sein, aber das bist du nicht. Du bist mein Blut, meine Tochter, die ich auf die Welt gebracht habe, und obwohl ich dich abgegeben habe, habe ich dich immer in meinem Herzen getragen.«

»Das weiß ich.« Inzwischen habe ich diese Tatsache akzeptiert, deswegen verwirren mich ihre Pläne.

Plötzlich streckt sie ihre Hand aus und ergreift meine. »Du hast mich nie um mehr gebeten, aber du verdienst mehr. Solange ich eine Choi bin, können du und Yujun nicht zusammen sein, und das ist nicht richtig. Ich möchte, dass du ein Teil meiner Familie wirst, Hara. Damit du gesetzlich als meine Tochter anerkannt wirst. Ich habe Ellen um Erlaubnis gebeten, und sie hat zugestimmt.«

Ihre Hand fühlt sich heiß in meinem Griff an. »Du lässt dich von *Sae Appa* scheiden, gibst die IF Group auf, und das alles nur, damit Yujun und ich zusammen sein können? Wir sind bereits ein Paar. Wir haben kein offizielles Dokument, das es belegt, aber das brauche ich auch nicht.«

»Es ist kein Opfer, das ich erbringe.« Ihr Griff um meine Hand festigt sich. »Meine Lieblingsheldin war schon immer Sim Cheong. Ich habe sie für ihre Selbstlosigkeit und Widerstandsfähigkeit bewundert. Ich habe mir eingebildet, wie sie zu sein, aber obwohl ich immer stark war, bin ich nie selbstlos gewesen.« Der Hauch eines Lächelns huscht über ihr Gesicht. »Wir bewundern an anderen das, was uns an uns selbst fehlt. Meine *hyo*, meine kindliche Ehrfurcht, galt nicht meinen Eltern, sondern dem Überleben. Das war es, woraus ich geboren wurde und woraus der Altar gemacht war, den ich angebetet habe. Als Yujuns *appa* mich bat, ihn zu heiraten, dachte ich, damit den Segen des Kaisers erhalten zu haben, aber der wahre Segen besteht darin, dass du zu mir zurückgekehrt bist. Trotz allem, was ich in der Vergangenheit getan hatte, bekam ich eine zweite Chance. Ich werde diese Chance nicht vertun, und ich werde nicht mehr von dir verlangen, als du bereits gegeben hast. Diese Firma war schon immer für Yujun bestimmt und ich nur die Burgherrin, die den Schlüssel verwahrt hat, bis er bereit war.«

Ihre Worte ergeben Sinn, dennoch fühlt es sich an, als wäre das Opfer zu groß und ich es nicht wert. »Ich möchte nicht, dass du mit Bedauern auf dein Leben zurückblickst.«

»Das werde ich nicht, aber du solltest es auch nicht tun.« Wansu lässt meine Hand los und nimmt ihren Teebecher. »Du solltest Ellen anrufen. Sie wird dir sagen, dass meine Entscheidung richtig ist. Und dann, Hara, wird dich unser Yujun brauchen.«

Ich hebe den Blick Richtung Decke, während mir bewusst wird, was gerade passiert. Yujun verabschiedet sich von seinem Vater. Wansu hat mir nur ein kleines Fenster gegeben, um die Dinge zu verarbeiten, wahrscheinlich in dem Bewusstsein, dass ich sonst alles daransetzen würde, um sie davon zu überzeugen, dass ihre Lösung nicht das ist, was ich wollte.

Schnell gehe ich in mein Schlafzimmer und mache den Anruf, zu dem Wansu mich aufgefordert hat.

»Wansu hat mir gesagt, dass sie sich von *Sae Appa* scheiden lassen wird.«

»Nennst du ihn so? Ja, Liebes, ich glaube, dass sie die richtige Entscheidung für sich trifft. Sie hat sich so lange an ihn geklammert. Jetzt ist es an der Zeit, dass sie loslässt.

Wieder ihren alten Namen anzunehmen, ist ein Zeichen ihrer Stärke. Ich bin so stolz auf sie.«

»Stolz?«

»Ja. Sie fordert ihre Vergangenheit zurück, die ihr nicht gefallen hat, und verwandelt sie in etwas, für das sie sich nicht länger schämen muss. Ich hoffe, dass du sie darin unterstützt.«

»Natürlich.« Aus dieser Perspektive – von Wansus Standpunkt aus – habe ich es noch gar nicht betrachtet.

»Es wird eine Zeremonie geben. Hat sie dir davon erzählt?«

»Nein.« Gerade passiert sehr viel auf einmal.

»Ich komme nach Korea, und dann werden wir eine Registrierungszeremonie abhalten. Wansu wird ein neues Familienregister für sie und dich beginnen. Ist das nicht spannend? Du begründest einen neuen Clan.«

Das sind keine Begriffe, die Ellen normalerweise benutzt, also muss sie sie von Wansu haben. Sie ist eine gute Verkäuferin, so viel muss ich ihr lassen.

»Ich freue mich, dich endlich wiederzusehen. Ich vermisse dich.«

»Ich vermisse dich auch, mein Schatz. Zwei Mütter zu haben, ist wirklich ein Segen. Du wirst immer jemanden haben, der auf dich aufpasst.«

»Du meinst jemanden, der mich ausspioniert?«

»Ihr jungen Leute und eure komische Art, euch auszudrücken ... Ach, sie versucht gerade, mich anzurufen. Wir wollen Pläne machen. Wir hören uns bald, ja?«

»Okay.« Wansu ist wirklich ein Mastermind, aber in diesem Fall bin ich ihr deswegen nicht böse. Ich muss mich darauf vorbereiten, Yujun gegenüberzutreten.

»Er kommt in einer Viertelstunde runter«, informiert mich Wansu, als ich auf dem Weg in die Küche an ihr vorbeilaufe.

Genug Zeit, um *hotteok* zuzubereiten, diesmal mit der traditionellen Füllung aus braunem Zucker, Butter und Walnüssen. Ich wickle sie in Papier und lege sie zusammen mit zwei Flaschen Soju in einen Beutel.

Als er aus dem Zimmer seines Vaters kommt, sind seine Augen gerötet. Ich halte den Beutel hoch. »Machen wir eine kleine Spritztour?«

Wortlos verschränkt er meine Finger mit seinen und führt mich zu seinem Auto. Wir fahren den Berg hinunter, vorbei an den hohen Back- und Natursteinmauern, den bewaldeten Grundstücken, während sich die ruhige Straße auf vier und dann auf acht Spuren erweitert. Wohnblocks aus Beton erheben sich zu beiden Seiten, und die Berge im Norden verblassen im Rückspiegel, während die südlichen Gipfel vor uns am Horizont Gestalt annehmen.

Er bringt uns direkt zum Park am Fluss, wo wir uns zum ersten Mal geküsst haben. Um diese Zeit am Abend ist hier niemand außer ein paar Jugendlichen, die auf Motorrollern oder Skateboards an uns vorbeirasen.

Wir sitzen auf der Bank auf dem langen Betonstreifen, während der Han plätschernd gegen die Felsen schwappt und der Verkehr hinter uns leise und harmonisch brummt. Dem normalerweise so gesprächigen Yujun fehlen die Worte. Seine Hand klebt an meiner. Ich höre ein Keuchen, ein scharfes Einatmen, und dann bricht er zusammen. Leises, heftiges Schluchzen lässt seine Schultern erzittern. Meine Augen beginnen ebenfalls zu brennen, als ich mich auf die Bank knie und sein Gesicht an meine Brust drücke. Er schlingt die Arme um mich, fest und hart. Ich kann spüren, wie seine gedämpften Schreie durch meinen Körper hallen und ein Echo des erinnerten Schmerzes hervorrufen. Er und ich haben den gleichen Verlust erlitten – unsere Eltern – und ein gemeinsames Trauma, aber wir haben auch unsere Liebe zu dieser Stadt, unsere Sehnsucht nach mehr.

Er hat gesagt, dass wir dazu bestimmt sind, zusammen zu sein, dass unsere Schicksale durch diese sagenumwobene rote Kordel miteinander verbunden sind. Ganz egal, wohin wir gehen, wie weit wir voneinander entfernt sind, welche Hindernisse sich uns in den Weg stellen. Er hatte recht.

»*Gomawo.*« Danke, sagt er. »Ich hätte nicht gedacht, dass ich zusammenbrechen würde.«

»Meine Schultern sind schmal, aber kräftig.« Ich tupfe seine Wangen mit meiner Jacke ab. Er gewährt mir das Privileg, mich um ihn zu kümmern, und ich bin unendlich dankbar dafür, gebraucht zu werden.

Ich bin auf der Suche nach etwas hierhergekommen, nicht nur nach meinem Vater Lee Jonghyung oder meiner Mutter Na Wansu. Ich habe meine Mutter Wansu gefunden; meine Liebe, Yujun aus Seoul; aber auch meine Schwestern Jules und Bomi; und meinen Bruder Sangki. Ich habe herausgefunden, dass Heimat keine Stadt, kein Staat, kein Land oder gar ein Kontinent ist. Ich gehöre nicht wegen der Form meiner Augen dazu, nicht wegen der Art, auf die ich »über« oder *gomawo* sage, oder weil ich Streifen oder Tupfen trage, sondern wegen der Menschen, zu denen ich gehöre. Hier habe ich mir erlaubt, verwundbar zu sein. Vielleicht liegt es aber auch daran, dass ich etwas von der Verteidigungsmauer, die ich um mich herum errichtet hatte, habe einreißen lassen. So oder so haben Menschen ihren Weg in mein Herz gefunden, und ich kann sie nicht wieder loslassen.

Diese Menschen sind mein Zuhause. Diese Menschen machen mich aus und werden Einfluss darauf nehmen, wer ich in Zukunft sein werde. Ich liebe diesen Ort. Ich liebe diesen Mann.

Ich habe einmal zu Yujun gesagt, dass ich mich nicht wie eine Koreanerin fühle, worauf er geantwortet hat, was denn ein Koreaner anderes sei als ein Mensch, der gelitten und überlebt hat? Inmitten der Bitterkeit und Süße dieser Stadt habe ich mein Ich, meine Seele gefunden.

»*Saranghaeyo*«, flüstere ich in sein seidiges Haar. »*Saranghaeyo.*« Ich sage es immer wieder, und er sagt es zurück, leise und dann lauter.

Wir verharren in diesem Moment, atmen die gleiche Luft, wiederholen unsere Liebe auf Englisch und Koreanisch, so oft wir können, bis sie zwischen uns Gestalt annimmt.

Ich bin ein Teil dieses Ortes, dieses Mannes, dieses Clans. Ich liebe dich. *Saranghaeyo.* Ich liebe dich. *Saranghaeyo. Saranghaeyo.*

EPILOG

»Wen starrst du an?« Ich wedele vor Yujuns Gesicht herum. Seine Hände hängen in der Luft. In der einen hält er einen kleinen Teigball, in der anderen einen Löffel mit einer Mischung aus braunem Zucker, Zimt und gerösteten Nüssen.

Er kneift die Augen zusammen. »Ich glaube, das da drüben ist Kim Seonpyung.«

»Wer soll das sein?«

»Dein Blind Date«, wirft Bomi ein.

Was bei mir nicht zu mehr Klarheit führt. »Ich war noch nie auf einem Blind Date.«

»Der Tierhasser.« Yujun senkt den Blick auf seine Hände und füllt den Teig mit der Zucker-Nuss-Mischung.

»Ach so.« Endlich ist mir ein Licht aufgegangen. Das ist der Typ, von dem Eomeo-nim geglaubt hat, er könnte mich von Yujun ablenken.

»Tierhasser?«, echot Bomi.

Yujun klappt den kleinen Teigfladen zu und drückt die Seiten zusammen, bevor er ihn auf die gusseiserne Platte zu den anderen legt. »Ich hab' gehört, dass er nach Oxford gegangen ist.«

»Wahrscheinlich, um seinen Liebeskummer wegen Hara

353

zu vergessen.« Sangki schnalzt mit der Zunge. Er drückt das Teigstück mit einer Metallscheibe flach und dreht es dann um.

»Wir sind noch nicht mal zusammen ausgegangen«, erinnere ich ihn, während ich zwei Pappschalen mit Schweinefleisch-Sandwiches zu Jules weiterschiebe, die sie dem Pärchen vor ihr serviert.

»Weshalb sein Herz gebrochen ist. Das ergibt doch Sinn.« Yujun nickt.

»Ich wusste nicht, dass er Tiere hasst. Sonst hätte ich ihn gar nicht erst auf die Liste gesetzt.« Bomi klingt zutiefst erschüttert.

»Er lügt. Hi, was kann ich für Sie tun?«, frage ich Kim Seonpyung, als er vortritt.

Sein Mund öffnet sich, aber zuerst kommt kein Wort heraus. Stattdessen starrt er Yujun an. »Choi Yujun-nim?«

Yujun rückt seinen Plastik-Gesichtsschutz zurecht und lächelt ihn breit an. »Ja. Kann ich deine Bestellung aufnehmen?«

»Versucht sich die IF Group an einem Food-Truck-Franchise?« Kim Seonpyung tritt einen Schritt zurück, um den Schriftzug über der Theke zu lesen. »Taste of ... Ee-hwa?«

»Iowa«, korrigiert Yujun ihn. »Und nein. Das ist der Food Truck meiner Freundin.« Er berührt mit dem Handgelenk meinen Rücken, um seine Handschuhe nicht wechseln zu müssen. »Ich helfe nur aus, weil«, er deutet auf die lange Schlange, »heute Abend so viel los ist.«

»Wir haben Testabend. Bestell zwei verschiedene *hotteoks* und gib hinterher deine Stimme ab, welcher dir besser geschmeckt hat«, erklärt Sangki.

Kim Seonpyungs Kiefer fällt noch eine Etage tiefer.
»DJ Song? Du arbeitest ... in einem Food Truck?«

Der Anblick des Erben eines Logistikunternehmens, das eine halbe Milliarde Dollar wert ist, der zusammen mit einem der bekanntesten Sänger des Landes Pommes in die Fritteuse wirft und *hotteoks* füllt, scheint ein bisschen zu viel für Kim Seonpyung zu sein. Es fällt ihm sichtlich schwer zu verstehen, was er da vor sich sieht. Die Leute hinter ihm in der Schlange werden langsam ungeduldig. Ein paar von ihnen recken die Hälse, um rauszufinden, warum es nicht weitergeht.

»Zweimal Pulled Pork mit Kimchi-Slaw und Pommes – kommt sofort«, nehme ich ihm die Entscheidung ab.

»Zweimal?«

»Du musst langsam mal eine Pause machen.« Ich stupse Yujun mit der Hüfte an.

Jules zupft an den Bändern seiner Schürze, während Bomi ihm den Gesichtsschutz abzieht. Ich lege zwei Brötchen auf die Grillplatte, um sie zu toasten, während Sangki die Fritteuse bedient. Worin er überraschend gut ist. Wir arbeiten wie eine gut geölte Maschine, und schon bald wird Yujun durch die Hintertür nach draußen geschoben. Es ist sowieso zu voll, wenn wir zu fünft hier drinstehen, allerdings bin ich heute Abend auf die zusätzlichen helfenden Hände angewiesen. Das End of Summer River Festival ist riesig, was Grund genug wäre, dass sich eine Schlange vor unserem Imbiss bildet, aber seit sich herumgesprochen hat, dass Ahn Sangki bei uns aushilft, werden zusätzlich jede Menge Leute angezogen, die ihn unbedingt mit einem Pfannenwender in der Hand sehen wollen.

Da er tatsächlich sehr süß damit aussieht, mache ich ihnen keinen Vorwurf.

»*Oppa*, du warst toll heute Abend«, jubelt eine junge Frau, die alles, was wir auf der Karte haben, dreimal bestellt hat. Wir stapeln mehrere Papierschiffchen aufeinander, die sie an ihre beiden mindestens genauso begeisterten Freundinnen verteilt.

»Vielen Dank. Bist du ein Songbird?« Songbirds ist der Name seines Fandoms.

Sie nickt eifrig und hebt eine Hand, um ihm das Leuchtarmband von seinem Konzert zu zeigen.

Er grinst. »Extra Pommes für dich.«

Eine ihrer Freundinnen hebt ihr Handy, um ein Foto zu machen, aber das Mädchen, das gerade das Essen bezahlt, schiebt das Gerät zur Seite. »Du kennst die Regeln. Keine Fotos außerhalb der offiziellen Termine.«

Ihre Freundin verzieht das Gesicht.

»Und ein extra *hotteok*.« Ich lege einen weiteren *hotteok* mit Himbeermarmelade in die Papierschale. Höflichkeit sollte belohnt werden.

Das Trio winkt uns zu, während es mit seinem Essen davongehen. »Deine Fan-Situation scheint sich zu verbessern.«

»Ja. Ich meine, bestimmte Dinge werden nie aufhören«, er nickt in Richtung der Fünfergruppe, die ihm überallhin zu folgen scheint, »aber dafür bekomme ich Schiggys geschenkt.« Er tippt auf den Anhänger, der am Fenster baumelt. Einer seiner Fans hat ihn zur Eröffnung geschickt.

»Und du hast geholfen, diesen Truck aus der Taufe zu heben. Ich werde dir ein Geheimnis verraten. Ich denke, du hast so viele Fans, weil du ein anständiger Mensch bist und die Leute gerne stolz auf jemanden sind, den sie verehren.«

Seine Ohren färben sich rosa. »Dann liegt es also doch nicht an meiner umwerfend tollen Stimme?«

»Doch, aber David Kim hat auch eine tolle Stimme, und seine letzten beiden Singles sind gefloppt. Sie waren nicht mal einen Tag in den Charts.«

Sangkis Grinsen wird breiter. »Ich weiß. Ist das nicht toll?«

»Hört auf zu quatschen und fangt an zu kochen«, unterbricht uns Jules. »Zweimal Schwein, Pommes und Mais.«

Ich mache mich an die Arbeit und Sangki auch.

Als Jules und ich eröffnet haben, hat uns Sangki einen Kranz geschickt, was eine koreanische Tradition ist. Man schickt Kränze zu Hochzeiten und Beerdigungen und Schulabschlüssen und neuen Geschäftsunternehmungen und vielleicht sogar dann, wenn eines gescheitert ist. Manche sind ganz schlicht, so wie man sie vielleicht zu Weihnachten in Iowa an eine Tür hängen würde, andere dreistöckig mit großen Satinbändern, die an den Seiten herabhängen. Der Kranz von Sangki war natürlich eine extravagante Version mit vier statt drei Ebenen. Auf dem Band stand, er hoffe, dass Taste of Iowa sein Lieblingsimbiss werde, und selbst wenn nicht, sei mein blauer Truck wenigstens hübsch anzusehen. Eomeo-nim und Yujun waren etwas verärgert darüber, dass Sangkis Glückwunschkranz ihren übertroffen hat, aber an jenem Abend habe ich mich in das Band von Yujuns Kranz gehüllt und es wiedergutgemacht.

Das Soft Opening in Yongsan-gu kurz vor Seollal, der

Neujahrsfeier, verlief gut. Yujun kam mit seinen Mitarbeitern vorbei, genau wie Bomi. Die Leute, die daran gewöhnt waren, ihr Essen von Yang Ilhwa zubereitet zu bekommen, waren anfangs etwas zurückhaltend, besonders weil ich andere Gerichte anbiete, aber die Qualität hat sie schließlich überzeugt. Nach Seollal tauchte Sangki mit einem Kamerateam auf. Er nahm sich selbst in der winzigen Küche dabei auf, wie er Kartoffeln durch den Gemüseschneider schob, Brötchen für die Sandwiches toastete und Kunden bediente. Damals hat er behauptet, er brauche das Video als Content für seine Fans. Ich protestierte, dass es nicht fair sei, aber nachdem ich gemerkt hatte, wie sehr er es genoss, ein paarmal im Monat mit uns zu arbeiten, brachte ich es nicht übers Herz, ihn zu enttäuschen. Er meint, die Fritteuse zu bedienen und nach Feierabend mit uns zusammen zu sein, sei das Normalste in seinem Leben und deswegen brauche er es. Es sind außerdem die wenigen Gelegenheiten, zu denen wir uns alle sehen, da wir so viel zu tun haben. Bomi und Yujun stecken bis zum Hals im L.A.-Projekt. Sangki hat ein neues Album rausgebracht und viele Fernsehauftritte. Ich bin mir nicht sicher, ob er in manchen Wochen überhaupt mehr als zwei Stunden Schlaf pro Nacht bekommt. Und Jules und mich hält der Food Truck auf Trab. In Yongsan haben wir nur unter der Woche geöffnet, an den Wochenenden fahren wir zu verschiedenen Festivals, von denen meist mehrere gleichzeitig stattfinden. Seit Februar arbeiten wir sieben Tage die Woche, aber im Sommer haben wir genug verdient, um eine lange Winterpause einlegen zu können. Heute ist der letzte Abend, bevor wir schließen, um die freie Zeit mit unseren Lieben zu verbringen. Jules plant, nach Hause zu fliegen, um Bomi ihrer Familie vorzustellen, und Yujun, Eomeo-nim, Ellen und ich verbringen Chuseok auf Hawaii.

Sobald Jules und ich wieder zurück in Seoul sind, werden wir neue Rezepte recherchieren und sie perfektionieren. Wir wollen nicht langweilig werden, und die Konkurrenz ist groß, jeden Tag kommen neue Food Trucks hinzu. Yujun und Sangki sind lächerlich aufgeregt wegen unserer Winter-Kochpläne und bombardieren uns regelmäßig mit Vorschlägen, die von frittiertem Eis – was verlockend klingt – bis hin zu Matcha-Nudeln – weniger verlockend – reichen.

Die beiden sind auch schon in einen Streit über Minzschokolade geraten, die zu einem riesigen Trend geworden ist. Zu so einem großen Trend, dass es tatsächlich Stände gibt, die Minz-Schoko-Schweinekoteletts und frittiertes Minz-Schoko-Hühnchen anbieten. Als Yujun argumentierte, dass das mit dem Hühnchen nicht schlecht sei, wollte Sangki wissen, ob Yujun tatsächlich die Dreistigkeit besitze, mich mit diesem Mund zu küssen. Yujun putzt sich, wie alle Koreaner, nach jeder Mahlzeit die Zähne, und war deswegen etwas beleidigt. Worauf ich den Fehler gemacht habe zu erzählen, dass es eine mexikanische Schokoladensoße gibt, die oft zu Hühnchen serviert wird, was wohl ziemlich lecker sei. Was wiederum Sangki dazu veranlasst hat, mir an den Kopf zu werfen, dann könne ich auch gleich David Kims Fanclub beitreten.

»Warum grinst du so?«, fragt Sangki.

»Weil ich gerade daran denken musste, wie sauer du warst, als ich behauptet habe, Minz-Schoko-Hühnchen wäre gar nicht so schlecht.«

»Fang nicht wieder damit an.«

»Du wolltest wissen, warum ich gegrinst habe.«

»Du hättest lügen und sagen können, dass du dich über meinen Auftritt amüsiert hast.«

»Dein Auftritt war aber toll.«

»Ich weiß.«

Der gesamte Truck bricht in schallendes Gelächter aus, und wir kichern immer noch, als Yujun zurückkommt.

»Was habe ich verpasst?«, fragt er, während er sich wieder die Schürze umbindet.

»Alle haben meine Performance gelobt. Du kannst gerne mitmachen.«

»Du warst großartig, Sangki-ah«, stimmt Yujun pflichtbewusst bei.

»Etwas enthusiastischer, wenn ich bitten darf.«

Yujun beginnt zu klatschen. Die Leute in der Schlange verstummen für einen kurzen Moment, fallen dann jedoch in den Applaus mit ein. Sangki bedenkt meinen Liebsten mit einem mörderischen Blick, bevor er sich vor der Menge verbeugt.

»Kim Seonpyung möchte in dein Franchise investieren«, flüstert mir Yujun ins Ohr.

Ich verdrehe die Augen. Letzten Winter haben mich Yujun und Eomeo-nim nach dem Abendessen mit einer PowerPoint-Präsentation überrascht, wie ich meinen noch nicht mal eröffneten Food Truck in ein landesweites Geschäftsmodell verwandeln könnte. Es sah beeindruckend und einschüchternd und wie etwas aus, das ich nicht will. Ich erklärte ihnen, dass ich zwar verstand, dass es in der koreanischen Kultur heißt, man müsse sich beeilen und dem

Erfolg entgegenlaufen, ich aber zuerst lernen wolle, wie man läuft. Ich weiß nicht, ob ich jemals mehr als einen Food Truck haben möchte. Und Jules scheint mit einem vorerst auch zufrieden zu sein.

Zu fünft bedienen wir die Festivalbesucher, bis das letzte Lied gesungen ist und die Lichter ausgehen. Ich ziehe das Rollfenster herunter, und wir machen uns ans Spülen und Putzen. Nachdem alles verstaut ist und die Edelstahltheke wieder glänzt, brechen wir auf dem Bordstein hinter dem Truck zusammen – wie fünf kleine müde Enten.

Bomi legt ihren Kopf auf Jules' Schulter. Bomi und Jules zeigen viel mehr Zuneigung in der Öffentlichkeit als Yujun und ich, und niemand zuckt auch nur mit der Wimper. Skinship, wie sie es hier nennen, ist unter engen Freunden vollkommen akzeptiert. Solange sich die beiden nicht leidenschaftlich auf den Mund küssen, verursacht ihr Anblick, während sie Händchen halten, sich umarmen oder aneinander lehnen, wie sie es jetzt gerade tun, kein Aufsehen.

Die beiden haben Bomis Geschwistern von ihrer Beziehung erzählt. Ihr sechzehnjähriger Bruder war zunächst nicht besonders glücklich darüber. Bomi dachte, dass es daran liegt, dass er gegen gleichgeschlechtliche Beziehungen ist. Yujun hat ihr daraufhin angeboten, mit ihm zu sprechen, und nachdem Bomi ein paar Wochen lang zu Hause sein Schweigen hatte ertragen müssen, gab sie nach. Yujun hat ihn zum Baseball mitgenommen und mit reichlich *hanwoo* und Eiscreme gefüttert, was bei den unter 18-Jährigen ungefähr genauso wirkt wie Soju. Der Bruder hat ihm dann gestanden, dass er Angst hat, Bomi könnte ihren Job verlieren. Worauf Yujun ihm versichert hat, dass Bomi nicht nur eine geschätzte Mitarbeiterin sei, sondern eines Tages wahrscheinlich ihre eigene Abteilung bei der IF Group leiten würde. Was den Familienkonflikt vorerst gelöst zu haben scheint. Der Rest von Bomis Familie ist nicht gerade begeistert. Ein paar Tanten sprechen nicht mehr mit ihr, und Bomi ist dieses Jahr nicht zu Chuseok eingeladen, was, wie sie zu mir gesagt hat, keine wirkliche Strafe für sie bedeutet.

Alles in allem sind die beiden glücklich.

»Wir haben ziemlich gut kalkuliert«, sagt Jules mit einem selbstzufriedenen Grinsen. Da sie für die Bestellungen zuständig ist, darf sie zu Recht stolz auf sich sein.

»Gut gemacht.« Bomi tätschelt ihr die Schulter.

»Ich weiß.«

»Du klingst wie Sangki.«

»Wir sind beide auf unsere eigene Art talentiert, also verstehe ich das als Kompliment.«

»Das solltest du auch«, ruft Sangki, der neben Yujun sitzt, zu ihr rüber.

»Moms im Anmarsch.« Yujun deutet auf zwei Frauen, die in unsere Richtung gehen.

Sofort setzen wir uns gerade hin. Wir sind alle über fünfundzwanzig, Sangki und Yujun bald dreißig, aber sobald unsere Eltern in der Nähe sind, werden wir wieder zu Kindern.

Die beiden Frauen unterscheiden sich fast in jeder Hinsicht, angefangen von ihrem Aussehen bis hin zu ihrer Muttersprache. Ellen trägt einen langen bunten Rock und dazu Sandalen und eine leuchtend grüne Bluse. Sie ist gute zehn

Zentimeter kleiner und kurviger als Wansu, aber durch ihre Kleidung, die westlichen Gesichtszüge und das hellbraune Haar sticht sie dennoch deutlich aus der Menschenmenge hervor. Wansu ist groß und schlank und trägt nur selten ein Kleidungsstück in nicht monochromen Farben. Was heute Abend nicht anders ist. Sie trägt eine dunkelgraue Hose und ein dazu passendes Stricktop. Ihr Haar ist zu dem strengen Bob frisiert, der eine Art Markenzeichen von ihr ist, und aufgrund guter Gene und des Gebrauchs von viel Sonnencreme wirkt sie kaum älter als Anfang dreißig.

Ich habe mal zu Yujun gesagt, dass Ellen und Wansu für mich wie Kartoffeln und Reis sind. Ellens und Pats Familien sind mit Kartoffeln aufgewachsen. Wansu und Jonghyung haben zu fast jeder Mahlzeit Reis gegessen. Kein Zuhause kann ohne eins dieser Grundnahrungsmittel funktionieren. Sie haben schon Hungersnöte beendet, spenden Trost. Man braucht das eine oder das andere im Leben, beides zu haben ist ein Segen. Und Yujun und ich sind gesegnet.

Ellen und Wansu sind trotz der kulturellen Unterschiede enge Freundinnen geworden. Sie haben mehr Gemeinsamkeiten als Dinge, die sie voneinander unterscheiden. Beide haben ihre Ehemänner verloren. Beide haben Kinder großgezogen, die sie nicht zur Welt gebracht haben. Beide sorgen sich ununterbrochen um uns. Beide lieben melodramatische Fernsehserien. Jeden Abend nach dem Abendessen sehen sie sich gemeinsam eine an. So lernt Ellen Koreanisch.

Mein eigenes Koreanisch ist besser geworden. Allerdings sind mein Akzent und meine Aussprache fürchterlich, weswegen gebürtige Koreaner manchmal Schwierigkeiten haben, mich zu verstehen. Dann muss ich Englisch sprechen, aber ich gebe mein Bestes. Der Weg ist lang, aber ich mache Fortschritte. Vielleicht erreiche ich irgendwann im nächsten Jahrzehnt mein Ziel.

Yujun ist jederzeit bereit, Englisch mit mir zu sprechen – alle meine Freundinnen und Freunde tun es, dabei liebe ich es, sie Koreanisch sprechen zu hören. Es ist eine schöne Sprache, und Yujun klingt nie heißer als in den Momenten, in denen er seine Muttersprache spricht. Seine Art zu reden hat etwas Musikalisches, Rhythmisches. Wenn wir uns unterhalten, spricht er oft Koreanisch und ich Englisch. Es ist etwas seltsam, aber es funktioniert.

»Ihr hattet heute Abend einen Lauf.« Ellen klatscht begeistert in die Hände. »Jedes Mal, wenn wir bei euch vorbeigekommen sind, stand eine lange Schlange vor dem Truck. Ich hab' Leute darüber reden hören, dass ihr das beste Essen auf dem ganzen Festival habt und wie schade es ist, dass ihr erst nach Seollal wieder öffnet.« Sie dreht sich zu Wansu. »Habe ich das richtig ausgesprochen?«

Wansu nickt.

»Mein Koreanisch ist gut geworden, oder? Wansu meint, dass ich wie eine Muttersprachlerin klinge.«

Das tut sie nicht, trotzdem nicken wir alle einstimmig.

»Die Seifen hier habe ich ganz allein erstanden!« Sie hebt eine durchsichtige Tüte, in der vier Seifenstücke stecken, die wie ein Ausschnitt aus Van Goghs Sternennacht aussehen. »Ich habe sogar verhandelt. Wansu hat mir natürlich ein bisschen geholfen, aber das meiste habe ich selbst gemacht. Ich glaube, inzwischen könnte ich allein in ein Café gehen und etwas bestellen. Nicht, dass ich das wollen würde, Wansu, aber wenn ich müsste, dann würde ich es schaffen, meinst du nicht auch?«

»Ja«, stimmt Wansu ihr zu.

Ellen grinst stolz von einem Ohr zum anderen. »Wir wollten vorbeikommen, um uns zu verabschieden. Wir fahren nach Hause. Macht nicht zu lange.« Sie kommt zu mir, tätschelt meine Wange und gibt mir einen Kuss aufs Haar. Das Gleiche macht sie bei Yujun.

Als sich Sangki mit einem Finger auf die Wange tippt, lacht Ellen erfreut und gibt ihm ebenfalls einen Kuss.

»Zwei Mütter zu haben, hat sich als gar nicht mal so schlecht rausgestellt«, murmelt Sangki, als die beiden davonschlendern.

»Zwei Mütter sind auf jeden Fall das Beste«, bemerkt Jules.

»Ja, ich meine, wenn das alles ist, was du hast, dann tun es zwei Mütter vermutlich auch, aber zwei Dads sind besser«, kontert Sangki.

»In welcher Welt sind bitte zwei Väter besser als zwei Mütter?«, fragt Jules entrüstet.

Während sich die beiden kabbeln, lächelt Yujun mich mit schief gelegtem Kopf an, beide Grübchen graben sich tief in seine Wangen. Er ist glücklich, und ich bin es auch. Ich bin nach Korea gekommen, um meine Familie zu finden, um herauszufinden, wohin ich gehöre. Dabei habe ich gelernt, dass Familie nichts mit Blutsverwandtschaft zu tun hat. Familie bedeutet, Menschen in seinem Leben zu haben, die man liebt und die einen zurücklieben, und in diesem Kreis kann man niemals eine Außenseiterin sein, ein Mensch ohne Namen. Man gehört immer dazu.

DANKSAGUNG

Das Ende dieses Buches ist für mich bittersüß, weil ich Hara und ihre gefundene Familie wirklich liebe. Es wird schwer sein, sie in Zukunft nicht mehr um mich zu haben.

Ich möchte damit beginnen, allen zu danken, die beim zweiten Buch zu mir gehalten haben. Die Geschichte von Hara und Yujun und all den anderen war zu umfangreich, um sie in einem Buch zu erzählen, und ich bin dankbar für die Gelegenheit, so viele Seiten zur Verfügung gehabt zu haben, um die vollständige Geschichte zu erzählen.

Danke an Cindy Hwang, die an mich und diese beiden Bücher geglaubt und so hart daran gearbeitet hat, meine Manuskripte in veröffentlichungsfähige Werke zu verwandeln. Ms. Hwang, Sie leisten Unglaubliches und erhalten dafür wahrscheinlich nur einen Bruchteil der verdienten Anerkennung. Vielen Dank!

Vielen Dank an Steve Axelrod, der hinter den Kulissen wichtige Arbeit leistet. Ich schätze alles, was du und dein Team für mich tun.

Nicole, du großartige Romanautorinnen-Assistentin, danke für die Arbeit, die du leistest, deine kreativen Ideen und deine tagtägliche Unterstützung.

An meine Freunde und täglichen E-Mail- und Textnachrichtenempfänger (Jeanette Mancine, Melissa K., Meljean Brook, Jessica Clare, Robin Harders, Syreeta Jennings, Lea Robinson, Elyssa Patrick, Anne Sowards, Grace House) vielen Dank für eure Freundschaft und Unterstützung. Ohne euch hätte ich es als Autorin nicht geschafft.

Christina, bitte verlass mich nie.

Diane Park, du bist ein Wunder. Ich hoffe, du schaust jeden Tag in den Spiegel und erkennst, wie fabelhaft du bist. Vielen Dank, dass du diesen Roman gelesen hast und mir bei sprachlichen und kulturellen Fragen zur Seite gestanden hast – und für deine Freundschaft.

Vielen Dank an das Berkley/Penguin-Team für die harte Arbeit, die ihr jeden Tag leistet: Angela Kim, Fareeda Bullert und Jessica Brock.

An alle Leser, Bookstagrammer (Literary PenGwyns, eure Instagram-Nachrichten sind so erhebend), Facebook-Gruppen, YouTuber und Twitter-Freunde, vielen Dank für eure freundlichen Nachrichten und hübschen Bilder. An die Leser:innen, die Rezensionen auf B&N, Amazon und Goodreads hinterlassen, vielen Dank für die Zeit und Mühe, die ihr in die Lese-Community gesteckt habt.

Dank an die Familie, die mich gefunden hat, und an die Familie, die ich geschaffen habe, ich liebe euch. Danke für all eure Liebe und Unterstützung.

An die Menschen, die adoptiert wurden und deren Freunde und Familienmitglieder: Wir sehen uns! Ich höre euch. Eure Geschichten sind wichtig, und ihr seid es auch.